나는
자유주의자
이다

김덕홍 | 지음

나는
자유주의자
이다

집사재

나는 자유주의자이다

초판 1쇄 발행 | 2015년 10월 20일
초판 2쇄 발행 | 2015년 10월 31일

지은이 | 김덕홍
발행인 | 최화숙
편 집 | 유창언
발행처 | 집사재
출판등록 | 1994년 6월 9일
등록번호 | 제1994-000059호

주소 | 서울시 마포구 서교동 377-13 성은빌딩 301호
전화 | 335-7353~4
팩스 | 325-4305
e-mail | pub95@hanmail.net / pub95@naver.com

내가 황장엽선생과 함께 국제사회의 이목을 집중시키면서 대한민국에 정치망명한 지도 어느 덧 18년이 되었습니다. 1997년 4월 20일 만물이 소생하던 봄날에 나는 황장엽선생을 모시고 대한민국의 수도인 유서 깊은 서울에 들어섰었습니다.

10년이면 강산도 변한다고 했는데, 강산이 거의 두 번이나 변해가는 그 18년 기간 한반도의 정세도 참 많이 변화했습니다.

1998년 국민의 정부 출범과 대북햇볕정책 등장

2000년 6월 김대중-김정일 남북평양정상회담

2002년 1월 미국 부시행정부의 북한정권 '악의 축' 규정

2003년 참여정부 출범과 대북포용정책 등장

2003년 9월 일본인납치문제해결을 위한 북-일 정상회담

2003년부터 진행된 북핵관련 6자회담과 그 와중에 행해진 북한의 세 차례 핵실험

2007년 10월 노무현-김정일 남북평양정상회담

유엔안보리의 세 차례에 이르는 대북제재결의안 채택

2011년 12월 17일 김정일 급사
김일성공산왕조의 3대 세습지도자 김정은 등장

그러나 그 소용돌이 속에서도 김일성족속의 범죄야망과 북한의 참혹한 인권실상은 조금도 변하지 않았습니다.

돌이켜 보면 북한은 지지리도 운이 나쁜 불우한 나라입니다. 그곳 주민들은 지구촌의 절대다수 인구가 이미 오래전부터 누려오고 있는 자유와 시장경제, 인권을 하루 한 시간도 접해보지 못한 세상에 사는 제일 비참한 사람들입니다. 반만년의 봉건적 신분제도, 36년간의 일제식민지통치, 8.15해방과 함께 들이닥친 구소련 스탈린 공산독재체제…… 그 이후에는 김일성공산왕조 밑에서 김일성족속이 죽으라면 죽고 살라면 사는 운명을 강요당하고 있는 것이 바로 북한 동포들의 처지입니다.

수십만 무고한 주민이 김일성족속의 노예가 되기를 거부한 죄로 처형되고 그 처자식들이 연좌죄로 정치범수용소에 종신 구금되어 3대 멸족을 강요당하면서 봉분도 묘비도 없이 죽어가고 있는 나라.

고대도 아닌 현 시대에 살아서는 물론이고 죽어서까지도 영원한 노예주인 김일성의 시신궁전 건설을 위해 수백만에 달하는 무고한 주민들이 굶어 죽어간 원혼의 나라.

전국 방방곡곡에 굶어 죽고 얼어 죽고 병들어 죽은 시체가 널려 있고, 자라나는 옹근 한 세대가 기아와 영양실조로 인해 영원히 치유될 수 없는 기형세대가 되고, 살아남기 위해 탈북한 수많은 여성들이 타국에서 노예로 팔려 다니는 나라.

그 인간생지옥에 군림해서 "앞으로 1천만 명이 더 굶어 죽는 다 해도 당과 군대만 있으면 체제를 보위할 수 있다"고 거침없이 뇌까리던 독재자 김정일.

이것이 황장엽선생과 내가 대한민국으로 정치망명할 당시의 북한의 비참한 현실이었습니다. 그곳에서만은 시간도 흐름을 멈추었는지 지금도 그 땅은 20년 전의 참혹한 모습 그대로라고 합니다.

황장엽선생과 나는 망명 직후, 북한의 자유화와 인권해방 그리고 대한민국 주도로 한반도의 통일을 실현하기 위한 새 인생을 시작한다는 의미에서 우리의 정치망명일(日)을 제2의 생일로 정하고 몇 년간 연고자들과 함께 뜻 깊게 기념해 왔었습니다. 그러나 이후 대한민국에서의 파란만장한 삶은 내게 그날의 의미마저도 시험케 했습니다. 그럼에도 불구하고 대한민국에서의 제2의 삶은 북한에서와는 전혀 다른 차원의 슬픔과 기쁨, 실망과 희망, 좌절과 도전, 분노와 용서로 비워지고 채워져 온 살아볼 만한 인생이었습니다.

이 때문에 나는 오래전부터 나만의 경력으로, 나만이 쓸 수 있는 '남북을 아우르는 회고록'을 꼭 남겨야 한다는 주변의 조언을 많이 받아왔습니다.

사실 북한에서의 내 경력은 단 석 줄뿐입니다.

1958.9~1961.8. 조선인민경비대 복무
1961.9~1981.9. 김일성종합대학 졸업, 본 대학 교무부 지도원 → 책임지도교원 → 부부장
1981.10~1997.2. 노동당중앙위원회 부과장 → 노동당중앙위

원회 자료연구실 부실장

아울러 대한민국에서의 경력 역시 석 줄뿐입니다.

통일정책연구소 상임고문
통일정책연구소 상임고문직 박탈
2014년 9월 국가안보전략연구소 비상근 고문

이와 같은 경력은 내게 북한에서는 김일성족속의 비공개사료들을 남달리 많이 접할 수 있게 해줬고 대한민국에서는 한반도문제의 본질을 남다른 안목으로 고찰할 수 있게 해줬습니다. 그러나 나는 지금까지 건강이 허락지 않아서 정치망명자의 소명이기도 한 회고록 집필을 피일차일 미루어왔습니다. 그러다가 최근에야 기억과 시간과 건강의 한계를 거듭 통감하면서 유고를 남기는 심정으로 이 글에 매진하게 되었습니다.

나는 북한관련 연구책자, 회고록, 체험기 등이 넘쳐나는 작금의 상황을 고려해서 김일성족속, 특히 김일성과 김정일 관련 비공개사료들을 많이 넣는 방향으로 회고록을 집필해서 '한 방울의 물에도 우주가 비낀다'는 격언 그대로 이 글을 접하는 이들이 북한의 공산세습왕조가 어떤 야망과 국가비전에 의해 수립되었고, 그 3대의 전도는 어떠할 것인가 하는 것들을 고찰 예측하는데 다소나마 도움을 줄 의도로 성의껏 이 글을 준비했습니다.

더불어 나는 북한의 최고 권력기구인 노동당중앙위원회에서 그 체제의 정치-정책적 원천이었던 노동당 사상담당 및 국제담당

비서인 황장엽선생을 설득하고 함께 동행해서 대한민국에 정치망명한 사람으로서, 이곳에서의 지난 18년 세월을 어떤 고뇌와 의지를 가지고 살아왔는지에 대해서도 이 글에 담아봤습니다.

나는 이 글을 쓰면서 참으로 오랜만에 북녘의 그리운 가족친지들과의 소중한 추억과 결코 평범치 않은 인생길에서 걸음걸음 디딤돌이 되어 준 모든 소중한 인연들을 한껏 떠올려봤습니다.

돌이켜 보면 나는 외롭고 고통스럽고 힘겨웠던 정치망명자의 길을 결코 홀로 걸어오지 않았습니다.

국내외 많은 지인들이 나를 도와주고 고무해주고 보호해주었으며, 그보다 더 크고 위대한 대한민국이 혈혈단신 정치망명자의 소신을 언제나 변함없이 믿어주고 지켜줬습니다.

나는 현재 거동이 불편해서 쉬이 움직이지 못하는 상황에 처해 있지만 북한의 자유화와 인권해방 그리고 대한민국 주도의 한반도 통일을 염원하고 다짐하면서 정치망명의 길에 오르던 초심을 변함없이 간직하고, 사는 날까지 그 실현을 위해 최선을 다 하는 것으로써 모든 이들의 믿음과 기대에 꼭 보답하겠습니다.

감사합니다.

2015. 9.
대한민국 서울에서
김덕홍

| 차례 |

1장

가족이야기

아버지의 가훈

나는 1939년 1월 22일(양력), 평안도 의주군 의주읍 남문동에서 아버지 김석준의 장남으로 출생하였다. 출생 당시 나의 아버지는 일본인이 경영하는 '신의주 싱거미싱 판매회사' 산하 의주대리점을 차려놓고 삼촌(김석호)과 함께 싱거미싱 위탁 판매업을 하고 계셨다. 그 덕에 우리 집은 의주읍에서도 일본상인들과 밥술걱정이 없는 지방재력가, 유지들이 모여 사는 남문안거리의 번화가에 있었다.

나의 아버지 김석준은 의주군 옥상면 내옥리의 증조할아버지 집에서 출생했다. 아버지가 들려준 바에 의하면 나의 증조할아버지는 의주군 옥상면 내옥리 초마을에서 사셨는데, 적지 않은 땅마지기도 가지고 있었고 마을의 서당도 운영하고 가족들 몰래 축첩생활까지 한, 나름대로는 그 일대의 유지였다고 한다.

김일성공산정권은 내가 19살 되던 1958년 말에, 내 아버지는 적지 않은 땅마지기를 소유하고 있던 증조할아버지의 집에서 출생했고 나는 해방 전 싱거미싱 판매회사 의주대리점 주인의 아들로 태어났다고 해서 아버지의 계급적 출신성분은 '지주'로 나의 계급적 출신성분은 '소시민'으로 규정했다. 계급적 출신성분이 전체 주민개개인의 운명을 좌지우지하는 그 사회에서 북한당국이 우리 부자(父子)에게 지운 '지주'와 '소시민'이란 신분적 굴레는 그토록 성실하고 정직했던 내 아버지를 평생 기를 못 펴고 살게 만들었으며 나로 하여금 김일성과 공산정권의 모든 정책과 시책을 갈피갈피 조목조목 되씹으면서 성장하게 했다. 아울러 북한당국이 내게 씌운 그 '소시민' 굴레는 먼 훗날(1997년) 내가 대한민국으로의 정치망명을 결단하는데 참으로 큰 용단과 용기를 주었다.

나의 할아버지 김성규는 어려서부터 기골이 장대하고 힘이 장사였는데, 14살 때 벌써 혼자 밭에 나가서 팥 가을걷이를 하고 마당질까지 해서 단번에 한 섬(약 130킬로)씩 지게에 지고 집으로 들어오셨다고 한다. 그 시대에는 흔히 있었던 일로, 할아버지는 14살 때 증조할아버지가 이미 정약한 옆 마을 서당훈장의 16세 난 딸과 결혼하였다. 우리 할머니의 말씀에 의하면 할아버지는 매해 5월 단오 때면 씨름판에 나가서 1등을 하고 황소를 상으로 받아서는 친구들과 그 황소를 잡아서 다 먹어치운 다음에야 집으로 들어왔던, 가족보다는 친구를 우선시하는 호걸이었다고 한다.

할아버지는 신의주 건설이 한창이던 시기인 1920년대 초 어느 날 증조할아버지가 가족 몰래 첩살림으로 낳은 장성한 이복동생이 갑자기 집에 나타나자 증조할아버지에 대한 분노를 이기지 못해 그 밤으로 "이런 촌구석에서 있지 말고 신의주에 나가서 살자"고 할머니를 들볶으면서 어린 아들(내 아버지)의 손목을 잡고 무일푼으로 집을 뛰쳐나갔다. 신의주로 간 할아버지는 처자식을 먹여 살리기 위해 건설현장 잡부, 온돌수리 등 막일이란 막일은 다 하고 나중에는 일본인이 운영하는 정미소에서 짐꾼 노릇을 하면서 장사 같던 힘을 깡그리 소진시키고 사망하셨다.

할아버지가 사망하신 후 할머니는 집안의 장손이며 맏아들인 아버지를 보통학교까지라도 보내기 위해 하루 한시도 쉬지 않고 삯빨래, 삯바느질, 떡 장사, 나물장사를 하면서 이악하게 일하셨다. 할머니의 헌신적인 고생으로 아버지는 일제강점시대에 대단하기가 이를 데 없었던 보통학교를 졸업할 수 있었다.

졸업 후 아버지는 신의주 싱거미싱 판매회사를 운영하던 일본인의 집에 밥해주는 사람으로 취직했다. 아버지는 여름철이 오면 일본 된장에 멸치를 넣고 푹 삶아서 걸러낸 국물을 얼음덩어리를 동동 띄워서 보관했다가 끼니때마다 다양한 국거리들을 넣고 끓여서 식탁에 올렸는데, 일본인 주인은 그것들을 먹을 때마다 국물 맛이 일품이라며 칭찬을 아끼지 않았다고 한다. 이후 아버지는 일본인 주인의 권유로 신의주 싱거미싱 판매회사의 잡일도 맡아서 하게 되었는데 성정(性情)이 성실하고 정직한 아버지는 얼마 안 되어 정식 직원이 되었으며 몇 년 후에는 일본인 사장으로부터 싱거미싱 판매회사 의주대리점 이권까지 받게 되었다. 그러나 아버지의 싱거미싱 판매회사 의주대리점은 1941년 12월 태평양전쟁이 발발하면서 1942년 신의주 본사가 폐쇄되어 문을 닫게 되었다.

그 후 아버지는 삼촌과 함께 평안도 순천에 있던 일회용 나무밥 곽 등 목재일용품을 생산하는 어느 제지공장 경리과에 입사하여 자재구입 업무를 맡아보다가, 1944년 조-만 국경일대에서 통제품인 종이를 규정 외 많이 구입한 죄목으로 일경에 체포되어 8.15해방 때까지 옥살이를 하였다.

해방 직후 아버지는 신생 민주당과 공산당, 신민당 관계자들이 극성스럽게 사람들, 특히 해방 직후 일제감옥 출소자들을 찾아다니면서 저마다 자기네 당에 들어오라고 선동을 하고 할머니까지도 시도 때도 없이 들이닥치는 불청객(선동원)들에 진저리나서 "아무데라도 들어가지 않으면 못 배겨 낸다"(견뎌낼 수 없다는 뜻)고 권유하자 1946년 8월 8일 당신 분수에 맞게 소시민과 농민들의 이익을 대표한다는 신민당에 입당했다. 그런데 아버지가 신민당에 입당한 지 불과 수십 일 만에 공산당과 신민당이 합당하여 노동당이 되는 바람에 나의 아버지는 자연히 노동당원이 되었다. 훗날 아버지는 자주 신민당에 입당하던 때를 추억하면서 "너 할머니 성화에 신민당에라도 들어갔기에 '지주출신 성분'인 내가 노동당원이 됐지, 그 후에는 어림도 없었어."라고 되뇌고는 하셨다.

노동당원이 된 아버지는 일제시대에 1년간 감옥살이한 경력이 중요하게 평가되어 1950년대 중반까지 조선노동당 의주군위원회 서무과장 직책에서 일하다가 이후 북한공산정권이 '당–정권기관 간부대열 정리'에 들어가면서 계급적 출신성분이 문제가 되어 처음에는 의주 상업관리소 소장으로 좌천되었다가 그 후에는 의주 종합식당 지배인으로 내려앉았다. 아버지는 정년퇴직할 때까지 북한 사회급양부문(북한에서 음식물을 만들어서 공급하는 부문)에서 일하셨다.

평생 성실하고 과묵했던 아버지는 내가 어렸을 때부터 여가만 있으면 나를 불러 앉히고는 다음과 같이 훈계하셨다.

"사내는 마땅히 가정을 책임지고 먹여 살려야 해. 그럴 능력이 없으면 아예 장가 갈 생각을 하질 말든가. 그리고 어디서 무슨 일을 하건 항상 성실하고 정직해야 해. 윗사람에게는 하루에 백 번을 만나도 인사를 해야 한다."

아버지는 자신이 세운 가훈을 충실히 지키면서 사신 분이셨다. 나의 아버지는 1986년 11월 3일, 대동강에 낚시질을 나가셨다가 걸린 독감이 급성폐렴으로 전이되면서 갑자기 돌아가셨다.

그로부터 10년 후 나는 '사내는 마땅히 가정을 책임져야 한다.'는 아버지의 가훈을 더 이상 지킬 수 없는 길을 떠나게 되었다. 1997년 2월 12일 황장엽선생과 함께 정치망명의 길에 오르면서 나는 아버지가 선대에 이어 지키고 책임지고 먹여 살려 오신 온 가족과 일가친지들을 멸문지화에 몰아넣었다.

중국 베이징 주재 한국영사관에 정치망명한 다음날인 1997년 2월 13일 새벽에 나는 비몽사몽의 상태에서 아버지를 만나 뵈었다. 그때 생시처럼 무덤덤한 표정을 지으신 아버지와 내가 무언 속에서 주고받은 대화는 다음과 같았다.

"님자('자네'라는 말의 평북도 사투리), 가족은 어데 두고 홀로 여기에 있네? 되돌아갈 수는 없는겐가?"

"죄송합니다. 저는 이 길을 가야만 하는 운명을 타고났나 봅니다."

"쉽지 않은 길일 터인데…… 님자의 운명이 그렇다면 뒤돌아보지 말고 부지런히 님자의 길을 가게나."

그 후 아버지는 다시 나타나지 않으셨다.

어릴 적 포부

나는 어릴 적에 의주는 물론 평안도 일대에 소문난 유지이며 재력가였던 신운산에 대한 이야기를 들으면서 꿈과 포부를 키웠다. 중국과 오랜 교역의 역사를 가지고 있던 의주에는 예로부터 소문난 재력가들이 많았다. 하지만 그 중에서도 신운산은 일반 재력가들과는 대비조차 할 수 없는 '재력과 권력을 동시에 소유'했던 인물로서 의주일대에서는 거의 신화적 존재였다. 그래서 유구한 국경교역지대에서 대대로 살아오고 있은 관계로 서울 못지않게 시세에도 밝고 부에 대한 갈망도 높았지만 문명의 혜택이라고는 전깃불밖에 없었던 그 시절에, 의주 사람들은 집에서건 밖에서건 모여 앉기만 하면 신운산의 이야기를 단골대화 메뉴로 올렸었다.

그때 마을 어른들이 주고받던 이야기 중에서 지금까지도 기억에 남아 있는 것은 신운산의 유산분배 이야기이다. 신운산은 노쇠해진 말년에 개인변호사를 불러서 유산분배유서를 만들어놓고 죽는 날까지 그것을 병상 밑에 깔고 있었다고 한다. 때문에 신운산의 자식들은 부친이 숨이 넘어가는 순간까지 한명도 지근거리를 벗어나지 않고 극진히 아버지의 병 수발을 했다고 한다. 그런 비화들을 놓고 어른들은 "늙어죽을 때까지 자식들로부터 대접을 받자면 그 어르신처럼 해야 한다"느니, "아니다, 재산을 마누라에게 물려줘서 마누라까지 효도를 받게 해야 한다"느니 하면서 서로 열을 올렸다. 지금 생각하면, 너나없이 가난해서 자식들에게 물려줄 땅 한

뙈기 없으면서도 그런 이야기들로 기세를 올리며 떠들었던 그 시절 그 어른들에 대해 실소와 측은한 마음을 금할 수 없다. 그 어르신들은 자신들 팔자에는 꿈조차 꿀 수 없는 부에 대한 갈망과 자식들에 대한 기대와 미안함을 그런 이야기들로 대리만족하려 했던 게 아니었을까.

나는 의주일대의 전설인 그 유명한 신운산을 실제로 보지 못했다. 그 어르신은 내가 태어난 이듬해에 사망했다. 할머니는 어린 내게 자신이 보았던 신운산의 장례식 광경을 자주 옛말처럼 들려주셨다.

발인날에 신운산의 집에서부터 멀리 앞산 묘 자리까지 그 귀하디귀한 흰 광목천을 길바닥에 쭉 깔아 놓았었다는 이야기, 의주바닥 유지들은 물론 서울에서까지 왔다는 조문객들이 온 거리를 허옇게 메웠었다는 이야기, 장례가 끝나고 산에서 내려올 때에는 모여서 구경하던 숱한 사람들이 강조(마른 조)알처럼 흩어져서 저마다 만장기 한 조각이라도 뜯어가려고 난리를 치는 바람에 온 거리가 아수라장이 되었다는 이야기, '신운산의 만장기를 뜯어서 자식들 옷고름으로 매주면 출세도 하고 장수도 한다.'고 해서 다들 그 야단법석을 떨었지만 아직까지 잘 된 사람 소식을 듣지 못했다는 이야기 등등……

그런 이야기들을 들려주면서 할머니는 지독한 고생의 흔적이 마디마디에 고스란히 슴배여 있는 갈라터지고 문드러진 꺼칠한 손으로 내 머리를 정성껏 쓰다듬며 이렇게 되뇌고는 하셨다.

"다른 집 자손은 몰라도 우리 장손은 꼭 신운산 같은 사람이 될 거여. 암, 되구말구."

동네 어른들과 할머니가 들려준 신운산 이야기는 어린 나에게 많은 의문과 호기심을 품게 했다.

'그 집은 우리 집과 뭐가 다르기에 그렇게 유명하고 월등할까?'

'우리 집은 아버지도 어머니도 삼촌도 밤낮 쉬지 않고 부지런히 일하시는데, 왜 그 집은 잘 살고 우리 집은 못 살까?'

나는 그런 의문 속에서도 한편으론 '앞으로 공부도 열심히 하고 일도 열심히 해서 돈도 많이 벌고 출세도 하여 꼭 유명한 사람이 되리라'는 포부와 의지를 꿈꾸고 키워갔다. 그러나 그 후 나는 어른이 되어가는 과정에 '이 나라에서 나 같은 출신성분을 가진 사람은 아무리 공부를 잘하고 열심히 일해도 절대 출세할 수도 훌륭한 사람이 될 수도 없다'는 현실을 서서히 그리고 분명히 깨치게 되었다.

지금도 가끔 나는 아스라한 꿈길을 더듬어 어린 시절 할머니와 부모형제 그리고 삼촌과 이모들 모두 함께 모여 살던 의주의 작은 고향집과 그때 품었던 포부에 다녀오고는 한다. 참 신기한 것은 나의 파란만장한 사회생활의 기억들은 세월이 갈수록 희미해져만 가고 있는데, 어릴 적의 그 추억은 날이 갈수록 오히려 마치 엊그제 일인 양 더더욱 선명해지고 있는 점이다.

어머니의 뒷모습

어머니에 대한 추억은 언제나 뼈저린 아픔과 후회로 마음을 아프게 한다. 아마도 그래서 못난 자식도 잘난 자식도 어머니라는 이름 앞에서는 한없이 작아지고 한없이 송구해지고 한없이 숭엄해지는가 보다. 그래서 외국의 어느 옛 시인도 만인이 공감하는 다음과 같은 시절(詩節)을 남긴 것 같다.

백발이 성성한 노병(老兵)도
전장에서 최후를 맞을 때면 '어머니—' 하고 부른다네.
그리고 쓰러진다네. 말발굽 밑에……

나의 어머니는 지극히 평범하고 근면한, 자식들에 대한 사랑은 하늘같았던 이 나라 어머니들 중 한 분이셨다.

어머니는 17세 되던 해에 아버지에게 시집을 오셨다. 어머니를 추억할 때마다 언제나 이 마음을 아프게 저미는 것은, 어릴 적부터 내 눈에 새겨진 그분의 가냘픈 어깨에 운명처럼 지워졌던 돼지 뜨물 지게이다. 사실 어느 집 할 것 없이 조반석죽으로 연명하던 1950~1960년대 초반, 북한의 모든 어머니들이 다 그러했겠지만 우리 어머니는 특히 고생을 더 많이 하셨다.

콧구멍만 한 집안에 밑구멍 같은 객식구라는 말대로, 우리 집은 객식구들까지 거느린 15명 대가족이었다. 할머니와 아버지, 어머니, 그리고 우리 8형제, 거기에 삼촌과 어린 이모들……. 그래서 우리 집은 아버지와 삼촌의 월급으로는 도저히 생계를 유지할 수가 없었다. 그 대식솥을 하루 세끼 먹이고 자식들과 어린 이모들까지 학교에 보내느라고 내 어머니는 매일 아침저녁 지게를 지고 식당가를 돌면서 돼지뜨물을 모아 날랐고 텃밭을 가꾸면서 온종일

허리 한번 펼 새 없이 부지런히 일을 하셨다.

어머니는 그렇게 기른 돼지를 팔아서 우리 형제와 이모들의 수업료와 학용품을 대시고 의복을 해 입히고 설날 같은 명절에는 맛나는 간식도 사 주셨다. 설 명절 아침이면 어머니는 우리 형제와 어린 이모들을 모아놓고 사탕 몇 알, 때로는 귀하디귀했던 사과까지 한 쪽씩 손에 쥐어주시곤 하셨다. 그리고는 좋아서 어쩔 줄을 몰라 하는 우리를 바라보며 어머니만의 예쁜 미소를 지으셨다. 지금은 지천에 있어서 늘 먹는 사과와 사탕이지만, 어째선지 그 맛은 어릴 적 어머니가 나눠주시던 한 쪽의 사과, 한 알의 사탕 맛에는 도저히 비길 수가 없다.

나의 어머니는 학교라고는 문턱도 밟아보지 못하고 야학에서 겨우 국문을 깨친 분이셨다. 하지만 어머니는 생활의 이치와 사람의 도리를 알고 사신 분이셨다. 때문에 어머니는 자주 다음과 같은 말씀으로 당신의 고민을 푸념하고는 하셨다.

"부지런히 일하면 가족 하나 먹여 살리는 것쯤은 아무것도 아니야. 관혼상제를 지키는 게 제일 힘든 일이지……."

어머니는 대가족의 장손며느리셨다. 그래서 가문의 중소대사 어느 것 하나 빠짐없이 어머니의 손으로 치르셔야 했다. 그러니 국가가 주는 식량배급과 부식물공급 외에는 쌀 한 톨, 배추 한 포기 구할 데 없는 북한에서 한 해에도 수십 번이나 일가문중의 관혼상제를 치르느라고 어머니가 겪었을 눈물겨운 고뇌와 노고를 어찌 다 말할 수 있겠는가.

우리 어머니의 사람 보는 기준은 단 하나였다.

"부지런하고 예의 바른 사람인가? 그렇지 못한 사람인가?"

이것이 어머니의 세상 사람을 보고 대하는 유일한 기준이었다. 때문에 어머니는 날로 커가는 우리 형제에게 늘 다음과 같이 훈계하고는 하셨다.

"젊어서 고생은 금을 주고도 못 산다. 지금껏 살아오면서 웃어른을 몰라보고 버릇없이 구는 넘('놈'의 사투리)이 사람구실하는 거 못 봤어."

그 외에 높은 사람, 낮은 사람 같은 것은 어머니의 안중에 없으셨다. 그런 인생관을 지니신 분이셨기에 어머니는, 내가 1981년 북한 최고권력기구인 노동당중앙위원회에 소환되었을 때에 처자식들과 친척들은 나의 입신양명을 두고 날밤을 새면서 좋아했지만 정작 제일 기뻐하셔야 할 당신만은 무덤덤하셨다. 아니, 소박한 우리 어머니는 북한의 노동당중앙위원회가 얼마나 대단한 곳인지를 알지도 또 알려고도 하지 않으셨다.

그 작고 왜소한 몸으로 10여 명 이상이나 되는 대식구를 먹여 살리고, 우리 형제를 키워 오신 근면하고 정직한 나의 어머니는 개인이건 국가건 거짓말을 하는 것을 제일 싫어하고 참지 못해 하셨다.

1994년 어느 날 정오 무렵, 나는 그날도 점심식사를 하러 집에 잠시 들렸는데 우리 집 스피커에서는 "어버이 수령님(김일성)과 위대한 지도자(김정일)동지에 의해 오늘날 우리 인민은 조상대대의 '이밥에 고깃국, 기와집에 비단옷' 숙원을 이룩하고 세상에 부러울 것 없는 행복한 삶을 누리고 있다."는 아나운서의 열띤 고고성이 거침없이 흘러나오고 있었다. 그 방송을 듣고 계시던 어머니는 진정으로 몸서리를 치며 이같이 분개해하셨다.

"야, 난 정말 저 소리가 듣기 싫구나. 촌에 다녀오는 사람마다 지방에서는 거의 식량배급을 받지 못해서 사람들이 죽어 나가고 있다고들 야단인데…… 어떻게 밤낮 저런 거짓말을 하고 있네!"

어머니의 그 소리를 들은 나는 너무 놀라서 얼른 손가락을 입에 가져다 대며 나도 모르게 버럭 소리를 질렀다.

"어머니, 온 집안 죽는 꼴 보시려고 그런 말을 함부로 하십니까!"

그때 나의 호된 나무람을 들으시고 더없이 억울해하며 몸을 움츠리시던 늙으신 어머니의 표정을 지금도 잊을 수가 없다. 어머니는 북한 전체주민은 물론 김정일까지도 알고 있는 사실을 말했을 뿐인데……, 조용히 말씀드렸어도 내 어머니는 아들의 심정을 알고도 남음이 있었을 텐데…… 내가 왜 소리를 쳤을까.

그 일만 생각해도 어머니를 향한 미안함으로 가슴이 무거워지는데, 나는 그 후 평생을 전업주부로 살아오신 소박하고 단순한 그분께 청천벽력보다도 더 무서운 불행과 고통과 슬픔을 끼쳐 드렸다. 1996년 12월경 나는 황장엽선생의 정치망명을 준비하면서 이일이 탄로나거나 잘못될 경우 우리 집에 들이닥칠 엄청난 재앙을 어머니만은 잠깐만이라도 피하도록 하고 싶은 심정에서 그분을 멀리 지방에 있는 큰누이의 집으로 떠나보냈다.

이를 앙다물고 무겁게 서 있는 내게 "님자 덕에 오랜만에 딸자식 집으로 가네." 하고 더없이 기뻐하며 가벼이 열차에 오르시던 어머니의 왜소하고도 야윈 뒷모습……. 젊은 날 돼지 뜨물지게를 지고 의주읍내 골목길을 종종걸음 치시던 뒤태가 고즈넉이 남아있는 그 뒷모습이 내가 본 어머니의 마지막 모습이었다.

그 후 어머니가 겪었을 그 큰 불행과 슬픔, 수모에 대해서는 너무나 이 가슴이 저리고 떨려서 도저히 짐작하질 못하겠다.

보통사람도 아닌 북한 노동당중앙위원회 일꾼이었던 아들이, 다른 나라도 아닌 김일성족속의 불구대천적국인 대한민국으로 정치망명했으니…… 내 어머니는 가슴에 껴안아야 했을 그 기막힌 고통의 시간들을 어떻게 견뎌내셨을까?

이제는 내 나이 70대 중반, 분명 이 세상 사람이 아닐 어머니의 묘소는 어디에 있을까?

내 어머니의 이름은 장금주였다.

어머니의 신통한 명언들

우리 어머니는 학력이라고는 일본 식민지시대 때 야학공부를 한 것이 전부이다. 그럼에도 불구하고 어머니의 유머는 지금 되풀이해도 너무 해학적이고 신통한 것들이었다.

1990년대 초 어느 날 저녁 온 가족이 둘러앉아 조선중앙TV를 시청하고 있는데, TV에서는 김일성과 김정일이 장차 건설될 단군릉 부지를 돌아보는 장면과 그들 부자의 의도와 구상에 따라 건설되는 단군릉의 어마어마한 규모와 면적에 대해 일일이 소개 방영하고 있었다. 잠시 그것을 보던 어머니가 조용히 내 귀에 대고 말씀하셨다.

"어째 내 귀에는 저것이(김일성이) 자기도 죽으면 단군처럼 묻어달라는 소리로만 들리네."

어머니의 유머대로, 김정일은 김일성 사망 후 규모와 면적에서 단군릉을 훨씬 능가하는 금수산의사당(주석궁)을 통째로 시신궁전으로 만들고 거기에 김일성을 드러눕혔다.

1989년 4월, 예년과 마찬가지로 김일성 생가에 집단참배를 다녀오신 어머니께서 내게 물으셨다.

"남자, 김일성의 조상들 묘소로 올라가는 만경대 뒷산 길옆에도 '구호나무' 가 있는 거 아나?"

해마다 만경대에 있는 김일성 조상들 묘소를 의무적으로 참배하면서도 들도 보도 못한 일이라 '무슨 뜻인가?' 하고 어머니를 바라봤더니 어이없어 하는 얼굴로 말씀하셨다.

"나도 이번에야 봤는데, 거기에 해방 전에 썼다는 그게(구호나무) 있더구나. 그런데 짧게 잡아도 40년 이상은 자랐겠는데, 어째 나무 두께가 닐곱살('7세'의 평북도 사투리)난 애 허벅지만큼이나 굵더구나."

그제야 나는 어머니의 능청스런 말뜻을 알아들었다. 그해 며칠 후, 중앙당에서도 김일성 생일을 맞아서 연례대로 만경대를 집단참배하게 되었다. 그날 나는 김일성 조상 묘소로 올라가는 길목들에서 정말로 어린애 허벅지 굵기의 애어린 소나무들에 새겨진 항일무장투쟁 때 썼다는 구호들을 보고 실소를 금치 못했다.

그 후 나는 중앙당에서 전달하는 "어느 중앙기관 사람들은 만경대견학 시에 '요것도 구호나무인가?' 고 막말을 했다."는 내용의 통보자료를 듣고 어머니를 떠올리며 속으로 웃었었다.

아내 박봉실

나는 1967년 3월 평북도 피연군 농업조합 부기(簿記)원이었던 의주처녀 박봉실과 결혼했다.

할머니와 부모님은 내가 1965년 9월 김일성종합대학 교무부 지도원으로 배치되자마자 "장손은 빨리 장가를 보내야 한다."고 서두르면서 주변 인맥을 동원해서 그 일대 신부감들을 물색하셨고, 괜찮은 처자라도 나타나면 수시로 "빨리 선보러 내려오라."는 인편과 편지, 전보까지 보내면서 들볶았다. 그러나 나는 당시 28세면 혼인하기 이른 나이가 아님에도 불구하고, 중매결혼이란 관습에 속박되는 게 싫어서 "아직은 결혼할 생각이 없다."는 답변으로 건건이 거절했다.

1967년 정월 어느 날, 내가 있던 종합대학 교직원 기숙사로 아버지가 할머니를 모시고 올라오셨다. 유난히 추웠던 그날, 두 분이 나를 찾아 평양행을 한 이유에 대해 아버지는 다음과 같이 말씀했다.

"네 할머니가 의주군 옥상면에 갔다가 아주 얌전하고 복스러운 처자를 만났는데, 내가 봐도 장손며느리로서는 손색이 없더구나. 그래서 두 집안 어른들은 이미 혼사를 결정했다. 허지만 형식이라는 것도 있으니 2월 초에는 맞선 보러 한 번 오고, 2월 말에는 약혼식하려 또 한 번 오고, 3월에는 결혼식을 올리도록 하자."

몸 녹일 사이도 없이 번개불에 콩 볶을 기세로 다그치시는 아버지와 차디찬 갈고리 손으로 내 옷자락을 꼭 붙잡고 서서 대견한 눈빛으로 나를 올려다보시는 할머니의 모습에서 나는 장손의 숙명을 무겁게 느끼며 이 결혼을 결심했다. 그러나 나는 업무상 도저히 시간을 낼 수가 없어서 맞선자리에는 가지 못하고 2월 말 약혼식 때에야 아내가 될 박봉실을 처음 보았다.

우리는 결혼한 후에도 온 가족(어른 10명 이상)이 살 수 있는 주택을 배정받지 못해서 나는 평양에, 아내는 의주에 2년간 떨어져서 살았다.

1969년 아내가 식솔들에 앞서 먼저 평양에 올라온 이후 우리 부부는 28년간 한 번도 떨어지지 않고 손을 맞잡고 살았다. 모든 것이 빠득한 나라에서 우리는 둘의 맞잡은 손으로 내 부모를 정성껏 모셨고, 내 동생과 누이들을 시집장가 보냈고, 자녀 셋을 모두 대학공부를 시켰다.

그러나 1997년 나의 정치망명과 함께 우리 부부는 생사(生死)의 이별을 했다.

나는 대한민국 정치망명 직후에 아내의 자살소식을 들었다.

그때 국가정보원이 입수한 정보에 의하면, 황장엽선생과 나의 정치망명이 톱뉴스로 전 세계에 공포되자마자 당시 평양에 있던 일본기자들이 급히 수소문해서 황장엽선생이 살았다는 만수대예술극장 근처의 중앙당 해바라기아파트에 찾아갔더니 그 아파트 경비원이 "그 집 아내는 이미 자살하고, 지금 딸이 혼자서 울고 있을 것이다"고 전언했다는 것이다. 그 자살했다는 그 집 아내가 내 아내 박봉실이고, 만수대예술극장 근처의 중앙당 해바라기아파트가 바로 정치망명 직전까지 우리 부부와 막내딸이 함께 살고 있던 집이었다. 그 당시 황장엽선생은 평양시 보통강구역 서장동의 단독주택(당중앙위원회 비서 저택 군집지역)에서 살고 있었다.

북한 공산계급정권이 분류한 아내 박봉실의 계급적 출신성분
은 핵심군중인 전사자가족이다. 아내의 아버지와 맏오빠가 6.25전
쟁에 군인으로 참전했다가 전사했기 때문이다. 아내는 그런 훌륭
한 출신성분을 타고 난 덕에 20살 때 노동당에 입당했고, 북한의
어느 직장에 들어가도 얼마 안 있어 노동당 세포비서가 되었다.

아내는 중학교졸업 이후 재정경리단기양성소를 필업하고 사회
생활 전 기간 여러 직장에서 재정경리원으로 일했다. 아내는 재정
(財政)을 제대로 배운 사람이다. 그래서 평생 돈을 소중히 대하고
다뤘다. 아내는 1전짜리 잔돈이라도 방구석에 굴러다니면, 모두가
새겨듣도록 '공화국 국장이 새겨져 있는 돈', '국가재정에 꼭 필요
해서 찍어낸 금전'이란 말을 주문처럼 되풀이했다. 그리고 내 지
갑에 용돈을 넣어줄 때에는 접혀지고 구겨진 곳을 다리미로 깨끗
이 펴서 차곡차곡 정히 넣어주었다.

아내는 아이들이 자랄 때에도 푼돈 한 잎 쉬이 주지 않았다. 오
롯이 우리부부의 박봉으로 시부모도 모시고 자녀들도 키우고 거의
10년이나 시동생시누이까지 거두면서 살림해야 했던 아내는 아이
들의 용돈에 한해서는 늘 다음과 같은 말을 입버릇처럼 외웠다.

"줄 돈도 없거니와, 어릴 때부터 돈을 쥐어주면 사람을 버리게
됩니다(못 쓰게 된다는 뜻)."

1993년 말 노동당중앙위원회 자료연구실 부실장 직책에 임명
된 나는 '이제부터는 남조선과 대외에 주체사상을 선전하는데 필
요한 외화도 자체로 벌어서 충당'하라는 김정일의 방침을 실현하
기 위해 대외에서도 활동하게 되었다. 당시 김정일이 비준한 나의

대외위장직책은 노동당 국제부직속 주체재단 재정담당 이사 → 노동당 국제부직속 주체재단 평양사무소 소장 → 노동당 국제부직속 여광무역 총연합회사 총 사장이었다.

나는 그때 처음 미국 돈 달러를 보았다. 그리고 대외출장과정에 절약하거나 주변에서 쥐어준 달러를 고스란히 아내에게 가져다주었다. 아내는 자식들이 그 달러 냄새를 맡고 거의 매일같이 찾아와서 "우리에게도 달러를 좀 달라."고 줄기차게 졸라댔지만 늘 요지부동이었다. 한때 대외봉사위원회 외교단사업소에서 재정경리원으로 일하면서 북한당국의 외화출처에 대한 조사-감시-관리시스템을 명확히 알고 있었던 아내는, 보다 못한 내가 "애들에게 조금씩 나눠주구려."라고 말을 하려 들면 다음과 같이 일언지하에 거절했다.

"그런 말씀 하지 마소. 외화 때문에 잡혀간 사람들 수도 없이 봤는데, 집안 망할 일 있습네까?"

평양의 중심거리들에는 물론 지방에까지 외화상점들이 생겨나고 북한사회에 외화바람이 확 불기 시작한 시점은 1989년 제13차 평양 세계청년학생축전을 전후한 시기였다. 그전까지 북한 주민사회가 외부와의 물질문명 차이를 느낄 수 있었던 유일한 상대는 일본의 가족친척들로부터 정상적으로 금전지원을 받고 있던 재일귀국민들뿐이었다. 하지만 그들은 한덕수(당시 재일본조선인총연합회 회장) 같은 특정인을 제외하고는 공개-비공개 경찰의 항시적 감시대상으로 분류되어 있었기 때문에 북한 주민사회는 그들과의 접촉을 심히 꺼려했었다.

그러나 1980년대 말부터 김정일의 강력한 '당 자금 마련을 위한 외화벌이' 주문과 재일귀국민들의 엔화헌납이 크게 성행하면서 그들의 위상은 급격하게 달라졌다. 그들은 엔화를 헌납하고 김정일과 노동당으로부터 노동당입당, 평양거주 및 평양중심부 고층 아파트살림집 배정, 중앙기관 외화벌이 사업소 취직 등 북한주민들이 제일 숙원하는 것들을 하사받았다. 이것으로써 그들은 북한의 젊은 세대들에게 외화─엔화의 위력을 유감없이 보여줬다. 아내는 중앙당 일꾼의 자녀에게는 특히 위험천만한 외화만능주의, 달러바람으로부터 자식들을 보호하기 위해 외화에 한해서는 사소한 틈도 없이 단호했다.

아내 박봉실은 김일성─김정일이 평생 자랑한 '참 좋은 인민'의 범주에 당당히 속하는 충성분자였다. 아니, 전사자가족인 처갓집의 남녀노소 모두가 충성분자들이었다. 나는 90년대 초에도 가끔 처갓집을 방문했는데 그때마다 그들이 열을 올리며 토로하는 "김일성은 인민을 위해 밤낮없이 애쓰는데, '죽일 놈의 중간 간부'들이 일을 잘못해서 국가경제가 이지경이 되었다"느니, "지금까지는 핵무기를 만드느라고 인민경제에 힘을 집중하지 못했는데 김정일이 그것을 완성했기 때문에 이제부터 우리나라 경제는 급속도로 발전할 것이고 인민생활은 급격히 올라갈 것"이라느니 하는 따위의 말들을 듣고는 그 근거 없는 믿음에 경외심마저 들었었다.

김일성─김정일과 노동당에 대한 아내의 충성심은 무에서 유를 창조할 수도 있는 대단한 것이었다.

사실 아내는 주판알관련업무(재정경리)에서는 날고뛰는 전문가였지만, 정치와 시사 같은 것에는 별로 관심을 두지 않는 사람이었다. 그럼에도 그는 한국에서 흔히 쓰는 말대로 묻지도 따지지도 않고 김일성과 김정일을 맹신했고 노동당에 충성했다.

김정일 유일지도체제 확립이 고조에 이르던 1983년 1월 초, 아내는 2월 16일(김정일 생일)을 계기로 진행되는 김정일 논문 '주체 사상에 대하여(1982.3.31발표)' 관련 문답식 학습경연에 단위대표로 나가게 되었다. 아내는 직장 경리일도 하고 가정도 돌봐야 하는 처지에서 시간을 아끼기 위해, 식사도 제대로 하지 못하고 잠도 거의 자지 않고 문답식 학습경연준비에 매달렸다.

나는 아내가 경연준비에 들어간 첫날, 김정일 논문 서두에 나오는 '심오하고 다방면적인 사상이론 활동의 고귀한 귀결' 이라는 그 하나의 단락을 날이 새도록 읽고서도 외우지 못하는 것을 보고는 "아예 집에 들어앉아서 한 해가 다 가도록 문답식 경연준비를 해도 안 될 걸⋯⋯." 하고 조롱 아닌 조롱을 했었다. 하지만 아내는 종내 100페이지 이상이나 되는 '문답식 학습경연 답안집' 을 모조리 통달하고 경연에 나가서 3등으로 입상했다.

그때로부터 며칠이 지난 어느 일요일 아내가 내게 조용히 물었다.

"난 문답식 학습경연까지 나갔는데도 주체사상이 무슨 사상인지를 도통 모르겠습니다. 똑똑한 당신이 좀 쉽게 알려주시오. 도대체 그게 어떤 사상입네까?"

나는 아내가 가장 쉽게 이해할 수 있도록 나름 통속적으로 간단히 대답해줬다.

"주체사상이 무슨 사상인가 하면, 사람은 비록 모든 것의 주인이지만 주인구실을 제대로 하려면 노동당의 영도를 받아야 하며 노동당의 영도를 제대로 따르기 위해서는 그 창시자이고 뇌수인 수령을 신격화해야 한다는 사상이오."

그 말뜻을 알아들었는지 말았는지 아내는 대뜸 진심으로 연신 감탄하면서 다음과 같은 말로 나를 무안하게 만들었다.

"어떻게 그렇게 한마디로 쉽게 말할 수 있지? 당신은 정말 똑똑하고 대단한 사람이오."

이 글을 쓰면서 그때의 아내 모습을 그려 보려니, 그 순박함에 웃음이 나기도 하고 한편으론 그때에는 미처 느끼지 못했던 남편에 대한 아내의 한 점 의혹 없는 신뢰가 가슴 미어지게 차오른다.

내가 황장엽선생의 정치망명을 준비하던 1996년 말부터 아내는 하루 한시도 제대로 자지 못하고 고뇌에 차 힘겨워하던 내 모습에서, 새벽녘까지 서재에 앉아서 생각에 생각을, 결심에 결심을 거듭하던 내 무거운 몸가짐에서 분명 심상치 않은 징조를 예감했을지도 모르겠다. 그러나 속 깊은 아내는 내가 평양을 떠나던 1997년 1월 25일 아침에도 아무런 질문을 하지 않았다. 나 역시 당시 황장엽비서의 정치망명 계획이 그해 4월로 예정되어 있었기에 다음의 만남을 염두에 두고 아내에게 별다른 말을 하지 않고 평양을 떠나왔다.

그리고 그날 북한을 떠난 나는 우리의 정치망명이 불시로 앞당겨지는 바람에 다시는 아내를 만날 수 없게 되었다.

내 아내 박봉실은 우리의 정치망명이 공포되던 날 자결을 택했다. 순박하고 단순하지만 속대가 여간 아니게 굳은 내 아내는 그것으로써 곧 엄습할 어마어마한 고통과 굴욕과 두려움에 항거하고자 했을 것이며, 더불어 대한민국에서 내가 처절하게 감내해야 할 가장 큰 빚과 살을 저미는 고통을 다소나마 덜어주려 했던 건 아닐까.

나는 꼭 그렇게 믿고 싶고 또 믿고 있다.

그래서 아내는 세월이 갈수록 나를 더더욱 아프게 한다.

2장

사회생활의 시작점에서

출신성분의 장벽

　내가 북한공산정권이 규정한 나의 계급적 출신성분과 그것이 가져다준 사회정치적 장벽을 실감하고 크게 출세하고 성공해서 가문을 빛내겠다는 야심 찬 희망을 접게 된 시점은, 의주 고급중학교를 졸업하고 김일성종합대학에 입학원서를 냈다가 거부당했을 때였다.

　유년기 때부터 할머니가 자주 들려주시던 의주유지 신운산과 공부를 많이 한 그 집 자손들 이야기들에서 성공하려면 뭐니 뭐니 해도 공부를 많이 해야 한다고 나름 판단했던 나는, 한글을 깨치면서부터 아버지나 삼촌이 읽던 정치책자들을 주워들고 뜻을 알든 모르든 자자구구 곱씹어 읽기 시작했었다.

　나의 정치에 대한 관심은 아마도 그때부터 시작되었을 것이다.

　그 때문이었는지 나는 고급중학교 시절에 마르크스-레닌주의 관련서적들을 참 많이 읽었었다. 변증법적 유물론, 자본론, 철학의 빈곤, 잉여가치학설사, 공산당선언, 레닌주의에 대하여, 국제노동운동사, 국제공산당사, 마르크스-엥겔스 회상집, 레닌 전집, 레닌 회상기 등…… 그럴 만도 한 것이, 그 시기 북한에는 마르크스-레닌주의 관련서적들 외에는 딱히 읽을 만한 정치서적이 거의 없었다.

당시 10대였던 나는 그것들을 읽으면서 마르크스와 레닌의 '노동계급이 영도계급이 되어 사회구성원 모두를 이끌고 착취와 압박이 없이 다 같이 잘 사는 사회를 건설' 한다느니, '개인보다도 집단의 창발성과 지혜를 발동해서 사회를 발전시키고 물건이 폭포처럼 쏟아지는 공산주의 물질문명사회를 건설' 한다느니 하는 역설들에 깊이 심취되었다. 특히 '집단의 창발성과 협력에 의해 발전하는 사회주의가 개인의 창발성과 노력에 의해 발전하는 자본주의보다 훨씬 월등' 하다는 논리에 대해서는 읽을 때마다 참으로 지당한 진리라고 내심으로 감탄했다.

나는 마르크스-레닌주의에 대한 남다른 동경과 학습 열의로 인해서 고급중학교 졸업반 때에는 학교 마르크스-레닌주의 연구소조책임자, 의주군 민청위원회 정치학 직외(職外)강사로까지 발탁되었다. 그런 경력에 대해 나름 자부심을 가지고 있던 나는 고급중학교 졸업을 앞두고는 '마르크스-레닌주의를 더 깊이 연구학습해서 장차 훌륭한 정치일꾼이 돼야겠다' 는 포부를 안고 북한 최고의 대학인 김일성종합대학 경제학부 정치경제학과에 입학원서를 냈다.

그러나 나의 포부와 희망은 다음과 같은 외마디 통지로 졸지에 무너졌다.

"김덕홍동무는 소시민 출신성분이므로 김일성종합대학에는 갈 수 없습니다."

그때까지 읽고 배운 공산주의 정치학의 어느 구석에도 없는 소시민배타(排他) 통지로 인해 나젊은(풋풋한 젊음이란 뜻) 10대에 감수해야 했던 좌절과 울분은 지금도 잊을 수가 없다. 하지만 나는 그러한 관련당국의 처사가 공산정권의 정책이 아닌 마르크스주의에 무식한 개별적 간부의 무지에서 비롯된 일일 것이라는 미련을 마음 한 구석에 굳건히 가지고 있었다.

그 후 나는 "김일성종합대학에는 갈 수 없지만 축산대학 같은 데는 얼마든지 갈 수 있으니 입학원서를 제출해보라"는 학교당국의 권유를 뿌리치고 먼 친척의 도움으로 사회안전성(지금의 인민보안성) 소속 인민경비대에 입대하였다.

김일성공산정권의 부조리를 깨쳐준 군복무

나는 1958년 9월부터 1961년 8월까지 만 3년간 조선인민경비대 제3191군부대에서 군사복무를 했다. 우리 부대의 임무는 사회안전성 소속의 평양감옥과 보통강임시감옥에서 수감생활을 하고 있는 수감자들의 일상과 노역을 감시하고 관리하는 것이었다. 그때까지만 해도 국가정치보위부(비밀경찰)가 사회안전성으로부터 분리-독립되기 이전이었으므로, 그곳 감옥들에는 많은 정치범들도 수감되어 있었다. 이 때문에 나는 군사복무를 하는 기간에 일반

사회에서는 전혀 알 수도 없고 또 결코 알아서도 안 될 일들을 수도 없이 많이 지켜보고 겪었었다.

그 중에서도 아직까지 생생하게 기억되는 것은 1945년 11월 신의주학생사건 때 소련군에 체포되어 구소련 시베리아의 정치범수용소에 끌려갔던 정치범들 중 일부가 6.25 이후에 북한으로 이관되어 그 감옥들에 수감되어 있은 사실이다. 그 당시 내가 들은 말에 의하면 그들은 구소련 관련당국이 시베리아에서의 복역기간에 사상개조가 되었다고 평결하고 출소시켜서 북한에 돌려보낸 사람들이라고 한다.

그때까지만 해도 북한 감옥들에서는 정치범들에게 주 1~2회 정도 사상개조 정치학습을 시켰었다. 김일성족속의 통치철학인 주체사상이 나오기 이전이라 학습내용은 주로 마르크스-레닌주의였다.

신의주학생사건 관련 정치범들은 수년간 구소련 정치범수용소에 수감되어 있으면서 어찌나 지독하게 마르크스-레닌주의 이론학습을 강요당했던지 그것들을 아예 뚝 떼고(달통했다는 뜻) 돌아왔다.

이 때문에 사회안전성 내에는 그들을 상대로 마르크스-레닌주의를 가르칠 이론가나 그것들의 현실적용문제를 놓고 논쟁할 만한 수준의 정치일꾼이 아예 없었다. 그들은 강사들이 김일성과 노동당의 정치-정책에 대해 강의하면 "마르크스는 어느 저서에 이렇게 지적했는데……, 레닌은 어느 연설에서 이렇게 가르쳤는데……" 식으로 조목조목 반박해서 강사들의 진땀을 쭉 빼놓았었다.

그때 그곳에 수감되었던 1945년 11월 신의주학생사건 관련 정치범들은 1959년 말 김일성의 특별교시로 신설된 18호 관리소(정치범수용소)로 이관되었다.

그 후 그들이 출소했다는 소식은 어디서도 듣지 못했다. 젊디젊은 10대에 공산당을 반대하는 데모를, 여러 번도 아니고 단 한 번 했다는 죄목으로 체포되어 평생을 구소련 시베리아수용소와 북한 정치범수용소에서 인간 이하의 고역과 학대를 당했을 그들……그들의 비참한 운명은 이 글을 쓰는 순간에도 가슴을 먹먹하게 한다.

나는 군사복무기간에 똑똑치 못해도 출신성분이 좋아서 자기가 희망하는 대학에 쉬이 추천받아 가는 사람, 불성실하고 능력이 없어도 출신성분 때문에 해마다 출세하는 사람들을 수도 없이 지켜보았다. 그리고 제 이름 석자도 쓸 줄 모르는 무지렁이농부가 6.25 때 치안대에 땔감을 해준 죄목으로 잡혀 와서 조석으로 구타와 경멸을 당하다가 스스로 자결하는 기막힌 모습도 보았다.

나는 그 모든 사건들을 직접 겪고 지근거리에서 지켜보면서 김일성정치를 불신하기 시작했고, 노동당의 계급정책을 하나하나 되씹으면서 소시민출신인 내 미래에 대해 깊이 고민하기 시작했다. 그러면서도 한편 '꼭 김일성종합대학에 가서 마르크스주의와 김일성정책의 진실을 알아내야겠다'는 반발심을 더더욱 굳히게 되었다.

나의 군복무는 3년이 되는 해에 '독재기관 대열을 계급적 출신성분이 좋은 사람들로 꾸릴 것에 대한 김일성교시'가 내려오면서 끝이 났다.

　나는 소시민출신이라는 계급적 장벽을 넘어서기 위해 군사복무를 정말로 열심히 했다. 항상 동료들보다 늦게 자고 일찍 일어나서 주변 청소와 정리정돈을 거의 도맡아 했고 정치학습과 군사훈련에서도 언제나 단연 제일 높은 평가를 받았다.

　게다가 나는 글씨까지도 우리 부대에서는 제일 잘 써서 군부대 정치부장의 각종 문서정리를 도맡아서 해줬다. 그때에도 문서대국이었던 북한에서는 글씨를 잘 쓰는 재간도 어떤 인성(人性)의 상급을 만나느냐에 따라 숙명을 바꿀 수도 있는 귀한 밑천이었다.

　지성이면 감천이라고 했던가. 하루와 같이 고단하기만 했던 군복무시절에 덜 자고 덜 쉬면서 노복처럼 충성을 바쳤던 우리 부대 정치부장은, 내가 제대명령을 받던 날 김일성종합대학 경제학부 정치경제학과 입학통지서를 내게 내밀며 다음과 같이 말했다.

　"네가 그토록 간절히 희망하는 김일성종합대학에 보내줘야겠기에 힘 좀 썼다. 내가 도와줄 수 있는 한계는 여기까지다."

　이어 정치부장은 소시민출신 성분의 내가 그 체제에서 평생 지켜야 할 좌우명 같은 것을 일러줬다.

　"당 일꾼과는 절대로 척을 지지 말라. 인간관계를 잘 가져라. 항상 안전부를 우군으로 삼아라."

　나는 이렇게 인생목표의 첫 관문인 김일성종합대학에 들어갔다. 우리 할머니는 늘 "귀인(貴人)은 노상에서 만나고, 쫓는 신(神)이 있으면 구원해주는 신이 있다"고 했었다.

　지금 생각해도 그 정치부장은 내가 인생노상에서 만난 첫 귀인이고 구원의 신이었다.

당 역사연구소의 신의주학생사건 파일 중에서

나는 대한민국 정치망명 후, 이곳 출판도서들에서 1945년 11월 신의주학생사건 관련 글들을 접할 때마다 깊은 관심을 가지고 읽어보았다. 그리고 그 당시 신의주학생사건에 참가했다가 북한을 탈출한 분들이 증언한 사료들을 통해서 1945년11월 16일~11월 23일 신의주학생사건의 참혹상을 많이 알게 되었다.

그러나 관련출판물 어디도 북한 김일성의 그 당시 움직임을 서술한 것은 없었다. 따라서 이왕 신의주학생사건 관련 정치범들에 대해 회고한 이상, 내가 당중앙위원회 자료연구실 부실장 직책에 있을 때 노동당 역사연구소에서 본 신의주학생사건 관련 비공개사료의 내용을 아래에 얘기하려고 한다.

김일성이 주둔군 소련사령부와 당시 평북도 인민위원회에 파견되어 있던 김일(빨치산출신)로부터 신의주에서 학생폭동이 일어나서 소련군과 보안부가 진압 중에 있다는 보고를 받은 것은 1945년 11월 23일 오후 4시경이었다.

김일성은 즉시 강상호(후에 북한군 해군대학총장), 최용림, 전병호(후에 노동당중앙위원회 군수공업담당비서) 등 경위분대원들과 함께 소련군이 제공한 직승기(헬기)를 타고 신의주로 날아갔다.

신의주에 도착하니 학생폭동은 이미 진압되어 있었다. 학생들이 던진 돌에 도(道) 인민위원회와 보안대 건물의 유리창은 거의 깨져 있었고 시내 중심가들에는 폭동의 잔해인 돌과 몽둥이와 찢어진 옷가지들이 걸어 다닐 수 없을 정도로 널려져 있었다. 게다가 산지사방에 붉은색 뻥끼(페인트)가 핏자국처럼 음산하게 뿌려져 있었다.

김일성이 마중 나온 김일에게 "저 뻥끼(페인트) 자국은 무엇인가?"고 물었고, 김일이 대답했다.

"소련군대가 폭동주모자들을 잡기 위해 직승기에 뻥끼 도라무통을 싣고 난동을 부리면서 달려가는 학생 무리들 위로 날아가면서 그것을 뿌렸고 폭동이 진압된 뒤 수색대를 풀어서 옷에 뻥끼(페인트)를 묻힌 학생들을 모조리 잡아갔습니다."

(당시 그 말을 들은 김일성은 소련군의 폭동진압 스케일에 입을 다물지 못했고, 평양으로 돌아가는 차 안에서 연신 '미련한 놈들'이라고 욕을 했다.)

김일성은 11월 23일 밤을 김일이 자취하는 여관방에서 보내면서 인민위원회, 보안대 간부들과 신의주 유지들을 불러서 사건 전모를 자세히 요해했다.

다음날(11.24) 오전 10시, 김일성은 신의주학생들 앞에서 연설하기 위해 신의주 동중학교 운동장에 갔다. 학교운동장에는 이미 많은 학생들이 끌려 나와 있었다. 소련군대는 운동장에 횡대로 학생 한 줄, 그 뒤에 몽둥이를 든 노동자규찰대 한 줄, 또 학생 한 줄, 그 뒤에 총을 든 보안대 한 줄 식으로 세워서 채워 넣고 그 둘레를 소련군으로 둘러싸고 있었다.

그런 속에서 김일성이 민주주의국가건설에 대한 연설을 했다.

그런데 그 살벌한 경계 속에서도 한 학생이 손을 번쩍 들어 김일성의 연설을 중단시키고는 "당신도 공산주의자입니까?"고 물었다. 김일성은 그 질문에 대해 "나는 공산주의자인 동시에 민족주의자입니다."라고 대답했다.

이후 김일성은 11월 25일 신의주학생사건의 발단지인 평안북도 용천군 용암포를 거쳐서 평양으로 올라왔다.

용암포에서 김일성은 폭동피해를 당한 농민들과 함께 마당에 앉아서 새끼줄을 꼬면서 그들을 위로했고, 김일성을 동행했던 소련군대 종군사진기자가 그 장면을 사진으로 찍었다.

이상이 북한 노동당 역사연구소에 소장되어 있는 신의주학생사건 고증사료 내용 중의 일부이다.

1970년대에 들어와서 북한 노동당은 주민세뇌용 '김일성혁명역사도록'을 만들어내면서 김일성이 1945년 11월 25일 평안북도 용천군 용암포에서 신의주학생사건 관련 농민들을 위로하면서 찍었던 그 사진도 거기에 올렸는데, 그 밑에는 다음과 같은 내용의 뻔뻔스런 해석이 달려 있었다.

"해방 직후 평안도 용암포 농민들과 함께 농사일과 토지개혁문제를 의논하시는 위대한 수령 김일성동지."

3장

20년간 몸담았던
김일성종합대학

김일성종합대학 학생, 대학교무부 보조부원

나는 김일성종합대학에 들어가면서, 대학 측으로부터 대학교무부 보조부원(한국식으로는 아르바이트)직을 동시에 제안받았다. 내가 월급을 받으면서 대학공부를 할 수 있게 된 것은 전적으로 우리부대 정치부장 덕택이다. 이미 10여 명 대식구인 우리 집 형편을 알고 있던 정치부장은, 내 정치생활평정서에 "생활비를 벌면서 공부를 할 수 있도록 조치해주면 좋겠다"는 의견서를 동봉해서 김일성종합대학 당위원회에 발송했던 것이다.

나는 종합대학에서 4년간, 오전에는 경제학부 정치경제학과에서 공부하고, 오후에는 대학교무부 보조부원의 주 업무인 문건정리관련 일을 했었다.

나는 더도 말고 딱 1년간 마르크스주의와 김일성의 계급정책에 대한 강의를 받고는 그것들에 대한 동경과 미련을 아예 버렸다.

계급투쟁과 무산계급독재론을 정수(精髓)로 하는 마르크스주의정치학을 구현한 김일성의 계급정책은 한마디로 "노동계급은

계급투쟁의 최고 형태인 무장투쟁을 통해서 자본가계급을 타도하고 노동계급정권을 세워야 하며, 노동계급정권을 세운 다음에는 공산주의가 실현될 때까지 무산계급독재와 계급투쟁을 계속해서 온 사회를 무계급사회로, 전체주민을 노동계급의 모양대로 철저히 개조해야 한다"는 무시무시하게 살벌한 정책이었다. 이런 정책대로라면 김일성공산정권하에서 나 같이 출신성분이 좋지 못한 절대다수의 인민은, 아무리 노력해도 출세는커녕 우선은 항시 불안해서 살 수가 없을 것 같았다.

게다가 마르크스주의경제학은 '유산계급의 생산수단을 수탈해서 전(全)사회적—전(全)인민적 소유로 만들고, 노동계급이 영도계급으로 된 집단의 생산력으로 물건이 폭포처럼 쏟아지는 공산주의 사회를 건설한다'는 논리였는데, 파고들수록 허황하기 짝이 없었다. 나는 3년간 군부대라는 좁은 울타리 안에서 사회생활을 하면서 특권을 남용해서 사회공동재산을 공공연히 사취하는 자, 출신성분만 믿고 건달을 부리는 자, 약하고 미미한 사람을 집단적으로 몰아대고 따돌리는 행위 등을 일상으로 보고 겪었었다. 생사고락, 규율, 전우애가 생명이고 존립방식인 자그마한 군사회가 이 정도인데 일반사회야 더 말할 필요도 없었다.

대학공부 1년도 안 되는 기간에 내가 내린 결론은 마르크스주의는 노동계급이란 특정계급이 유산계급타도를 명분으로 보다 잔인하고 억압적인 새 특권계급을 산생시키며, '모든 생산수단 사회화 및 전체 인민 나라의 주인'을 역설하면서 결국 국가를 주인 없는 나라로 전락시키는 비인간적이고 무책임한 반동학설이라는 것이었다.

나는 남한에 와서 마르크스의 학문적 동반자였던 엥겔스가 이미 그 시대에 마르크스주의를 '저주받을 학설'이라고 평가했다는 사실을 알고는, 젊은 날 그에 한껏 심취했던 나 자신을 돌아보며 허탈하게 웃었었다.

1990년대 중반 나는 중국 출장을 자주 다니면서 중국 공산당과 정부 간부들이 초청하는 식사에 수도 없이 초대받았었다. 그때 그들이 고급식당에서 돈을 물 쓰듯 하면서 다 먹지도 못할 음식을 잔뜩 차려놓고 낭비하는 짓들을 보고 내가 "먹을 만큼 시킬 것이지…… 돈이 아깝지 않은가?"고 묻자 그들은 "공산당 돈은 마음대로 써도 된다."고 아무 거리낌 없이 말했다. 나는 그들의 작태를 보면서 공산주의감투를 쓴 국가는 하나같이 주인이 없는 나라이고, 공산국가의 기득권은 모두가 도적놈이라고 다시금 실감했었다. 물론 지금 공산중국의 국가주석 시진핑이 부패와의 전쟁을 선포했다고는 하지만 중국이 공산국가인 이상 어디까지나 지켜봐야 할 일이다.

나는 대학공부 기간에 김일성이 무자비한 계급투쟁논자, 철두철미한 무산계급독재논자임을 명백히 알게 되었으며 이에 따라 김일성과 노동당의 계급정책의 본질도 결국은 모든 주민을 계급적 출신성분에 따라 등분(等分)하고 그에 따른 감시와 엄정(嚴正)한 차별대우를 실시하면서 독재통치기반을 유지하려는데 있다는 것을 분명히 알게 되었다.

동시에 나는 '정치일꾼이 되어 나라와 인민을 위해 훌륭한 일을 하겠다'는 포부와 목표를 완전히 접었다.

졸업 후 나는 종합대학 간부부(인사담당부서)가 본 대학 정치경제학과의 제의를 받아들여 대학 교원후비 간부양성대상(대학교원양성프로그램)으로 결정했던 교육자로서의 나의 전도를 마다하고 김일성종합대학 교무부 지도원으로 들어갔다. 나는 내가 마음속 깊이 증오하기 시작한 마르크스주의와 노동당정책을 후배들에게 강의할 생각은 쥐뿔만큼도 없었다.

김일성종합대학 교무부의 직능은 대학생입학과 교육강령집행, 졸업생 배치 및 간부(인사)추천 관련 직간접적 행정업무를 집행하는 것이다. 나는 종합대학 교무부에서 지도원→책임지도원→부부장 직책을 거치면서 16년간 사업했다. 나는 1970년대 중반부터는 본 직책 외에도 임명직들인 평양시 중앙대학 교직원 적위대(민간군사조직) 대열참모, 평양시 중앙대학 교직원 금요노동 총 참모장을 겸임했었다.

북한의 대학입학생 선발 및 대학졸업생 배치 시스템

북한의 대학은 한국어학사전에 게재되어 있는 '국가와 인류사회 발전에 필요한 학술 이론과 응용방법을 교수하고 연구하며, 지도적 인격을 도야(陶冶)하는 고등교육기관'이라는 개념과는 그 본질이 전혀 다르다. 김일성족속은 북한의 대학을 '당과 군대와 국가 등 북한 모든 분야의 핵심골간 및 간부 후비를 육성하는 주체교육의 전당, 민족간부 양성기지'라고 규정하고 있다.

이 때문에 북한에서 대학입학생 선발과 대학졸업생 배치는 북한의 최고권력기구인 노동당조직이 직접 주관한다. 노동당이 대학

입학생 선발 및 대학졸업생 배치를 직접 주관한다는 것은, 북한대학에는 노동당이 보증하고 승인한 대상만이 갈 수 있다는 뜻이기도 하다. 북한의 이러한 비상식적이고 비정상적인 대학입학생 및 대학졸업생 관리 정책에 대한 이해를 도모하기 위해 아래에 관련 시스템을 서술한다.

북한의 대학입학생 선발 시스템은 다음과 같다.

우선, 내각 교육성은 대학별 입학생 규모를 계획화해서 각 도, 시, 군(구역) 행정위원회 대학생모집과(행정기구)를 통해 전국의 고등중학교들에 대학별 수험생 숫자를 할당한다.

다음, 전국의 고등중학교들에서는 할당된 대학별 수험생 수에 준해서 적격자들을 선발하여 추천한다.

다음, 전국의 고등중학교들에서 추천한 대학입학 적격자명단은 각 시, 군(구역) 노동당위원회에 제출되며 여기서는 적격자 개개인의 출신성분, 가족 및 친척관계를 기본으로 해서 조직생활참가정형, 학업성적, 품행, 체력건강상태 등을 엄격히 심사하여 적격여부를 최종 결정한다.

다음, 각 지역 노동당조직으로부터 대학입학생 적격자 비준을 받은 대상은 해당지역 행정위원회 대학생 모집과로부터 대학추천서와 대학입학원서를 받고 추천받은 대학에 가서 입학시험, 체력검정, 신체검사, 인물심사(면접)를 치러서 합격되어야 한다.

이상의 대학입학생 선발시스템은 북한 모든 대학들에 일률적으로 적용된다.

북한에서 장애인과 신원조회에 통과되지 못한 대상은 아무리

공부를 잘하고 품행이 단정해도 대학에 갈 수 없다. 핵심기득권출신 장애인이 대학(특히 중앙대학)에 가려면 건별로 수령의 친필비준을 받아야만 하는데, 내가 북한에서 직접 본 장애인 대학입학 사례는 김정일의 친필비준을 받고 평양미술대학에 입학했던 강상호(항일빨치산출신, 해군대학 학장)의 맏아들이 유일하다.

북한의 대학졸업생 배치 시스템은 다음과 같다.

대학졸업생 배치 시스템은 중앙대학과 지방대학이 서로 다르다.

중앙대학 졸업생 배치는 노동당중앙위원회 행정 간부 부(部)가 주관하며, 지방대학(도급 대학) 졸업생 배치는 관할 노동당 도(道)당위원회 행정 간부 부가 주관한다.

노동당중앙위원회 행정 간부 부는 중앙대학 졸업생 중에서 노동당중앙위원회 조직지도부 간부 과가 선별한 대상들을 우선적으로 보장한 뒤, 모든 중앙기관과 각 분야에서 수요로 하는 대학졸업생들을 선발해서 할당한다.

모든 중앙대학의 학생 간부 부(졸업생 인사과)는 노동당으로부터 받은 부문별 대학졸업생 수요(需要)에 따라 적격자들을 선발하고 신원조회를 거친 뒤, 배치(配置)안(초안)을 작성해서 노동당중앙위원회 행정 간부 부에 제출한다.

노동당중앙위원회 행정 간부 부에서는 제출된 배치안(초안)에 준해서 졸업생 개개인의 간부이력서와 주민등록문건에 대한 현지확인을 거친 뒤 담당비서(당중앙위원회 행정 간부 부)의 비준을 받아서 해당 중앙대학들에 하달한다.

배치단위를 통보받은 대학졸업생들은 당일 혹은 그 다음날로 배치단위 간부 부(혹은 간부 과)에 중앙당파견장(일명 배치장)을 제출하고 최종적으로 자신이 일할 부서와 직책을 부여받는다.

대학졸업생들의 간부이력문건과 군사이동증서(예비역증서), 당원이동증서 및 사로청이동증서, 식량정지증명서(식량배급을 받을 수 있는 증서)는 배치단위에 기요문건으로 발송된다.

위의 시스템은 지방대학인 경우도 똑같이 적용된다.

이상이 지구촌 어디에도 없는 북한의 대학입학생 선발 및 대학졸업생 배치 시스템이다.

김일성의 첫 표상, 김정일의 첫 인상

나는 지금도 1961년 9월 1일의 김일성종합대학 아침풍경을 생생하게 기억하고 있다. 그날은 내가 종합대학에서 맞이한 첫 아침이었다.

대학기숙생들이 군대처럼 학부별로 대열지어 식당에 가서 아침식사를 하고 또 학부별로 대열지어 노래를 부르면서 교사로 향하다가 일정구간에서는 열병행진까지 하던 광경은, 엊그제 군(軍)을 제대한 나를 크게 실망시켰었다.

그러나 그때 들은 종합대학의 교가는 내 미래를 예고하는 듯한, 참으로 가슴 벅찬 것이었다.

대동강 굽이치는 모란봉 기슭에

수령님은 종합대학 높이 세워주셨네……

20살이 되도록 평북도 의주와 신의주 지경을 넘어선 적이 없었던 나는, 그 노래를 통해 종합대학이 모란봉 기슭에 있으며 김일성이 직접 그 대학을 세웠다는 사실을 알게 되었다. 하늘 한 끝에 있는 줄로만 알았던 수령 → 김일성이 내 가까이에 있음을 느끼게 하는 순간이었다. 참고로 북한 모든 대학의 대학생 행정체계는 군대식으로 되어 있다. 그래서 각 대학은 '연대', 각 학부는 '대대', 각 학년은 '중대', 각 학급은 '소대'로 편성되어 있다.

종합대학에서 나는 김일성에게도 인간적 면이 있다는 사실을 처음 알게 되었다. 내게 인간 김일성을 알게 해준 사람은 한 번도 만난 적이 없는 작가 한설야였다. 소시민출신 성분으로 종합대학에 들어온 나는 그때 김일성과 노동당정책의 진실을 하나라도 더 알기 위해 늘 밤늦게까지 대학도서관에 틀어박혀 공개 및 비공개 도서와 출판물들을 잡히는 대로 읽었다. 내가 다른 학생들은 어림도 없는 비공개 책자들을 쉬이 볼 수 있었던 것은 대학교무부 보조부원(아르바이트) 신분을 가지고 있었기에 가능했던 일이다. 그 과정에서 나는 작가 한설야가 1946년에 북한공산당 기관지 정로(노동신문 전신)에 연재했던 김일성 관련 기사를 접하게 되었다.

해방 전에 이미 장가를 세 번씩이나 간 김일성

한설야는 1945년 10월 14일 김일성개선환영 평양군중대회가 있은 날 저녁에 20년 만에 만경대 고향집을 찾는 김일성을 동행 취재하고 '인간 김일성장군'이란 제목의 기사를 썼는데 거기엔 김일성의 인간적 내면을 보여주는 내용들도 있었다. 지금도 거의 생생하게 기억하고 있는 관련 내용은 이랬다.

조부가 손자(김일성)에게 "그래 장가는 갔느냐?"고 물었다.

김일성은 "아니, 내 나이가 몇 살인데 아직까지 장가를 안 갔겠습니까? 장가를 가도 세 번씩이나 갔습니다." 하고 대답했다. 놀라서 쳐다보는 조부를 향해 김일성이 담담하게 말을 이었다.

"첫 번째 처는 1930년 하얼빈에서 헤어졌는데 아직까지 행방을 알지 못하고 있습니다. 우리는 그때 돈이 없어서 점심에는 수수지짐(부침개) 한 개를 사서 나누어 먹곤 했는데 그는 늘 먹는 시늉만하고는 배가 부르다면서 내게 양보하곤 했습니다. 내가 그 여자에게 정말 고생을 많이 시켰었습니다.

두 번째 처는 춤도 잘 추고 노래도 잘하는 여자였는데, 내가 좋다고 쫓아다녀서 결혼을 했지만 빨치산 대원은 아니었습니다. 그는 내가 잠시 밀영을 비웠던 어느 겨울에 그곳을 습격한 일본토벌대에 잡혔는데 일본 놈들은 내가 악에 받쳐서 죽으라고 그 여자의 눈알을 뽑고 심장을 도려서 죽였습니다. 그러나 나는 '네 놈들 좋으라고 내가 죽어? 오기가 나서라도 네 놈들을 더 많이 죽이고, 더오래 살아야겠다.'고 결심했었습니다.

세 번째 처는 두 번째 처와 아주 친한 사이였는데 키도 작고 인물도 없지만 총을 잘 쏴서 데리고 살게 되었습니다……."

그 기사를 읽으면서 나는 처음으로 '김일성도 슬픔을 간직하고 있는 진배없는 인간이구나……' 하고 생각하게 되었다. 그리고 훗날에는 김일성이 말한 첫 번째 처는 한영애이고 두 번째 처는 최희숙이라는 사실도 알게 되었다. 당 역사연구소 사료에 의하면 한영애는 1930년대 초에 김일성과 헤어진 후 중국에서 쭉 살다가 6.25전쟁 와중에 김일성을 찾아서 북한으로 가던 도중에 폭사를 당했다고 한다.

종합대학 도서관의 비공개열람실에 소장되어 있던 그 정로신문 묶음철은 1982년 4월 신설된 평양인민대학습당으로 넘겨졌다. 1990년 초, 사업상 관계로 평양인민대학습당을 찾았던 나는 그곳 제일 위층에 있는 비공개자료 열람실에서 1946년 정로신문 묶음철을 보고 경악했다.

김일성족속 신격화를 위해 지우고 덧붙이고 도려내고 하면서 얼마나 그 신문에 린치를 가했는지 형체만 있을 뿐 읽을 것이 아예 없었다. 1946년에 한설야가 썼던 '인간 김일성장군' 제목의 기사는 아예 통째로 오려내서 없애버렸다.

대국에서 선물을 주겠다는데, 고작 부른 게 원주필 공장이야!

내가 두 번째로 접한 김일성의 표상은 아주 몰염치한 인간이라는 것이었다.

1970년 4월 김일성은 평양을 방문한 중국의 주은래총리와 함께 함경남도 함흥시에 갔었다. 그때 주은래는 함흥시민들의 열광적인 연도환영에 감동해서 떠나기에 앞서 노동당중앙위원회 함흥시 책임비서에게 다음과 같이 물었다.

"함흥시에 선물을 남기고 싶은데, 무엇이 제일 필요한가?"

그러자 그 책임비서는 김일성이 지켜보는 자리인지라 한참을 머뭇거리다가 나름 '북한인민의 학구열을 보여줘야 한다'는 사명감을 안고 이렇게 대답했다.

"원주필 공장을 선물로 주십시오."

대노한 김일성은 주은래가 돌아간 뒤 당중앙위원회 책임일꾼회의를 소집하고 함흥시 당 책임비서를 다음과 같이 호되게 비판했다.

"대국에서 선물을 주겠다는 기회에 통이 크게 아예 강철공장이나 하나 달라고 요구할 것이지, 고작 불렀다는 게 원주필 공장이야? 혁명가가 그렇게 통이 작아서야 무슨 일을 하겠는가?"

당시 김일성교시 전달모임에서 관련내용을 전해들은 나는 김일성의 발상에 도리머리를 쳤다.

내가 김일성에 대해 느낀 세 번째 표상은 그가 아주 허풍이 심한 인물이란 것이었다.

1960년대 말~1970년대 초 북한에서는 중앙기관 간부들을(북한의 모든 중앙대학 교원들은 중앙기관 간부급에 속한다.) 상대로 '김일성육성녹음교시전달모임'이 거의 매주 진행되었었다. 김일성육성녹음교시전달이라는 것은 김일성이 당과 국가의 중요회의나 현지지도에서 한 육성교시를 여과 없이 그대로 전달하는 것을 말한다.

그 육성녹음교시들에서 김일성은 "스탈린도 인정했소." 하거나 "모택동이 머리 숙였소." 식으로 수도 없이 허풍을 쳤었는데, 이 때문에 1974년경에 쿠바 주재 북한 특명정권대사가 추방되는 사건이 발생했다.

김일성이 어느 녹음교시에서 "쿠바의 피델 카스트로도 내가 가르쳐준 대로 해서 미국의 콧대를 뭉개 놨다."고 한 자랑을 곧이곧대로 믿은 그 특명정권대사는 카스트로가 베푼 연회에 참석한 자리에서 그의 어깨를 툭툭 치면서 "우리 수령님 가르침……"을 운운하다가 그 다음날로 추방되었다.

그 사건이 얼마나 큰 충격과 교훈을 주었던지 북한노동당은 이후 김일성육성녹음교시전달이란 교시침투방식을 아예 없애버렸다. 그 사실을 놓고 종합대학 역사학부에서 국제노동운동사라는 학과목을 담당했던 어느 노(老)교수가 혀를 내차면서 했던 말이 지금도 기억에 생생하다.

"사실, 제 힘으로 무장봉기를 일으켜서 친미괴뢰정권을 내몰고 공산정권을 세운 피델의 눈에는 소련군대가 데려다가 앉힌 수령님이 하찮게 보일 수도 있는데, 그 앞에서 그런 버릇없는 짓을 했으니……."

나는 김정일과 거의 동시대에 종합대학 경제학부 정치경제학과에서 공부했지만, 한 번도 그를 교정에서 보지 못했다. 훗날 이에 대해 황장엽선생에게 이야기하니 그는 "김정일이 이따금 등교했기 때문에 그럴 수 있다."고 했다.

나는 김정일을 1964년 5월의 어느 일요일 오전에 평양시 사동구역 외진 구석에 주재해 있던 북한군 협주단 청사 정문 마당에서 처음 보았다. 그날은 일요일이기도 해서 나는 오랜만에 협주단 통신장교로 있던 의주 고급중학교 동창생을 찾아갔었다. 청사 2층에 있는 그의 사무실에서 창문을 열어놓고 얘기를 나누고 있는데, 정문으로 빨간색 벤츠가 요란한 경적을 울리며 들어왔다.

내려다보니 직일군관이 달려 나가고 있는데 그 와중에 차문이 열리면서 작달막한 젊은 남자가 내렸다.

"수령님 아들이야."

하는 동창생 말을 듣고 나는 그가 김정일임을 알아챘다. 계속 지켜보려니 김정일은 뭐가 그리도 급한 지 40대는 족히 넘어 보이는 직일군관을 세워놓고 속사포처럼 말을 쏟아내고 있었는데, 그의 오른손에는 담배꼬치가 쥐어져 있었고 운동화는 뒤축을 꺾어 신고 있었다. 이어 김정일은 피우던 담배를 아무 데나 휙 내던지고는 직일군관과 함께 청사로 들어왔다. 잠시 후 아래층에서는 텅 빈 청사가 쩌렁쩌렁 울리도록 뜀박질하고 고아대는 소리가 그칠 새 없이 들려왔다.

동창생은 그 상황에 대해 아주 귀찮다는 듯이 손사래까지 치면서 말했다.

"지금 수령님 아들이 탁구를 치는 중인데, 저렇게 가끔 와서는 요란스럽게 탁구를 치며 놀다가 가곤 해."

내가 본 김정일의 첫 인상은 그러했다. 그 무렵에 해방 직후 김일성의 개인서기를 했던 강마일(강문일이라고도 함)이 김정일에 대해 한 이야기를 하나 더 쓰려고 한다.

1947년 당년 5세의 김정일이 "호랑이를 잡아 달라."고 사흘낮 밤을 울고불고 생떼를 쓰는 바람에 김일성이 종래 강계포수들에게 부탁해서 호랑이새끼를 잡아다줬다고 한다. 그런데 김정일이 주변에 살던 중국계와 구소련계 간부 자제들을 불러들여서는 그 호랑이새끼로 겁을 주는 놀음을 하다가 결국에는 모친 김정숙이 그 애들의 부모로부터 거세게 항의를 받는 모습을 보고서야 그 놀음을 그만두었다고 한다.

그의 말을 들으면서 나는, 내가 본 김정일이라면 비록 어린애일지라도 충분히 그런 행동을 했을 것이라고 생각했었다. 내가 본 김정일의 첫 인상은 아주 유아독존적이고 도덕이라고는 전혀 없는 인간이라는 것이었다.

김정일은 2011년 12월 17일 급사하는 날까지, 내가 본 그 모습대로 이승을 살다가 갔다.

1974년 이전과 이후의 종합대학 풍경

내가 지켜본 김일성종합대학의 풍경은 1974년 이전과 1974년 이후로 극명하게 갈린다.

1974년 이전의 종합대학 풍경은 다음과 같았다.

우선 대학의 전반적 분위기가 밝고 역동적이었다. 대학생들이 있는 곳이라면 강의실이건 강당이건 교정이건 관계없이 어디서나 다양한 토론과 논쟁이 열띠게 벌어졌으며 오후의 대학운동장은 체력을 단련하는 학생들로 늘 북적거렸다. 군대규율이 그대로 적용돼서 하루 세 끼를 대열을 지어서 식당에 가야만 밥을 먹을 수 있고 매일 열병행진까지 곁들인 대열행진을 하면서 강의실로 등교해야만 하고 밤 10시 직일관의 취침구령이 있어야만 잠자리에(기숙생에 한함) 들 수 있었지만, 그래도 그 시절에는 크게 피곤하지 않았고 늘 여유가 있었다.

그 시절에는 대학 교직원들과 학생들에게 언제나 정권중앙의 비하인드 스토리들을 전해주던 소위 '학생참모통신'이라는 것도 있었다. '학생참모통신'이라 불린 이유는 중앙으로부터 하부 말단에 이르기까지의 북한의 모든 가십거리들이 각 학부의 학생참모부(대학생일과를 총괄하는 기구)를 중심으로 회자되었기 때문이다.

종합대학 교직원들과 학생들이 애정을 담아서 '비공개 타스통신'이라고도 이름 붙인 학생참모통신의 모든 핫뉴스의 출처는 대학에서 공부하고 있던 최고위 기득권층의 자녀들이었다. 이들은 부모들이 베개 위에서 나눈 "김일성이 어제 당중앙위원회 정치국 회의에서 누구를, 어떤 내용으로 비판했다."와 같은 극비 소식들까지도 학생참모통신에 넘겨줬다. 그 덕에 국사(國事)와 시사(時事)에 관심이 깊었던 종합대학 교직원들과 학생들은 노동당방침과 중견급 인사사업 관련 소식들, 북한당국의 시각에서 분석한 국제시사 및 국제정세 흐름 등을 항시 제때에 접할 수 있었다(타스통신은 구소련공산당 통신사 명칭).

1974년 이전의 종합대학 22층 청사는 밤 10시가 넘도록 야간대학 강의로 창마다 전등불이 환하게 켜져 있었고, 방학기간에는 각지에서 올라온 통신대학생들로 온 구내가 북적였다.

한마디로 1974년 이전의 종합대학 풍경은 국립 민족간부 및 고등교육인재 양성의 원종장(原種場)다운 풍경이었다.

그러나 1974년 이후의 종합대학 풍경은 긴장과 불안, 초조와 무거움 그 자체였다.

사회과학과 자연과학을 가리지 않고 대학의 모든 교재가 주체사상과 주체원리로 꿰맞춰졌으며, 대학 구내 어디서도 학생들이

토론이나 논쟁을 하는 모습을 찾아볼 수 없었다.

'일일 충성의 선서모임'을 하는 제도가 생겨나서 매일 아침 교직원과 학생들을(평양시의 열악한 대중교통으로 인한) "지각하면 어쩌나……" 하는 걱정과 근심에서 벗어나지 못하게 했는데 이유는 '정당한 사유 없이 3회 이상 충성의 선서모임에 지각하는 대상은 퇴출' 시키라는 김정일의 방침 때문이었다. 2일에 1차씩 해야 하는 '당 및 근로단체 조직사상 생활총화' 제도가 생겨나서 항시 교직원과 학생들을 불안케 했는데, 이유는 '같은 과오를 3번 이상 반복하면 엄중히 징계' 하라는 김정일의 방침 때문이었다.

북한권력 중심부의 내부 방침과 움직임들을 항시 회자시켜서 교직원-대학생들의 감각과 시야를 틔어 주곤 했던 학생참모통신은 어느 새 흔적도 없이 사라졌다. 야간 및 통신 학부가 폐쇄되어 밤에는 온 대학 구내가 시커먼 적막강산으로 변화했다.

1974년 이후 종합대학의 변화된 또 다른 풍경은 수령보위 명분에 따라 대학 구내에 호위국 위수구역이 생겨나고 주변 야산들에 북한군 고사포진지가 전개된 것이다. 김정일은 1975년에 "종합대학 22층 청사 위에서 바라보면 김일성 저택이 보인다"며 본 청사 20~22층을 누구도 접근할 수 없는 호위국 위수구역으로 만들었다. 그리고 '조선혁명의 심장인 김일성수령의 저택 상공을 적들의 공습으로부터 보호해야 한다' 면서 대학 주변 곳곳에 북한군 고사총 및 고사포 진지들을 배치했다.

이 모든 변화는 김정일 후계자 추대와 동시에, 김정일이 강력하게 추진한 후계자 유일지도 체제수립이 초래한 살벌한 풍경이었다.

김일성종합대학의 22층 교사 꼭대기에서 멀리 내려다보이던 김일성의 저택은 1977년 4월 금수산의사당(일명 주석궁)으로 재건되었고, 1994년 김일성이 급사한 후에는 김일성시신궁전(일명 금수산기념궁전)으로 변천했다. 그곳은 2011년 김정일 급사 후에는 김일성족속의 시신궁전이 되었다. 지금 거기에는 죽은 김일성과 김정일이 나란히 누워 있다.

1976년 김일성종합대학 대열정비

1976년 8월 18일 판문점도끼사건이 발생했다.

북한정권은 즉시 이를 '미국이 제2의 조선전쟁을 일으키기 위해 의도적으로 감행한 엄중한 군사도발행위'라고 규탄했다. 아울러 북한당국은 준전시상태 선포, 전시동원체계로 전환 명령 하달, 주요 국가기관 및 공장 기업소 소개조치, 평양소재 모든 과학연구기관 및 상사(商社)의 지방이전 조치, 군 자원입대 독려 및 환송 행사, 30만 평양주민 이주조치 등으로 순식간에 북한전역을 불안과 초긴장의 도가니에 몰아넣었다. 종합대학은 수령후계자의 모교라는 이미지에 상응하게 전시동원령이 내려지기도 전에 전교생이 인민군 자원입대 궐기자 명단에 혈서로 사인하는 정치행사를 거행해서 김정일로부터 '당중앙과 운명을 같이하려는 충성심의 발로'라는 높은 평가를 받았다.

하지만 당장 일어날 것만 같았던 전쟁은 8월 말까지도 발발하지 않았다.

오히려 그해 8월 말, 당시 김일성종합대학 당위원회 책임비서였던 문명원은 교직원 당 및 행정간부 회의에서 다음과 같은 내용을 전달했다.(그때의 상황들을 살리려면 김일성과 김정일에게 존칭수식사를 넣어야 하는 데 도저히 용납되지가 않아 이 책의 모든 곳에서 존칭수식사를 배재키로 했다.)

"판문점도끼사건이 일어나자마자 당중앙위원회와 인민군대 책임일꾼들이 이번 기회에 쭉 밀고 내려가서 남조선을 통일하자고 김일성께 간곡하게 제기했지만, 김일성이 '우리 후방인 중국의 인민대회당 안에서 총소리가 울리고 있는 조건에서는 절대로 그렇게 할 수 없다.'고 말했다. 그래서 전쟁이 일어나지 않게 되었다."

당시 나는 종합대학 교무부 책임지도원 신분으로 이 회의에 참석했었는데, 그때서야 우리 교직원들은 1976년 1월 8일 주은래사망 이후 주은래추모세력과 그 반대세력(사인방)이 총질까지 하면서 헤게모니 접전을 하고 있다는 사실을 알게 되었다.

그리고 며칠 뒤에는 당시 북한군 총참모부에 있던 처남으로부터 판문점도끼사건은 우리가 일으킨 사건이며, 이 때문에 김일성의 지시로 사건발발 사흘 만에 미국에 사과까지 한 사실을 전해 들었다.

'전쟁도 못 할 거면서 이 난리를 피우고 있구나……' 하고 생각하니 등골이 서늘해졌다.

아니나 다를까 김정일이 얼마 후에는 언제든지 한번은 본때 있게 싸워서 조국통일을 앞당겨야 한다느니, 수령과 수도(首都)를 정치사상적으로 목숨으로 보위해야 한다느니 하는 명분을 내세우고 "당과 군대와 정권은 물론 모든 분야의 간부대열을 전면적으로 재정비하라!"는 살벌한 방침을 발포했다.

김정일은 김일성종합대학에도 당중앙위원회 검열그루빠를 파견해서 종합대학의 교직원-학생 대열을 철저히 재정비하도록 조치했다.(그루빠란 그룹의 북한식 말투) 이에 따라 김일성족속과 깊은 연고가 있는 극소수를 제외한 남한출신 교원들이 지방대학으로 전근되거나 아예 대학교원 대열에서 축출됐고 당, 군대, 공개경찰 및 비공개경찰, 외교부문, 정부의 핵심간부 자제들을 제외한 중간 간부, 특히 행정간부 자제들이 대거 지방대학으로 이적되거나 퇴학을 당했다. 김정일은 그 재정비를 통해 종합대학의 교원 및 대학생 수를 거의 3분의 1로 확 줄였다.

1977년 2월 14일 김일성종합대학을 비공개로 찾은 김정일은 대학 대열정비 실태를 보고받고는 다음과 같이 호언했다.

"이제야 비로소 종합대학이 주체과학교육의 전당으로서의 면모를 갖추게 됐다. 앞으로 당중앙위원회와 외교부문은 80% 이상을 종합대학 졸업생들로 꾸리려는 것이 나의 목표이다."

그러나 사회주의권에서도 인정받던 종합대학의 교육의 질은 그때부터 급격히 하강하기 시작했다.

소시민출신 성분의 내가 그 살벌한 재정비에서 살아남을 수 있었던 것은 내가 학생들을 가르치는 교원이 아닐뿐더러 종합대학에 없어서는 안 될 '아주 성실하고 빈틈없는' 교무행정 전문일꾼이었기 때문이다. 이것은 자화자찬이 아니라 당시의 종합대학 당위원회가 나에 대해 한 평정(評定)이었다.

김정일은 판문점도끼사건 이후 거의 2년이 다 되도록 준전시상태를 해제하지 않고 중앙기관 간부대열재정비에 이어서 출신성분 및 사상동향에 문제 있는 30만 평양주민을 산간오지로의 추방 또는 지방에 이주시키는 조치를 단행했다.

이것으로써 김정일은 공산세습정권의 흥망성쇠를 좌지우지하는 세습후계자 유일지도체제를 일사천리로 전당(全黨)과 온 사회에 확립했다.

결국 1976년 판문점도끼사건의 최대 수혜자는 김정일이었다. 돌이켜 보면 그때 만약 김정일에게 판문점도끼사건이라는 빌미가 주어지지 않았더라면, 그래서 김정일이 최단기간 내에 속전속결로 후계체제를 구축하지 못했더라면 북한의 공산왕조는 지금의 3대 세습까지 쉽사리 오지 못했을지도 모른다.

왜냐하면 그 당시 스탈린과 모택동을 기억하는 기득권과 엘리트계층의 절대다수가 "공산주의자가 권력을 세습하다니……", "그 대단한 스탈린과 모택동도 하지 않은 짓을 하다니……" 하면서 김일성족속에 대한 깊은 우려와 불신, 증오심을 품기 시작했었기 때문이다. 김일성과 항일무장투쟁을 함께 했던 빨치산투사들 중에도 그런 사람들이 있었으니 그 대표적 인사가 바로 김동규이다. 그 때문에 김동규와 그의 온 일가친척들은 영영 정치범수용소로 사라졌다.

1976년 판문점도끼사건 때, 주요 기관 및 공장-기업소 소개조치 과정에 있었던 중요한 비하인드 스토리 하나를 덧붙인다.

1976년 판문점도끼사건 당시 수령후계자 경력이 2년밖에 되지 않았던 김정일은 그때 평양 중심부에의 제일 노른자위 부지에 위치해 있던 인민무력부 청사를 평안남도 강동군으로 소개(疏開)시키려고 이 문제를 김일성에게 제기했다. 그러나 김일성은 김정일의 제의를 받고 나름 '아주 중대한 통치행위술'을 그에게 일깨워주는 훈계를 했는데 그 내용은 다음과 같았다.

"인민무력부를 강동에 내보내면 그들이 거기서 무슨 짓을 하는지 알 수 없다. 때문에 '당중앙'은 항상 인민무력부를 옆에 꼭 끼고 있어야 한다." ('당중앙'이란 말은 김일성이 김정일에게 붙여준 수령후계자 호칭이었다.)

김일성의 훈계를 받은 김정일은 즉시 지방소개 예정 통고로 초상집 분위기에 휩싸여 있던 인민무력부를 달래기 위해 '평양시 안에 보다 웅대한 인민무력부 청사 건설'이라는 방침을 하달하고 전국이 이를 적극 지원하도록 조치했다.

아울러 김일성의 훈계를 깊이 새겨들은 김정일은 1976년 5월에 임명된 인민무력부장 오진우를 그가 죽는 날까지 거의 19년간 절대로 곁에서 떼어놓지 않았다.

김정일은 처음에는 오진우를 '무력부장동지'라고 호칭했고, 1982년경부터는 '무력부장동무'라고 호칭하기 시작했고, 1984년경부터는 '오진우 영감'이라고 불러댔고, 1990년경부터는 그냥 '오 영감'이라 불렀고, 1994년 이후에는 아예 '영감'이라고 불렀다. 북한에서 영감이란 말은 나이 든 사람을 하대하는 말이다.

오진우의 호칭 변천사는 북한군이 김일성족속의 가병(家兵)으로 전락되는 과정이었다고 해도 결코 과언이 아니다.

지구촌 어디에도 없는 북한대학생들의
6개월 현역 군사복무

북한의 모든 대학생들은 재학기간 4년 가운데 3년을 의무적으로 해마다 2개월씩, 도합(都合) 6개월간을 현역군인들처럼 병영생활하면서 군사복무를 해야 하는데, 이것을 대학생교도대 복무기간 또는 대학생교도대 훈련기간이라고 부른다.

대학생교도대의 대열편성은 각 학부의 매 학년을 중대로, 매 학급을 소대로 하고 있다. 대학생교도부대의 중대장 및 정치부중대장, 화력부관, 소대장, 사관장 그리고 통신 및 운수 분대원들은 모두 현역군인들이다.

대학생교도대 훈련기간 학생들은 군사교육과 군사훈련을 받음과 동시에 부대위수와 야간전투경계, 대공방어 등의 군사임무를 수행한다. 때문에 대학생들은 교도대훈련기간 아무리 춥고 배가 고파도 집에 불상사가 발생해도 대대, 연대에 이르기까지의 상급의 허락 없이는 병영을 이탈할 수 없다.

대학생교도대 훈련기간의 하루 일과는 대략 다음과 같다.

아침 5시 ; 기상

오전 5시~5시30분 ; 아침운동

오전 5시30분~6시 ; 세면 및 정돈(침구 및 복장 정돈)

오전 6시~7시 ; 아침식사 및 군사상학 준비

오전 7시~8시 ; 대열훈련 및 제식훈련

오전 8시~12시 ; 정치 및 군사상학

낮 12시~1시 ; 점심식사시간

오후 1시~4시 ; 군사훈련

오후 4시~6시 ; 무기소제 및 대열훈련

저녁 6시~7시 ; 총화 및 저녁식사

저녁 7시~8시 ; 자유시간

저녁 8시~9시 ; TV시청 및 문화오락시간

밤 10시 ; 취침

대학생교도대의 주된 군사임무는 평양과 군사전략 요충지 및 주요산업지구에 대한 대공방어이다. 때문에 대학생들이 받는 정치 군사상학의 내용은 주로 김일성과 김정일이 만들었다는 '주체 대공 전략전술 및 전법' 과 각종 고사무기관련 군사기술이다. 김일성이 베트남전쟁의 심각한 교훈을 살려서 창조했다는 주체대공전법 관련 교시내용은 다음과 같다.

"평양을 비롯한 전략적 요충지와 주요공업지구 주변에 사정거리가 각기 다른 고사무기들을 톱날 식으로 배비해서 고사무기 숲을 형성하면 저공으로 들어오는 비행기도 잡고, 고공으로 들어오는 비행기도 잡을 수 있다. 적의 대대적인 공습이 시작되면 조준사격을 할 수 없으니 모든 반항공(反航空) 부대들은 각기 대공구간(對空區間)을 맡아서 장벽사격을 해야 하며, 그것으로 평양과 전략적 요충지 및 주요공업지구들에 한 대의 적기도 들어올 수 없도록 대공 탄막을 형성해야 한다."

김일성의 위의 교시에 대해 북한의 군사전문가들은, 그 대공 전법은 한 개 중대가 장벽사격하면 두 개 중대가 탄(彈)을 운반해야 하는 매우 비효율인 것이며, 북한경제 형편으로도 허공에 장벽을 형성할 만큼의 탄 생산은 거의 불가능하다고들 뒷공론했었다.

대학생교도대의 군사훈련은 주로 고사포 및 고사총진지들에서 구두훈련방식으로 진행되는데 그것은 '최고사령부에 이르기까지의 보고와 명령 체계의 승인이 없이는 고사진지의 총-포신을 마음대로 들어 올리거나 회전시킬 수 없기 때문'이다. 이 엄정한 규정은 김정일이 후계자로 추대된 이후에 수령보위를 명분으로 수립한 것이다. 김정일은 "군대 내에 잠입해 있을 수도 있는 원수들이 고사무기 포신이나 총구를 평양이나 수령이 이동하는 방향으로 돌려서 수령을 위협할 수도 있다"고 강권하면서 그런 규정과 규율을 수립해 놓았다.

교도대 복무기간 대학생들은 3일에 하루씩 하룻밤에 두 차례 이상 현역들과 꼭 같이 보초근무 또는 대공위수근무에 나가야 한다. 근무에 나가기 전에는 의무적으로 복수결의모임이라는 것을 하도록 되어 있는데 여기서 김일성을 목숨 바쳐 지킨 항일투사들의 충성심과 미제와 남조선괴뢰에 대한 불타는 증오심을 가지고 근무에 임하겠다는 내용의 결의를 다져야 한다.

주로 봄-겨울에 진행되는 북한군 전군(全軍) 포 화력 종합훈련 시기에 대학생교도대 훈련에 걸려들게 되면 거기에 선발되기도 하는데, 그 종합훈련에 참가한 대학생들은 거의 보름동안 고사무기 곁에서 풍찬노숙을 해야 한다.

대학생들은 그 고단한 교도대 훈련기간에도 대학교육과정 안에 따라 사상정치과목 강의를 받아야 하는데 과목은 국제노동운동사와 당정책사이다. 이 과목은 모든 대학에 해당되는 교도대 훈련

기간 공동과목이다.

재학 중에 6개월간의 대학생교도대 훈련을 수료한 학생들은 대학을 졸업할 때 졸업증과 함께 북한군 예비역 중위 증서를 받게 된다. 이에 따라 그들은 만약 전쟁이 발발하면 장교로서 북한군에 귀대한다.

이상이 오직 북한에만 있는 대학생들의 6개월간 현역군복무제도, 일명 대학생교도대 훈련이다.

만약 자유세계의 일원인 대한민국에서 살고 있는 대학생들에게 북한의 것과 같은 대학생교도대 훈련을 강요한다면, 아마도 이 나라의 대학생들은 거부할지도 모른다.

김일성의 자식, 조카들

나는 1961년 9월~1981년 3월까지 거의 20년간 김일성종합대학 교무부에서 근무했는데 그 기간에 김일성의 자식, 조카, 사촌조카 들도 종합대학을 거쳐 갔다. 김정일, 김경희, 김경진, 김평일, 김영일, 그리고 조카 김영성과 김정현, 사촌조카 김명수와 김명호……. 김영성과 김정현은 김일성의 동생 김영주의 딸들이고, 김명수와 김명호는 김일성의 삼촌 김형록의 손자들이다.

하지만 종합대학 이후의 그들의 운명은 1980년대를 거치면서 크게 엇갈렸는데, 그 시발은 바로 김일성이 1972년 4월에 한 수령 후계자 관련 교시였다. 지금도 당중앙위원회 역사연구소에 소장되어 있는 관련 사료에는 김일성이 1972년 4월, 생일 60주기를 맞아서 만경대 생가를 찾았다가 함께 동행한 노동당 책임일꾼들과 항일투사들, 그리고 일가 어른들에게 준 '교시' 내용이 아래와 같이 정리되어 있다.

"우리 집안, 우리 만경대 집안의 혈통은 김정숙 혈통입니다. 김정숙 혈통만이 백두산에서 시작된 우리의 혁명위업을 대를 이어 끝까지 완수할 수 있습니다."

그 한마디로 김일성은 친솔부대 출신 항일원로들의 "이제는 후계자를 정해야 하지 않겠습니까?"라는 간언과, 만경대 일가 내의 "김일성을 빼닮은 김평일이 후계자가 되는 게 어떤가?"는 바램과 기대에 결론을 줬다.(친솔부대 출신이란 항일빨치산 때 김일성의 친솔부대에서 싸운 항일투사들을 이르는 말이다.) 김일성의 결론에 따라 김정일과 김경희는 주체혈통으로 공식화되어 승승장구의 행로를 걸었다.

김평일은 1980년에 모친 김성애, 외삼촌 김성갑과 함께 주체위업을 저해하는 곁가지로 지명되어 해외대사관으로 전근된 뒤, 1994년 7월 김일성장례식에도 참가하지 못했고 지금도 멀리 유럽에서 살고 있다. 회고해 보면 김일성의 자식들 중에서 김평일처럼 독보적 존재임을 과시하면서 종합대학을 다닌 사람도 없었다. 김평일은 1973년 4월에 종합대학 경제학부 정치경제학과에 입학했는데 아침이면 대열행진하면서 집단 등교하는 학생들 옆으로 까만 벤츠승용차를 직접 몰고 교사로 등교했다. 그러면 구내에서 대학총장 승용차도 쉬이 보지 못하던 학생들은 모두가 멈춰 서서 그 광경을 구경했다. 북한에서 승용차를 직접 몰고 대학에 등교할 수 있는 신분은 오직 신격화된 수령의 자식들 외에는 있을 수 없다. 생김새와 체형까지도 김일성을 닮았던 김평일이 수행시종과 동창생들에 둘러싸여서 22층 교사의 정문으로 들어올 때면 학생들은 물론 교원들까지도 길을 틔어주었다.

김평일이 그런 위세를 떨치면서 종합대학에 다닐 수 있은 것은 권력세습을 꺼내들 정도로까지 독재통치기반이 공고해진 김일성과 노동당총비서와 거의 비등한 권력을 행사하고 있던 중앙여맹비서 김성애가 있었기 때문이었다.

그 시기 김평일의 모친 김성애 위세는 대단했다. 1971년에 조선민주여성동맹 위원장이 된 김성애는 김일성을 꼬드겨서 여성동맹의 지위를 노동당의 것과 비등하게 승격시키고, 여맹위원장이란 호칭까지도 여맹비서로 바꿨다. 아울러 김성애는 김일성의 후계를 예견해서였는지 김일성을 본떠서 '김성애 현지지도 기록영화'와 '김성애 혁명활동 도록'까지 만들어서 여맹사회에 널리 보급하고, 주민사회에서 제기되는 불평불만을 김일성에게 보고하는 등 자신의 입지를 높이려고 각방으로 애썼다. 그 시절에 김일성에게 올리는 상소문들이 노동당중앙위원회가 아닌 김성애에게 집중되었던 사실은 당시 그의 영향력이 얼마나 컸었는지를 잘 반증해 준다.

그때 그런 김성애를 지켜보면서 분노를 삭이지 못했던 김정일은, 1974년 1월 1일 김일성이 당중앙위원회 책임일꾼들과 신년기념사진을 찍을 행사장을 미리 시찰하다가 김일성의 금빛의자와 김성애의 금빛의자가 나란히 놓여 있는 것을 보고는 길길이 날뛰면서 다음과 같이 고함을 질렀다.

"김성애가 당 간부야? 이 의자를 당장 치워!"

그러나 김정일은 곧 자신의 분노를 애써 추스르고 행사장에 들

어선 김일성과 김성애를 공손하게 맞이했다. 그 정도로 김성애의
위세는 대단했었다.

공산국가인 당신네 나라에도 회교도들이 있는가?

김성애 패션은 소위 '사회주의조선의 여성옷차림' 본보기가 되
어, 웃지 못 할 일화도 많이 산생(産生)시켰었다. 그 중에서도 김성
애 마후라 관련 일화는 지금 생각해도 절로 실소가 나온다. 1970
년대 초반의 어느 겨울, 김성애는 어린애사각포단 크기의 모(毛)실
마후라를 쓰고 나타났는데, 그 패션은 순식간에 전국의 모든 여맹
간부들에게로 번졌고, 몇 달 후에는 평양의 거의 모든 여성들이 그
마후라를 쓰고 나타났다. 내 아내도 어렵사리 김성애 마후라를 구
해 쓰고 여러 겨울을 따뜻하게 보냈다.

그런데 70년대 중반의 어느 한 겨울날 "김성애 마후라를 쓰지
말라!"는 김일성의 교시가 나왔다. 그리고 그 이유는 당시 평양을
방문했던 중동의 어느 회교국가 대표단이 평양거리를 지나가다가
거의 모든 여성들이 김성애 마후라를 뒤집어쓰고 눈코만 드러내고
다니는 것을 보고, 김일성에게 다음과 같이 물은 데서 비롯되었다.

"평양의 거리를 오가면서 보니 거의 모든 여자들이 히잡을 쓰
고 다니던데, 공산국가인 당신네 나라에도 회교도들이 있습니까?"

김일성의 교시가 있은 후, 김성애 마후라는 북한에서 아예 사
라졌다.

김성애의 치맛바람이 얼마나 세차게 전국을 휘저었는지, 1980
년대 중반 그가 공식석상에서 아예 사라진 후 지방에서는 "김정숙

(김정일의 생모)의 제일 큰 업적은 뭐니 뭐니 해도 빨리 서거(逝去)한 것이고, 김정일의 제일 큰 업적은 뭐니 뭐니 해도 중앙여맹비서(김성애)를 제친 것"이라는 유머까지 나돌았었다.

김평일에 비해 1960년대에 종합대학을 다닌 김정일과 김경희는 등교할 때면 차를 멀리에 세우고 걸어서 교정에 들어오는 등, 나름 겸손하게 처신했었다. 그들이 그렇게 처신했던 것은 60년대에만 해도 김일성유일독재가 공고하게 구축되지 못했었고 북한 주민사회는 물론 기득권까지도(극히 일부를 제외하고는) 김일성이 권력세습을 할 수 있다는 생각을 전혀 하지 않았었기 때문이다.

김정일이 김경희 다음으로 예뻐했다는 김경진은, 비록 곁가지로는 분류되지 않았지만 배다른 동생이라는 이유로 80년대에 들어 북한 기득권에서 아예 잊혀졌다.

김일성의 자식들 중에서 제일 안 된 사람은 막내아들 김영일이다. 여느 아버지들과 마찬가지로 김일성도 막내인 김영일을 무척이나 귀여워했는데, 그 때문에 그는 아이 적부터 누구도 쉬이 감당하지 못하는 배알머리를 부리면서 제멋대로 행동했었다. 그는 인민학교 시절에도 "선생보다 우리 아버지가 더 세다"면서 아예 담임선생의 말을 들으려 하지 않았다. 그런 사실을 안 김일성은 어느 날 저녁 담임선생을 집으로 초청해서 그 앞에서 자녀교양을 잘못했다고 사과하는 생쇼를 했는데, 그것을 본 다음부터 그가 선생의 말을 듣기 시작했다고 한다.

그렇게 자란 김영일이지만 그는 김정일 때문에 김일성의 자손들 중에서는 40살도 못 넘기고 죽었다. 김영일은 1980년대에 종합대학 물리학부를 졸업하고 동독에 유학을 갔었다. 유학 후 그는 자기의 전공을 살려 자진해서 북한의 제2자연과학원(국방과학원) 공학연구소의 연구사로 들어갔다. 그곳은 북한의 중장거리미사일들을 전담 개발한 연구소이다.

하지만 그는 김정일의 지시로 중앙당(김정일)에서 파견된 곁가지 담당지도원의 감시와 압력을 종내 견뎌내지 못하고 2년 만에 공학연구소를 그만두었다. 당시 당중앙위원회 조직지도부에서 파견된 곁가지 담당지도원은, 김영일이 동료과학자에게 말을 걸어도 즉시 그 과학자를 불러들여서는 "그와 무슨 얘기를 했으며, 그에게 어떻게 답변했는가?"를 따지고 경위서를 쓰게 했으며, 김영일이 자기의 조수에게 담배 한 가치를 건네도 그 조수를 불러들여서는 "무슨 환상을 가지고 곁가지로부터 그것을 받았는가?"고 추궁하고 비판서를 쓰게 한 뒤 다른 곳으로 전근 조치했다. 김영일은 그 후 독일 주재 북한대표부 과학참사로 있다가 2000년경에 베를린에서 간경화로 숨졌다고 알려져 있다.

김정일은 김성애 소생들을 김일성의 곁에서, 권력중심에서 멀리 내쫓은 뒤인 1992년 4월 당중앙위원회 전체 일꾼들에게 "우리 수령님에게는 아들 하나, 딸 하나밖에 없습니다."고 선언했다.

김정일이 1970년대 말~1980년대 초에 전당(全黨)과 온 사회에 벌려놓았던 살벌한 곁가지청산 투쟁은 김일성의 조카들 운명까지도 결정지었다.

김영성과 김정현은 비록 김일성종합대학을 졸업했지만 아버지 김영주가 김성애를 추종해서 김평일을 후계자로 지목했었다는 이유로 기득권 어디에도 입문하지 못했다.

김명수와 김명호는 할아버지 김형록이 김평일을 김일성의 후계자로 간언했다는 이유로 종내 종합대학을 끝까지 다니지 못했다. 그 후 김명수는 국가보위부(비밀경찰)지도원으로 들어갔다가 1975년경 폐결핵에 걸려서 아예 집에 들어갔다. 김명호도 1970년대 초 종합대학에 들어왔다가 얼마 후 나갔는데, 1979년에 나타난 그의 손에는 며칠 전 호의 워싱턴타임지 신문이 쥐어져 있었다. 들리는 말에 의하면 당시 그는 미국에서 유학을 하고 있었다고 한다. 나는 그때 미국신문을 처음 보았고 북한에도 미국에 유학을 가는 사람이 있다는 사실을 처음 알게 되었다. 김형록의 손자들인 명수, 명호의 소식은 1980년대에 들어와서부터는 전혀 들을 수가 없었다.

1972년 4월에 있은 김일성의 수령혈통 관련 교시는 그 자식들의 수행시종이었던 사람들의 운명까지도 바꿔 놓았다. 김일성의 자식들은 종합대학에 들어올 때, 봉건왕조시대 대군이나 공주처럼 중앙당 관련부서에서 엄선한 동년배의 수행시종을 달고서 들어왔다. 그 수행시종들은 김일성의 자식들 곁을 순간도 떠나지 않고 등교도 같이 하고 강의도 같이 받고 점심식사도 같이 하고 화장실도 동행하고 하면서 그들이 저택에 들어갈 때까지 그 곁에 꼭 붙어서 돌봐주었다. 김정일과 김영일의 수행시종은 보지 못했기 때문에 제쳐놓고⋯⋯, 김경희의 수행시종은 항일투사 이봉수의 딸이었고 김경진의 수행시종은 항일투사 이을설의 딸이었고 김평일의 수행시종은 항일투사 전문섭의 아들이었다.

이들 중 김경희 수행시종이었던 이봉수의 딸 이영순만이 후에 대외선전국 부국장으로까지 출세했다. 그 외 이을설의 딸과 전문섭의 아들은 곁가지청산에 휩쓸려 기득권에서 영영 사라졌다. 김정일은 특히 김평일의 경우에는 곁가지여독청산을 명분으로 그와 한 학급에서 공부한 동창생들은 물론이고 한 학년에서 공부한 졸업생들까지도 모조리 색출해서 전국의 하급단위들에 흩뜨려서 전근시켰다.

이것으로써 김정일은 1980년대 중반까지 전당과 온 사회를 들들 볶았던 곁가지와의 투쟁을 종결지었다.

4장

김일성족속 신격화에 얽힌
비공개이야기

홍명희와 김일성의 뱃전담소 사진의 진실

나는 1969년 가을~1971년 봄까지 약 1년간 아내와 함께 김일성종합대학 본관 뒤편의 종합대학 교원사택구역에서 남의 집 곁방살이를 했었다. 당시 우리 부부가 동거하던 저택 옆에는 홍명희선생의 아들 홍기문교수의 집이 있었다. 홍기문교수는 그때 종합대학 어문학부 고전문학과 강좌 장 직책에 있었다.

어느 날 홍기문교수로부터 저녁식사 초대를 받고 그의 집을 방문했던 나는 그 집 전실의 한쪽 벽면에 걸려 있는 김일성과 홍명희선생이 함께 찍은 사진을 보게 되었다. 사진에서 두 사람은 평양교외의 어느 호수 한가운데서 배를 타고 있었는데 김일성은 노를 잡고 환희 웃고 있었고 마주앉은 홍명희선생은 아주 조심스럽게 웃고 있었다. 홍기문은 그날 술잔을 곁들인 식사자리에서 그 사진에 깃든 기막힌 사연을 내게 들려줬다.

홍명희선생에게는 홍귀원이라는 딸이 있었는데 그는 1956년경에 김일성의 처 김성애의 개인비서로 발탁되었다. 그런데 홍귀원은 김성애가 김일성의 막내아들을 임신하고 있는 기간에 김일성과 관계해서 그의 아이를 임신을 하게 되었다. 이 일로 인해 홍귀원은 과거에는 뼈대 있는 충청양반가문의 후손이었고, 당시는 북한사회 학계에서 가장 존경받았던 아버지 홍명희의 얼굴에 똥칠을 했다는 죄책감 때문에 임신해 있은 전 기간 심한 괴로움과 우울증에 시달렸다. 아버지를 볼 낯이 없다며 출산하는 날까지 한 번도 집에 오지 않았던 홍귀원은 결국 김일성의 자식을 낳던 도중에 아이와 함께 사망했다.

홍기문은 연신 손등으로 눈가의 물기를 닦으면서 그 이야기를 내게 들려주고는 다음과 같은 한탄의 말을 내뱉었다.

"그 애도 불쌍하고……, 슬픔이 크면 빨리 늙는다고 했던가? 아버지도 그 일을 겪은 뒤부터는 폭삭 늙더라."

그리고는 눈물이 한 가득 고인 눈으로 그 사진을 올려다보며 말을 이었다.

"저 사진은, 수령님이 그때 아버지를 위로하기 위해 뱃놀이나 하자면서 석암호수에 데리고 나갔다가 찍은 사진이야."

그때로부터 거의 10년이 지난 후, 나는 평양 만수대언덕의 조선혁명박물관에 단체참관을 갔다가 홍기문교수의 집에서 봤던 그 사진을 다시 보게 되었다. 대형으로 확대해서 옹근 한 벽면의 정중앙에 걸어놓은 그 사진 밑에는 다음과 같은 해석이 달려 있었다.

"홍명희선생과 민족의 화해와 대단합에 대하여 이야기를 나누시는 민족의 태양 김일성동지."

그것을 보는 순간 나는, 사망해서까지도 김일성우상화에 이용당하고 있는 홍명희선생이 심히 측은해 보였다. '공부도 많이 했다는 분이, 그냥 남조선에 있었더라면 저런 수모는 겪지 않았을 건데⋯⋯.' 이것이 그때의 내 심정이었다.

사람 하나 지도자로 만드는 거, 일도 아니더라

내가 노동당중앙위원회에 소환된 다음 해인 1982년 2월 16일 아침, 김정일의 다음과 같은 '말씀'이 당중앙위원회 모든 일꾼들에게 전달되었다.

"김일성은 당을 강화하고 주체혁명위업을 끝까지 완수하려면 개국공신들을 멀리해야 한다고 내게 가르쳤습니다. 지난해에 우리가 당의 믿음과 배려를 저버리고 당중앙의 권위에 도전하려던 자들을 제때에 축출한 것은 우리 당을 강화하는데 매우 중요한 계기가 되었습니다."

여기서 김정일이 말한 '당중앙'은 그 자신이고, 당중앙의 권위에 도전하려던 자들은 1981년 말에 숙청된 그의 종합대학 동창생들이다. 김정일은 1974년 2월 수령후계자로 공식 추대된 직후에 김일성종합대학 출신 동창생 여러 명을 당중앙위원회에 소환했는데, 목적은 소위 '대학시절 김정일 덕성실기'를 집필하도록 해서 빠른 기간 안에 후계자 우상화를 통한 후계체제 확립을 도모하는 것이었다.

그 당시 김정일의 동창생들은 후계자 김정일과 대학동창이었다는 사실만으로도 자긍심이 하늘을 찌를 지경이었는데, 거기에 더해서 김정일의 부름으로 당중앙위원회에까지 소환되어 수령후계자를 옹립하는 중대한 사명을 수행하게 된 것으로 해서 '있는 것은 한껏 부풀고 부족한 것은 힘껏 채워 넣고 없는 것은 재간껏 창조'하면서 열정을 다 바쳐서 김정일 우상화의 첫 포석을 깔았다.

김정일의 동창생들이 처음으로 쓴 종합대학시절의 김정일 덕성실기 책자 제목은 '조선아, 너를 빛내리!' 였는데, 이들은 김일성의 맏아들이란 타이틀 외에는 전혀 출중한 면이 없었던 김정일을 '대학시절에 이미 주체위업에 대한 투철한 신념과 의지를 보여줬고, 김일성의 사상이론을 완벽하게 체현하고 있었고, 탁월한 군중조직-동원 기질을 발휘했고, 고귀한 성품과 풍부한 인덕을 유감없이 발현했고……' 식으로 우상화해서 5권이나 시리즈로 세상에 내놓았다.

이들은 또한 대학생교도대 훈련기간에 이따금 간식보따리를 들고 나타났던 김정일을 '모두가 취침할 때 밤새껏 국내외 정치군사정세를 분석해서 아침에 알려줬고, 솔선수범으로 부대의 정치상학과 군사훈련을 이끌었고, 백발백중 사격술을 연마하려고 구슬땀을 흘리면서 조준훈련을 했고, 그때 벌써 백전백승 강철의 영장 김일성을 그대로 닮아 있었고……' 식으로 우상화하는 '어은동의 나팔소리'란 덕성실기 책자도 내놓았다.(어은동은 그 당시 종합대학교도대 훈련부대의 주둔지 이름이다.)

노동당은 그 책자들을 김정일 위대성 선전, 김정일 유일지도체제 확립을 위한 필독도서로 규정하고 모든 사상교양 및 선전선동 시스템을 통해서 대대적으로 주민사회에 주입시켰다.

김정일의 대학동창생들은 그것으로써, 당시 북한주민 어느 누구나 거리낌 없이 공감했던 김정일의 세습후계자 이미지를 희석시키고 그의 위상을 일약 김일성과 동격으로 승격시키는 데 나름 지대한 공헌을 했다. 이 때문에 김정일은 그들을 후계체제구축의 개국공신들이라고 치켜세우면서 매해 4.15(김일성생일) 명절과 2.16(김정일생일) 명절 때마다 당중앙위원회 부장급에 해당하는 어마어마한 선물보따리를 하사했었다.

그러한 김정일의 배려 때문이었는지, 그들은 차츰 자신들을 과신하여 '김정일이 우리들의 노력으로 쉬이 우상화되었으니, 결국 우리가 김정일을 후계자로 만든 셈'이라는 잠재의식에 빠져들게 되었다. 그리고 그 잠재의식이 1981년 말 어느 대학동창생 술자리에서 이구동성으로 호응한 다음과 같은 막말로 표출되었다.

"사람 하나 지도자로 만드는 거, 일도 아니더라."

이 발언은 당시 그 자리에 동석했던 동창생 밀고자에 의해 김정일에게 즉시 보고되었고, 이것으로써 후계자체제구축의 개국공신이라는 영화를 한껏 누리던 그 동창생들은 모두 출당-철직-해임 처분을 받고 정치범수용소로 끌려갔다.

그리고 김정일의 지시로 그때부터 북한에서는 동창생관계라든가 동창생인연, 동창생모임이라는 세태가 완전히 없어졌다.

5장

노동당중앙위원회에서

최고권력기구 노동당중앙위원회에 들어가다

나는 1981년 10월 노동당중앙위원회에 소환되었다.

19세에 출신성분 때문에 김일성종합대학에는 갈 수 없다는 통지를 받고 내 고향 통곡정(의주의 통군정)에 올라 칠흑의 하늘에 내 미래를 빗대보며 오열했던 내가, 분수에 넘는 종합대학에 들어가서 20년간을 살아남느라고 김일성족속의 어지(御旨)를 한 치 어김없이 따르며 살얼음판 걷듯 살아왔던 이 인생이, 꿈에도 생각지 않은 천재일우를 만나 북한의 권력중심으로 들어가게 되었다.

북한과 같은 계급주의공산독재국가에서 나처럼 부친은 지주, 본인은 소시민출신이 '김일성족속과의 아주 특별한 인연도 없이' 노동당중앙위원회에 들어간다는 것은 김일성이 노동당중앙위원회 사업을 직접 관장할 때에는 상상조차 할 수 없었던 일이다. 김일성 때 노동당중앙위원회에서 근무한 기구정원 수는 수백 명 정도였는데 김일성은 그들 한 사람, 한 사람을 철두철미 계급적 출신성분을 기준으로 직접 선발하고 임명했었다.

그러나 김정일은 당권을 완전히 장악하고 김일성을 상징적 노동당 총비서직에 상황(上皇) 모시듯 해놓은 1980년부터 노동당중앙위원회를 10배(기구정원만도 3천명) 이상으로 확장하고 중앙당 부부장 이상의 직급을 제외한 각 부서의 간부인사권을 담당비서들에게 주었다. 즉 김정일은 중앙당 부부장 이상의 간부들에 한해서만 자신이 직접 개별문건을 검토 → 비준하고, 그 이하는 당중앙위원회의 부서담당비서들이 필요한 대상을 선발하여 조직지도부 간부1과에 제출 → 합의한 뒤, 간부1과 부부장이 김정일의 친필비준을 받아서 임명하는 방식으로 간부사업 시스템을 세워놓았다.

그럼에도 불구하고 소시민출신 성분의 내가 중앙당에 들어가는 것은 절대 불가능한 일이었다. 내가 당중앙위원회에 소환되게 된 결정적 계기는 1979년 10월 15일 김정일이 주체사상을 남한을 비롯한 대외에 선전하기 위해 중앙당에 새로 '주체사상연구소' 부서를 내오고 황장엽선생을 소장으로 임명하면서 그에게 직접 다음과 같은 지시를 주었기 때문이었다.

"주체사상연구소(일명 대외주체사상 선전부)에 한해서만은 출신성분에 좀 문제가 있더라도 당과 수령에 대한 충성심이 투철하고, 이론수준이 높은 인텔리들로 꾸리도록 하시오."

이에 따라 나는 당시 노동당중앙위원회 과학교육부 및 주체사상연구소 담당비서였던 황장엽선생의 추천으로 당중앙위원회에 입문하게 되었다.

황장엽선생과 나는 1965년부터 1979년까지 근 14년 동안이나 김일성종합대학에서 대학총장과 대학교무부 지도교원의 관계를 가지고 사업했다. 황장엽선생이 나를 당중앙위원회에 소환될 수 있도록 적극 추천하고 힘쓴 배경은, 노동당 주체사상연구소 소장 직책을 겸임하게 되면서 제기된 본 연구소 대상기관인 822호 초대소와 주체과학원 청사 건설 등 수많은 행정적 업무들을 신속하게 담당 처리할 수 있는 최측근이 필요했기 때문이었다. 그래서 황장엽선생은 종합대학은 물론 평양의 모든 중앙대학들에 사업추진력과 일처리에서는 당할 사람이 없기로 소문이 자자했던 나를 당중앙위원회로 불러들인 것이다.

나는 1979년 11월부터 거의 1년간 노동당 김일성종합대학 위원회로부터의 면접 및 1차 신원확인, 노동당 평양시 위원회 조직부 간부과로부터의 면접 및 2차 신원확인, 당중앙위원회 조직지도부 간부1과로부터의 면접 및 3차 신원확인 절차들을 마음 조이는 초긴장 속에서 치렀다. 그리고 마침내 1981년 10월 1일, 당중앙위원회 조직지도부 부부장 리제강으로부터 당중앙위원회 해당부서 임명장을 수여받았다.

그날 사무실에 들어선 내게 눈길 한 번 주지 않고 한동안 나의 개별 간부문건만 유심히 들여다보던 리제강은 이후 자리에서 일어서더니 아주 기분 좋은 표정으로 손사래까지 치면서 내게 이렇게 말했었다.

"지금까지 간부사업을 해 오면서 이렇게 경력이 깨끗한 사람은 처음 봤소. 동무의 경력을 보니 그동안 어떻게 살아왔고 어떻게 일을 해 왔는지 충분히 알만 하오. 동무는 오늘부로 김정일의 신임과 배려에 의해 당중앙위원회 주체사상연구소 부 과장으로 임명되었으니, 그 긍지와 자부심을 가지고 이제부터는 어깨를 쭉 펴고 당당하게 사시오."

그때까지 사회생활을 해 오면서 어느 누구에게서도 관심과 평가를 받아본 적이 없었던 석 줄뿐인 나의 단순한 사회생활경력이 값진 평가를 받는 순간이었다. '조선노동당중앙위원회 주체사상연구소 부 과장' 이것이 당중앙위원회에 소환되면서 받은 나의 첫 직책이었다. 이 인생역전이 있었기에 나는 그때로부터 16년 후, 황장엽선생을 모시고 대한민국에 정치망명할 수 있었다.

1982년 2월 14일 김정일이 당중앙위원회 일꾼들에게 하사하는 선물을 한 차 가득히 실은 트럭이 우리 집에 들이닥쳤다. 모두가 외국산 특히 일본산인 칼라TV, 대형냉장고, 녹음기, 세탁기, 안감과 단추까지 곁들인 남녀고급양복지 2벌, 남녀용 고급전자손목시계 2개, 귤 1박스, 각종 주류 1박스, 냉동노루 한 마리, 각종 건어물 1박스, 고급 당과류 1박스, 각종 식용유 1박스, 각종 안주류 1박스 등등……. 출입문이 미어지게 꾸역꾸역 들어오는 그 선물들을 보고 내 아버지는 기겁해서 방으로 들어가 버리고, 내 어머니는 기도 안 찬다는 듯 연방 혀를 내두르고, 아내는 황공해서 어찌할 바를 모르고…… 이것이 그때 우리 집의 분위기였다.

그날 새벽 아버지는 집 안을 꽉 메운 그 선물들을 근심어린 시선으로 바라보고는 깊은 한숨을 내쉬면서 다음과 같이 말씀했다.

"60년대에 김일성이 오랫동안 한 직종에서 일한 늙은 기능공에게 준 선물이 고작 소련제 라케타(브랜드 이름) 손목시계 하나가 전부였는데, 그래도 그때 그 시계를 선물로 받은 사람들은 정말로 위신이 대단했었는데…… 이렇게 선물을 주고서야 나라가 배겨나겠나."

당중앙위원회 일꾼들은 해마다 김정일로부터 거의 2~3차례 이상 선물을 하사받았다. 그러나 김정일의 선물은 그의 신임만 잃으면 본인뿐 아니라 온 가족의 목숨까지도 지불해야 하는 가장 비인간적이고 잔인한 것이었다. 나는 당중앙위원회에서 사업하는 전 기간 그런 사례들을 수도 없이 목격하면서 김정일 선물의 대가가 얼마나 큰 고통과 희생을 강요하는 올가미인지에 대해 걸음걸음 뼈저리게 체험하였다.

당중앙위원회에 소환될 때 나는 내 문제 하나만 놓고 봐도 거의 1년간이나 100여 명 이상에 달하는 연고자들을 찾아다니면서 신원조회, 사상동향요해, 당 생활 정형요해, 인민반 생활정형 요해 등은 물론이고 인간적 성품까지도 수차례 재조사했었기 때문에 일반사회에 비해서 중앙당 일꾼들은 뭐가 달라도 다를 것이라고 크게 기대했었다. 그러나 북한사람들이 흔히 쓰는 "어느 집단에나 똥싸개, 오줌싸개는 다 있다"는 말 그대로 당중앙위원회 안에도 별의별 인간들이 다 있었다.

과도한 충성심 때문에 4.15명절(김일성 생일)을 김일성이 아이 때 군사놀이를 하다가 자주 퍼마셨다는 만경봉의 샘물로(물론 김일성이 살아 있을 때) 제사하듯이 기념해서 책벌을 받은 사람, 더 높이 출세하려고 거짓증인들을 내세워 과거 평남도 강동군에서 농사짓던 조부를 김형직(김정일의 조부)연고자로 둔갑시켰다가 아예 정치범수용소에 끌려간 사람, 질투심 때문에 주변 동료들을 계속 헐뜯고 고자질하다가 종당에는 동료들의 의기투합으로 총살형까지 받은 사람, 평양중심거리에서 노상방뇨를 하다가 안전원(경찰)이 단속하자 "내가 중앙당 사람이요!" 해서 몰려든 구경꾼들로부터 "중앙당에도 저런 사람이 있어……?" 하는 야유와 조롱을 받은 사람, 지방당위원회에 지도-검열 나가서 반찬 투정하다가 철직된 사람 등…….

내가 당중앙위원회에서 일하면서 제일 견디기 힘들었던 것은 김정일을 향한 밑도 끝도 없는 격렬한 충성경쟁이었는 바, 그로 인한 중앙당 일꾼들의 상호간 시기와 질투는 생사람잡이까지 하는 상상을 초월하는 것이었다. 김정일의 방침대로 일처리해서 원칙이 있는 일꾼이란 평판이 있으면 '어머니당의 따뜻한 이미지를 실추'시켰다고 비판하고, 지도검열 나가서 인민의 불편한 점을 해결했다는 평판이 올라오면 '개인에 대한 환상을 조장'했다고 고자질 당하고, 소박하고 겸손하다는 평판이 있으면 '두리뭉실, 무원칙'하게 일한다고 고소당하고…….

김일성이 인민들이 "조세웅 만세!"를 부르는 것은 "김일성 만세!"를 부르는 것이나 마찬가지라고 칭찬하며 내세웠던 조세웅도 중앙당 내부의 그러한 시기와 질투 때문에 종당에는 당중앙위원회 밖으로 내쳐졌다.

나는 황장엽선생의 표현을 빌린다면 '고압전봇대 밑과도 같은 북한 노동당중앙위원회'에서 16년간 사업했다.

북한 당중앙위원회 조직체계와 각 부서의 직능

북한을 정확히 이해하려면 북한 최고권력기구인 당중앙위원회 조직체계와 직능을 잘 알아야 한다.

당중앙위원회는 평양시 중구역 창광동에 위치한 본 청사와 평양시 모란봉구역 전승동에 위치한 3호 청사(대남부서들)에 자리 잡고 있다.

북한에서 당중앙위원회의 개념은 두 가지 의미를 가진다. 그 하나는 당, 군대, 국가, 보안, 경제, 문화 등 나라의 모든 부문 고위층 책임간부들이 형식상 대표성과 집체성을 띠고 위원 혹은 후보위원 자격으로 망라된 비상설적인 당중앙위원회 개념이며 다른 하나는 북한사회의 영도조직인 노동당조직의 최고 집행기관으로서의 당중앙위원회 개념이다. 노동당규약에 의하면 비상설적 당중앙위원회는 6개월에 1회 이상 전원회의를 소집하도록 되어 있으며 참가자들은 수령의 노선과 정책을 무조건 지지, 찬성하는 거수기 역할만 하도록 되어 있다.

북한 노동당의 기능은 당 조직사상생활 지도와 정책적 지도로 구분된다.

노동당의 당 조직사상생활 지도기능은 당중앙위원회 조직지도부와 선전선동부가 담당하고 있는데, 이 때문에 이 두 부서는 온 사회에 수령의 유일사상체계와 유일영도체제를 실현하기 위한 노동당의 기본부서로 되어 있다. 북한이 주장하는 수령은 공산왕조의 시조인 김일성과 김정일 세습지도자들이다.

당중앙위원회 조직지도부와 선전선동부를 제외한 기타 부서들은 정책지도부서들로서, 수령의 사상과 의도에 맞게 해당부문의 정책안 초안을 작성해서 수령에게 올리고 수령의 비준으로 그것이 당 정책으로 결정되면 해당부문에 전달하고 그 집행을 장악-지도-촉진-감시-통제하는 기능을 수행한다.

노동당중앙위원회는 위의 두 가지 기능을 수행하고 있는 것으로 해서 김일성수령족속으로부터 '수령의 사상과 영도를 실현하기 위한 정치적 무기, 조선혁명의 총 참모부'라는 지위를 부여받고 있다

북한 당중앙위원회 주요 부서들의 직능을 아래에 간단하게 서술한다.

당중앙위원회 서기실은 수령에게 제기되는 전당, 전군, 전국의 모든 제의서와 각종 자료들을 접수, 분류하여 수령에게 제출한 다음 수령의 비준을 받아서 다시 해당 단위에 하달하는 업무를 직능으로 하고 있다. 서기실은 문서처리 외에도 수령의 일정과 의전활동, 수령과 그 가계의 사생활편의 보장, 수령이 지시한 비공식 측근파티 조직 및 준비, 수령이 요구하는 각종 물자 보장과 비자금 관리 등의 비공개 업무도 수행하고 있다. 하지만 서기실은 당 정책 결정 과정에는 전혀 관계하지 못하도록 되어 있다. 김정일은 관련 질서와 규율을 수립하면서 "수령에게는 정책실이 필요 없다. 오직 정책을 집행하는 사람만이 필요할 뿐이다."고 공언했다. 서기실의 서기들은 수령으로부터 가장 두터운 신임과 물질적 배려를 받고 있는 수령의 최측근들이다. 이 때문에 그들은 공식적으로는 당중앙위원회 조직지도부 부부장이란 직함을 가지고 있으며, 서기실의 보장성원(타자수 등)들은 당중앙위원회 조직지도부 지도원이란 직함을 가지고 있다.

당중앙위원회 본부당위원회는 당중앙위원회 기관 당 조직이다. 당중앙위원회 조직지도부가 북한 전체 노동당원들의 당 생활을 장

악-지도-통제하는 직능을 수행한다면, 당중앙위원회 본부당위원회는 당중앙위원회에서 근무하는 모든 일꾼들의 당 생활을 장악-지도-통제하는 직능을 수행한다. 이 기구는 1974년 김정일이 당권을 장악하면서 신설되었다. 본부당위원회는 수령에게 직속되어 있으며 그 책임비서는 당중앙위원회 조직지도부 제1부부장이 겸임하도록 되어 있다. 노동당 산하의 모든 권한당위원회와 마찬가지로 본부당위원회도 책임비서, 조직비서, 선전비서 직책과 조직생활지도과, 사상생활지도과, 가족생활지도과, 안전보위과 등 해당 과들로 구성되어 있다. 권한당위원회란 비당원을 입당시키고 당의 규율을 위반한 당원을 출당시킬 수 있는 권한을 가진 당위원회를 말한다. 본부당위원회는 당중앙위원회 일꾼들의 당 생활을 장악-지도-통제하는 직능과 함께 그 가족들 속에서 나타날 수 있는 자유주의, 체제불만, 가족주의, 종파주의 등 반당적 행위 및 요소들과 비조직적이고 무규율적인 현상들, 부정부패와 비리 등을 감시-장악해서 수령에게 보고하고 수령의 지시에 따라 처리하는 직능도 수행하고 있다. 이를 위해 본부당위원회는 중앙당 일꾼들이 살고 있는 아파트단지 주택지구들에 가족생활지도원 사무실을 설치하고 중앙당 창광안전부(본부 당 안전보위과 산하기관)와 함께 도청, 감시카메라설치, 미행 등의 방법으로 그 가족들의 일거수일투족을 낱낱이 감시, 장악하고 있다. 때문에 당중앙위원회에서 근무하고 있는 모든 일꾼들과 그 가족들에게 있어서 중앙당 본부당위원회는 저승사자보다도 더 무서운 존재로 되어 있다. 그럼에도 불구하고 북한 주민사회는 중앙당 안에 본부당위원회라는 기구가 있다는 사실조차 모르고 있다.

당중앙위원회 비서국은 북한의 모든 대내외 정책을 작성, 결정, 집행함과 동시에 인사사업을 감독하는 직능을 수행한다. 비서국 비서들은 수령이 직접 관장하는 조직지도부 및 선전선동부와 수령의 친솔부서들인 재정경리부, 38호실, 39호실, 군사부, 민방위부 그리고 대남부서들인 통일전선부, 대외연락부, 35호실, 작전부를 제외한 기타 부서들을 각기 담당하고 수령의 사업을 보좌하는 역할을 수행하고 있다.

노동당규약에 따르면, 당중앙위원회 검열위원회는 당의 유일사상에 어긋나는 행위를 하거나 당 규율을 위반한 당원에게 책임을 추궁하며 당 규율문제와 관련된 도(직할시) 당위원회 제의 및 당원의 신소를 심의 해결하는 직능을 수행하도록 되어 있다. 그러나 김정일이 당중앙위원회 조직지도부를 장악한 이후부터 검열위원회는 대부분의 직능을 조직지도부 검열과에 넘겨주고 조직지도부가 조사하여 결론을 내린 문제들을 형식적으로 처리해주는 명목상의 기능만 수행하고 있다.

당중앙위원회 조직지도부는 북한 전체 간부들과 당원들의 당 생활을 장악-지도하고 전체주민의 생활을 감시-통제하고 당 간부대열 및 당 대열의 정비-확대-질적 향상을 주관하고 당과 군대와 국가와 보안 등 체제수호기구들의 고위층 간부사업(인사사업)권을 행사하는 것으로써 북한 내에 공산세습 독재체제를 철저히 수립하는 권능을 수행한다. 김정일이 2011년 12월 17일 급사하는 날까지 노동당총비서 지위와 함께 당중앙위원회 조직지도부 조직비서 겸 조직부장 직책을 겸임하고 있은 이유는 조직지도부의 위와 같은 막강한 권능 때문이다. 그런데 현재 3대 세습지도자 김정은이 당중앙위원회 조직지도부 조직비서 겸 조직부장 직책을 겸임한다는 북한의 공식보도는 나오지 않고 있다. 이것은 북한 노동당 내에 김정은보다 더 높은 김일성족속이 있으며 그가 김정은을 섭정하고 있다는 의미심장한 메시지일 수도 있다.

조직지도부에는 종합 1. 2. 3과, 당 생활지도과, 검열과, 간부과, 당원등록과, 통보과, 신소실, 조직지도부(행정), 10호실, 15호실, 당 문헌고 등 20여 개의 공개 및 비공개 과들이 있다. 조직지도부 당 생활지도과는 다시 중앙기관 당 생활지도과, 지방 당 생활지도과, 재외 당 생활지도과, 호위국 당 생활지도과, 문화예술부문 당 생활지도과, 인민보안성 당 생활지도과, 국가보위부 당 생활지도과, 북한군 당 생활지도과, 북한군총정치국 당 생활지도과, 군수부문 당 생활지도과 등으로 세분화되어 있다.

당중앙위원회 선전선동부는 전체주민을 수령의 사상으로 교양–세뇌–개조하고 수령족속을 신격화하고 주민사회를 수령의 야망실현에 사상 동원하는 직능을 수행한다. 선전선동부는 교양과, 강연과, 이론선전과, 출판보도과, 정치행사과, 대외선전과, 문화예술과, 선동과, 사적과, 3대혁명붉은기과 등 십여 개 과들로 구성되어 있다.

당중앙위원회 간부부(행정)는 당중앙위원회 비서국 비준대상에 속하는 행정간부와 당중앙위원회 부서 합의대상에 속하는 행정간부들에 대한 인사사업, 모든 대학 졸업생들에 대한 간부사업, 제대군관 간부사업, 해외파견 참사관 이하 외교관과 공식 및 비공식 대표단 성원에 대한 간부사업을 직능으로 하고 있다.

당중앙위원회 정책지도부서에는 간부부, 국제부, 군사부, 민방위부, 근로단체부, 군수공업부, 경제정책검열부, 농업정책검열부, 과학교육부, 문서정리실, 총무부, 당 역사연구소, 경공업부, 39호실, 38호실, 재정경리부와 대남비밀부서들인 통일전선부, 대외연락부, 35호실, 작전부 등 20여 개에 달하는 부서들이 속한다. 당중앙위원회 정책지도부서 중 하나였던 행정부는 2013년 12월 본 부서의 담당비서였던 장성택이 숙청된 이후 폐지되었다고는 하지만 행정부 본연의 직능은 분명히 다른 부서로 이관되어 시행되고 있을 가능성이 많다. 대남비밀부서들은 산하에 연락소, 해외동포영접국, 방향대(전투소조) 등과 같은 대상기관들을 두고 대남사업관련 정책적 지도를 수행한다. 재정경리부와 39호실, 38호실 등은 수령족속의 비자금 확보를 기본 직능으로 하고 있는 부서로써 산하에 대상기관들을 두고 그에 대한 정책적 지도를 수행한다.

북한 당중앙위원회의 조직체계와 주요 부서들의 직능은 김일성-김정일이 60여 년간 노동당을 이끌면서 공산세습왕조 유지-영구화 야망에 맞게 연구하고 고안하여 수립한 것으로써, 그 기본틀은 절대 쉬이 개편되거나 바뀔 수가 없다.

김일성왕조실록의 보고(寶庫) 노동당 당 역사연구소

노동당중앙위원회 정책부서 중 하나인 당 역사연구소는 김일성족속의 모든 사적(史蹟)을 발굴, 정리, 고증, 보존, 관리하는 김일성왕조실록의 보고(寶庫)이다. 당 역사연구소 일꾼들은 거의가 김일성종합대학을 졸업했다. 현재 그곳 부소장으로 있는 리광도 종합대학 졸업생이다. 리광의 아버지는 김일성족속 담당이발사였다.

나는 당중앙위원회에서 일하면서 직무상 당 역사연구소에 자주 나갔었는데, 그때마다 종합대학 출신들 덕에 김일성과 그 족속에 관한 많은 비공개사료들을 접할 수 있었다. 그 가운데 내가 깊은 관심을 가지고 정독했던 몇 가지 사료를 아래에 소개한다.

해방 전에 이미 중농이었던 김일성족속

한국사회에서는 김일성족속이 중농이었다면 어떻고, 중농이 아니었다면 어떻고 할 수도 있겠지만 북한주민에게 있어서 중농출신 성분인가 아닌가 하는 문제는 그 손대(孫代)의 운명까지도 좌지우지하는 악랄한 신분적 질곡이다.

김일성족속이 수립한 주민성분제도에 따르면 중농은 유사시에 적과 아군 사이에서 동요할 수 있는 계층이므로 끊임없는 사상교양과 사상개조, 조직적 통제와 감시를 요하는 동요계층에 속한다. 나와 같은 소시민출신 성분도 동요계층에 들어간다.

김정일이 후계자공식추대 이후 관련당국에 지시해서 집계한 바에 의하면 북한 주민사회에서 동요계층이 차지하는 비율은 55%였다. 핵심계층(25%)의 2배 이상이나 되는 이 비율 때문에 김정일은 동요계층이란 명칭을 이후 '철저한 사상교양과 조직적 단련을 거치면 당과 수령께 충성할 수 있다'는 의미에서 기본군중이라고 바꾸도록 조치했다. 이런 사실들을 잘 알고 있었기 때문에 나는 당 역사연구소에서 김일성족속의 과거 출신내력을 보고 경멸감을 금치 못했다.

해방 직후 김일성족속과 주변연고자들이 증언한 관련 사료 내용은 다음과 같았다.

김일성의 생가는 1860년대에 증조부 김응우가 평양지주 리평택의 묘지를 봐주기로 하고 빌린 산당 집이었다. 그런데 지주 리평택의 아들이 전 재산을 털어 넣고서도 방탕과 도박으로 진 빚을 갚지 못해서 나중에 그 산당 집과 주변 밭들을 헐값에 김응우에게 팔았다.

산당 집은 원래 청기와 집이었는데 그것이 초가집으로 바뀐 년도는 1920년이다.

당시 김형직(김일성의 아버지)이 중국의 림강이란 곳에서 "병원을 차려야겠는데 돈이 부족합니다. 그러니 목돈을 만들어 보내주십시오."라는 편지를 보내와서 (김일성의 할아버지인) 김보현이 당장 그리 큰돈을 마련할 방법이 없어 우선은 청기와부터 벗겨 팔아서 그 돈을 마련했다. 그러고도 돈이 모자라서 (김일성의 할머니인) 리보익이 보관하고 있던 처녀시절의 달비(머리채)를 팔아 보태서 김형직에게 보내줬다.

김일성의 집안은 주로 참외농사를 지었는데 매해 한창철에는 2~3명의 인부까지 두고 있었고 수확한 참외는 평양성에 들어가서 팔았다.

해방 전 김일성의 만경대 고향집은 전기불만 안 들어갔을 뿐, 적지 않은 농토와 각종 농쟁기, 소까지 갖추고 있었다.

결국 김일성은 처마 낮은 초가집에서 탄생한 인민의 수령이 아니고, 청기와를 얹은 집에서 출생한 유산계급출신의 공산독재자였다. 그런 김일성족속이 중농이란 도끼자루에 무산계급독재라는 쇠도끼를 끼워서 북한주민 55%에 해당하는 동(同) 계층을 인간개조—사상개조한답시고 오늘날까지도 찍어대고 있다.

이 외에도 나는 당 역사연구소에서 김일성족속이 "1930년대 초에 김일성이 조직한 조선혁명군 대원으로 입대해서 용감하게 싸우다가 혈육 한 점 남기지 못한 채 옥사했다"고 영화까지 만들어서 선전한 김형권(김일성막내삼촌)이 사실은 조선혁명을 하기 위해 만경대를 떠난 것이 아니라 조혼한 못생긴 아내가 너무 싫어서 중국의 형님(김형직) 집으로 달아났었으며 조혼한 아내와의 사이에 김영실이라는 장애인 딸이 있었다는 사실도 알게 되었다.

김일성족속은 지극히 자연스럽고 평범한 저들 집안을 '하늘이 점지한 공산수령족속'으로 우상화하기 위해, 아내가 못생겼다고 조석으로 구박하다가 종당에는 밥사발을 내던져 그의 머리를 깨놓고 중국으로 달아나서는 김형직의 밑에서 약국 심부름이나 하던 김형권까지도 불요불굴의 공산주의 혁명투사로 둔갑시켰다.

스탈린이 죽인 박헌영

나는 당 역사연구소에서 김일성이 박헌영 간첩사건과 관련해서 한 육성녹음교시도 접할 기회가 있었는데, 그 내용은 다음과 같았다.

우리 군대가 동부전선에서 힘겨운 고지전을 치르고 있던 1953

년 1월 중순경에 소련대사가 급히 나를 불러서 소련대사관으로 갔었다. 비서실을 거쳐 대사 방에 들어서니 소련대사가 내 옆으로 다가와서 귓속말로 조용히 "스탈린의 특사가 당신을 만나려고 왔으니, 여기서 잠시 기다리라."고 말하고는 방에서 나갔다.

잠시 방을 둘러보고 섰는데 갑자기 대사 방의 한쪽 벽면이 쭉 갈라지더니 거기서 한때 우리나라에 특명전권대사로 와 있었던 스티코브가 걸어 나오는 것이었다.

나는 소련대사의 방에 그리 많이 다녔지만 그곳에 그런 비밀 방이 있는지는 전혀 알지 못했었다.

스티코브는 나와 간단한 악수를 나눈 뒤, 문서봉투 하나를 내게 넘겨주었는데 겉면에는 스탈린의 인장이 찍혀 있었다. 그 봉투 안에는 뜻밖에도, 박헌영이 스탈린에게 보낸 나에 대한 신소(伸訴) 편지가 들어 있었다.

편지를 대충 읽어보니, '스탈린은 휴전협정을 체결하는 방향으로 이 전쟁을 빨리 종결지으라고 했는데, 김일성이 당신의 말을 듣지 않고 계속 싸우겠다고 주장하고 있으니 대책을 세워 달라'는 내용이었다.

내가 다시 스티코브를 쳐다보자 그는 내게, 알아서 처리하라는 식의 눈짓을 보내고는 나가 버렸는데 그것은 박헌영을 제거하라는 스탈린의 무언의 비밀지령과도 같은 것이었다.

아마 그때 스탈린은 한창 전쟁 중인 상황에서 박헌영을 그냥 놔뒀다가는 우리 내부가 더 복잡해져서 수습이 안 될 것 같으니까 그런 판단을 내렸던 것 같다.

그리고 스탈린은 당시 소련대사관 내에도 박헌영과 내통하는 사람들이 있는 것을 염두에 두고, 누구의 눈에도 띄지 않게 극비밀리에 스티코브를 내게 파견했던 것이다.

　이상이 김일성의 증언 내용인 바, 김일성의 말대로라면 박헌영을 죽음으로 내몬 장본인은 결국 그가(박헌영) 그토록 신성시하고 믿었던 스탈린인 셈이다.

　그러나 김일성은 1953년 8월에야 박헌영을 미제의 고용간첩으로 몰아서 체포했는데, 그만큼 그 당시 박헌영을 제거하는 것이 김일성에게도 결코 쉬운 일이 아니었기 때문이다.

　그와 관련해서는 당 역사연구소에 소장되어 있는 박헌영 간첩사건 담당 예심원, 검사들에 대한 (일부)사료가 잘 보여주고 있다. 그 사료에 따르면 박헌영 간첩사건을 담당했던 예심과장은 1955년 5월 대동교를 건너다가 저격을 당해서 전사했고 박헌영에게 사형판결을 구형한 담당검사는 1956년 민족보위성(현재의 인민무력부) 구내의 자기 사무실에서 총에 맞고 즉사했다 한다.

　박헌영 간첩사건 관련 담당예심과장과 담당검사가 평양에서 백주에 총에 맞고 비명횡사했다는 것은, 당시 북한군 내에도 박헌영 지지파가 적지 않았음을 의미하는 것이 아니겠는가.

값싼 여자는 만투 한 개면 알아본다

　만투는 만두의 함경도 방언이다. 이 말은 거리의 시정잡배가 아닌 북한의 공산수령인 김일성이 작가 천세봉에게 한 말이다.

　김일성은 1974년 2월 김정일을 후계자로 공식 추대한 직후, 한시바삐 그를 신격화된 수령후계자 지위에 올려놓기 위해 1975년 5

월 작가 천세봉을 불러들여서 김정일의 생모인 김정숙부터 우상화하기 위한 장편소설을 쓰도록 했다. 그때 김일성은 천세봉을 데리고 40여 일간이나 청산리초대소에 나가 같이 휴양을 하면서 김정숙을 알려준답시고 많은 말을 했는데, 그가 고증해서 당 역사연구소에 넘긴 김일성의 교시에는 아래의 내용도 들어 있었다.

나는 10대 때부터 집을 떠나서 길림에서도 많은 여자들을 만나봤고 빨치산 때에도 주변에 여자들이 많았는데, 값싼 여자는 만투한 개면 알아볼 수 있었다.

김정숙은 내가 만난 여자들 중에서 제일 똑똑하고 야무졌고, 나에 대한 충성심도 남달랐다. 김정숙은 재봉대원이었기 때문에 자기 총이 없었고, 그러다 보니 총을 쏴 본 적도 없었다.

그런 김정숙이 백발백중 명사수가 된 계기는 1938년 초가을 일본토벌대 분견대가 재봉대 비밀밀영을 급습했을 때, 아름드리나무에 둘러 묶인 채 사살된 재봉대 책임자 박수환과 마국화, 김용림 등 6명의 재봉대원들의 비참한 최후를 목격한 때부터이다. 그때 그는 거의가 총이 없어서, 그리고 총을 가지고 있는 유일한 여대원은 총을 쏠 줄을 몰라서 10명도 안 되는 일본토벌대 분견대에 처참하게 희생당한 분노를 도저히 참을 수가 없어서 눈에 핏물이 고일 때까지 막대기에 돌을 올려놓고 밤낮으로 조준훈련을 했다. 그 결과 우리가 1939년 장백현 북대정자에서 5.1절을 기념하는 사격경기를 조직했을 때 김정숙은 빨치산의 소문난 남자명사수들을 다 제치고 단연 1등을 했다. 나는 그때 김정숙에게 일본군에게서 노획한 여자용 권총과 금반지를 선물했다.

김정숙은 그 권총을 죽는 날까지 간직하고 있다가, 김정일에게 자신의 유물로 물려줬다.

천세봉이 고증한 김일성의 회고자료에는 또 다음과 같은 내용도 있었다.

"김정숙은 1949년 12월 24일에 서거했는데, 그날 아침도 지방으로 현지지도를 떠나는 나를 웃는 낯으로 배웅해줬다……. 그가 위급하다는 연락을 받고 현지지도를 중단하고 급히 병원으로 갔는데, 그는 나랏일에 바쁜 내가 자기 때문에 시간을 지체할까 봐 끝내 나를 병실에 들여놓지 않았다."

그러나 이것은 거짓말이었다. 1949년 당시 김일성의 측근에 있던 사람들은, 김정숙이 임신막달에 김일성과 김성애의 치정관계를 알고 그 충격으로 급사했는데, 김일성에 대한 원망이 머리끝까지 치민 김정숙은 숨이 넘어가는 순간까지도 병원을 방문한 김일성에게 병실 문을 절대 열어주지 못하게 했다고 한다. 그리고 이러한 사실은, 당시 모친의 임종을 지켰던 7세의 김정일도 뻔히 알고 있다고 했다.

그 죄의식이 있어서였는지 김일성은, 김정일 성장기에는 그가 김성애와 마주치지 않도록 김경희와 함께 따로 살게 해줬으며, 김정일을 후계자로 내세운 후에는 그가 하자는 대로 김성애 문제를 처리했다.

이 글을 쓰면서 그 천재적인 천세봉작가가 김일성의 직접적인 교시를 받잡고 김정숙을 우상화하기 위한 혁명소설 '충성의 한길에서' 1, 2부를 쓰고 난 뒤에, 자기 아들에게 한 유명한 말 한마디가 생각나서 마저 적어본다.

"글을 지어내기가 이렇게 힘든 줄을 몰랐다. 소설 '고난의 역사'를 쓸 때에는 토굴에 들어가서 종일 무릎을 반쯤 꺾고 앉아서 하루에 원고지 50페이지 이상도 써나갔었는데, 이 글은 하루에 원고지 3장도 써지지 않더라.

그런데도 수령님(김일성)은 '지금까지 쓴 초고를 봐야겠다.' 면서 자꾸 찾으시지, 이것을 쓰면서 다시는 글을 쓰지 않아야겠다는 생각까지도 했었다."

이 말은 천세봉작가의 아들이 내게 직접 전해준 것이다. 그 후 천세봉은 정말로 김정숙 우상화 소설을 끝으로 다른 소설을 더 이상 내놓지 않았다.

장편소설 '석개울의 새봄', '고난의 역사', '안개 흐르는 새 언덕', '대하는 흐른다' 등으로 북한인민의 무한한 사랑을 받았던 작가 천세봉선생은 1986년 4월 18일에 서거했다.

1973~1993년 김일성

김일성은 김정일을 세습후계자로 옹립한 지 꼭 20년이 되는 1994년에 사망했다. 10년이면 강산도 변한다고 했는데, 그 세월 속에서 김일성의 지위와 카리스마는 10년을 주기로 전혀 다르게 변천했다.

1983년에 이르는 10년 세월의 김일성이 김정일을 세습후계자로 세우고 그의 통치기반을 굳건히 다져주기 위해 마누라 김성애까지도 경계하고 멀리하면서 혼신을 다 한 공산독재자였다면, 1993년에 이르는 10년 세월의 김일성은 '내 할 바를 다 했다'는 만족감과 자긍심을 가지고 매일매일을 자화자찬으로 보낸 어리석은 상왕이었다.

한평생을 오로지 조선공산혁명과 인민만을 위해 바쳐왔다고 자처하는 김일성은 1973~1983년 기간에, 지구촌 공산권에 전무후무한 권력세습야망을 실현하려고 온갖 나쁜 짓은 다 저질렀다.

김일성은 누구의 의사도 묻지 않고 자신이 직접 제안, 제의, 추대해서 아들 김정일에게 당중앙위원회 조직담당비서 겸 조직지도부 부장, 선전담당비서 겸 선전선동부장(1973년 9월), 당중앙위원회 정치국위원(1974년 2월), 당중앙위원회 정치국상무위원(1980년 10월)이라는 일인지상, 만인지하의 지위와 권력을 넘겨줬다.

노회한 김일성은 극소수 최측근 기득권을 제외하고는 김정일에 대해 전혀 알지도 못했고 또 관심도 없었던 북한 주민사회를 수년간이나 곁가지반대 사상투쟁에 몰아넣어서 단기간에 김정일이 정통세습후계자임을 세뇌시켰다.

지금도 많은 사람들은 김정일이 직접 곁가지와의 투쟁을 발기하고 주도해서 김성애과 이복동생들을 권력중심에서 멀리 내쫓았다고들 알고 있지만, 실제 들여다보면 그런 것만도 아니다. 만약 김일성이 1974년 2월 비공개 당중앙위원회 전원회의를 소집하고 김성애는 야심가이고, 내 처남 김성갑은 모자라는 사람이라고 깔아뭉개면서 "곁가지가 무성하게 자라면 본 가지가 크는 데 장애가 된다."고 김정일과 회의참가자들에게 엄중히 경고하고 힘을 실어

주지 않았더라면 김정일은 그들을 쉬이 처리하지 못했을 것이다. 북한 당 역사연구소에 소장되어 있는 관련 사료에 의하면 그날 김일성은 "나는 빨치산 때에도 1시부터 2시 사이에는 꼭 오침을 했다"면서 참석자들을 회의실에 앉혀놓은 채 오침까지 하고 계속 회의를 지도했다고 한다.

김일성은 1978년 2월에 당시 제2경제위원장이었던 연형묵을 비판하면서 다음과 같은 훈계를 했었다.

"부모 없이 만주벌판에서 헤매던 너를 내가 데려다가 먹여주고 입혀주고 공부시켜줬고 당중앙(김정일)이 중견간부로까지 내세워줬는데 배은망덕했다."

이후 김일성은 연형묵에게 한 그 훈계를 주민사회에까지 확대 적용해서 다음과 같이 역설하면서 인민까지도 제집 머슴인 양 김정일에게 세습했다.

"수령이 먹여주고 입혀주고 공부시켜서 나라의 주인으로 내세워줬고, '당중앙'이 수령의 혁명전사로서의 영생하는 삶을 주었으니 대를 이어가면서 김정일에게 충성해야 한다."

김일성은 김정일이 경제건설에 관해서도 탁월한 영도력을 지닌 후계자임을 과시하도록 하기 위해 국가경제까지도 세습후계체제수립 제단에 제물로 내놨다. 김일성이 국가경제를 고작 제 밥그릇 정도로밖에 여기지 않는 김정일에게 "당중앙이 책임지고 한번 본때를 보이시오"하면서 경제발전 6개년계획 초과완수를 위한 70일 전투를 맡겨서 그나마 그때까지는 정상으로 돌아가던 국가경제 관리시스템을 아예 엉망으로 만들어 버려 경제파산의 시초를 열어놓은 것도 그 연대기의 일이다.

그런 과정 속에서 김정일은 1984년에 이르러서는 김일성이 입만 열면 자랑하는 소위 '위대하고 강력한 수령후계자'가 될 수 있었다.

그러나 1983년 이후의 김일성은 당중앙위원회 일꾼들은 물론 엘리트계층에게도 '날마다 자화자찬하며 제 기분에 들떠 사는 어리석은 상왕'으로 서서히 비춰지기 시작했다.

그 몇 가지 대표적 사례를 이야기하면 이렇다.

1984년 김일성은 거의 47일간 열차를 타고 구소련과 동구권사회주의 8개국을 순방한 뒤, 그 결과를 보고하는 당중앙위원회 정치국 확대회의를 소집하고 권력세습 문제와 관련해서 다음과 같은 내용의 교시를 했다.

"이번에 조직비서의 권유로 휴식도 하는 겸, 47일간 소련과 동구라파 사회주의나라들을 방문했는데, 가는 곳마다에서 그 나라 지도자들이 우리 조직비서를 극찬하면서 우리가 어떻게 후계문제를 훌륭히 해결했는가에 대해 많은 관심을 가지고 질문을 했다. 특히 우리가 마지막으로 방문했던 로므니아(루마니아의 북한식 발음)의 차우쉐스크 대통령은 내게 '그렇게 오랫동안 나라를 비워둬도 괜찮은가?'고 걱정하며 물었는데 이에 대해 나는 조직비서가 안방을 든든히 지키고 있기 때문에 아무 걱정 없이 이렇게 다니고 있다고 자랑을 했다.

동무들은 우리 당이 지금까지의 국제공산주의운동에서 제일 풀기 어려웠던 혁명위업계승(후계문제) 문제를 제일 먼저 훌륭하게 해결한데 대해 높은 긍지와 자부심을 가져야 한다."

공산주의자로서 권력을 세습하고서도 전혀 부끄러움이나 양심

의 가책을 느끼지 않고 다른 공산국가에까지 가서 이를 자랑했다
는 김일성의 '교시'를 되풀이하자니 그 당시에 느꼈던 경멸감이
다시금 차오른다.

그 시기 김일성은 점점 낙후해져서 봉건토호처럼 처신했는데,
그는 1985년경 평양의 개선문 부근을 지나다가 닛산 중고승용차
한 대가 서 있는 것을 보자마자 다음과 같이 훈계를 했다.

"저게 일본의 닛산이 아닌가? 저 차가 왜 여기로 다니는가? 우
리가 산에서 일본 놈들과 싸울 때 일본군이 닛산트럭을 타고 우리
를 토벌하러 쫓아다녔다. 그래서 닛산을 보면 지금도 기분이 나쁘
다. 그러니 다시는 저런 차들이 평양시 도로들에 나와 다니지 못하
게 하라."

그런데 그 일본중고차들은 당중앙위원회 재정경리부가 김정일
의 친필방침을 받고 대량으로 들여와서 평양과 전국의 당 자금 외
화벌이 회사들에 배정한 것으로써 평양 시내를 오가지 않고서는
일을 제대로 할 수가 없었다. 하여 김정일은 '닛산승용차는 개선
문으로만 통과하지 말라'는 방침을 내려서 김일성의 말도 안 되는
오기를 적당히 무마시켰다.

그 당시 김일성이 북한 기득권과 엘리트계층을 제일 크게 실망
시킨 것은 1988년 당중앙위원회 함흥전원회의에서 한 다음의 망
언이었다.

"우리나라는 지금 공산주의 문어귀에 와 있습니다. 우리는 사
회주의 틀거리를 다 만들어 놓았습니다. 이제 그것만 돌리면 국민
소득액이 세계 선진국 대열에 들어가게 됩니다."

그런데 그때 이미 지방에는 식량배급이 도간도간 끊기어 굶는

사람들이 곳곳에서 속출하고 어린거지(꽃제비)들이 평양의 주변구역들에까지 올라와서 구걸하기 시작할 때였다. 북한 주민사회가 다가오는 대기근을 폐부로 느끼기 시작한 그 시점에서, 다른 사람도 아닌 김일성이 "쌀이건 뭐건 폭포처럼 쏟아진다!"는 공산주의의 문어귀에 북한이 와 있다고 했으니, 어느 누가 김일성이 제정신이라고 생각할 수 있었겠는가.

그런데 그 뒤에 덧붙여 나온 김일성의 김정일 자랑 교시가 더 기막힌 것이었다.

"이 세상에 조직비서동지와 같은 충신, 효자는 없습니다. 조직비서동지는 충신과 효자의 귀감이십니다…… 김정일동지를 잘 모시고 받드는 길에 주체혁명위업의 무궁한 번영과 인민의 행복한 미래가 있습니다. 동무들은 지금까지 나를 받들어 모셔온 것처럼 조직비서동지를 높이 받들어 모시고 대를 이어 충성과 효성을 다해야 합니다."

사이비 공산수령 김일성의 본심과 보잘것없는 이상(理想)이 만천하에 드러나는 순간이었다. 그 후 1992년 2월 김일성은 아들 김정일에게 생신축시 광명성찬가까지 지어 주고 북한의 모든 남녀노소가 그것을 항시 암송하고 김정일을 받들어 모시도록 해야 한다고 훈계했다.

그리고 1994년 7월 초에는 북한을 방문한 재미교포 손원태에게 "김정일이 나를 잘 모시고 보살펴주고 있기 때문에 나는 한 100살까지는 문제없이 살 것 같다."고 극구 자랑한 뒤 7월 8일에 급사했다. 결국 '조선의 태양'인 김일성은 한 치 앞의 자신의 수명조차도 감지할 수 없었던 그저 보통 인간이었던 것이다.

평생 김정일을 얽어맨 세습지도자 콤플렉스

김정일은 1972년 4월 김일성의 후계자로 내정된 때로부터 1994년 7월 8일 김일성이 사망할 때까지, 어쩌면 그 이후까지도 세습지도자 콤플렉스에 시달려왔다고 보아진다.

김정일에게 처음부터 세습지도자 딱지를 붙인 사람은 아이러니하게도 김일성이었다. 김일성은 '만경대혈통은 곧 김정숙혈통'이란 훈계로 김정일이 세습후계자임을 분명히 했다. 이 때문에 김정일은 1970년대에 김일성, 김정숙과 자신을 소위 '백두산 3대 위인'으로 공포하고 당, 국가, 군대, 보위부(비밀경찰), 안전부(공개경찰) 핵심기득권의 사무실과 가정집들에 의무적으로 김일성·김정일 초상화와 함께 김정숙 초상화도 걸도록 조치했다.

하지만 유아독존적 특권의식을 선천적으로 타고난 김정일에게 있어서 나라 안팎에서 끊임없이 회자되는 세습후계자란 말은 굴욕감마저 들게 하는 참을 수 없는 것이었다. 김정일의 그런 속마음을 감지해서였는지 김일성은 1970년대 중반부터는 수령후계자의 징표에 대해 다음과 같이 덧붙여 훈계하기 시작했다.

"수령혈통 중에서도 국내에서 인민과 생사고락을 같이 하면서 자라나서 김일성종합대학을 졸업하고, 수령 곁에서 수령을 보좌하면서 인민이 인정하는 업적을 세운 후손만이 수령의 후계자가 될 수 있다."

그러나 누가 들어도 김정일에게 꿰맞춘 것 같은 김일성의 교시는 그의 세습후계자 이미지를 전혀 희석시키지 못했다. 이 때문에 김정일은 후계체제가 공고해지고 김일성과 동격으로 우상화되어 갈수록 '김정일이 김일성의 아들이여서 후계자가 될 수 있은 것이 아니라 수령후계자의 자질을 갖췄기 때문에 후계자로 추대될 수 있었다'고 수단과 방법을 가리지 않고 대내외에 선전했다. 아울러 김정일은 1984년 6월 중순 김일성의 소련 및 동구권 사회주의국가 순방을 최상의 수준에서 보장하기 위해 소집한 당중앙위원회 조직지도부 및 선전선동부 책임일꾼 회의에서 처음으로 김일성이 내놓은 수령후계자 징표와는 전혀 다른 차원의 후계자징표라는 것을 내놓았는데 그 내용은 다음과 같았다.

"노동계급의 수령과 그 후계자는 위대한 사상이론가, 위대한 영도자, 인민의 지도자만이 될 수 있다.

위대한 사상이론가를 첫째 징표로 놓은 것은, 그러한 수령과 그 후계자만이 인민대중의 요구와 이해관계를 가장 완벽하게 체현하고 그 실현을 위한 완벽한 사상과 이론을 제시할 수 있기 때문이다. 위대한 영도자를 둘째 징표로 놓은 것은, 그러한 수령과 그 후계자만이 장구하고 간고한 투쟁에서 제국주의자들의 온갖 유혹과 책동을 단호히 물리치고 인민을 승리의 길로 인도할 수 있기 때문이다. 인민의 지도자를 셋째 징표로 놓은 것은, 그러한 수령과 그 후계자만이 끝없는 사랑과 포옹력으로 만인을 다 한품에 걷어안고 공산주의 이상사회로 인도할 수 있기 때문이다.

이러한 3대 징표를 갖춘 수령과 그 후계자는 시대와 인민이 요구한다고 해서 나타나는 것이 아니라 오직 하늘이 내린다. 그런 면에서 볼 때 우리 인민은 수령 복을 타고난 세상에서 가장 행복한 인민이다."

이후 김정일은 노동당의 모든 선전선동수단과 사상교양 시스템을 총동원해서 자신이 내놓은 수령과 수령후계자 징표로 전체인민을 세뇌하기 시작했다. 동시에 김정일은 당, 군, 정, 공개 및 비공개경찰 핵심기득권의 사무실과 가정집, 그리고 주요기관 사무실들에 걸렸던 기존의 '백두산 3대 위인 초상화' 중에서 김정숙 초상화를 모두 내리게 하고 그 대신에 '김일성 · 김정일 사업토의 상'을 걸도록 조치했으며, 이어 전국의 모든 공공기관과 가정집들에도 김일성초상화, 김정일초상화와 함께 그들 부자의 사업토의 상을 의무적으로 걸도록 조치했다.

그러나 김정일이 김일성의 아들이었기 때문에 북한의 지도자가 될 수 있었다는 사실은 도저히 지울 수도, 도려낼 수도 없는 것이었다. 그리고 사실 김정일이 김일성의 아들이 아니었으면 어떻게 그 같은 인간이 한 나라의 지도자가 될 수 있었겠는가?

그 때문에 김정일의 세습지도자 이미지는 해가 갈수록 심각한 콤플렉스로 그의 심중에 자리 잡아갔다. 김정일은 그 콤플렉스로 인한 선입견으로 자주 체통머리를 잃고 불같이 날뛰어서 주변사람은 물론, 김일성까지도 아연실색하게 만들었다.

1985년 10월경 창광거리 당중앙위원회 구내의 어느 청사에서 김정일이 일개 승강기수리공에게 대노하는 일이 발생했다. 그날 김정일은 김일성과 함께 그곳 승강기에 올랐는데 승강기가 작동되지 않아서 수리공을 부르게 되었다. 그런데 급히 달려오다가 코앞에서 두 신(神)을 보게 된 애젊은 수리공은 너무 당황한 나머지 덩치가 큰 김일성 쪽으로만 연신 머리를 조아리었는데, 이를 지켜보던 김정일은 벼락같이 그에게 달려들어 발길질을 하면서 고래고래 소리를 질렀다.

"야 이 새끼야, 빨리 수리하지 않고 뭐해! 누가 저런 머저리를 보냈어!"

그 바람에 수리공은 그 자리에서 거품을 물고 까무러쳤다. 김정일이 왜 그랬는지는 이후 당중앙위원회에서 일하는 모든 노무자들에게 전달된 그의 '말씀'에 의해 밝혀졌는데, 그 내용은 다음과 같았다.

"우리 수령님은 곧 당중앙이고, 당중앙은 곧 우리 수령님이라는 것을 깊이 인식하고 수령님과 당중앙을 온갖 정성과 예의를 다 갖춰서 모시도록 교양해야 한다."

마음속에 '사람들이 나를 세습지도자라고 은근이 업신여기고, 김일성만 우선시할 수도 있다' 는 속 좁은 선입견이 항상 내재되어 있었기에 김정일은 '일개 보잘것없는' 승강기 수리공에게까지 분노하면서 행패를 부린 것이다.

김정일은 1980년대 말에도, 김일성의 면전에서 사회안전부 부장인 백학림에게 행패에 가까운 행동을 해서 김일성을 포함한 주변 모두를 아연실색케 만들었다. 그때 김정일은 사회안전부에 "연못동(평양시 서성구역의 동 이름) 쪽에 현대적인 예술극장을 새로 지어서 제13차 세계청년학생축전을 보장한 다음에 사회안전부에서 사용하도록 하시오."라는 방침을 내렸는데, 막상 사회안전부가 예술극장을 다 지어놓자마자 거기에 만수대예술단을 입주시켰다. 그런데 사회안전부 예술극장이 완공된 것만 알고 그것이 만수대예술단으로 넘어갔다는 사실을 전혀 몰랐던 김일성은 그해 9

월 어느 날 빨치산전우이고 사회안전부 부장이었던 백학림을 불러내어 새로 지은 예술극장을 둘러보러 나갔다.

극장을 다 둘러본 김일성이 매우 만족해하면서 백학림에게 이렇게 물었다.

"이번에 조직비서동무가 새 예술극장을 짓도록 배려해줬는데, 이제는 만족한가?"

김일성의 질문을 받은 백학림은, 마치 그런 기회가 오기를 기다리고 있었던 듯이 주변이 다 들도록 아주 큰 소리로 다음과 같이 대답했다.

"수령님, 그런데 이 극장을 만수대예술단에 빼앗겼습니다."

그 말을 들은 김일성이 "그게 무슨 소린가?"고 물으며 김정일에게로 돌아서는 순간, 김정일이 백학림과 주변을 향해 고래고래 소리를 질렀다.

"부장영감, 의견이 있으면 내게 말했어야지. 수령님께 먼저 말하면 어떻게 하는가? 야, 당장 만수대예술단을 빼!"

당시 김정일을 동행했던 중앙당 관련부서 일꾼의 말에 의하면 그날 김일성은 더 말할 것도 없고 백학림도 김일성을 이겨먹는 김정일의 사나운 성질머리에 놀라서 입을 다물지 못했다고 한다.

김정일은 1992년 어느 겨울날, 김정숙이 1945년 말 소련에서 귀국할 당시 며칠간 묵었던 청진시의 어느 여관을 '김정숙 사적관' 으로 만든 곳을 비공개로 찾았을 때에도 안내원의 "김정일이, 김일성과 항일의 여성영웅 김정숙 사이에 태어나서 교양을 받았기 때문에 지도자가 될 수 있었다"는 해설을 듣자마자 그 자리를 박차고 나가면서 다음과 같이 기업을 토했다.

"아버지가 김일성이고 어머니가 김정숙이래서 내가 지도자가 된 줄 아는가? 천만에! 아버지는 아버지고 나는 나다. 나는 수령의 자질과 풍모를 갖췄기 때문에 지도자가 된 것이다."

바로 이런 김정일이었기에 그는 김일성이 죽자마자 '김일성은 그의 모든 것을 완벽하게 체현하고 있는 김정일을 통해서 영생하고 있으니, 김일성은 곧 살아있는 김정일이다.' 라는 말도 안 되는 궤변을 노동당 표어로 내걸었다.

김정일이 2011년 8월 러시아를 방문할 당시 그를 모스크바까지 안내했던 러시아 측 인사가 "장차 누구에게 권력을 물려주려는가?"고 물으니 그가 "막내아들 녀석이 정치에 관심이 많은 것 같으니 그에게 물려주려고 한다."고 말했다는 보도를 접했을 때, 나는 김정일의 평생콤플렉스와 '미워하면서 닮는다' 는 격언을 떠올렸다.

아울러 오늘날 김일성공산왕조의 3대 세습후계자 김정은이, 부친이 키운 최측근은 물론 고모부인 장성택까지도 처형해 가면서 공포정치를 하고 있는 이유가 어쩌면 김정일이 겪었던 것보다 더 굴욕적인 세습후계자 콤플렉스가 있기 때문이 아닌가 하는 생각도 가져본다.

김정일의 비상식, 비정상적 인성

한국 국어사전은 '인성' 에 대해서 1, 사람의 성품. 2, 각 개인이 가지는 사고와 태도 및 행동 특성이라고 정의하고 있다.

그런 의미에서 볼 때, 김일성공산왕조의 2대 세습독재자 김정일은 시조 김일성을 훨씬 능가하는 비상식적이고 비정상적인 인성의 소유자였다. 동서고금 모든 독재국가의 생존전략과 국가비전이 그 나라 독재자의 인성에 의해 결정되었듯이, 오늘날 북한이 국제사회로부터 '비상식적이고 비정상적인 공산국가'라는 오명을 쓰게 된 것은 전적으로 김정일의 인성에서 비롯된 것이다.

북한 전체주민이 몸과 마음은 물론 양심과 도덕까지도 김일성 족속에게 바치기를 강요당하고, 국가가 식량배급을 주면 살고 주지 않으면 굶어 죽는 운명을 강요당하고, 군민에 관계없이 김일성 족속을 위한 총·폭탄이 되기를 강요당하고 있는 사실, 북한정권이 핵과 중장거리미사일을 가지고 한국과 유관국들을 끊임없이 공갈 협박하고 테러와 납치와 돈세탁과 무기·마약 밀매 등 마피아 영역의 범죄행위까지도 아무 거리낌 없이 감행해오고 있는 사실 등은 1974년 후계자 공식추대 이후부터 장장 37년간 북한을 통치해온 김정일의 인성을 떠나서는 결코 논할 수 없다.

이 글에서는 김정일의 비상식적이고 비정상적인 인성을 적나라하게 보여주는 그의 몇 가지 언행을 소개하려고 한다.

"죽을 때에도 수령님부터 떠올리도록 교양하는 게 나의 목표"

위의 발언은 김정일이 1974년 4월 14일 당중앙위원회 전원회의 확대회의에서 한 기조발언 중의 한 대목이다. 당시 김정일은 다음과 같이 역설했다.

"종합대학에서 공부할 때 나는, 조국해방 전쟁시기에 적탄에 맞고 죽을 뻔했다가 살아난 어느 공화국 영웅과 진지한 대화를 나눈 적이 있었다. 그때 내가 '적탄에 맞고 쓰러질 때 누가 제일 먼저 생각나던가?'고 물으니 그는 순간의 망설임도 없이 '당연히 청상과부가 될 아내가 제일 먼저 떠올랐다'고 대답했다.

나는 조국과 수령을 위해 목숨 바쳐 싸워서 공화국영웅이 된 사람조차도 그렇게 말하는 것을 보고 '앞으로 사람들을 당과 수령에게 무한히 충직한 혁명전사로 교양하고 개조하는 일이 결코 순탄하지 않겠구나……' 하고 생각하면서 잡도리를 단단히 해야겠다고 결심했었다.

모든 당원들과 근로자들이 수령님과 당을 위해서는 살아도 영광, 죽어도 영광이란 신념을 굳게 간직하고 살도록 만들며, 죽을 때에도 수령님부터 떠올리도록 교양하는 게 나의 목표이다."

북한 인민에게서 가장 원초적이고 소중한 가족애마저 빼앗고 그들을 김일성족속의 사상적 노예로 만들려는 김정일의 시대착오적 야망과 집념이 얼마나 집요하고 악랄했었는가 하는 것은, 90년대에 아사지경을 탈출해서 대한민국에 찾아온 탈북자들 대다수가 관련기관에서 조사를 받을 때 조사관들이 존칭수식사 없이 김일성족속의 이름을 마구 부르는 것을 보고 무서워서 부들부들 떨었던 사실만 봐도 잘 알 수 있을 것이다.

"당의 신임만 떼어내면 한갓 고깃덩어리"

위의 발언은 김정일이 1978년 2월 15일 밤, 자신의 생일을 자축하는 가신단술파티에서 한 말이다. 여기서 김정일이 지칭한 '당'은 바로 김정일 자신이다. 이날 김정일은 자기 앞에서 한껏 웃고 떠들어대는 최익규, 김치구, 김용순 등 파티 참석자들을 한동안 직시하다가 다음과 같이 훈계했다.

"동무들이 나와 한 자리에 앉아서 웃고 떠들면서 즐길 수 있는 것은 다 당의 신임이 있기 때문이다. 동무들에게서 당의 신임만 떼어내면 한갓 고깃덩어리에 불가하다. 그러니 당의 신임과 배려를 한순간도 잊지 말고 앞으로도 당과 수령을 충성과 의리를 다 해서 받들어 모셔야 한다."

유아독존의 사고가 뼛속까지 배어 있는 세습독재자의 말이었다. 실제로 김정일은 1980년대 초 가신단술파티 와중에, 멤버 중 한 일꾼이 "수령님(김일성)께서 늙으셨으니 이제는 지도자동지께서 다 맡아서 하셔야 합니다."라고 발라맞추는 제안을 하자 즉석에 길길이 날뛰면서 다음과 같이 고래고래 소리를 질렀다.

"이 자식이 죽으려고 환장을 했나! 어디서 감히 그런 말을 지껄여. 이 자식을 당장 끌어내서 총살해!"

순식간에 김정일의 신임을 잃은 그 일꾼은 정말로 즉시 끌려나가 총살당해서 '한갓 고깃덩어리'가 됐다. 훗날 황장엽선생의 말에 의하면 김정일이 그 같이 길길이 날뛰면서 그를 즉결 총살한 이유는 그 술 파티에 김일성이 키운 김치구가 있었기 때문이라고 했다. 김치구는 김일성이 1946년경 청진을 현지 지도하던 도중에 발탁해서 키운 일꾼이었다. 김정일은 만약 순간이나마 아첨꾼 말을 묵과한다면, 후에라도 그 일이 김일성에게 전해져서 더 큰 오해와 분노를 불러일으킬 수도 있다고 판단했기 때문에 그렇게 살벌하게 처신했던 것이다.

김정일의 "당의 신임만 떼어내면 한갓 고깃덩어리"란 훈계는 당중앙위원회 모든 일꾼들은 물론이고 이후에는 전체 북한주민이 수령족속으로부터 선물을 받을 때나 일을 잘 못해서 책벌을 받을 때나 마땅히 인용해야 하는 명제가 되었다.

오만방자하기 짝이 없고 인정머리라고는 눈곱만큼도 없는 김정일은 저들 족속이 수족처럼 부리던 일꾼이 불상사를 당해도 전혀 슬퍼하는 법이 없었다. 김정일은 김치구가 1980년대 중후반 가신단술파티에 참석했다가 만취상태에서 야밤에 승용차를 몰고 집으로 돌아가던 도중에 길옆에 정차되어 있던 무궤도전차를 들이받고 충돌해서 급사하자 그것을 희화화해서 이렇게 내뱉었다.

"과연 치구답게 치구서('치다'는 말의 사투리) 죽었군!"

그 말을 전해들은 많은 중앙당 일꾼들은 진심으로 도리머리를 쳤다.

최측근까지도 한갓 고깃덩어리라고 막말을 해대는 김정일이었기에 그는 1997년 12월 7일 당중앙위원회 일꾼들에게 북한주민 150만 이상이 굶어죽은 사태에 대해 이렇게 뇌까렸다.

"수령님(김일성)께서 생전에 내게, 경제 사업에 말려들면 당사업도 못하고 군대사업도 할 수 없으니 절대로 경제 사업에 말려들어가서는 안된다고 여러 번이나 간곡하게 당부했습니다."

김정일은 이 궤변을 늘어놓으며, 이후 150만 이상의 북한주민이 더 굶어 죽는 최악의 사태까지도 주저 없이 방치했다.

아니 김정일은 원래부터 저들 족속 외에는 모든 북한주민, 남한동족, 인류를 사람취급도 하지 않는 극악무도한 인간증오, 인류증오 인성의 소유자였던 것이다.

"총과 달러 중에서 어느 것을 가지겠는가?"

이 말은 김정일이 1990년 1월의 어느 가신단술파티 때, 탁상 위에 권총과 달러묶음을 올려놓고 참석자들에게 던진 질문이다. 이날 김정일은 참석자들이 선뜻 답변을 하지 못하고 우물쭈물하자 뒤에 있던 호위군관들을 불러서 앞에 세워놓고 다시 되물었다.

"너희들은 총과 달러 중에서 어느 것을 가지겠느냐?"

그때 김정일의 질문에 한 군관은 "저는 달러를 가지겠습니다." 하고 대답했고, 다른 한 군관은 "저는 총을 가지겠습니다."하고 대답했다. 김정일이 다시 그 이유를 되묻자 달러를 선택했던 군관은 "달러만 있으면 권총은 살 수 있습니다."고 그 명분을 설명했고, 권총을 선택했던 군관은 "권총만 있으면 달러를 빼앗을 수 있습니다."고 그 명분을 설명했다.

이들의 대답을 들은 김정일은, 권총을 가지겠다고 한 군관을 향해 기고만장해서 이같이 역설했다.

"네가 정답을 말했어. 그것이 내가 듣고 싶었던 대답이야. 우리가 경제건설에 지장을 받으면서까지 핵을 개발하고 중장거리로켓을 개발하는 이유가 바로 거기에 있어. 그것이 내 의지야."

이어 김정일은 그의 기준에서의 정답을 말한 군관에게 즉시 탁상에 놓여 있던 권총과 달러묶음을 선물로 하사한 뒤 다음과 같이 지시했다.

"오늘의 이 일을 당중앙위원회 모든 일꾼들에게 상세하게 전달해서, 그들이 내 의지와 배짱을 잘 알고 일하도록 하시오."

김정일은 그날에 공언한 날강도적인 의지와 배짱대로 끊임없이 핵, 중장거리미사일을 휘두르며 대한민국과 유관국들에 대한

갈취를 기도하다가 2011년 12월에 그 저주받을 유산을 김정은에게 물려주고 죽었다.

최근 한국과 국제사회 일각에서 이란핵협상 타결을 모델로 해서 북핵문제 해결이 다시 거론되기 시작하자, 북한이 즉시 "우리는 이란과는 다르다."고 발끈해 나선 것은 바로 김정일이 김정은에게 물려준 비상식적이고 비정상적인 의지와 배짱에서 기인된 것이라고 볼 수 있다.

"조선이 없는 지구는 깨버리겠다!"

이 말은 1993년 3월 초에 있은 당중앙위원회 군사위원회 회의 때 김정일이 한 말이다. 당시 미국과 관련 국제기구의 핵사찰압력에 대처하기 위해 소집되었던 그 회의에서 김일성은 참가자들에게 다음과 같이 주문했었다.

"미국 놈들이 작심하고 핵사찰을 하겠다고 나오면 견뎌낼 재간이 없어. 그러니 대책이든 방안이든 관계없이 각자가 생각하고 있는 바가 있으면 내놓아 보시오."

하지만 그런 중대한 회의에서는 항상 김정일이 먼저 발언하는 것이 관례였는지라 참가자들은 어느 누구도 나서질 않았다. 결국 김일성은 마침내 김정일을 쳐다보며 "조직비서동지의 의견을 말해보시오."라고 건의하기에 이르렀다.

그때 김정일이 내놓은 대책이라는 것이 바로 다음의 말이었다.

"핵은 곧 조선입니다. 조선이 없는 지구는 깨버리겠습니다."

고슴도치도 제 새끼는 함함하다고 했던가. 김일성은 그런 미친 소리를 하는 김정일을 마냥 대견해하면서 회의참석자들에게 이렇게 훈시를 했다.

"조직비서동지의 담력과 배짱이면 이 난국을 얼마든지 뚫고 나갈 수 있습니다. 동무들은 조직비서동지의 담력과 배짱을 따라 배워서 조직비서동지를 더 잘 보좌해야 합니다."

그날 김정일이 내뱉은 호전적인 망발은 훗날 북한 당, 군의 표어가 되었다. 조선이 없는 지구는 깨버리겠다면서 70억 인구가 살고 있는 지구촌을 공갈 협박했던 김정일은 이미 죽었다. 하지만 오늘날 그 아들 김정은이 고모부까지도 포함한 최측근들을 연이어 처형하고 온갖 군사적 공갈과 도발행위로 대한민국을 위협하고 있는 작태를 보고 있자니 콩 심은 데 콩이 나고 팥 심은 데 팥이 난다는 옛 사람들의 명언이 무겁게 다가온다.

김일성족속이 수립한 거대한 공산차별국가

김일성과 김정일은 도합 66년간이나 북한을 지배해 오면서 저들 족속 우상화와 통치행위에 용의하도록 온갖 차별제도를 2중 3중 겹겹이 수립함으로써 그곳을 가장 비열하고 잔인한 인권유린지대로 전락시켰다.

김일성족속이 수립한 북한의 차별제도에서 가장 포괄적이고도 근간을 이루는 것은 전체주민을 3계층 64부류로 등분화한 주민성분제도이다. 이 제도에 의해 전체 북한주민은 태어나면서부터 노동당이 부모의 계급적 성분과 현직을 기준으로 등분해서 규정한 출신성분을 부여받게 되는데 이것은 평생 넘을 수 없는 신분적 장벽이다.

김정일은 세습후계자로 공식 추대된 이후 주민성분제도 위에 계급별, 계층별, 정치조직별, 직업별, 지역별은 물론 동(同) 계급, 계층, 정치집단, 직업, 지역 내에도 각종 차별장벽을 수립해서 북한 주민사회를 부모자식 간에도 고자질하면서 김일성족속에만 의존하고 충성하는 기형사회로 만들기 위해 끊임없이 기도하고 책동했다.

그에 따라 북한에는 현재 동서고금의 별의별 차별이 다 현존해 있다.

북한에서는 같은 항일빨치산출신이라 해도 '김일성친솔부대 출신'인가 아닌가에 따라 정치적—물질적 특혜가 하늘과 땅 차이로 다르다. 김정일은 친솔부대 출신에 한해서는 당중앙위원회 책임일꾼들의 것과 꼭 같은 선물을 해마다 하사하고 그들 2세 3세의 진로까지 일일이 챙겨주었지만, 비친솔부대 출신들은 명절 때 고작 당과류 1박스와 귤 1박스를 선물로 받는 일반 항일열사유가족과 동격취급하고 그 후손들의 기득권 진입도 의도적으로 차단해왔었다. 김정일의 이 같은 처사 때문에 북한사람들은 항일빨치산 시기에 별로 이름도 없었던 오진우의 자손들에 대해서는 그가 어떤 직책에서 무슨 일을 하고 있는지를 잘 알고 있지만, 남북만주에 이름을 날리던 전설적 항일빨치산인 최용건의 후손에 대해서는 있는지조차도 알지 못하고 있다.

김정일은 김일성족속 접견자인 경우에도 김일성족속과 대화를 주고받은 자, 김일성족속 곁에서 그의 말을 듣기만 한 자, 김일성족속과 악수를 나눈 자, 김일성족속이 악수를 청하지 않은 자……

식으로 세밀히 등급을 나눠서 기록하고 차별대우를 해왔었다.

북한에서는 농사를 짓는 같은 처지의 농민들임에도 불구하고, 트랙터도 아닌 소 관리를 놓고도 관리할 자격이 있는 자와 관리할 자격이 없는 자를 따지면서 차별하고 있는데, 그 이유는 김정일이 "소는 전쟁 때 총포탄을 운반해야 하는 전략물자이기 때문에 농민 중에서도 성분이 좋은 사람에게 맡겨야 한다."는 방침을 내렸기 때문이었다.

북한에서는 같은 평양시민이라 해도 중심구역에 거주하고 있는가, 주변구역에 거주하고 있는가에 따라 그 대우가 크게 다른 바, 김정일은 "수령을 좀 더 가까이에서 모시고 있는 중심구역 주민에게는 더 큰 사랑과 배려를 돌려야 한다."고 역설하면서 사사건건 중심구역과 주변구역을 차별대우했었다.

햄지대, 비(非)햄지대

단적인 실례로, 1989년 10월 김정일은 '평양시민들이 제13차 세계청년학생축전을 보장하느라 고생했다'면서 어느 중국조선족 사업가가 본 행사에 대량으로 후원한 덴마크산 햄 통조림(5킬로그램)을 중심구역 매 가정에는 1통(경우에 따라서는 2통까지)씩 공급하면서도 주변구역에는 일절 공급하지 않았다.

사실 지방은 더 말할 것도 없고, 절대다수 평양시민들도 그때 햄 고기를 처음 봤고 5킬로그램짜리 '돼지고기통조림'이 있다는 사실도 처음 알았다. 그래서 주변구역 주민들은 삶지 않고도 즉석에서 먹을 수 있고 술안주로도 일품인 햄을 단번에 5킬로그램이나 공급받은 중심구역 주민들을 몹시 부러워하고 시기했었다.

이 때문에 세계청년학생축전을 보장하느라 중심구역 주민들 못지않게 노역을 치렀던 주변구역 주민들은 김일성의 '핵(核)지대, 비핵지대' 발언에 빗대어 햄을 공급받은 중심구역은 '햄지대'라고 부르고 그것을 공급받지 못한 주변구역은 '비햄지대'라고 부르면서 야유했다.

그 당시 김정일은 중국에서 대량으로 들어온 질 낮은 우산도 평양시 중심구역에만 가구당 1개씩 공급했는데 그때에도 주변구역 주민들 속에서는 김일성의 '핵우산' 발언에 빗댄 '우산지대, 비우산지대' 유머가 널리 유포되었었다. 한국 국민들은 '우산이 뭐라고……'라고도 할 수 있겠지만 북한이 우산조차 정상적으로 양산하지 못하는 나라임을 감안한다면, 그곳에서는 그것도 부러움의 대상임을 쉬이 알 수 있을 것이다.

김정일은 집단체조에 동원된 평양의 중고등학교 학생들에게 매일 두유 한 컵씩 공급하는 것도, 중심구역 학생들에게만 줘서 주변구역 학생들이 행사훈련 전 기간 부러움과 열등감을 느끼게 만들었다.

김일성족속이 핵심계층만 거주할 수 있도록 조치하고 있는 평양에서도 중심구역과 주변구역 간의 차별이 그 정도이니 평양과 다른 지역 간의 차별은 더 말해서 뭐하겠는가.

김정일은 주민사회의 갈피갈피에 차별장벽을 쌓고 쌓다 못해 나중에는 북녘의 돌, 꽃, 나무, 의자, 지면까지도 신성한 것과 범일반적인 것으로 구분해 놓고 차별해서 관리하도록 했다. 김정일은 평양 모란봉 정상의 제일 전망 좋은 구획도 '김정숙의 시신이 처음 안치되었던 장소'라 해서 일반인들은 아예 접근할 수 없게 울타리를 치고 관리원까지 따로 두어 관리하도록 조치했다. 그리고 방방곡곡의 수령이 머물렀던 자리, 수령이 땀을 식힌 나무 밑, 수령이 앉았던 의자, 수령가문이 사랑했던 꽃, 수령이 경치가 좋다고 지정한 장소 등도 성지, 성물로 규정하고 일반인들은 참배 외에 함부로 접근하거나 사용할 수 없도록 만들어놓았다.

김정일이 동서고금의 온갖 차별제도와 차별행위를 모조리 긁어다가 겹쌓아 수립한 북한의 공산세습왕조는 오늘날 그 위태위태한 사상누각 위에서 나름 3대를 구가(謳歌)하고 있다.

북한의 3계층 64부류 주민성분제도 분류도

김일성공산왕조가 어떤 엄격한 신분적 차별 위에 수립되어 있는지를 알려주기 위해 여기에 북한의 '3계층 64부류 주민성분제도' 분류도를 첨부한다.

노동당이 분류한 주민성분 3계층에는 핵심계층, 동요계층(일명 기본군중), 적대계층이 속한다.

핵심계층에는 8.15 이전 노동자 고농 빈농, 당-정권-행정-경제-문화교육기관 사무원, 노동당원, 혁명가유가족, 애국열사유가족, 8.15 이후 양성된 엘리트, 6.25전사자 가족, 후방가족, 영예군인 등이 속하는데 이들은 북한사회의 중추를 이루고 있는 계층이다.

동요계층(일명 기본군중)에는 과거 중소상인, 과거 수공업자, 과거 소공장주, 과거 하층접객업자, 과거 중산층접객업자, 과거 중농, 과거 민족자본가, 과거 무소속, 월남자가족2부류, 월남자가족3부류, 중국 및 일본 귀화민, 8.15 이전의 엘리트, 안일-부화-방탕한 자, 과거 접대부, 미신숭배자, 과거 유학생 및 지방유지, 경제사범 등이 속한다. 월남자가족2부류는 노동자 또는 농민 출신으로서 6.25때 범법행위를 하고 월남한 자의 가족이며, 월남자가족3부류는 노동자 또는 농민 출신으로서 범법행위를 하지 않고 월남한 자의 가족이다.

북한에서 동요계층(일명 기본군중)은 주로 하위조직 행정간부, 기술자, 사무원, 노동자, 농민, 의사, 간호사, 등 전문직에 종사하면서 제한된 수입, 식량배급, 기초생필품공급 외에는 특혜가 없는 생활을 하고 있다. 동요계층(일명 기본군중) 자녀들은 아무리 공부를 잘해도 김일성종합대학 같은 곳에는 갈 수 없고, 뛰어난 수재인 경우 과학기술인재양성대학인 김책공업종합대학까지는 진학할수 있다. 북한 노동당의 집단배치정책은 주로 이 계층 자녀들을 대상으로 시행되고 있다.

적대계층(일명 복잡군중)에는 과거 부농, 과거 지주, 출당자, 과거 자본가, 과거 적기관 복무자, 체포 및 투옥된 자의 가족, 간첩연고자, 반당반혁명종파분자가족, 처단자가족, 월남자가족1부류, 6.25포로와 그 가족, 8.15 이전의 반동관료 및 친미친일분자, 과거 천도교청우당 당원, 과거 민주당 당원, 기독교신자, 불교신자, 천주교신자, 천도교인, 입북자, 출당자, 정치범, 정치범출소자 등이 속한다. 월남자가족1부류는 부농, 지주, 민족자본가, 친일친미반동관료배 출신으로서 6.25때 월남한 자의 가족이다.

적대계층은 구체적으로 독재대상, 감시대상, 교양-포섭대상으로 세분화되는데 독재대상에 속한 주민은 일반 주민사회와 격리되어 산간오지나 특별독재구역에서 대를 이어가면서 살아야 하며, 감시대상에 속한 주민은 항시 사상동향과 언행을 감시받으면서 살아가야 한다. 교양-포섭대상으로 분류된 주민은 특별히 집요한 사상교양을 받으면서 개조과정을 거쳐야 하는데 간혹 그 결과에 따라 동요계층(일명 기본군중)으로 신분상승하는 경우도 있다.

북한 노동당이 규정한 주민성분 64부류는 다음과 같다.

1부류 : 노동자 → 출신 및 사회성분이 노동자였던 자는 핵심계층에 속한다.

2부류 : 고농(머슴) → 8대로 머슴살이한 자는 핵심계층에 속한다.

3부류 : 빈농 → 과거 자작농으로서 50% 이상 잡곡으로 생계를 유지한 농민은 핵심계층에 속한다.

4부류 : 사무원 → 당, 정권, 행정, 경제, 문화 및 교육 기관에서 근무하고 있는 자는 핵심계층에 속한다.

5부류 : 노동당원 → 모든 노동당원은 핵심계층이다.

6부류 : 혁명가유가족 → 항일무장투쟁에서 희생된 자의 가족은 핵심계층에 속하므로 대대로 당, 정권기관, 군 간부로 등용해야 하며 복무능력이 없는 대상에게는 최고의 사회보장 혜택을 부여해야 한다.

7부류 : 애국열사유가족 → 6.25 당시 비전투원으로 희생된 자의 가족은 핵심계층에 속하므로 당, 정권기관, 군 간부로 등용해야 하며 복무능력이 없는 대상에게는 사회보장혜택을 부여해야 한다.

8부류 : 8.15 이후 양성된 인텔리 → 이들 중 외국유학을 한 자는 감시대상에 속하며, 국내에서 교육받은 자는 핵심계층에 속한다.

9부류 : 피살자가족 → 6.25 때 피살된 자의 가족은 기본계층으로 분류한다.

10부류 : 전사자가족 → 6.25 때 전사한 자의 가족은 기본계층으로 분류한다.

11부류 : 후방가족 → 북한군 현역장병의 가족은 기본계층으로 분류한다.

12부류 : 영예군인 → 모든 상이군인은 기본계층으로 분류한다.

13부류 : 소상인 → 과거 일정한 상업시설이 없이 장소를 이동하면서 영업하여 생계를 유지한 자는 자본주의사상을 내포하고 있는 대상으로 분류하며 포섭교양대상에 속한다.

14부류 : 중상인 → 과거 일정한 거처와 상업시설을 소유하고 자립으로 영업하여 생계를 유지한 자는 동요계층으로 분류하며 설득-교양대상에 속한다.

15부류 : 수공업자 → 과거 소도구와 자체노력으로 생계를 유지하던 자는 포섭교양대상에 속한다.

16부류 : 소 공장주 → 과거 소 공장을 소유했던 자는 일반감시대상으로 분류한다.

17부류 : 하층접객업자 → 과거 소규모 서비스업으로 생계를 유지하던 자는 포섭교양대상에 속한다.

18부류 : 중산층접객업자 → 과거 자체 건물과 시설을 소유하고 약간의 고용인을 두고 생계를 유지한 자는 포섭교양대상에 속한다.

19부류 : 월남자가족3부류 → 노동자, 농민출신으로서 범법행위가 없이 월남한 자의 가족은 포섭교양대상에 속한다.

20부류 : 무소속 → 8.15 직후 어느 당에도 입당하지 않은 자는 포섭교양대상으로 분류한다.

21부류 : 농민 → 과거 개인소유농지로 겨우 생계나 유지하던 자는 동요계층으로 간주하고 포섭대상으로 분류한다.

22부류 : 8.15 이후 노동자 → 사회주의혁명과정에서 노동자로 전락한 과거 중소기업가, 상공업자, 접객업자, 인텔리, 부농은 과거의 출신성분과 현행에 따라 감시 및 독재대상으로 분류한다.

23부류 : 부농 → 과거 1명 이상의 머슴을 두고 농사를 지은 농민, 농번기에 임시 고용인을 두고 영농하던 자는 반항요소가 농후한 계층으로서 감시대상으로 분류한다.

24부류 : 민족자본가 → 민족자본에 의한 상공업자는 반항요소가 농후한 대상으로서 일반감시대상자로 분류한다.

25부류 : 지주 → 1946년 토지개혁 당시 5정보 이상의 토지를 몰수당한 자, 3정보까지 경작했으나 정미공장 또는 상공업을 영위한 자는 특수감시대상으로 분류한다.

26부류 : 친일친미주의자 → 친일친미행위를 한 자는 철저한 감시대상으로 분류한다.

27부류 : 반동관료배 → 일제강점하에서 행정 및 권력기관에 종사한 자는 철저한 감시대상으로 분류한다.

28부류 : 월남자가족1부류 → 부농, 지주, 민족자본가, 친일친미반동관료배 출신으로서 6.25 때 월남한 자의 가족은 현행에 따라 일반감시대상 또는 특수감시대상으로 분류한다.

29부류 : 월남자가족2부류 → 노동자, 농민출신으로서 6.25 당시 범법행위를 하고 월남한 자의 가족은 일반감시대상으로 분류한다.

30부류 : 천도교청우당 당원 → 과거 천도교청우당 당원이었던 자는 당원시절 직책에 따라 일반 또는 특수감시대상으로 분류한다.

31부류 : 중국귀화민 → 1957년 이후 공산당원으로서 귀화한 자를 제외한 모든 중국귀화민은 감시대상으로 분류한다.

32부류 : 일본귀화민 → 북송된 재일교포 중에서 조총련계 친북분자는 노동당에 입당시키며 나머지는 감시대상으로 분류한다.

33부류 : 월북자 → 8.15 이후 월북자는 철저한 감시대상으로 분류한다.

34부류 : 8.15 이전 인텔리 → 일제하에서 고등교육을 받은 자는 일부만을 감시대상으로 분류한다.

35부류 : 기독교인 → 과거 기독교신봉자는 일반 또는 특수감시대상으로 분류한다.

36부류 : 불교신자 → 과거 불교신자는 일반 또는 특수감시대상으로 분류한다.

37부류 : 천주교신자 → 과거 천주교신자는 일반 또는 특수감시대상으로 분류한다.

38부류 : 유학자 및 지방유지 → 과거 유학자 또는 지방유지로 대우받던 자는 일반감시대상으로 분류한다.

39부류 : 출당자 → 당원자격을 박탈당한 자는 출당사유에 따라 일반 또는 특수감시대상으로 분류한다.

40부류 : 철직자 → 간부로 등용되었다가 직책에서 추방된 자는 책벌의 일종으로 경력란에 기재한다.

41부류 : 적기관 복무자 → 6.25 당시 치안대, 한국기독교청년회, 경찰 등에 복무하다가 자수한 자는 출당자와 같은 조치에 처한다.

42부류 : 체포 · 투옥자 가족 → 형벌을 받기 위해 투옥된 자의 가족은 출당자와 같은 조치에 처한다.

43부류 : 간첩연고자 → 침투 체포된 자 또는 간첩사건에 연루되어 적발된 자는 특수감시대상으로 분류한다.

44부류 : 반당반혁명종파분자 → 1953년 남로당파 숙청에 관계된 자와 기타 반김정일파로 숙청된 자는 특수감시대상으로 분류한다.

45부류 : 처단자가족 → 북한정권수립 이후 범법행위 또는 반당행위로 처단된 자의 가족은 특수감시대상으로 분류한다.

46부류 : 출소자(정치범) → 정치범으로서 형기만료로 출소한 자는 출당자와 같은 조치에 처한다.

47부류 : 안일, 부화, 방탕한 자 → 계층을 불문하고 안일, 부화, 방탕한 자는 일단 유사시 반혁명계층으로 전환가능성이 있는 대상으로 판단되므로 일반감시대상으로 분류한다.

48부류 : 접대부, 미신숭배자, 무당, 점쟁이, 창녀, 기생 출신은 일단 유사시 반혁명계층으로 전환가능성이 판단되므로 일반감시대상으로 분류한다.

49부류 : 경제사범 → 절도, 강도, 횡령 등으로 복역 후 출소한 자, 기타 우범자는 일단 유사시 반혁명계층으로 전환 가능성이 판단되므로 일반감시대상으로 분류한다.

50부류 : 민주당 당원 → 과거 민주당 당원으로 활동한 자와 그 가족은 당원시절의 직책에 따라 일반감시대상 또는 특수감시대상으로 분류한다.

51부류 : 자본가 → 1946년 산업국유화 당시 개인 재산을 완전히 몰수당한 자는 철저한 감시대상으로 분류한다.

김정일은 1980년 10월, 기존의 주민성분 51부류에 '감시대상 13부류'를 더 첨부해서 주민성분 64부류를 확정지었는데 그 대상은 다음과 같다.

남한정부 반대행위 후 월북한 자
남한에서 북한으로 납북된 자
남한에서 북한으로 납북된 어부
다른 나라에서 북한으로 송환된 자
해외에서 북한으로 밀입국한 자
감옥에서 석방된 간첩연고자
6.25전쟁 시기 월북한 자
비밀 건설공사기관에서 해고된 자
중국에서 도망해 온 자
소련에서 도망해 온 자

중국인 거주자

일본인 거주자

자본주의 국가에서 들어온 자

　위의 것이 김일성족속이 비상식적이고 비정상적인 공산세습왕조의 유지-영구화를 꾀하면서 노동당을 내세워서 수립한(1997년까지의) 북한의 3계층 64부류 주민성분제도 분류도이다.

　자유로운 대한민국에서 나고 자라서도 북한을 동경하는 사람이 있다면, 북한의 주민성분제도 분류도를 보고 자신이 만약 김일성족속 치하에서 살게 되거나 월북하게 되면 어느 부류에 속하며 어떤 차별을 받게 될 것인지에 대해 한번쯤 가늠해 보기를 바란다.

6장

김일성족속이 망친
북한경제

북한 경제부문 일꾼들과 엘리트계층은 이미 1980년대에 '인민 경제가 급속히 경색'되어가고 있으며 그 원인이 폐쇄적 경제정책, 과학기술경시정책, 방대한 우상화시설물 건설, 군수제일주의 경제 구조, 비현실적이고 비효율적인 경제계획, 독선적이고 독점적인 경제관리, 제반 공업기반시설 및 공장-기업소생산설비의 노후화, 급격히 감소하는 전력생산 등에 있다는 사실을 너나없이 잘 알고 있었다.

이미 북한 경제정책 실패에 대해 다각적으로 분석한 많은 책자들이 있기에, 여기서는 북한의 사회주의 경제건설 실패행로에 얽힌 김일성족속의 비공개 이야기들을 몇 가지 엮어보려고 한다.

개탄스런 김일성의 무지와 오기

경제가 이렇게 된 건 정준택 같은 충신이 없기 때문

"우리나라 경제가 이렇게 된 건 정준택 같은 충신이 없기 때문이다"라는 말은 김일성이 1980년대에 경제부문 책임일꾼들에게 수시로 한 회고교시이다. 김일성은 '충신 → 정준택'을 입에 올릴 때마다 다음의 이야기도 어김없이 덧붙였었는데 그 내용은 이러하다.

정준택은 사심 없이 내게 충성한 사람이다. 내가 인민경제 5개년계획을 2년 앞당겨 완수하고 재차 7개년계획에 들어가는 문제를 토의하기 위해 경제부문 책임일꾼 협의회를 소집했을 때, 모두가 내 의견에 찬성했지만 오직 정준택만이 "수령님, 현재의 경제형편으로는 안 됩니다. 5개년계획에서 미진한 지표들을 마저 완수하고 생산설비들을 보충-보강하기 위한 1년 정도의 완충기를 거친 뒤 7개년계획에 들어가야 합니다."라며 반대했다. 나는 그가 내 면전에서 반대의견을 내놓는 것을 보고 기분이 상해서 "다음날 다시 토의하자." 하고는 회의를 중지했었다. 그러나 그날 밤 거듭 곰곰이 생각해 보고 나서는 정준택의 의견이 옳다는 결론에 도달하게 되었다.
그래서 우리는 1년간 완충기를 거친 뒤 1961년에 제1차 7개년계획에 들어가게 되었다. 그때 만약 그의 말을 듣지 않았더라면, 우리경제는 7개년계획은 고사하고 큰 혼란을 겪었을 것이다.

하지만 당시에 위의 김일성교시를 직접 듣거나 전달받은 많은 일꾼들은 너나없이 이렇게 수군거렸었다.
"정준택이 73년에 죽었으니 망정이지, 지금까지 살아 있었다면 아마 정치범수용소에 가 있을 수도 있어……."

그들은 북한경제가 급격히 내리막길을 걷게 된 원인이 정준택 같은 충신이 없어서가 아니라 김정일 때문이며, 만일 정준택이 그때까지 살아서 김일성에게 했던 것과 같은 언행을 김정일에게 했더라면 즉시 처형되거나 정치범수용소에 들어갔을 것이란 사실을 너무나 잘 알고 있었다. 김정일에 의해 도래한 그런 현실을 전혀 모르고 있은 사람은 오로지 이미 80년대에 상왕 지위에 올라간 김일성뿐이었다.

김일성이 충신이라고 극구 칭찬했던 정준택은 1973년 1월 11일 아들 때문에 심장마비로 사망했는데, 그 사연은 너무도 안타깝다.

정준택에게는 인민무력부에서 군관으로 복무하는 아들이 있었다. 그는 1972년 말에 소련출장을 나갔다가 발언실수죄목에 걸려서 체류 일정도 다 채우지 못하고 극비리에 송환되어 북한군 보위부에서 예심을 받게 되었다.

당시 김일성의 후계자로 내정되어 당중앙위원회 제반 부서들의 사업을 요해, 장악하는 과정에 있었던 김정일은 정준택의 아들에 관한 보고를 받고 군보위부에 다음과 같이 지시했다.

"수령님께서 심려할 수 있으니, 정준택 아들 문제는 예심이 끝날 때까지 나에게만 보고하시오."

그런데 정준택의 아들은 예심을 받던 도중에 부친을 향한 죄스러움과 자기 처지에 대한 수치심을 견디지 못하고 1973년 1월 초에 속내의를 찢어서 꼬아 만든 밧줄로 철제침대에 목을 매고 자살했다. 이 일을 보고받은 김일성은 노발대발했고, 김정일은 그 책임을 군보위부 예심원들에게 넘겨씌워 그들 모두를 즉시 제대시켜서 지방으로 추방했다. 아울러 외국출장중인 줄로만 알고 있었던 아들이 극비리에 송환되어 군보위부에서 예심을 받던 도중에 자살했다는 소식을 전달받은 정준택은 몇 시간 후 심장마비로 급사했다.

정준택에게는 해방 전에 동아일보 기자로도 활동했다는 정기택이라는 동생이 있었는데 6.25전쟁이 일어나기 직전에 폐결핵으로 죽었다. 그리고 그 아내 권영희와 두 딸은 전쟁 때 정준택의 밀서를 받고 월북했다. 권영희는 70년대에 월북작가 박태원과 재혼한 후에 그와 역사소설 '갑오농민전쟁'을 공동집필했으며 박태원이 사망한 뒤에는 심한 교통사고를 당하고 하반신마비로 침상에서 전혀 일어나질 못했다. 그의 두 딸 중 맏이는 1990년대 중반까지 평양 피바다가극단의 안무가로 있었고 둘째 딸은 북한군 협주단 첼로연주자로 있다가 90년대 초에 제대되었다.

1980년대까지 그들 자매는 서울출신들이고 인물이 아주 잘났고 예술분야에 종사하고 유명한 박태원작가의 양딸로 입문한 것으로 해서 문화예술계, 특히 작가들 세계에서 남다른 주목과 관심을 받았었다. 2000년대에 군협주단 첼로연주자였던 둘째 딸 정태은이 기고한 '양아버지 박태원에게 베푼 김정일의 덕성 기사'가 북한 노동신문에 크게 실린 것을 보면 그 자매가 평양에서 무난히 살고 있는 것 같다.

김일성이 죽고서야 끝이 난 대안의 사업체계

연구토론회

2005년경, 북한경제를 연구한다는 어느 외국인이 내게 다음과 같이 물었다.

"북한에 대안의 사업체계라는 경제관리 형태가 있다고 하는데, 그 대안(代案)의 내용이 무엇입니까?"

나는 그 물음에 "대안의 사업체계에서 말하는 '대안'은 어떤 것을 대신하는 안(案)란 뜻이 아니라, 평안남도 남포시 어느 구역의 지명입니다."라고 말해줬었다. 김일성이 1961년 12월에 내놓은 대안의 사업체계의 골자는 아래와 같다.

1) 공장운영에 관한 모든 문제는 본 공장의 당 책임자, 지배인, 기사장, 노동자대표로 구성된 공장당위원회가 토의, 결정한다.

2) 공장의 기사장은 생산관련 계획작성, 생산조직, 기술지도 등 생산전반을 책임지고 지도한다.

3) 필요한 원료와 자재는 상급기관이 책임지고 기계 옆까지 운반-공급한다.

4) 공장, 기업소가 노동자들의 생활을 전적으로 책임지고 돌봐준다.

그러나 대안의 사업체계는 창시된 첫날부터 북한의 어디서건 한 번도 제대로 시행된 적이 없었다. 그 정도로 그것은 원래부터 실현가능성이 없는 망상이었던 것이다. 그럼에도 불구하고 김일성은 해마다 전국의 경제전문 일꾼들과 주요 공장, 기업소의 당, 행정 책임일꾼들이 참가하는 '대안의 사업체계 연구토론회'를 평양에서 개최하도록 조치했다. 이 행사는 김정일이 세습후계자로 추대된 이후 한때는 평양인민문화궁전에서 김일성의 공적을 기리고 김일성과 김정일에게 충성을 맹세하고 김정일의 선물도 하사받는 큰 정치행사로 진행되었지만 80년대 말에 이르러서는 평양외곽의 인민경제대학 강당에서 소규모로 치러지는 초라한 행사로 전락되었다.

그러다가 1990년대에 들어서서는 김일성에게까지도 다음과 같은 반향이 제기되었다.

"전문분야에서조차도 거의 유명무실해진 대안의 사업체계 연구토론회를 이제는 그만했으면 좋겠다는 의견이 제기되고 있습니다."

그러나 자신이 내놓은 대안의 사업체계에 대한 집착이 강했던 김일성은 "경제가 어려울 때일수록 그것을 더 깊이 연구하고 현실에 적용하기 위해 애써야 한다."고 훈계하면서 묵살했다. 결국 해마다 진행되던 대안의 사업체계 연구토론회는 김일성이 사망한 1994년에야 중지되었다.

김정일은 그해 가을, 본 행사조직에 관한 제의서를 받고 다음과 같은 말로써 이 문제를 결론지었다.

"지금까지는 수령님께서 계셔서 중지시키지 못했는데, 이제부터는 그런 형식적인 행사를 더 이상 하지 않으려고 합니다."

결국 김일성이 창시한 대안의 사업체계는 그가 사망하자마자 아들 김정일로부터도 형식적인 것으로 매도당하는 신세가 되었다.

우리는 개혁할 것도 개방할 것도 다 했다

1987년 6월경에 김일성이 당, 정권기관, 경제부문 책임일꾼 회의에서 한 '개혁, 개방 관련 교시'가 당중앙위원회 일꾼들에게 전달되었는데 그 내용은 다음과 같았다.

"지금 일부 사람들 속에서 중국과 다른 사회주의나라들에서 하고 있는 개혁이나 개방을 두고 '우리도 개혁, 개방을 해야 하지 않겠는가?' 고 말들이 많다는데, 우리는 이미 오래전에 개혁할 것은 다 개혁했고 개방할 것도 다 개방했다. 지금 그 나라들에서 개혁하고 있다는 기업도급제 문제도, 생산자들 스스로가 현실적인 생산계획을 세우고 실행하는 문제도, 일한 만큼 물질적 혜택이 주어지도록 하는 문제도, 수요에 따라 가격을 책정하는 문제도 우리는 이미 다 해결했다. 그리고 개방에 대해서도, 우리는 이미 오래전부터 다른 나라들로부터 '우리가 먹고 소화시킬 수 있는 것은 받아들이고, 소화시킬 수 없는 것은 안 받아들이고……' 하는 식으로 시행해 오고 있다. 우리 입에 맞지 않는 것을 받아들일 수야 없지 않는가.

때문에 나는 얼마 전 소련사람들이 우리나라를 방문해서 '당신네들은 개혁, 개방을 하지 않는가?' 고 물었을 때에 우리의 개혁, 개방 원칙과 역사를 상세히 설명해줬다. 그랬더니 그 사람들이 진심으로 부러워했다.

그러니 그 나라들에서 하고 있다는 개혁, 개방에 대해 관심을 가질 필요도 부러워할 필요도 없다."

결국 김일성은 개혁과 개방이 무엇인지를 전혀 모르고 또 관심도 없는, 아집과 무지가 골수에 꽉 들어찬 시대착오적 공산독재자였다. 당시 김일성의 관련 언행들에 대해 북한의 중견엘리트사회에서는 다음과 같은 뒷말들이 나돌았었다.

"수령님이 중학교 1학년 중퇴생이기 때문에 저렇다. 하나라도 온전하게 공부한 것이 있어야 70년 이상이나 사회주의를 한 소련까지도 개혁개방의 길로 나가고 있는 이유를 제대로 알 수 있지 않겠는가?"

그러나 되돌아보면 김일성은 아집과 무지 때문이라기보다는, 오로지 자신이 세운 공산세습왕조의 유지, 영구화 야망 때문에 죽는 날까지 북한인민의 유일한 살길인 개혁개방을 한사코 결사반대했던 것이다.

동발 값도 못 뽑아낸 안주탄광

나는 1987년 10월경 사업상 관계로 전력공업부에 갔다가 전력생산문제 관련 김일성교시를 연대별로 정리해 놓은 '교시집행대장'을 보게 되었는데, 거기서 인상적으로 읽은 것이 김일성이 근래에 했다는 다음과 같은 교시였다.

"지질탐사부문 일꾼들이 내 지시를 받고 거의 10여 년간이나 안주지구를 탐사하고는 그곳에서 수백억 톤의 석탄매장지를 발견했다고 보고해서, 내가 안주지구를 소련의 돈바스라고까지 비유하면서 탄광개발과 석탄증산에 많은 투자를 했는데, 이제 와서는 석탄생산은 고사하고 동발 값도 못 뽑아내고 있습니다. 그 자들이 안주지구에 매장되어 있는 석탄이 '저열탄'이라는 사실을 내게 제대로 보고하지 않았습니다."

결국 김일성은 안주지구에 매장되어 있는 석탄이 저열탄이라는 사실을 모르고 동발 값도 안 나오는 곳에다가 그 많은 국가적 투자를 한 셈이 되었다. 훗날 출장길에서 김책공업종합대학의 지질학 관련 교수를 만난 기회에 그 문제에 대해 물어보니 다음과 같이 설명해주는 것이었다.

"당시 과학원 지질학연구소 등 관련 연구소들에서 발열량까지 실험분석해서 보고를 올렸는데, 수령님께서 그때 저열탄이 어떤 것인지를 몰랐던 게지요."

여기에 김일성의 원유탐사관련 일화를 하나 더 쓰려고 한다. 한때 북한은 원유탐사전문가와 해저시추장비가 없었던 관계로(물론 지금도 없지만) 중국과 구소련에 동서(東西)영해의 원유탐사를 맡긴 적이 있었다. 그런데 십여 년이 지나도록 원유를 발견했다는 보고가 없자 답답해진 김일성은 관련 책임일꾼을 불러서 그 진척 정형을 직접 요해하게 되었는데 그 과정에 중국은 북한의 서해에서, 구소련은 북한의 동해에서 원유시추를 하고 있는 사실을 알게 되었다. 김일성은 노발대발해서 그 책임일꾼에게 이렇게 추궁했다.

"머리가 그렇게도 안 돌아가는가? 중국과 인접한 서해(西海)의 시추는 소련에 맡기고, 소련과 인접한 동해(東海)의 시추는 중국에 맡겼어야지. 어느 바보가 자기나라 영해와 인접한 이웃나라를 위해 열심히 원유시추를 해주겠는가?"

김일성은 해저 깊은 곳에 있는 원유도 바닷물처럼 끊임없이 흐른다고 생각했던 것이다. 그래서 중국과 소련이 저들 영해의 원유자원을 보호하기 위해 북한에서의 원유시추를 의도적으로 태만하고 있다는 것이 김일성의 판단이었다.

"자본주의가 망하면 금으로 변소를 짓는다"
'자본주의가 망하면 금으로 변소를 짓는다.' 는 말은 김일성이

1980년대 초에 당중앙위원회와 외화벌이부문 책임일꾼들에게 한 훈시이다. 그때 김일성은 이렇게 말했다.

"애국가에도 있듯이 우리나라에는 금은보화가 많이 묻혀 있다. 때문에 나는 언제나, 우리나라 영토는 평방으로가 아니라 입방으로 따져야 한다고 자랑해 오고 있다.

지금 세계정세를 보면 자본주의가 망할 날도 얼마 남지 않은 것 같은데, 그전에 빨리 금을 캐내서 자본주의나라들에 팔아먹어야 한다. 그래서 그 돈으로 남조선혁명도 지원하고, 전쟁준비도 다 그치고, 인민경제에 필요한 기계설비들도 사들여 와서 백두산에서 시작된 우리 혁명위업을 하루빨리 완수해야 한다. 우리 공산주의자들에게는 그것 외에는 금이 필요 없으니 앞으로 자본주의가 망하게 되면 금으로 변소를 짓게 될 것이다. 때문에 자본주의가 망하기 전에 금을 많이 캐내어 팔아서 우리에게 필요한 모든 것들을 다 갖춰놔야 한다."

무식하면 헛것이 보인다고 했던가. 김일성의 이와 같은 훈시는 지금 되풀이해도 헛웃음이 절로 나온다.

"내가 좋다고 한 그 신발은 왜 안 보이나?"

북한에는 거의 20년이나 디자인이 전혀 바뀌지 않은 여성비닐신발이 있는데 모르긴 해도 20세기 중후반의 신발산업 분야에서는 아마도 최장수한 디자인일 것이다.

1960년대 말 김일성은 전국경공업제품 전시회를 둘러보다가 신의주신발공장에서 전시한 '발등부분에 구멍이 촘촘히 나 있는 여름용 여자검정비닐신발'을 보게 되었다. 그때 김일성은 그것을 들고 이리저리 살펴보다가 매우 만족한 표정을 지으면서 다음과 같이 교시했었다.

"우리 할머니와 어머니는 장마 때마다 신발이 젖어서 고생을 많이 했는데, 이제는 이런 신발이 나왔으니 우리나라 여성들이 장마철에 신발이 젖는 고생은 하지 않게 됐다. 대량생산해서 모든 여성들이 여름철에 신고 다니게 해야 한다."

그 후 몇 년간 북한여성들은 극소수 멋쟁이들을 제외하고는 빗물이 스며들면 툭툭 털어서 신을 수 있는 그 검정색 비닐신발을 거의 단체화처럼 신고 다녔다.

그러나 가난한 나라에도 유행은 있듯이, 김일성이 칭찬한 그 신발도 70년대 중반을 지나면서부터는 서서히 외면받기 시작했다. 도시여성이든 지방여성이든 더 이상 그 검정색 비닐신발을 신으려 하지 않았다. 그래서 1979년 전국경공업제품 전시회에는 그 신발이 아예 출품되지 않았다. 그때 전시장을 돌아보던 김일성은 그것이 보이지 않자 대뜸 이렇게 말했다.

"내가 항상 좋다고 평가하는 그 여성신발은 왜 안 보이는가? 다음 해에는 꼭 전시하도록 하라."

신의주신발공장이 '김일성교시신발'이라고도 부른 그 신발은, 이후 전시품만 생산되다가 1980년대 중반에야 전시장에서도 완전히 사라졌다.

"저 놈, 총비서 말도 안 듣는다!"

1991년 10월~11월, 김일성은 생전에 마지막으로 자강도 지역을 현지 시찰했다. 그때 김일성은 자강도 내 여러 곳을 순시하다가 어느 군에 들렸었는데 거기서 그 지역 감자농사가 예년에 없는 대풍을 맞았다는 보고를 받게 되었다. 김일성은 곧 현지에서 다음과 같이 지시했다.

"감자농사가 잘 됐으면 콩 농사도 잘 될 거야. 내가 우리 집 텃밭에서 직접 농사지어본 ○○콩 종자를 보내주겠으니 다음 해에는 그것도 심도록 하라."

그런데 현장에 있던 농장의 젊은 초급당 비서가 겁도 없이 김일성의 교시에 감히 토를 달았는데, 그때 김일성과 그가 주고받은 대화내용은 이러했다.

"수령님, 우리 농장에서는 그 콩이 잘 안 됩니다."

"안 되다니? 내가 직접 심어봤는데 아주 잘 됐어. 그러니 두말 말고 내년에 한번 심어봐."

"글쎄 심어보나마나 기후 때문에 우리 농장에서는 안 됩니다."

대화가 이쯤 되자 김일성이 노발대발하기 시작했다.

"야, 저 놈! 초급당 비서라는 놈이 노동당총비서의 말도 안 듣는다. 당장 잡아넣어!"

결국 그 초급당 비서는 즉석에서 호위군관들에게 끌려갔다. 당시 그 전모를 고스란히 전달받은 당중앙위원회 일꾼들은 상상을 초월하는 그 대화를 두고 너나없이 웃음을 참지 못했었다.

**밤낮 논에서 살았다가 김일성의 노여움을 산
농장작업반장**

이 사연도 김일성이 1991년 말 생애 마지막으로 자강도를 순시할 때 발생한 일이다. 당시 김일성은 어느 군으로 들어가는 길녘에서 잡풀이 전혀 없이 깨끗한 논들을 발견하고는 차에서 내렸다. 아주 기분이 좋아서 잠시 그곳에 머물렀던 김일성은 허둥거리며 달려온 농장작업반장에게 이같이 물었다.

"아니, 어떻게 논 관리를 했기에 이렇게 돌피(잡풀의 일종) 한 대 없이 깨끗한가?"

김일성의 칭찬하는 듯한 물음에 그 작업반장은 머리를 조아리면서 대답했다.

"뭐 관리라 할 것도 없습니다. 수령님이 지나가실 수도 있다고 해서 밤낮 논에서 살면서 풀을 뽑았습니다."

순간 김일성은 특별히 듣고 싶은 답이 따로 있는 듯 재차 "그것뿐인가?"고 되물었고, 그 작업반장 역시 딱히 달리 드릴 대답이 없었는지 "예, 밤낮 논에서 살면서 풀을 뽑은 것 외에는 없습니다."라고 재차 대답했다.

김일성의 얼굴빛이 점점 어두워지기 시작했다. 제일 먼저 김일성의 속내를 간파한 사람은 평북도당 책임비서 이봉길이었다. 그는 연신 손으로 작업반장의 옆구리를 찌르면서 그가 알아들을 수 있을 정도의 입속말로 다음과 같은 단어를 반복해서 외웠다.

"주체농법……, 주체농법……."

그제야 자신의 말실수를 깨달은 작업반장은 우들우들 떨면서 김일성에게 다시 이렇게 대답을 올렸다.

"수령님께서 내놓으신 주체농법대로 농사를 지었더니, 이렇게 되었습니다."

하지만 이미 옆구리 찔러 절받는 격이 된 김일성의 잡친 기분은 다시 돌아오지 않았다. 김일성의 나빠진 기분은 다음 행선지였던 자강도 전천군에 가서 과거에 그가 직접 노력영웅칭호를 수여했던 정춘실을 만난 뒤에야 풀어졌다.

이 이야기는 김일성이 당중앙위원회 책임일꾼 회의에서 직접 구술한 교시내용이다.

인민경제를 파산지경에 몰아넣은 김정일 문서정치

여기서 말하고자 하는 문서정치는 김정일이 친전(親展), 친필지시, 친필방침, 친필비준, 특수펀드명령서 등 문서로 행한 통치행위를 말한다. 김정일은 2011년 12월 17일 급사하기 직전에도 자신의 유언을 곁에서 받아 적게 하고 거기에 친필사인을 해서 남겼다고 한다.

1970년대 초부터 북한에서 살아온 사람이라면 누구든지, 북한경제가 김정일의 무차별적인 친전, 친필지시, 친필방침, 친필비준, 특수펀드 남발로 급속히 파산되기 시작했다는 사실을 알고 있다. 후계자추대 이후 김정일의 37년간의 치적을 되돌아보면 옛 성인들이 한 "나라라는 것은 세우기에는 수십, 수백 년도 부족하고 파괴하기에는 하루, 수년도 족하다"는 말이 저절로 떠오른다.

김정일의 가장 대표적 치적인 만수대김일성대형동상, 주체사상탑, 개선문, 전국도처의 김일성동상·노천혁명박물관·혁명사적지·혁명전적지들, 방방곡곡에 세워진 김일성만수무강탑(김일성 사후에는 '김일성 영생탑'으로 재건축됨)들, 모든 기관과 공장과 기업소들에 꾸려져 있는 김일성족속혁명사상연구실들, 핵-중장거리미사일, 8억9천만 달러를 들여서 건립한 김일성시신궁전 등만 놓고 봐도 그가 북한경제를 어떻게 파괴해왔는가 하는 것을 쉬이 집작할 수 있다고 본다. 김정일은 그 모든 치적들을 친전, 친필지시, 친필방침, 친필비준, 특수펀드명령서 등으로 지시하고 성취했다.

김정일은 우선 북한의 모든 외화를 독점하고 저들 족속의 향락생활에는 마음껏 탕진하면서도 내각에서 필요로 하는 외화에 대해서는 '자력갱생-간고분투의 정신, 짚신을 신고 진펄을 걷는 정신, 맨발로 낙동강까지 진격했던 정신'을 주문하면서 단 1달러도 쉬이 내주지 않았다.

이를 위해 김정일은 외화관리 시스템까지 세워놓았는데, 그 논리는 다음과 같다.

1) 모든 외화는 마땅히 김정일께 상납해야 하는 충성의 당 자금이다.

2) 모든 부문, 모든 단위에서 필요로 하는 외화는 김정일께 '제의서'를 올린 뒤 그의 친필비준에 따라 해결받아야 한다.

3) 김정일 친필비준으로 하사된 외화는 그의 정책적 의도와 배려가 깃든 당 자금이므로 항시 아껴 쓰고 절약해야 한다.

김정일이 외화관리를 어떻게 했는지를 보여주는 단적 실례를 여기에 적는다.

1988년 2월경 나는 사업상 관계로 당중앙위원회 기계공업부 종합과에 찾아간 적이 있었는데, 그곳 청사에 들어서니 무슨 큰일이라도 생겼는지 모두가 분주히 복도를 오가고 있었다. 한참 만에야 만난 종합과 부과장에게 연유를 물으니 그날 아침 첫 시간에 김정일의 친전이 하달돼서 그 집행대책을 세우느라고 저렇게 분주하다는 것이었다. 그날 나는 1호 함에 담아 종합과에 가져다놓은 그 친전도 직접 보게 되었는데 김정일이 휘호로 사인한 친전 내용은 고작 이러했다.

"8호제강소에 나와 있는 스웨덴 기술자들에게 매일 커피 3잔씩, 코코아차 3잔씩, 서양장기 1조를 보장하려고 하니, 이에 필요한 외화를 배려해 주셨으면 합니다."

무기밀매 등으로 김정일에게 많은 외화를 벌어다주는 군수부문에 대한 외화통제가 이 정도니, 김정일로부터 내놓은 자식 취급을 받는 내각에 대한 외화지출은 어떨지 너무도 훤한 일이었다.

김정일은 또한 북한의 모든 생산수단과 생산물 처분권을 독점하고 철강재, 시멘트, 원유, 목재, 석탄, 식량, 운송기재 등 전략물자는 더 말할 것도 없고 전력배정, 철도운송조직까지도 제의서를 올려서 친필비준을 받아야만 처리할 수 있도록 조치해서 인민경제를 아예 저들 족속에 예속된 식물경제로 만들어버렸다.

북한의 모든 것에 대한 김정일의 독점처분권은 일개 협동농장의 소 한 마리를 죽이고 살리는 것에까지 행사되었는 바, 그와 관련된 단적인 실례를 여기에 적는다.

1990년 북한 조선중앙TV에서는 김정일의 친필방침을 받고 황해남도에 나가서 텔레비전연속극(TV드라마) '석개울의 새봄'을 촬영하게 되었다. 그런데 극중에 소가 진펄에 빠져서 죽는 장면을 실감나게 찍어야겠는데, 김정일로부터 드라마촬영을 잘 도와주라는 친필지시를 받은 황해남도 도당위원회는 물론이고 당중앙위원회 선전선동부에도 이 문제를 자의로 처리할 수 있는 권한이 없었다. 결국 조선중앙TV의 텔레비전연속극 제작팀이 김정일에게 제의서를 올리게 되었는데 그 내용은 다음과 같았다.

"친애하는 지도자동지의 깊은 관심과 배려 속에서 제작되고 있는 텔레비전연속극 '석개울의 새봄'을 지도자동지께서 비준해주신 연출대본대로 촬영하던 도중에 소 한 마리를 희생시켜야 하는 문제가 제기되었습니다. 이것과 관련해서 친애하는 지도자동지께서 소 한 마리를 배려해주셨으면 합니다."

김정일은 그 제의서에 다음과 같은 친필을 덧붙여 비준해줬다.

"해당 장면을 촬영한 뒤, 그 소를 잡아서 연속극 제작에 동원된 동무들에게 소고기를 실컷 먹이도록 하시오."

당시 그 소고기파티에 참가했던 당중앙위원회 선전선동부 담당 일꾼의 말에 의하면 소는 고작 한 마리를 잡았는데, 군과 도의 책임일꾼들이 소고기를 먹어보겠다고 30~40여 명이나 현지에 내려오는 바람에 정작 제작진과 배우들은 '소가 장화를 신고 건너간 것 같은 소고기국물' 밖에 먹지 못했다고 한다.

김정일은 알아보고 확인하는 절차도 거치지 않고 2중 3중으로 친전, 친필지시, 친필방침, 친필비준 등을 마구 남발해서 내각경제와 주민사회에 끊임없는 분란과 피해를 촉발시켰다. 한정된 생산물을 놓고 내각이 올리는 제의서에 친필비준을 해주고서도 다른 기관들에 특수펀드 또는 특별명령 명목으로 2중 3중 비준할당해서 혼선을 야기했으며, '자력으로 아파트를 건설해서 결혼하고도 살 집이 없어 합숙생활을 하는 종업원들의 주택문제를 해결하겠다.'

는 어느 기관 제의서에 '그렇게 하시오. 김정일'라고 친필사인해주고서도 (다 지어놓은 아파트를 보고) 어느 중앙기관이 'ㅇㅇ지역에 새로 건설되는 아파트를 애국열사유가족들에게 배려해주셨으면 합니다.'라는 제의서를 올리자 '참 좋은 생각입니다. 김정일'하고 또 친필사인을 해줘서 관련된 모두에게 억울함과 혼란을 덮씌웠다.

김정일은 친전, 친필지시, 친필방침, 친필비준 남발로 각계의 민원이 빗발치자 1991년 1월에는 같은 내용의 친필문서라도 가장 최근에 비준한 것이 유효하다는 내용의 '말씀'을 하달해서, 이번에는 북한의 모든 관계기관들을 가장 최근의 친필을 받기 위한 경쟁과 '우리가 받은 친필이 그중 최근'이라는 끝도 없는 시시비비에 몰아넣었다.

김정일 치하에서 수십 년간이나 끊임없이 반복된 그런 작태들 때문에 북한경제는 급격한 파산일로를 달려서 90년대 중반에는 국제사회로부터 빌어먹는 공산국가란 오명까지 쓰게 되었다.

70년대에 이미 인민경제를 포기한 김일성족속

김일성족속은 1970년대 중반에 시대착오적 권력세습야망을 추구하기 위해 인민경제에서 당 경제와 군수경제를 분리 독립시켰다.

김일성족속은 우선 '남조선혁명과 주체위업 지지자—동정자 대열을 전 세계에 확보하기 위한 당 자금 마련'을 명분으로 외화벌이 능력이 있는 대상이라면 근해(近海)에서 다시마를 따고 성게를 잡는 10명 미만의 협동분조까지도 모조리 당 경제에 소속시켰다. 그리고 규모가 큰 제련소들에 한해서는 그것을 통째로 당 경제에 넘기면 당이 공장종업원 모두의 생계를 책임져야 하는 부담을 떠 안아야 했기 때문에 금 제련 공정만 따로 떼어내서 당 경제에 2중 으로 소속시켰다. 김일성족속은 그러한 조치들로써 인민경제가 보유했던 외화벌이 능력을 급격히 약화시켰다.

김일성족속은 1975년에 들어서서는 군수공업을 전담하는 제2경제위원회를 신설하고 전국의 군수공장들은 물론이고 설비조건과 기술기능수준이 높은 민수부문의 기계공장들도 군수공장으로 전환시켜서 제2경제위원회에 배속시켰다.

노동당 당 역사연구소에 소장되어 있는 관련 사료에 따르면 당시 김일성은 연형묵을 제2경제위원회 초대위원장으로, 김치구를 제2경제위원회 정치국장(당책임자)으로 임명하면서 다음과 같은 내용의 교시를 내렸다.

"동무들에게 한 개 나라 경제와 맞먹는 제2경제위원회를 맡긴다. 앞으로 인민경제에 의존하지 않고 자기발로 걸어 나가는 군수공업을 건설해서 제국주의자들의 봉쇄책동으로 인민경제가 다 멈춰서도 군수공업만 살아 있으면 거기서 총도 나오고 밥 가마도 나오게 하려는 것이 나의 의도이다."

아울러 김정일은 다음과 같은 훈시를 했다.

"앞으로 제2경제위원회에서는 성능이 좋은 무기들을 만들어서 3세계 나라들과 반미국가들에 내다 팔고 거기서 벌어들인 외화로 필요한 것들을 수입해서 군수생산 정상화와 확대재생산을 보장해야 한다. 그리고 제2경제위원회가 들어갈 강동지구를 제2의 수도로 꾸리고 갱도공사도 잘해서 일단 유사시 국가의 중요기관들이 거기서 정무를 보도록 만들어야 한다."

김일성족속은 1980년에는 노동당중앙위원회에 기계사업부(현재의 군수공업부)를 신설하고 연형묵을 초대담당비서로 임명했다. 김일성족속이 기계사업부를 신설한 진의는 군수경제에 대한 수령족속 유일관리를 철저히 확립하고, 국가의 인적 물적 재정적 투자를 군수경제에 집중해서 전쟁준비에 만전을 기하고, 군수경제를 사회와 분리–격리시켜서 핵–미사일 개발 및 무기밀매 관련 모든 기밀의 유출을 원천적으로 봉쇄하기 위해서였다.

당중앙위원회 기계사업부가 신설된 직후 김정일은 인민경제가 아직 살아있음에도 불구하고 연형묵과 김철만(당시 제2경제위원장)을 불러다 놓고 다음과 같은 지시를 주었다.

"지금 인민생활이 향상됨에 따라 고급생활필수품들에 대한 인민들의 수요가 날로 높아가고 있는데도 경공업부문에서는 그 요구에 미처 따라가지 못하고 있는데, 원인은 이 부문 일꾼들에게 당성, 노동계급성, 인민성이 부족하고 이 부문의 기술기능 수준과 생산설비들이 낙후하기 때문이다. 그래서 당중앙은 이 과업을 장비가 좋고 기술기능 수준도 높고 우리나라 노동계급의 핵심 부대이기도 한 군수부문 노동계급에게 맡기려고 한다. 군수부문에서는 군수품을 생산하고 남은 자투리자재들로 고급생활필수품들을 만들어서 인민생활도 향상시키고 국제시장에도 내다 팔아서 외화를 벌어들여야 한다."

당시 김일성족속의 방침에 따라 군수공업부문에서 대량생산한 대표적 생필품은 2.3.5단 밥통들과 전기구이 판, 선풍기, 세탁기 등이었다. 하지만 인민의 수요에 부흥하기 위해 만들었다는 전기구이 판, 세탁기, 선풍기 등 전기를 동력으로 하는 제품들은 북한 당국이 나라의 어려운 전력사정을 해소하기 위해 그 사용을 엄격히 금지시켰기 때문에 그것들을 구매했던 북한주민들은 한 번도 제대로 써보질 못했다.

그리고 고급생필품으로 외화벌이까지 한다던 김일성족속의 발상 역시 도저히 경쟁력이 없는 제품의 낙후성 때문에 막대한 당 자금(외화)만 낭비하고 2~3년 만에 아예 막을 내렸다. 하지만 김정일은 도저히 본전 생각을 떨쳐버릴 수가 없었는지 "경쟁력 있는 율동완구를 생산해서 외화도 벌고, 인민생활도 윤택하게 하고……"를 운운하면서 또다시 군수경제에 나름 막대한 외화를 투자했지만 그것 역시 국제시장의 높은 벽을 다시 한 번 실감하는 수업료 지불로 끝을 맺었다. (북한이 말하는 율동완구는 건전지로 움직이는 장난감들을 말한다.)

김정일이 80년대에 야심차게 벌려놨던 고급생필품과 율동완구 경제정책은, 인민경제는 더 말할 것도 없고 1980년대 말에는 군수경제마저도 생산가동률을 20%미만 대에 정착시키는 도저히 만회할 수 없는 큰 피해를 끼쳤다.

승용차와 김정일

1990년 초가을로 기억되는데, 그때 나는 오랜만에 가족들과 함께 냉면을 먹기 위해 옥류관(냉면전문식당)으로 가던 도중 대동강의 옥류교 부근 둔치에 십여 대 가량의 빨간색 소형승용차가 줄지어 서 있는 것을 보게 되었다. 하도 궁금해서 모여든 구경꾼들을 헤집고 들어가서 운전사로 보이는 사람에게 사연을 물어보니 이렇게 말하는 것이었다.

"제2경제위원회가 처음으로 자체 생산한 승용차들인데, 시운전을 나가던 길에 옥류관에서 점심식사를 하기 위해 여기에 잠시 세워놨습지요."

겉보기엔 제법 흠 없는 예쁜 승용차들이었는데, 지금 생각하면 그 크기가 한국의 티코승용차만 한 것이었다. 그러다가 여러 개월이 지난 후 우연히 안면이 있는 당중앙위원회 군수공업부 지도원을 만난 기회에 그 승용차들에 대해 물어보니 다음과 같은 내용을 말해줬다.

"그 승용차들은, 지도자동지가 남조선이 승용차홍수시대에 접어들었다는 보고를 받고 '우리도 승용차를 자체 생산해서 박사들에게도 선물로 주고, 예술인들에게도 선물해야겠다.' 고 전병호에게 지시해서 제2경제위원회가 몽땅 달라붙어 만들어 낸 것입니다.

그런데 첫 시운전에서 문짝이 떨어져나가고, 바퀴가 달아나고, 시동이 자주 꺼지고, 사방으로 빗물이 새어 들어오고 해서 지도자동지가 '아직은 승용차를 만들 수준이 아니다' 하면서 중지시켰습니다."

그로부터 몇 년 뒤인 1993년경에 나는 평성과학원 지구(地區)에서 그 승용차 몇 대를 다시 보게 되었다. 그래서 그곳 당위원회 일꾼에게 연고를 물어보니 이렇게 말하는 것이었다.

"지도자동지께서 몇 년 전에 박사들에게 선물로 준 승용차인데 하도 고장이 자주 나고 휘발유도 공급되지 않고, 그렇지만 선물이기 때문에 마음대로 처리할 수도 없고 해서 그냥 저렇게 세워두고 있습니다."

그것이 김정일이 대한민국 승용차홍수에 대한 질투심을 안고 야심차게 시작했던 북한 국산승용차의 결말이었다.

견본경제로 김일성을 지독하게 기망한 김정일

김정일은 세습후계자로 군림해 있은 전 기간, 시종 "수령님께 근심과 걱정을 끼쳐드려서는 안 된다"고 훈계하면서 나라경제형편과 인민생활실태에 관해서는 당중앙(김정일)을 통해서만 김일성에게 보고하도록 하는 엄격한 사업시스템을 세워놓았다. 아울러 김정일은 시종 "인민을 위해 고생만 해온 수령님께는 언제나 우리 인민의 행복상만을 보여줘야 한다."고 주문하면서 경공업부문 생산력이 나날이 감퇴되는 속에서도 해마다 인민생활필수품 견본만은 김일성이 보고 만족해할 수 있게 잘 만들어서 전시하도록 엄격하게 조치했다. 이 때문에 김일성은 김복신(김일성 때, 경공업담당 부총리) 등을 대동하고 인민생활필수품 전시장을 시찰할 때마다 "우리 인민의 생활이 나날이 윤택해지고 있다."고 크게 떠들며 자랑했다.

그러나 해가 갈수록 김일성의 눈에도 인민생활이 퇴색되어가는 모습이 보이기 시작했는지 그는 1990년도부터는 인민생활필수품 전시장을 시찰할 때마다 불신의 눈초리로 김복신을 바라보며 이렇게 비꼬았다.

"네 이름은 김복신이가 아니라 '말복신' 이야. 너는 그저 부총리가 아니고 '견본부총리' 야."

김일성이 김복신을 '말복신', '견본부총리' 라고 부르면서 비판한 사실은 주민사회에까지 흘러나가서 사람들은 그가 TV에 나올 때마다 "저런 간신들이 수령님께 계속 거짓보고를 올려서 인민생활이 이 지경이 되었다"고들 대놓고 욕지거리했다. 하지만 김일성이 비판하고 주민사회가 아무리 험한 욕을 해도 김복신은 부총리 직책에서 제일 오래 장수한 내각 일꾼이었는데 그 이유가 김정일의 견본경제 방침을 충실히 집행해서 한때나마 김일성께 기쁨을 드렸기 때문이었음을 당중앙위원회 일꾼들과 내각에서는 모두들 잘 알고 있었다.

그럼에도 불구하고 김일성은 1994년 6월 말 묘향산초대소에서 서울남북정상회담을 준비하던 때에야 인민생활을 요해해 보라면서 각 지역에 파견했던 부관들에 의해 '지방에서는 이미 89년도부터 식량배급이 중단되어 굶어 죽는 사람이 속출하기 시작' 했으며, '군대에서도 영양실조에 걸리는 군인들이 속출하기 시작' 했으며, '지방학생들은 수년째 교복을 공급받지 못해서 거지꼴로 등교' 하고 있으며, '3.8선의 초병들조차 몇 년째 군복과 내의를 공급받지 못해서 밤이면 추위에 떨면서 근무' 하고 있다는 등의 말을 듣고, 온 나라에 만연한 가난과 피폐의 참상을 다소나마 알게 되었다.

철들자 이별이란 말처럼 김일성은 인간생지옥으로 변해가는 나라꼴을 깨치자마자 급사했다. 그리고 김일성은 인민생활이 너무

염려스러워서가 아니라, 이대로 나가다가는 저들 족속이 세운 공산세습왕조가 졸지에 붕괴될 수도 있다는 어마어마한 초조와 불안감 때문에 심장마비를 일으켰던 것이다.

여기에 김정일이 김일성을 기막히게 속인 단적 실례를 하나 더 이야기한다.

1990년대 초 김정일은, 재일본조선인총연합회에 김일성팔순생일을 맞아 컬러TV 조립공장을 선물로 바치게 했다. 그 선물공장은 1992년 중반경에야 완공되었는데, 준공하는 날 김정일은 김일성을 대동하고 나가서 컬러TV 조립공정을 일일이 보여줬다. 그날 김일성은 매우 기뻐하면서 다음과 같은 교시를 내렸다.

"김정일 시대에 들어서서야 우리나라도 천연색 텔레비전을 자체로 생산해서 인민들에게 공급할 수 있게 되었습니다. 그러니 모든 중앙기관 일꾼들과 평양시민들이 이 공장을 견학하도록 해서, 그들이 조직비서동지(김정일)의 사랑과 은덕을 언제나 가슴 깊이 간직하고 일하며 생활하도록 해야 합니다."

이에 따라 며칠 후 나도 컬러TV 조립공장에 단체견학을 가게 되었는데, 오후 늦게 도착하다 보니 조립된 컬러TV를 검사하는 마지막 공정만 보게 되었다. 검사원이 신경질이 잔뜩 돋은 얼굴로 고무망치를 들고 검사대 앞을 지나가는 컬러TV의 위와 옆을 한 번씩 툭 치면서 화면의 떨림을 검사하고 있는데, 관심 있게 지켜보고 있노라니 들으라는 듯이 이렇게 말하는 것이었다.

"수령님이 다녀간 날부터 이 TV들이 매일 세 번 이상이나 매를 맞고 있습니다."

그 말이 하도 의아해서 후에 알아보니 컬러TV 조립공장은 세워났지만 TV조립부품은 100대 미만 분량밖에 들여오지 못해서, 매일 단체견학이 들어오는 횟수만큼 그 TV들을 해체했다가 다시 조립해서 망치로 때리는 공정을 반복하면서 보여주고 있었던 것이다.

김일성은 사정이 그런 줄도 모르고 김정일의 공적을 치켜세우기 위해 일꾼들과 인민들에게 견학시키라 훈시하고…… 김정일은 그렇게 김일성을 기망하여 우스운 꼴로 만들었다.

그때 김일성이 자체 생산하게 되었다고 자랑했던 컬러TV의 이름은 삼일포였다.

대외경제무역 관련 일화들

1980~1990년대에 김정일 친필지시 또는 친필비준에 따라 행해졌던 대외경제무역 관련 일화 몇 개를 아래에 서술한다.

보일러전문가가 1명도 없는 보일러수입 대표단

1993년 말, 당시 노동당중앙위원회 주체사상연구소 부과장 직책에 있던 나는 대외에 주체사상을 선전하는데 필요한 외화를 자체로 벌어서 충당하라는 김정일의 지시에 따라 관련 대책을 찾기 위해 며칠간 인민대학습당 자료실들을 오간 적이 있었다.

그때 수일간 인민대학습당 위층 소강의실에 출근해서 설계도면 같은 것들을 걸어놓고 강의를 받고 있던 4~5명 정도의 그룹이 있었는데, 어느 날 우연히 로비에서 담배를 피우고 있는 관련강사를 만나게 되어 "무슨 강의를 하고 있습니까?"고 물으니 다음과 같이 말하는 것이었다.

"북구라파 어느 나라에서 폐기처분하는 중고보일러를 사러 나가는 사람들에게 관련기술을 강의하고 있지요."

의아해서 다시 "저 사람들 속에는 보일러 전문가가 없습니까? 그렇다면 당신이 나가서 사오면 되지 않습니까?"고 되물으니 "없기에 내가 이렇게 속성으로 강의를 해주고 있지 않습니까."하며 말을 이었다.

"나도 원래는 보일러를 사러가는 대표단에 망라되어 있었는데, 지도자동지께서 '90년대에 들어서서부터는 외국에 내보내기만 하면 달아난다.'고 지적하면서 외국 특히 서방국가들에 나가는 대표단은 특별히 검토된 사람들로 엄선하라고 방침을 내리는 바람에 탈락되었습니다. 지금 강의를 받는 저 사람들은 보일러와는 전혀 관련이 없는 당, 행정, 무역, 보위부 계통 사람들입니다."

그의 말을 들으니 '보일러전문가가 한명도 없이, 새것도 아니고 폐기처분되는 중고보일러를 수입하러 나간다는 저 사람들이 설령 보일러를 들여온들 제대로 설치나 할 수 있을까?' 하는 한탄이 절로 흘러나왔다.

문짝은 모조리 떼어놓고 수입한 모란봉 시계공장

해마다 막대한 당 자금(외화)을 들여 스위스산 손목시계에 '김일성'이란 명함까지 새겨 넣고 수입해서 당, 군, 정 기득권에 선물로 하사하던 김정일에게도 손목시계 하나 제대로 생산하지 못하는 나라경제가 스스로 개탄스러웠던지 그는 1980년대 중반 제2경제위원회에 다음과 같은 지시를 내렸다.

"당 자금을 내어주겠으니, 합당한 가격으로 손목시계공장을 하나 들여오시오."

이렇게 돼서 제2경제위원회는 루마니아로부터 폐기처분되는 손목시계공장을 수입하게 되었는데, 김정일이 말한 합당한 가격을 준수하느라고 시계생산라인의 문짝들은 모조리 떼어내고 들여왔다. 당시 루마니아 관계자들은 시계공장은 가져가면서도 문짝은 수입하지 않겠다는 북한 측의 태도가 이해가 되지 않아서 이렇게 물었다고 한다.

"당신들, 손목시계는 어떻게 생산하려고 문짝을 안 가져가는가?"

그 물음에 시계공장 수입대표단은 "문 같은 것은 얼마든지 자체로 만들 수 있다."고 호언했는데, 종당에는 그 문짝이 불과 1년도 안 돼서 김정일의 배려로 신설된 북한 유일의 손목시계전문공장을 완전히 멈춰 서게 했다. 이유는 바로 손목시계와 같은 정밀제품 생산라인의 문들은 단순한 문짝이 아니라 자동온습도조절장치, 즉 아주 중요한 생산설비였기 때문이다.

김정일은 그 공장에서 처음 생산된 손목시계에 '모란봉'이란 이름을 붙이고 김일성명함까지 새겨서 당중앙위원회와 외교부문 일꾼들에게 먼저 선물했는데, 며칠도 지나지 않아 시계가 아예 멈춰 서거나 시간이 전혀 맞지 않아서 점차 외면당하기 시작했다.

이후 모란봉시계의 형편없는 질과 그 원인을 보고받은 김정일은 다시 당 자금을 내어주면서 "빨리 가서 문짝을 사오라!"고 지시했지만, 성사되지 못했다. 관련대표단이 다시 루마니아에 들어갔을 때에는 이미 그 중고문짝들이 사방으로 팔려나간 뒤였다. 하여 "그러면 다시 문짝을 생산해서 줄 수 없는가?"고 물었더니 "그러자면 문짝공장을 다시 세워서 만들어야 한다."며 기존가격보다 10배나 더 높은 돈을 요구하는 바람에 그냥 돌아올 수밖에 없었다.

우리나라에 벤츠수리공장이 그렇게나 많아

1987년 3월 초 김정일은, 당중앙위원회 재정경리부에서 올린 벤츠수리공장 관련 제의서를 보게 되었는데, 그 내용은 이러했다.

"지금 중앙당은 중앙당대로, 정무원은 정무원대로, 제2경제위원회는 제2경제위원회대로, 무력부는 무력부대로, 보위부는 보위부대로 제각기 지도자동지의 방침을 받아서 벤츠수리공장을 들여다가 운영하고 있습니다.

그러다 보니 '필요한 부품들을 수입하려 하니 외화를 배려해달라'고 제각기 해마다 지도자동지께 제의서를 올리고 있는데, 그 공장들을 하나로 통합하여 관리하면서 설비와 부품, 부속품들도 필요한 만큼 수입해 쓰면 많은 외화를 절약할 수 있을 것 같습니다."

김정일은 그때서야 수입된 벤츠승용차에 비해 벤츠수리공장이 많이 들어왔다고 생각되었는지 "글쎄 그러니까 수지가 맞지 않지!"라고 열을 올리면서 다음과 같은 지시를 내렸다.

"당중앙위원회 재정경리부에서 관련 실태를 상세히 요해하고, 대책 안을 만들어서 올려 보내시오."

그러나 김정일은 종내 그 벤츠수리공장들을 통합하지 못했다. 거의 10여 년을 중앙당은 중앙당대로, 정무원은 정무원대로, 제2

경제는 제2경제대로, 무력부는 무력부대로, 보위부는 보위부대로
벤츠수리공장을 운영해 오면서 수시로 김정일에게 제의서를 올려
'직접 외국에 나가서 부품을 수입해 올 수 있는 관련기구' 까지도
완벽하게 갖춘 마당에, 어느 단위도 쉬이 그것을 내놓으려고 하지
않았기 때문이었다. 하여 그 기관들은 저마다 자기단위 특수성을
내세워 또다시 김정일에게 제의서를 올려서 그해가 다 가기도 전
에 모든 기관이 김정일의 벤츠수리공장 통합방침에서 빠져나갔다.

7장

대남적화통일야망에 얽힌
김일성족속의 한

김일성족속은 자유세계 반열에 있는 동족국가 대한민국이 한반도 절반 땅에 건재해 있는 한, 저들 족속의 공산왕조 수립-유지-영구화 야망은 결코 실현될 수 없으며 종당에는 자유대한민국의 영향력에 의해 체제자체가 붕괴될 수 있다는 사실을 잘 알고 있었기 때문에 시종일관 국가비전의 초점을 남조선해방에 맞추고 이를 끊임없이 집요하게 추구하고 기도해왔다.

이에 대해서는 김일성이 기회가 있을 때마다 했던 "우리는 8.15 직후 조국에 개선한 첫날부터 백두산에서부터 메고 온 배낭을 미처 풀 새도 없이 남조선혁명에 매달렸다."는 교시와 1974년 세습 후계자로 추대된 김정일이 "아름다운 다도해 기슭에 김일성을 모시는 것이 나의 최대사명"이라고 한 말이 여실히 증명해주고 있다. 김일성족속의 그 '염원'이 얼마나 간절한 것이었으면 1982년 4월 북한군 미술창작사 미술가들이 한 번도 가보지 못한 다도해를 배경으로 해서 '다도해 기슭에서 휴식하고 있는 위대한 김일성과 김정일'이란 제목의 대형유화까지 그려서 김정일에게 선물로 상납했겠는가?

그러나 김일성족속의 대남적화야망의 무게와 크기만큼 그에 대한 한과 미련도 끝이 없었으니 여기서는 그와 관련된 비공개 일화들을 말하려고 한다.

김일성이 회고한 성시백

내게는 분명 스스럼없는 사이인데도 그 속내를 알 수 없고 자주 만나는데도 무슨 일을 하는지 전혀 알고 싶지 않은 특이한 관계의 오랜 친구가 한명 있었는데 그가 바로 성시백의 조카 성영창이다.

그와 나는 1962년경 김일성종합대학 경제학부 정치경제학과에서 처음 만났다. 당시 그는 20대 초반의 나이임에도 불구하고 자주 애늙은이처럼 밤색 세루양복을 입고 나타나고는 했는데, 북한에서는 거의 찾아볼 수 없는 그런 차림새로 인해서 어딜 가나 주변의 이목을 받았다. 나는 그때 대학간부들로부터 그가 성시백의 조카라는 말은 들었지만 성시백이 누구인지도, 그가 얼마나 대단한 사람인지도 전혀 몰랐었다.

내가 성시백에 대해 제대로 알게 된 것은 1989년 당중앙위원회 구내에서 우연히 성영창을 만난 기회에, 그가 들고 있던 책을 반나절 빌려서 읽은 후였다. 노동당 대남사업부문에 한해서 극비도서로 출판된 그 책의 제목은 '대남사업 경험집 제1권 (성시백 편)' 이였다.

그 짧은 반나절에 속성으로 읽었던 터라, 성시백이 수행했다는 방대한 대남공작내용에 대해서는 거의 생각나지 않지만 지금도 생생하게 기억되는 것은 본 책자 앞부분에 수록되었던 '김일성의 성시백 회고 교시' 인 바 그 내용은 다음과 같았다.

성시백은, 내가 1945년 9월 조국개선을 앞두고 주보중에게 특별히 부탁해서 주은래로부터 소개받은 사람이다.

내가 성시백을 처음 만난 것은 1946년 ○월 ○일이었다.(김일성이 회고한 월, 일은 잘 기억나지 않지만 어쨌든 봄이었던 것 같다.)

이미 며칠 전에 주보중으로부터 비밀연락을 받았던 터라, 나는 그날 아침도 김정숙에게 "오늘이라도 내가 기다리는 사람이 올 수 있으니 주변의 눈에 띄지 않게 집안으로 모시라."는 당부를 하고 출근했다. 그런데 그날 밤 퇴근해서 집에 들어서니 김정숙이 "기다리던 분이 오셔서 지금 서재에서 쉬고 있습니다."고 일러주는 것이었다. 그래서 급히 서재에 들어가니 온 얼굴에 시꺼먼 수염이 가득 자란 속에서도 눈빛이 유난히 빛나는 장정이 일어서며 나를 반겼는데, 그가 바로 성시백이였다.

그날 나는 성시백과 함께 서재에서 김정숙이 차려준 술상을 사이에 놓고 온밤 이야기를 나누는 과정에 그의 내력에 대해서도 깊이 알게 되었다.

20대 초반에 국내공산운동에 참여했다가 중국으로 도망친 이야기, 굶어죽을 지경이 돼서 황포군관학교에 빌어먹으러 들어갔다가 주은래를 만나게 된 이야기, 주은래의 지시로 장개석 밑에 들어가서 비밀공작사업을 하게 된 사연, 장개석을 설득해서 2차 국공

합작을 성사시키던 이야기 등등……

성시백은 그런 이야기들을 들려주면서 중국공산당을 위해 활동하면서도 늘 마음 한구석에서는 '언제면 내 조국을 위해 일할 수 있을까?' 하는 안타까운 생각이 떠나질 않았다고 했다.

성시백은 우리 집에 4일 정도 머물렀는데 그 기간 우리는 향후 남조선혁명과 대남사업방향을 진지하게 논의했으며, 그가 곧 해야 할 '남조선에 잠입하는 문제에서부터 각계에 정보망을 수립하는 문제'에 이르기까지 많은 대안들을 토의하고 수립했다. 성시백은 장사수완도 뛰어난 사람 같았는데 그는 필요한 대남사업자금을 장개석에게서 받아낼 궁리까지 세세히 하고 있었다.

그가 떠나기 전날, 김정숙은 우리 셋만의 소박한 저녁상을 차렸다. 우리는 그 자리에서 다음과 같이 약조했다.

"오늘을 우리 혁명이 대남공작사업을 시작한 날로 정하고, 남조선혁명이 완수될 때까지 해마다 기념하도록 하자."

지금의 대남공작부문 기념일은 그렇게 돼서 제정한, 성시백과 깊은 관련이 있는 날이다.

성시백은 남조선에서 활동하다가 1950년 초에 중국을 거쳐서 한 번 더 비밀리에 나를 찾아왔었다. 그리고 조국해방전쟁이 일어나기 직전에 남조선당국에 체포되었다.

당시의 보고에 의하면, 이승만은 서울에서 쫓겨 나가면서도 "성시백이 남조선 각계에 심어놓은 정보망을 꼭 찾아내야 하니, 반드시 그를 부산까지 압송해야 한다."고 명령했다고 한다. 그러나 성시백은 압송되어가는 비행기 안에서 비밀을 끝까지 지키기 위해 숟가락을 기도에 박아 넣고 자결했다고 한다.

그 소식을 듣고 나는, 전쟁 중에는 물론 전쟁이 끝난 이후에도 남조선에 파견되어 나가는 공작원들을 만날 때마다 성시백의 시신을 꼭 찾으라고 간곡하게 당부했었다. 그러나 아직까지도 그의 시신이 어디에 묻혀 있는지를 찾지 못했는데, 그게 내게는 한으로 남아 있다.

성시백은 내가 지금까지 만나본 사람 중에서 제일 빈틈이 없고 똑똑한 사람이었다. 그래서 성시백이 그때 심어놓은 사람들이 지금도 남조선에서 활동하고 있는 것이다.

성시백의 가문은 그 자신뿐 아니라 온 집안이 남조선혁명에 헌신한 남조선혁명가 집안이다. 그들 중에는 지금도 남조선에서 간고하게 지하혁명 투쟁을 하고 있는 동지들이 있다. 당에서 그들의 가족을 끝까지 책임지고 돌봐줘야 한다.

나는 그해에 평양시 서성구역에 있는 성영창의 집에도 갔었다. 층마다 3채의 살림집으로 구성된 그 아파트에서 성시백 족속 3가구가 옹근 한 층을 차지하고 살고 있었다. 집안을 둘러보니 거의 모든 살림기재가 일본산 아니면 남한산이었다.

'공화국 경내에 이렇게 사는 집도 있구나……'

이것이 그 집 살림살이를 둘러보면서 든 생각이었다. 나는 그날 성영창이 앞장서서 소개시켜주는 바람에 그 옆집에 살고 있던 성시백의 아내도 찾아뵙고 인사를 했다. 그 자리에서 성영창은 자기 부친도 8.15직후부터 대남공작사업을 하다가 몇 년 전 해외에서 죽었다고 말해줬다.

다음 해 나는 또다시 평양1백화점 근처에서, 타고 온 오토바이를 힘겹게 주차시키고 있는 성영창을 만났다. 그 당시만 해도 평양시에서 오토바이를 타고 다니는 사람은 평양교통안전국 교통안전원(교통경찰)들 뿐이어서 행인들은 몰려들어서 그가 오토바이를 주차시키는 광경을 구경하고 있었다. 성영창은 그 오토바이를 가리키면서 조용히 "남조선 산인데 일본을 통해서 들여왔어."하고 내게 자랑했다. 그때 나는 김일성의 '성시백의 가문 중에 지금도 남조선에서 간고하게 지하투쟁을 하고 있는 동지들이 있다.'는 교시를 다시 한 번 떠올렸었다.

1990년대 김정일의 지시에 의해 북한에서는 성시백의 활동을 주제로 한 예술영화 '붉은 단풍잎'이 제작되어 나왔다. 그때 영화를 보면서 내가 읽었던 '대남사업 경험집 제1권 성시백 편'과 그 내용을 비교해 봤는데 얼추 비슷했었다.

나는 북한에서는 보지 못했던 성시백의 사진을 한국에 와서 어느 출판물을 통해 봤다. 성영창이 꼭 성시백을 닮은 것 같았다.

김일성과 이선실

나는 성영창을 통해서 노동당 대남사업부문 극비도서로 출판된 '대남사업 경험집(이선실 편)'도 봤다. 이제는 그 책자를 읽은 때로부터 세월도 거의 30년이 지나가고 있는 관계로 거기에 수록된 이선실의 대남공작 내용들에 대해서는 잘 생각나지 않지만, 그래도 아주 특이하게 읽었던 대목들만은 아직까지도 생생하게 기억하고 있다.

그것들에 의하면, 이선실은 노동당대남부서를 거치지 않고 김일성에게 직속되어 활동한 대남공작원이었다. 그는 임무가 주어지지 않을 때에는 김일성이 마련해준 비밀초대소에서 두 아들과 함께 생활했다. 김일성은 현지 대남공작사업에서 비상사고가 발생할 때마다 이선실을 자신의 특사 자격으로 남조선에 침투시켜서 사태를 수습했다.

　　그 책의 어느 대목에는, 이선실이 1960년대 초에 김일성으로부터 첫 임무를 받고 한국에 침투해서 탄로위기에 처한 고정간첩부부를 해상을 통해 싱가포르로 빼돌렸다는 이야기가 서술되어 있었다.

　　그리고 또 다른 대목에는 이선실이 1965년 한국에 침투해서 어느 지하조직의 위기를 수습하고 북한으로 복귀할 때, 남측 군사분계선 경계태세가 갑자기 강화되는 바람에 연락원과 접속을 못하고 보름간이나 비무장지대에 땅굴을 파고 숨어서 자기 오줌을 받아먹으며 견뎌냈다는 이야기가 서술되어 있었다. 거기에 의하면 그가 다시 연락원과 만났을 때에는 몸무게가 절반으로 줄어들어 다 죽게 되었었는데 이 때문에 연락원이 계속 울면서 그를 업고 북으로 넘어갔다고 한다.

　　그 책에는 이선실이 1970년대 초 김일성의 특명을 받고 남조선 침투 준비를 할 때, 김일성이 "이번에는 늙어보이도록 분장을 하면 좋겠다."고 조언을 하자 '어떻게 하면 늙어 보일까?' 고 며칠을 고민하던 와중에 맏아들이 "어느 책에서 보니 이빨을 다 뽑으면 10년은 늙어 보인다고 하더라." 하는 말을 듣자마자 나흘 동안에 이를 몽땅 뽑아낸 이야기도 실려 있었다. 이어서 김일성이 '이선실이 이를 몽땅 뽑았다' 는 보고를 받자마자 잣죽을 쑤어들고 와서 "조국이 통일되면 오늘의 이 고생도 옛말이 될 것"이라고 위로해 준 이야기, 이빨을 몽땅 뽑고 남한에 침투한 덕에 어느 산속에서 북측과 무전교신을 하고 내려오다가 산을 포위하고 수색하는 국군을 만났을 때 순식간에 틀니를 뽑고 90세 노인행세를 해서 위기를 모면했다는 이야기도 서술되어 있었다.

사실 그 책을 읽을 때만 해도 나는, 며칠 사이에 생니를 몽땅 뽑을 정도의 열정과 사명감과 희생정신을 갖고 남조선혁명에 헌신한 이선실이 존경스럽기까지 했었다. 그러나 지금에 와서 생각해 보면, 무지하고 한이 많았던 탓에 김일성족속의 망상적 대남적화통일야망에 적극 동조하여 여성의 몸으로 생니까지 몽땅 뽑아가면서 십수 년이나 사선을 넘나든 이선실만큼 불쌍한 사람도 없는 것 같다.

최용건을 생각하면 아직도 분이 풀리지 않아!

"최용건을 생각하면 아직도 분이 풀리지 않아."

"최용건 때문에 조국해방전쟁(6.25) 때, 남조선을 해방하고 조국을 통일할 수 있었던 절호의 기회를 놓쳤다."

"지금도 최용건을 생각하면 이가 갈린다."

위의 말들은 최용건 사망 후, 김일성이 남조선해방과 조국통일에 대해 언급할 때마다 공개-비공개 자리를 가리지 않고 그를 향해서 한 욕지거리이다. 이 때문에 김일성의 그 말들을 직접 듣거나 공식적으로 전달받은 대다수 기득권, 엘리트계층, 관련부문 근로자들은 최용건이 6.25때 김일성에게 대역죄를 지은 것으로 알고 있다.

최용건은 의주군의 내 부모님세대가 '고당(古堂) 조만식선생이 교장으로 있던 학교'라고 부르면서 자랑스러워했던 평북도 정주 오산중학교 출신이다. 그것 때문에 최용건은 8.15직후 우리 동네의 어르신들에게서 뒷욕도 많이 먹었는데 내가 들은 욕의 내용은 이러했다.

"최용건이, 민주당 당수이고 스승인 조만식선생님을 처음에는 '조만식선생'이라고 부르다가 그 다음에는 '조만식 씨'라고 부르고 나중에는 '조만식은……' 하고 부르면서 비판한 것을 보면 공산당이 버릇없는 구석이 있어."

그럼에도 불구하고 최용건은 평북도 젊은이들 속에서는 6.25이후까지도 '평북도 출신 공산당 위인'으로 존경을 받았다. 이 때문에 나는 1994년경 당 역사연구소에서 김일성이 6.25와 관련해서 회고한 수많은 사료들과 맞다들었을 때, 그가 왜 최용건을 '이가 갈릴' 정도로 미워했는지부터 찾아보았다. 그 과정에서 내가 읽은 최용건 관련 회고교시의 내용은 이러했다.

"1950년 6월 25일 조국해방전쟁을 개시할 당시 나의 전략적 의도와 구상은, 일격에 서울을 해방한 다음 일본에 주둔하고 있는 미군이 개입하기 전에 신속하게 진격해서 남조선전역을 해방하고 이후 해안선방어에 전력을 총 집중해서 미군주력의 상륙만 저지시킨다면 남조선해방과 조국통일 위업을 완수할 수 있다는 것이었다. 그래서 제일 중요한 서울해방 전투지휘를, 연초부터 그 작전을 직접 준비한 최용건에게 맡겼다. 그런데 최용건은 전쟁개시 4일째 되는 날에 서울을 해방시키고서도 그 뒤 3일 동안이나 거기에 눌러앉아서 매일 저녁에 술을 마시고 아침이면 해장술까지 해가며 잠을 자고 휴식을 했다. 내가 평양에서 하루에도 몇 차례나 무전을 날리고 연락관을 띄우면서 '빨리 남진(南進)하라!'고 애타게 독촉했지만 그는 끝내 내 말을 듣지 않았다.

최용건은 3일이나 지난 뒤에야 남진을 시작했는데, 그때는 이미 일본에 주둔하고 있던 미군 선견대가 오산까지 들어온 뒤였다. 이후 미국의 신속한 개입으로 만전을 기했던 우리의 남조선해방위업은 점점 어려워지기 시작했다.

나는 최용건을 최고사령관에서 해임하고, 김책을 전선 사령관으로 파견하면서 사태를 수습해 보려고 애썼지만 때는 이미 늦은 뒤였다.

만약 그때 최용건이 3일씩이나 서울에 틀고 앉아서 해장술까지 마셔가며 허송세월하지 않았더라면, 우리는 전략적 후퇴도 하지 않았을 것이고 조국해방전쟁의 판세 역시 우리가 의도하는 방향으로 전개되었을 것이다.

김책도 이 때문에 1951년 1월 말 모란봉 근처에 있던 개인방공호에서 미군폭격기에 폭사당하기 전날 밤까지도 나와 마주 앉아서 '그때 내라도 그 곁에 있었더라면……'하고 자책했었다. 때문에 나는 최용건만 생각하면 이가 갈린다."

최용건 관련 또 다른 사료에는 김일성의 다음과 같은 회고교시가 수록돼 있었다.

"우리가 인민생활에 막대한 지장을 받으면서까지 군수공장들

에 많은 투자를 하고 있는 것은 하루빨리 남조선에서 미군을 몰아
내고 조국을 통일하기 위해서다.

우리는 조국해방전쟁 시기 최용건 때문에 이미 조국통일의 절
호의 기회를 한번 놓쳤다. 때문에 나는 최용건을 생각하면 아직까
지도 분이 풀리질 않는다.

하지만 돌이켜 보면, 만약 그때에 전쟁에 필요한 무기들을 우
리 자체로 생산-보장할 수 있는 능력을 갖추고 있었더라도, 우리
는 그때 벌써 남조선해방임무를 완수했을 것이다. 내가, 전쟁 때에
는 아버지 호주머니에 있는 돈도 소용이 없다고 강조하는 이유는
그 때문이다.

우리가 군수생산을 다그쳐서 만반의 전쟁준비만 갖추고 있으
면, 남조선을 해방할 수 있는 절호의 기회를 놓치는 것과 같은 사
태는 더 이상 벌어지지 않을 것이다.”

아울러 나는 당 역사연구소에 소장되어 있는 관련 증언사료들
을 통해 6.25 당시 최용건이 서울에서 3일간이나 지체해야만 했던
이유에 대해서도 알게 되었다. 그와 관련해서 1950년 정월부터 최
용건과 함께 서울함락 및 남조선점령 군사작전수립에 참여했던 북
한군 관계자들이 증언한 내용은 이러했다.

“당시 인민군대에는 정규전 군사작전을 해 본 사람도 없었고,
정규전 지휘경험이 있는 사람도 없었다. 그리고 남조선해방전쟁은
소련의 스탈린도 두려워하던 미국과 미국군대를 상대해야 하는 도
저히 가늠할 수 없는 무거운 전쟁이었다.

때문에 최용건과 작전계 지휘관들은 1950년 연초부터 조국해
방전쟁이 개시되기 직전까지 하루도 쉬지 못하고 심혈에 심혈을

거듭하면서 전쟁 전반에 대한 작전계획을 끊임없이 연구하고 세웠었다.

그리고 전쟁에 들어갔는데 뜻밖에도 서울이 너무 쉽게 함락됐다. 여기서 수개월간 팽팽하게 견지했던 초긴장감이 풀린 많은 주요 군사지휘관들이 피곤에 몰려서 아예 일어나질 못했다. 아울러 동부전선에서 벌어진 교전이 예상 외로 길어졌다.

그런 요인들 때문에 서울에서 3일간 지체하게 되었다."

위의 사료들을 접할 당시만 해도 나는 '사정이 어떻든 간에, 김일성이 최용건을 욕할 만도 하구나……' 하고 생각했었지만, 이 글을 쓰면서 김일성의 회고를 역으로 해석해 보니 그것마저도 대한민국에는 천운이었다는 생각이 든다.

김일성은 최용건이 살아 있을 적에는 감히 그를 욕하거나 막대하지 못했는데, 이유는 항일무장 투쟁시기 김일성을 훨씬 능가했던 그의 지위와 경력 그리고 그것이 가져다 준 막강한 중-소 외교인맥 때문이었다. 그러나 김일성도 팔순을 넘어서면서부터는 최용건에 대해 미안한 마음이 생겼는지, 아니면 그를 통해 자기 위상을 더 높이려 했는지는 몰라도 석윤기 등 북한 일류작가들을 동원해서 쓰기 시작한 회고록 '세기와 더불어'의 시리즈 한 구석에 처음으로 최용건을 평가하는 글을 올렸다. 김일성 회고록에 실린 최용건 관련 글의 내용은 다음과 같다.

"최용건은 공직에 있는 동안 외교적 노력을 기울였으며 조선민주주의인민공화국 정부 및 최고인민회의 대표단 단장 자격으로 외교활동과 외국 순방을 하였다. 그는 직접 중국, 일본, 인도 등 아시아 국가와 그 밖에 말리, 기니, 캄보디아, 이라크, 시리아, 이집트,

알제리, 탄자니아, 소련, 쿠바 등지를 순방하며 외교 활동을 전개했다. 중국의 주덕, 주은래, 하룡 등과는 절친한 사이여서 최용건은 조-중 사이에 불협화음이 발생할 때마다 해결사로서 중국을 방문하기도 했다."

최용건과 동 시대를 살았던 많은 북한주민들은 김일성의 회고록을 읽고서야 '아, 그래. 최용건도 있었지……' 하며 그의 흔적을 떠올렸었다.

현재 최용건의 묘소는 북한의 대성산 혁명열사능에 있는데, 그의 반신상 밑 비석에는 다음과 같은 비문이 새겨져 있다.

"최용건. 조선인민혁명군 지휘관. 1900년 6월 21일생. 1928년 혁명에 참가. 1933년 조선인민혁명군 입대. 1976년 9월 19일 서거. 부인 항일열사 왕옥환과 합장."

대성산 혁명열사능에 있는 김정숙의 반신상 밑 비석에는 다음과 같은 비문이 새겨져 있다.

"김정숙. 조선인민혁명군 지휘관. 1917년 12월 24일생. 1931년 9월 혁명에 참가. 1935년 9월 조선인민혁명군 입대. 1949년 9월 22일 서거."

김일성족속은 1930년대에 동북항일연합군 제7군단장이었고 제2로군 참모장이었던 최용건을, 항일빨치산 작식대원 겸 재봉대원이었던 김정일의 생모 김정숙과 동격에 놓았다. 아무리 직업에는 귀천이 없다고 해도 직책에는 분명 고하가 있는 법인데, 과연 김일성공산왕조만이 행할 수 있는 처사가 아닐 수 없다.

최용건의 부인 왕옥환은 1980년대 말까지 평양의 만수대예술극장 근처에 있던 단독주택단지에서 살았었다. 그 단독주택단지는 김일성이 1970년대 중반에 김명화, 김철호, 장철구, 왕옥환 등 홀로 된 항일투사 할머니들이 단독주택에서 텃밭을 가꾸면서 살기를 원해서 마련해 준 것이었다. 김무정의 아내인 리정숙도 거기서 살았었다.

그런데 김정일이 1989년에 그곳에서 살던 항일투사 할머니들을 배려한답시고 창광거리에 새로 지은 고층아파트로 이주시키고, 그 자리에 중앙당 호위국 아파트를 신축했다. 대다수 항일투사 할머니들이 그 고층아파트에서 몇 년을 살지 못하고 사망했다.

김일(박덕산)은 서울에서 골동품 수집만 하다가 후퇴했다

김일성의 '6.25 한풀이' 불똥은 김일에게도 튀었었는데 최용건과 다른 점이 있다면, 그가 생존해 있을 때에도 공개석상에서 대놓고 비판한 점이다. 북한 기득권과 엘리트계층은 김일성이 60~70년대에 공개석상에서 자주 했던 다음과 같은 내용의 교시를 기억하고 있을 것이다.

"조국해방전쟁의 일시적 후퇴시기, 적의 포위를 뚫고 겨우 후퇴해서 수염이 덥수룩하고 초췌한 얼굴로 나를 찾아왔던 항일투사를 내가 '임무를 제대로 수행하지 못했다'고 호되게 꾸짖은 뒤 하룻밤도 재우지 않고 다시 전투임무를 주어 전방에 내보내는 것을 보고 그 당시 우리나라에 와 있던 소련 군사고문들도 '당신들 빨치산을 한 사람들은 정말 의지가 강하다.'고 감탄했었다."

김일성이 말한 그 항일투사가 김일(본명 박덕산)이다. 당 역사연구소에 소장되어 있는 김일과 관련된 김일성의 회고교시 내용은 아래와 같다.

1950년 9월 미국이 신속하게 개입함에 따라 전선의 형세가 시시각각으로 불리하게 급변했다.

이 때문에 나는 9월 18일 낙동강전선에서 싸우고 있는 인민군 주력부대들에 일시적 후퇴명령을 내리기 전에 그 퇴로를 보장하기 위해서 당시 인민군문화부사령관이었던 김일을 서울방어사령부에 특사로 급히 파견했다. 그런데 그는 서울에 가서 서울방어대책은 세우지 않고 미군이 인천에 상륙할 때까지도 한가하게 골동품 수집만 했다. 이후 그는 산세가 험해서 미군이 접근하지 못한 동부전선 쪽으로 후퇴해서 적들의 눈을 피해 밤에만 행군을 하다보니 10월 말에야 강계에 있던 최고사령부로 찾아왔다.

나는, 다 해진 군복에 세수도 제대로 하지 못하고 잠도 제대로 자지 못해서 어지럽고 초췌한 모습으로 들어선 그와 인사도 나누지 않고 "당신이 서울방어임무를 제대로 수행하지 못해서, 많은 주력부대들이 낙동강에서부터 분해해서 지고오던 그 귀중한 포 무기들을 다 땅에 묻고 동부전선으로 빠져서 지금도 힘겹게 후퇴해 들어오고 있지 않는가." 하고 호되게 꾸짖었다. 그리고는 김일을 하룻밤도 재우지 않고 목욕할 시간만 주고 새 군복을 지급한 뒤, 그날 밤으로 최고사령부의 예비 탱크 2대를 줘서 중국인민지원군 주력이 당도하기 전까지 북상하는 미군을 막으라고 황초령으로 내보냈다.

그때 최고사령부에 와 있던 소련고문들은 내가 김일을 하룻밤도 휴식시키지 않고 전선에 내보내는 모습과, 그가 불평 한마디 하지 않고 명령을 받은 즉시 떠나는 모습을 보고는 "당신들, 빨치산을 한 사람들이 그렇게 의지가 강한 줄은 몰랐다."고 감탄해 했었다.

김일은 자신이 범한 과오를 씻기 위해, 탱크 2대를 가지고 황초령에 나가서 이틀간이나 미군의 북상을 저지시키면서 죽기를 각오하고 싸웠다.

북한 당 역사연구소에는 김일성이 1960년 강선제강소를 현지 지도 때 한 다음과 같은 내용의 교시도 정리되어 있었다.

"일시적 후퇴시기에 김일이 서울방어임무만 제대로 수행했어도 그렇게나 많은 인민군이 적들에게 포로가 되지 않았을 것이다. 우리는 한명의 포로라도 더 데려오려고, 1년 반 이상이나 동부전선에서 일진일퇴의 치열한 전투를 치르면서 미국과 힘겨운 협상을 했다. 내가 김일의 과오를 잊지 못하는 것도 그 때문이다."

그러나 김일성은 김일을 욕하면서도 항일원로로서의 대우를 끝까지 해줬고, 김정일은 김일이 사망한 뒤 그를 형상화한 '8연대 정치위원'이란 예술영화까지 만들어서 그의 업적을 기렸다. 김일성족속이 김일에게 그런 대접을 해준 이유는 1974년 김정일 세습후계자 공식 추대 당시, 비중 있는 항일투사였던 김일이 제일 먼저 나서서 주체혁명 위업승리를 위해서는 김정일을 후계자로 세우고 잘 받들어야 한다고 선언했었기 때문이다. 이로 인해서 김일은, 사망한 이후에 같은 항일투사들 속에서도 '죽기 전에 마무리 하나는 아주 잘했다'는 칭찬인지 야유인지 모를 평판을 받았다.

탱크 수십 대에 서린 김일성의 한

1978년 2월 당중앙위원회 군사위원회 회의에서, 제2경제위원회 위원장이었던 연형묵이 '제2경제 정무원에 내분을 조장' 시킨 것으로 해서 김일성의 호된 비판을 받고 구성광산기계공장 지배인으로 좌천되었다. 그때 김일성은 다음과 같은 내용으로 연형묵을 비판했다.

"너의 아버지는 내가 1932년 왕청에서 유격대를 조직했을 때 우리부대 첫 군수관이었다. 너의 아버지는 있는 것보다도 없는 것이 더 많았던 그 어려운 속에서도 대원들을 굶기지 않으려고 참 고생을 많이 했다. 너의 아버지는 1936년 겨울 식량공작 나갔다가 다시 돌아오지 못했는데, 전사하면서 내게 '아들을 부탁한다' 는 유언을 전해왔다. 그래서 나는 해방이 되자마자 사람을 파견하여 만주벌판에서 부모 없이 헤매던 너를 만경대혁명학원에 데려다가 먹여주고 입혀주고 외국에 유학까지 보내서 당과 국가의 중견간부로 키웠다.

그런데 너는, 내가 파견한 정치국장을 함부로 대하는 등 안하무인으로 행동하면서 배은망덕하게 처신했다.(당시 제2경제위원회의 노동당조직은 제2경제위원회 정치국으로, 당조직 책임자는 제2경제위원회 정치국장으로 되어 있었다.)

때문에 너를 제2경제위원회 위원장 직책에서 해임하고 구성광산기계공장 지배인으로 내보낸다. 구성광산기계공장은 내가 수년간 깊은 관심을 가지고 적극 투자해서 키워 온 우리나라 굴지의 탱크공장인데, 아직까지도 생산을 정상화하지 못하고 있다. 거기에 내려가서 탱크생산에서 일대 변혁을 일으키는 것으로써 과오를 씻도록 하라."

그렇게 되어 연형묵은 1978년 2월~1980년 초 사이에 구성광산기계공장 지배인으로 일하게 되었다. 구성광산기계공장은 1975년 제2경제위원회가 창설되면서 민수공장이었던 구성광산기계수리공장을 군수경제로 이관시켜서 전문 탱크공장으로 보강 → 확장한 것이다. 그날 김일성은 김정일에게 연형묵과 관련해서 이런 훈계도 했다.

"연형묵은 앞으로 조직비서가 데리고 쓸 사람이다. 그러니까 이번 기회에 과오도 씻고 큰 공도 세울 수 있게 잘 도와주시오."

이 때문에 김정일은 연형묵을 수시로 평양에 불러올려 제기되는 문제와 애로사항들을 보고받고 즉시 해결해주면서 그가 탱크생산에서 '일대 변혁'을 일으킬 수 있도록 적극 밀어줬다. 김정일의 전폭적인 후원 덕택에 연형묵은 1년 남짓한 사이에 탱크생산을 정상화시켜서 구성광산기계공장 구내에 생산된 탱크를 즐비(櫛比)하게 세워놓고, 1979년 말 평안북도 일대 군수공장 현지시찰에 나선 김일성과 김정일을 맞이했다. 김일성은 그때 탱크가 즐비하게 서 있는 광경을 보고 다음과 같이 역설했다.

"조국해방전쟁을 개시할 당시 우리에게는 소련이 지원해준 탱크 36대밖에 없었다. 우리는 그 중 2대를 최고사령부 예비탱크로 남겨놓고 나머지 34대를 몰고 남진의 길에 올랐었다. 그 탱크들이 대전에 들어갈 때에는 겨우 석대가 남았는데, 그마저도 대전해방

전투에서 다 파괴되었다. 그 후 우리는 탱크도 없이 전쟁을 치르면서 낙동강까지 밀고 나갔었다. 그리고 그때 최고사령부 예비로 남겨뒀던 2대의 탱크는 일시적 후퇴시기 황초령에서 미군을 막아내는데 정말로 요긴하게 썼다.

조국해방전쟁 때 탱크 몇 십대만 더 있었어도 우리는 그때 이미 남조선을 해방하고 조국을 통일했을 것이다. 나는 조국해방전쟁 시기에 탱크 몇 십대가 없어서 낙동강까지 나갔다가 후퇴해야만 했던 그 한을 도저히 잊을 수가 없어서, 우리나라 군수공장들 중에서 구성광산기계공장에 제일 큰 관심을 가지고 많은 투자를 해오고 있다."

연형묵은 1980년 김일성과 김정일로부터 탱크생산정상화 공로를 인정받고 노동당중앙위원회에 새로 신설된 기계사업부(지금의 노동당 군수공업부) 초대담당비서로 일약 출세했다.

앞에서 서술한 것들은 연형묵이 직접 쓴 책자에 들어 있는 내용들이다. 1980년대 중반부터 당중앙위원회 비서들 속에서는 자신이 직접 체험한 김일성족속 덕성실기를 책으로 펴내서 김정일에게 올리는 풍조가 일었었다. 그 당시 당중앙위원회 기계사업부 담당비서였던 연형묵도 김일성족속의 군수공업 관련 사료 및 덕성들을 엮어서 '조선의 위력'이란 제목의 책자를 펴내 김정일에게 올렸는데 그것을 읽어본 김정일은 당중앙위원회 해당 일꾼들에게 다음과 같은 지시를 내렸었다.

"이 책을 읽으니, 우리나라 군수공업건설 역사는 곧 김일성의 혁명 활동 역사라는 사실을 더욱 깊이 실감하게 됩니다. 하지만 이 책에는 기밀이 많이 포함되어 있으므로 기요문건으로 분류해서 당중앙위원회의 부과장 이상 일꾼들과 관계부문 책임간부들만 보도록 하시오."

위의 김정일 지시 때문에 당중앙위원회 주체사상연구소 부과장이었던 나도 연형묵이 쓴 그 책자를 보게 되었고, 이를 통해 탱크 수십 대에 얽힌 김일성의 한에 대해서도 알게 되었다. 그 후 나는 연형묵이 1979년 말 구성광산기계공장 구내에 즐비하게 세워 놨던 탱크들 중 일부가 1981년에 시리아로 팔려나갔다가 소음, 내열, 내음이 하도 심각해서 시리아군이 "이런 탱크는 도저히 못 타겠다."고 해서 반환돼온 사실도 노동당 군수공업부 종합과 부과장을 통해서 알게 되었다.

김정일은 연형묵이 노동당 기계사업부 담당비서로 있는 전 기간, 김일성의 탱크 수십 대 한을 반드시 풀어줘야 한다면서 끊임없이 신형 탱크 및 장갑차 개발을 촉구했다. 오늘날 북한군이 자랑하는 천마호 탱크와 신흥호 탱크는 그 시기에 나온 것들이다. 김정일은 새 탱크모델이 생산되면 여러 대씩 중앙당에 올려다놓고 새벽에 중앙당 구내거리를 누비면서 직접 시운전을 했다. 김정일은 시운전을 할 때마다 여러 대의 탱크를 앞뒤에 세우고 내달렸는데, 그런 날 밤이면 당중앙위원회 청사 지구를 병풍처럼 둘러싸고 있는 중앙당 일꾼들의 고층 살림집들에서는 전쟁터를 방불케 하는 그 요란한 소음 때문에 거의 밤잠을 자지 못했다.

6.25때 탱크 수십 대가 없어서 조국을 통일하지 못했다고 한을 뿜어대던 김일성, 김정일은 이후 핵무기까지 개발하면서 한풀이하려 했지만 말짱 일장춘몽이 되어 지금은 나란히 금수산시신궁전에 누워 있다.

아식보총 10만정에 서린 김일성의 탄식

6.25전쟁과 관련해서 김일성이 공개-비공개를 가리지 않고 가장 많이 한 탄식은 아마도 이런 교시일 것이다.

"지난 조국해방전쟁 시기에 스탈린이 우리에게 지원해 주기로 약속했던 보총 10만정만 제때에 보내줬어도 우리 인민군대가 낙동강까지 진격했다가 후퇴하는 일은 벌어지지 않았을 것입니다."

김일성은 6.25전쟁 와중에는 더 말할 것도 없고 1960년대에 당 중앙위원회 군사위원회를 신설할 때에도, 경제-국방 병진노선과 4대 군사노선을 제시할 때에도, 노동당 군사제일주의 방침을 선포할 때에도 그 정치적-정책적 소재로 제일 먼저 '소련이 지원을 약속하고서도 주지 않은 보총 10만정'을 꺼내들었다. 이 때문에 나는 1994년경 당 역사연구소에서 6.25관련 사료들을 접했을 때, 김일성이 염불처럼 외운 보총 10만정 관련 회고교시도 깊은 관심을 가지고 읽어봤는데 그 내용은 다음과 같았다.

"나는 조국해방전쟁을 시작하기 전에 군총참모장 강건을 소련에 보내서 아식보총 10만정을 지원해 줄 것을 요청했고, 스탈린도 이를 승낙했었다.

그러나 스탈린은 우리가 남으로 진격하면서 예비부대들을 편성하고 그들을 무장시키기 위해 총을 보내 달라고 했을 때에도, 낙동강전선을 견지하기 위해 '약속한 보총 10만정'을 빨리 지원해 달라고 독촉했을 때에도 응하지 않았다. 결국 우리는 그 총 10만정 때문에 낙동강까지 밀고 나갔다가 후퇴하게 되었다. 스탈린은 지원을 약속했던 아식보총 10만정을 전쟁이 거의 끝나갈 무렵에야 내보내줬다.

소련은 보총 10만정뿐 아니라, 우리에게 지원하기로 약속했던 철갑모와 방독면도 제대로 보내주지 않았다. 이 때문에 나는 조국해방전쟁 시기 전선을 시찰할 때마다 철갑모도 없이 싸우는 전사들을 보면서 몹시 가슴이 아팠다.

그래서 전쟁이 끝나자마자 도처에 보총전문 군수공장부터 세웠고, 전병호와 한성룡이 철갑모와 방독면을 자체로 생산하겠다고 나섰을 때에도 그들을 수시로 찾아가서 '아직 우리나라는 그것을 생산하지 못 한다.'고 공격하는 사대주의자들로부터 보호하고 독려해줬다."

김일성은 6.25때 스탈린이 약속하고서도 제때에 보내주지 않은 아식보총 10만정에 대한 한이 너무나 커서였던지 스탈린 비판을 유독 많이 했는데, 그 중에는 읽으면서도 전혀 믿겨지지 않았던 내용들도 다분히 있었다. 그 중 하나를 이야기하면 이렇다.

"나는 1932년 항일유격대를 창건한 직후, 스탈린으로부터 수류탄공장이나 하나 지원받으려고 소련에로의 접근이 용이한 지형에 있는 소왕청에 유격근거지를 세우고 그에게 두 번씩이나 사람을 파견했었다. 그러나 그는 우리가 전혀 탐탁지 않았던지 종내 묵묵부답이었다. 그래서 세 번째로 지병학을 스탈린에게 보냈다. 그런데 그는 수류탄공장은 고사하고 소련군대에 들어가서 2차 세계대전에 참전해 베를린근처까지 갔다가 다시 중국에 돌아와서 이번에는 해남도까지 국민당군대를 쫓아나갔다가 49년도에야 내게로 돌아왔다.

돌이켜 보면 스탈린은, 한 번도 우리 혁명을 제대로 지원해준 적이 없다. 이 때문에 나는 스탈린을 생각하면서 '사람이 사대주의를 하면 머저리가 되고 당이 사대주의를 하면 혁명을 말아먹는다.'는 명제를 내놨다."

김일성은 1990년대 초, 전국 군수공업부문 열성자대회 때에도 소련이 지원을 약속하고서도 주지 않은 보총 10만정 이야기를 또 되뇌면서 다음과 같이 훈계했다.

"동무들이 전쟁준비에 대해 어렵게들 생각하고 있는 것 같은데, 전쟁준비를 한다는 게 별것 아니다. 일단 유사시 전체 인민을 무장시킬 수 있는 자동보총과 남진하는 인민군유생역량을 보호할 수 있는 자행자동포들을 충분히 마련해놓고 전시 총포탄수요를 보장할 수 있는 굳건한 생산기지들을 갖춰놓은 다음 전국의 해안선과 주요 요충지들을 모두 갱도화해 놓으면 그게 바로 전쟁준비를 완성한 것이나 마찬가지이다."

결국 김일성은 제 것이라곤 오직 사람(북한주민)밖에 없이, 총도 탱크도 철갑모도 방독면도 모두 소련에 의존해서 대남무력적화통일야망을 성취하려고 6.25동족상잔을 일으켰던 것이다. 김일성은 자신이 그런 변변치 못한 주제이면서도 평생 남한을 '미국에 빌붙어서 동족을 반대하여 전쟁을 일으키려고 책동하고 있는 사대 매국노 무리'라고 욕을 해댔다.

카츄샤 포 10문으로 정전협정을 마무리하다

북한 노동당 당 역사연구소에 소장되어 있는 김일성의 6.25관련 회고교시들에는 다음과 같은 내용도 들어 있었다.

"조국해방전쟁이 막바지에 들어서던 1953년 5월경, 이제는 더 이상 전쟁을 지속할 능력도 밑천도 없고 해서 시급히 휴전협정을 체결해야 했는데, 미국 놈들이 계속 시간을 끌면서 정전담판장에 나오지 않았다. 이 때문에 우리는 회의를 열고 그 문제를 토론하다가 '적들에게 크게 한방을 먹여야 회담장에 나올 것 같다'는 결론에 도달했다. 그래서 내가 모택동과 주덕 앞으로 '전쟁을 종결짓기 위해 카츄샤 포 20문이 필요하니 지원해 달라'는 내용의 편지를 쓰고 거기에 나(김일성)와 최용건이 공동서명을 한 뒤, 최용건이 그것을 들고 중국을 극비 방문했다.

중국은 7월 초순에야 우리가 요청한 20문 중 10문만 내보내줬다. 우리는 그것들을 야밤에만 은밀하게 이동시켜서 7월 26일 새벽까지 개성부근 ㅇㅇㅇ야산(지명은 기억이 안 남)에 가져다놨다. 그리고 7월 27일 새벽에 그 카츄샤 포 10문으로 있는 포탄을 몽땅 남쪽에 쏴버렸다.

그러자 미국 놈들이 그날로 담판장에 나와서 '정전협정 조인서'에 도장을 찍었다.

나는 그때 카츄샤 포 10문의 위력을 깊이 실감했다. 그래서 60년대에 군수공업을 일으켜 세울 때, 카츄샤 포 생산기지부터 갖추도록 조치하고 투자를 아끼지 않았다."

결국 김일성은 자신이 일으킨 동족상잔의 6.25전쟁을 휴전시킬 힘조차도 없어서 중국으로부터 카츄샤 포 10문을 지원받고서야 겨우 정전협정을 성사시켰던 것이다.

박정희한테 속았다는 김일성

김일성은 1972년 7.4공동성명이 발표된 직후부터 당, 군, 정과 군수부문 일꾼들에게 항상 이렇게 훈계했다.

"우리가 남조선과 마주앉아 평화를 운운하면서 회담을 하는 것도 조선반도에서 미군을 몰아내고 남조선을 해방하기 위한 전쟁준비 일환이고 그 연장선입니다. 때문에 동무들은 우리당이 대외적으로 평화의 목소리를 높이고, 평화공세로 나갈 때일수록 절대로 평화에 대해 환상을 가지지 말고 더더욱 전쟁준비를 다그쳐야 합니다.

남조선을 해방하고 조국을 통일하기 전에는 우리에게 평화란 있을 수 없다는 사실을 순간도 잊어서는 안 됩니다."

북한정권은 남조선과 마주앉아서 회담하는 것도 전쟁준비 일환이고 연장선이라고 한 김일성의 훈계대로, 7.4공동성명발표 이후부터 1980년대 중후반까지 전쟁준비 완성에 모든 국력을 쏟아 부었다. 국가경제에서 군수경제를 분리하고 중요 군수공장들을 모두 지하에 걸어 넣었으며, 평양과 주요산업지구 및 군사요충지들을 대공방어망으로 둘러싸고 동서해안선을 갱도와 철조망 등으로 요새화했으며, 가난한 나라의 핵무기라고 하는 생화학무기를 대량으로 생산해 냈다. 아울러서 비록 조악한 수준이지만 중장거리로켓과 핵무기를 개발해왔으며 고사무기 자행자동화도 나름 완성했다. 그 정도로 북한은 그 연대기에 대남무력적화통일에 필요한 모든 군사폭력수단을 구축하고 완비하려고 최선을 다했었다.

그러나 1980년대 중후반에 들어서면서부터 북한의 전쟁준비는 급격히 위축되기 시작했는데, 그 가장 큰 원인은 중국과 소련이 북한정권의 무모한 군사력 증강과 전쟁준비에 위구심을 느끼고 그에 제동을 걸기 위해 북한에 대한 모든 군사군수물자와 관련기술에 대한 원조 및 수출, 이전을 급격히 중단했기 때문이다. 이에 대해서는 1987년경에 진행된 당중앙위원회 군사위원회 명령총화 회의에서 김일성이 했던 교시가 말해주고 있는 바, 당중앙위원회 일꾼들에게 전달되었던 그 내용은 다음과 같았다.

"우리가 전쟁준비에 총력을 기울여 오고 있는 것을 달갑지 않게 여겨온 소련은 이미 70년대 말부터 우리에 대한 군사적 원조와 지원을 단계적으로 줄여왔으며 최근에는 우리에게 필요한 최신 무기장비들을 돈을 주고 사가겠다고 하는 데도 주지 않고 있습니다. 중국 역시 저들의 개혁개방을 순조롭게 진행하려면 주변국 정세부터 안정되어야 한다면서, 우리가 동북3성에서 돈을 주고 목화를 수입해 가는 것까지도 통제하고 있습니다. 소련과 중국의 태도변화 때문에 우리는 국방력을 강화하고 전쟁준비를 완성하는데 심각한 위기 국면을 맞이하게 되었습니다."

김일성의 "내가 박정희에게 속았다"는 고명한 말도 그 시기에 나온 것이다. 1988년경 김일성은 북한 굴지의 어느 군수공장을 현지지도하면서 이 같은 내용으로 교시했다.

"지금 외국을 다녀온 일꾼들이 남조선의 경제고도성장에 대해 위구심을 가지고 말들을 하고 있는데 그들의 말이 옳다. 경제적으로 남조선을 압도하지 못하면 전쟁을 할 수도, 전쟁에서 이길 수도 없다. 상점마다에 생필품이 넘쳐나고 인민생활이 윤택해야 인민들이 사회주의조국의 고마움을 진심으로 느끼고 조국보위와 남조선해방위업에 목숨 바쳐 나설 수 있다.

내가 박정희에게 속았다. 박정희는 7.4공동성명에 도장을 찍자마자 '미군이 남조선에 주둔해 있는 이상 우리가 전쟁을 일으킬 수 없다'는 확신을 가지고 경제성장의 길로 나갔다.

하지만 우리는 조선혁명의 당면과제인 남조선해방과 조국통일부터 완수해야 했기 때문에 인민생활에 지장을 받을 줄을 뻔히 알면서도 국방력을 강화하고 전쟁준비를 완성하는 길로 나갈 수밖에 없었다. 그러다 보니 오늘날 북과 남의 경제적 격차가 크게 벌어지게 되었다.

그러나 남조선이 급속한 경제성장을 이룩했다고 해서 부러워하거나 걱정할 필요는 전혀 없다. 우리가 만반의 전쟁준비를 갖추고 있다가 일단 유사시에 남조선을 해방하고 조국을 통일하게 되면 남조선의 발전된 경제가 다 우리의 것이 된다."

김일성의 위의 교시는 암암리에 서서히 북한 기득권과 엘리트 계층에 알려지기 시작했는데, 이 때문에 1990년대 초부터는 그 계층에서부터 박정희 대통령과 남한에 대한 환상이 빠르게 확산되어 북한 주민사회를 잠식시키기 시작했다. 더불어 김일성의 '통일되면 남조선의 발전된 경제가 다 우리 것'이라는 교시는 세월이 흐를수록 북한의 어느 누구도 믿지 않는 허망한 망상이 돼

버렸다.

전두환에게 넘어갔다는 김정일

김일성족속은 1984년 9월 남조선에 대한 평화공세 일환으로 북한적십자회를 내세워서 "동포애와 인도주의 입장에서 서울, 경기 일원에 내린 폭우로 생긴 남조선 수재민들에게 쌀 5만석, 직물 50만 미터, 시멘트 10만 톤, 기타 의약품을 보내기로 결정했다"는 방송통지문을 남한에 보냈다. 남한의 대한적십자사는 한동안 묵묵 부답이었다가 북한이 방송통지문을 보낸 지 1주일 만인 9월 14일에 '북측의 수재물자 제공 제의를 받아들인다'는 성명을 전격 발표했다.

이로 인해 날벼락을 맞은 측은 '남한정부가 절대 받아들이지 않을 것'이라고 장담하면서, 줄 것도 없는 처지에 세계면전에서 대한민국에 거짓제안을 했던 김일성족속이었다.

이 때문에 김일성족속은 저들이 제안한 규모의 구제물자를 보장하느라고 전쟁예비물자로 비축했던 식량, 의약품, 시멘트 등을 거의 털어냈다. 북한정권이 비축했던 직물예비도 그때 동이 났는데 이를 두고 훗날 평양방직공장 당 비서는 이렇게 말했었다.

"공장이 설립된 이래로, 모든 설비와 기계를 주야로 가동시키기는 그때가 처음이자 마지막이었다. 그 후 수년간은 원료자재가 없어서 공장을 전혀 가동시키지 못했다."

그리고 그때부터 북한에서는 거의 해마다 전국의 학생들에게 김일성족속의 배려로 하사하던 교복도 정상공급하지 못하게(평양시 제외) 되었다.

해마다 군이 비축한 전쟁예비식량을 햇곡과 교체하느라고 언제 한번 햅쌀을 배급받아 본 적이 없었던 북한군 군관들도 그때부터는 비축한 묵은 쌀이 전혀 없는 관계로 햇곡식을 배급받았다. 1987년 12월 무력부 총참모부에서 근무하는 처남의 생일을 맞아 그의 집을 찾은 적이 있었는데, 그날 갓 지은 햅쌀밥을 마주하고 그가 하던 말이 지금도 생각난다.

"매부, 나는 지금까지 살면서 햅쌀밥이 이렇게 맛있는 줄을 몰랐습니다. 군대 가기 전에는 잡곡만 먹다보니 이밥 맛을 아예 몰랐고 군대에 가서는 묵은쌀만 배급받다보니 이밥이 맛있다는 생각이 별로 들지 않았는데, 1984년 이후부터는 거의 햅쌀을 배급받다보니 사람들이 왜 햇밥, 햇밥 하는지를 알겠습니다. 한편 걱정도 되는 것이, 남조선에 주고 나서 텅 비게 된 전쟁예비식량은 언제 채워 넣습니까? 이젠 다시 못 채워 넣습니다……."

그런데 '헐벗고 굶주리는 남조선'이 수해물자지원 때문에 남한에 왔던 북측의 8백여 명 인력에게 답례로 전한 선물세트가방은 북한 주민사회가 상상조차 할 수 없는 남한산 고급생필품들이었다. 그래서 김정일은 일반주민들이 보면 남조선에 대한 환상이 생길 수 있다고 역설하면서 그것을 몽땅 회수해서 '준비되고 투철한' 당중앙위원회 일꾼들에게 나눠주도록 조치했다. 그 덕에 우리 집에도 남한산 선물세트가 들어오게 되었는데, 우리 어머니는 1996년 말 나와 생이별하기 전까지도 그 선물세트에 들어 있던 가볍고 따뜻한 남조선담요를 보물처럼 정히 간수하고 추운 겨울이면 그것만 덮으셨다.

북한 처지에서는 허리가 휠 지경의 구제물자를 남한에 제공한 이후, 김일성족속은 나라의 텅 빈 전쟁예비물자 곳간들을 다시는 채워 넣지 못했다. 이 때문에 1989년 말 김정일은 어느 비공개회의에서 제13차 세계청년학생축전 때문에 더더욱 피폐해진 국가살림살이를 걱정하면서 다음과 같이 말했다.

"1984년 남조선에 구호물자를 보내기 위해 꺼내 쓴 전쟁예비물자들을 지금도 채워 넣지 못하고 있다. 그때 우리가 전두환에게 넘어갔다. 전두환이 우리의 수해물자제공 제의를 그렇게 덥석 받아물줄 몰랐다. 앞으로는 벌어들이는 것 없이 오히려 돈만 날리는 세계청년학생축전 같은 것도 더 이상 끌어들이지 말라."

그 이후에도 김정일은 비공개회의나 가신단술파티들에서 경제문제를 거론할 때마다 이렇게 개탄을 했었다.

"남조선에 수해물자지원을 제기했을 때, 전두환이 그걸 덥석 받아들일 줄 몰랐다. 그때부터 경제가 허리를 펴지 못하게 되었다."

김정일의 '전두환에게 넘어갔다'는 비공개 말들은 이후 주민사회에까지 흘러나갔다. 그래서 그것을 전해들은 엘리트들과 주민들은 공개적으로 김정일을 비난할 수 없는 체제에서, 궁핍한 생활에 대한 스트레스를 다음의 말로 에둘러서 풀었다.

"전두환 때문에 우리나라가 이렇게 됐다지 않아!"

어쨌거나 북한주민의 견지에서 볼 때, 전두환 대통령이 1984년에 북한의 남조선수재민지원 제의를 전격 수용한 것이 김일성공산왕조의 허리를 영영 휘게 만든 것만은 사실이다.

김정일의 김일성 참회교시 삭제 지시

1993년 김일성이 퍼렇게 살아 있는 상황에서, 그의 회고록 '세기와 더불어' 시리즈의 특정부분을 '조용히 신속하게 삭제' 하라는 김정일의 지시가 당중앙위원회의 선전선동부에 내려왔다.

당시 김일성회고록의 그 시리즈 책자는 방금 출간된 관계로 당중앙위원회 일꾼들과 군－정의 책임일꾼들, 그리고 그해 6월경 당중앙위원회 선전선동부가 조직한 전국 당 선전 일꾼 강습회 참가자들에게만 김정일의 선물책자로 배포된 상태였다. 김정일이 삭제를 지시한 김일성회고록의 관련부분 내용은 이러했다.

"나는 지난 조국해방전쟁 때 우리 민족이 겪은 수난과 고통을 되돌아볼 때마다 아픈 마음을 금할 수 없다. 동족상잔에는 승자도 패자도 없다. 동족상잔에 대해서는 공산주의자도 민족주의자도 그 도덕적 책임에서 결코 벗어날 수 없다."

김일성회고록을 집필한 작가집단은 물론 그때 그 부분을 읽은 많은 사람들은 진심으로 놀랐었다.

"김일성이 그런 말을 하다니……."

하지만 이후에는 한결같이 '어쨌거나 6.25때 사람이 많이 죽은 것은 사실이니 그에 대해 김일성이 참회한 거나 마찬가지' 라고들 머리를 끄덕였다. 김정일이 부친 김일성이 일일이 읽어보고 승인해서 출간된 회고록의 특정부분을 그가 알아채지 못하게 조용히 신속하게 삭제하라고 지시한 명분은 다음과 같았다.

"자칫 전체 인민과 해외동포들과 전 세계 지지자－동정자들이 우리의 조국통일 염원과 의지에 대해 의심하고 오해할 수 있습니다."

김정일의 이 조치 때문에 절대다수 북한주민들은 김일성회고록의 삭제된 부분을 접하지 못했다. 그러나 김정일이 어떤 명분을 세우던 관계없이 10대 초반 할머니 손에 이끌려 피난길에 오르고 매일같이 귀청을 찢는 소름끼친 미군쌕쌔기 소리를 듣고, 전쟁이 끝나서도 몇 년간 어두컴컴한 방공호를 벗어나지 못하면서 6.25 전쟁의 참사를 체험한 나로서는 내가 읽어본 김일성회고록 중에서 그 대목이 유일하게 마음에 와 닿았었다.

일본인 납치도 남조선혁명 때문에 했다는 김정일

2001년 9월 17일 국제사회 이목이 집중된 가운데 일본의 고이즈미 총리가 평양을 방문해서 일본인 납치의혹을 받고 있는 김정일과 마주 앉았다. 두 나라 정상회담 시, 엄숙하고 당당한 표정의 고이즈미와는 달리 김정일은 뒤가 켕겼는지 평소의 고압적이고 권위적인 그답지 않게 시종 비실비실 웃었다. 한국TV에 방영된 고이즈미와 김정일의 마주앉은 모습은 꼭 경찰과 용의자의 관계를 방불케 했다. 그 북-일 정상회담에서 김정일은 일본인 납치를 시인하면서도 "과도한 충성분자, 망동분자들이 내가 시키지도 않은 일을 한 것 같다."고 발뺌을 했는데, 그럼에도 불구하고 김정일의 그 말 한마디는 세계를 경악시켰고 일본열도를 분노로 들끓게 했다.

현 시대에, '공산혁명'을 제창하는 북한지도자 김정일이 자본가계급도 아닌 일본의 지극히 평범한 국민을, 그것도 10대 미성년들을 위주로 백주대낮에 일본 땅에서 납치했으니 일본인들의 아픔과 수치와 분노는 이루 헤아릴 수가 없었을 것이다.

지금도 나는 김일성족속의 일본인 납치범죄를 생각할 때마다 북한에 있을 때 접했던 다음의 말이 새삼 떠오른다.

"우리의 임무는 일본영해에 침투해서 물건을 인수해 오는 것이었습니다."

이 말은 1970년대 후반에 유괴 납치한 일본인을 해상을 통해 북한으로 운반하는 작전에 직접 참가했던 노동당 대남부서 방향대(일명 전투소조) 전투원 김용남이 한 말이다. 그는 17세 때 전투원으로 발탁되어 약 2년간 특수훈련을 받은 뒤 1980년대 초까지 대일본작전에 투입되어 활동했다. 제대될 당시 김용남은 24세의 폐인이었다. 그는 자기가 젊디젊은 나이에 언제 죽을지 모를 중병에 걸린 원인이, 전투임무를 수행하느라고 수년간이나 일본영해의 차디찬 바다를 헤엄쳐서 오갔기 때문이라고 했다.

1988년 김용남은 병석에서 가족친지들에게 절대금기사항인 자신의 노동당 대남전투원시절에 대해 다음과 같이 말했다.

"우리는 겨울이건 여름이건 임무가 떨어지면 소형잠수함을 타고 일본영해 부근의 공해상에 침투했다. 그런 다음 헤엄쳐 일본해변의 접선장소까지 가서 현지공작원으로부터 방수포로 포장한 물건을 넘겨받았다. 우리는 그것을 메고 다시 공해상까지 헤엄쳐 나와서 잠수함을 타고 귀대했다. 만약 불의의 상황이 발생해서 잠수함과 접속하지 못하게 되면 다음 접속 때까지 수일간을 망망대해 한가운데서 기다려야 했다. 그런 전투임무를 어떤 달에는 보름에 한번 꼴로 수행했다. 그때 우리가 일본 현지에서 넘겨받은 물건들 중에는 사람도 있었다. 우리와 같은 전투임무를 수행하는 방향대는 여러 대가 있었는데 교대로 일본작전에 투입되었다."

김용남은 수년간 '남조선혁명을 위한 일본작전'에 투입되어 많은 물건들을 무사히 운반한 공로를 인정받아서 제대될 때 김정일로부터 김일성표창장과 명함시계를 수여받았으며 더불어 다른 나라 산도 아닌 일본산 칼라TV, 냉장고, 녹음기, 세탁기 심지어 자전거까지도 선물로 하사받았다. 나는 김용남의 이야기를 60년대에 김일성전용비행사로 근무했던 그의 장인으로부터 직접 전해 들었다. 그는 내게 다음과 같이 하소연하며 한탄했다.

"사위 놈이 매일 술을 처먹고는 내 딸을 때리는데 이 일을 어찌하면 좋을지…… 하긴 어린 나이에 그런 무서운 일을 했으니, 제정신일 수가 없지."

들건대, 일본의 관련조사기관과 일본인 납치문제를 추적하고 있는 민간단체들은 약 200여 명의 일본인이 북한에 유괴 납치된 것으로 추정하고 있다고 한다. 그리고 그들 대다수가 10대 청소년들이라고 한다. 평화로운 고국 땅에서 하루아침에 납치되어 방수포대에 처넣어져서 타국에 끌려간 일본의 어린 메구미들이 겪었을 살 떨리는 무서움과 피 말리는 고통은 진정 상상조차 하기 두렵다.

유괴 납치된 일본인들은 북한 땅에 들어선 순간부터 정신을 차릴 새도 없이 사회와 철저히 격리된 외딴 곳에서 노동당 대남공작부서 전문요원들로부터 혹독하고 위협적인 심문을 받게 된다. 그리고 부모가 지어준 이름 대신에 북한당국이 붙여준 새 이름을 가지고 지독한 세뇌교육을 받아야 한다.

1970년대 자진 월북한 한국군 세뇌공작에 참여했던 북한군 관계요원의 말에 의하면 그들은 10년 동안 사회와 철저히 격리되어 강압적인 세뇌교육을 받는데 그 과정에서 월북한 것을 후회하거나 세뇌에 불복하면 구타는 물론 정치범수용소에까지 보내진다고 한다. 그는, 어떤 녀석도 그런 식으로 10년 만 관리하면 완전히 북한 사람이 다 된다고 말했다. 자진 월북한 한국 동족에 대한 처우가 그 정도니, 일본에서 유괴 납치한 사람들에 대한 북한당국의 강압적 세뇌와 그에 따른 위협, 폭력이 어느 정도였겠는가 하는 것은 더 설명할 필요가 없다.

몇 년 전 미군에 종사하는 납치전문심리학 박사에게서 들은 바에 의하면, 지구촌 어디든지 어린이들이 납치 구금되어 있던 장소에 가보면 예외 없이 벽면들에 다음과 같은 글발이 새겨져 있었다고 했다.

"어머니, 보고 싶어요."

"어머니, 무서워요."

"어머니, 집에 가고 싶어요."

자유민주주의 선진국 일본에서 부모와 사회의 보호와 관심을 받으며 자라던 납치된 10대의 일본인 청소년들 역시 강산도 변한다는 10년 세월을 공갈, 구타, 구금 속에서 보내면서 인간의 모든 그리움과 소망의 대명사인 어머니란 이름을 실낱같이 부여잡고 피눈물을 흘리며 그 피비린 체제에 적응해 나갔을 것이다.

납치된 일본인들은 세뇌과정을 거친 뒤에도 결코 인간사회로 나가지 못하고 감옥 아닌 감옥에서 죽을 때까지 살아야 한다. 아니, 그들은 이미 일본 땅에서 납치된 순간부터 이 세상에 없는 사람, 더 정확히 말한다면 인간이 아닌 범죄행위의 수단으로 전락된 것이다. 김정일은 일본과 국제사회 앞에서 일본인 납치범죄를 시인한(이미 확인된 범위 내에서) 후에도, 수십 년 세월 자식에 대한 애절한 그리움을 안고 눈물 속에서 살아온 일본의 부모들에게 가짜 유골을 보내는 천인공노할 만행으로 슬픔과 분노에 잠긴 일본 국민들을 또 능욕했다.

돌이켜 보면 김정일은 일본산 부품으로 미사일을 만들어 일본 본토를 위협하고, 체제유지를 위해 일본상품을 들여다가 선물하사 놀음을 벌리고, 일본요리사를 데려다놓고 식도락을 벌리고, 제 아들 김정남에게 가짜 여권을 쥐어주어 일본을 제집 드나들듯 만든 것도 모자라서 무고한 일본국민들까지 유괴 납치하여 그들을 고통과 불행 속에서 죽어가게 만든 일본국민의 원수이다.

그럼에도 불구하고 다른 나라도 아닌 자국민 500여 명(확인된 것만)이나 납북된 대한민국의 정계에서는 물론이고 일본 내에서조차도 한때 "일본정부가 6자회담에서 일본인 납치문제에 집착하면서 회담에 장애를 조성하고 있다."는 낭설이 흘러나왔었다.

나는 공산국가와는 달리 국민개개인의 자유와 인권, 존엄과 권익, 생명권(안전) 보장을 국가의 존립기반으로 하고 있는 자유민주주의 국가의 정가들에서 그런 낭설이 흘러나올 때마다 허탈감과 격분을 금할 수 없다.

일본인 납치행위는 '김일성 대에 조국통일'이란 시대착오적 비전을 내걸고 감행한 김정일의 반인륜적 망동주의의 산물이며, 대남적화통일을 실현해서 한반도에서 수령지위를 대대손손 누리려는 김일성족속의 범죄야망의 산물이다. 아울러 자유세계 국민들을 철천지원수로 간주하고 있는 북한 공산독재자족속의 극단적 계급주의의 산물이다. 북한에 비상식적이고 비정상적인 김일성공산왕조가 존속하는 한, 이것은 변할 수도 외면할 수도 없는 진실이다.

남편이 빨리 죽기를 기도하는 평양의 대남가족들

평양에는 남편이 남파되어 활동하고 있는 대남가족(일명 대남공작원가족)이 의외로 많다. 어느 구역에 가도, 어느 단위에 가도 대남가족이라고 하는 사람들을 어렵지 않게 만날 수 있다. 평양 문수거리에는 한 채의 아파트에 대남가족이 모여서 살고 있는 곳도 있다.

대남가족들이 북한 주민사회의 관심과 주목을 받기 시작하고, 주변에서 그들의 속내를 다소나마 알기 시작한 시점은 1993년 3월 비전향장기수 이인모가 송환되었을 때부터이다. 김일성족속은 이인모를 34년간이나 감옥에 가두고 온갖 고문과 회유를 가한 남조선당국의 천인공노할 만행과 그 모든 고난과 역경을 이겨내고 끝끝내 수령의 품으로 돌아오는 이인모를 대대적으로 선전하기 위해, 그가 판문점을 통과해서 귀환하는 전 과정을 조선중앙텔레비전을 통해 전역에 생중계했다. 그러나 그 TV생중계는 북한당국이 장장 48년간 집요하게 강행해온 대남적대시 사상교양과 세뇌선전을 일순간에 뒤집는 결과를 초래했다.

판문점을 통해 들어오는 이인모의 모습을 본 북한 주민사회는 그가 남조선에 파견되어 간첩활동을 하다가 체포돼서 34년이나 감옥살이를 하고서도 76세까지 멀쩡하게 살아있는 사실, 전향하지도 않았는데 남조선도당이 사형시키지 않은 사실, 그가 송환을 바란다 해서 남한정부가 북송조치한 사실들에 너무도 크게 놀랐었다.

특히 북한 기득권과 엘리트계층의 나이 든 세대를 크게 감화시킨 것은, 칠십 고령의 이인모가 가족의 품으로 돌아간다고 해서 진분홍비단 한복에 휠체어까지 태워서 북송시킨 남조선괴뢰도당의 사려 깊은 처사와 이인모의 건강상태를 촬영한 B4용지 두 배 크기의 필름을 한 묶음이나 들고 서서 북측 의료진에 한 장 한 장 세세히 설명하며 인계하던 남조선 괴뢰의사의 젊고도 신선한 모습이었다.

대한민국 국민들은 이인모에게 비단옷을 해 입힌 것도, 그를 치료해준 것도 남한정부가 아닌 개인이 한 일이라고 하겠지만, 전체주의 공산국가인 북한에서는 그런 말이 전혀 통하지 않는다.

'설령 그렇다 쳐도, 국가가 승인했기에 후과를 두려워하지 않고 간첩에게 비단옷도 해 입히지 않았겠는가? 우리나라 같으면 어림 반 푼 어치도 없는 일이지…….'

이것이 북한주민들의 논리이다.

이인모의 아내와 외동딸은 그가 남한 언론에 등장하기 전까지는 대남공작을 나갔다가 행방불명된 사람의 가족으로 분류되어 있었다. 북한과 같은 계급적 신분국가에서 가족 중에 생사가 확인되지 않은 자가 있으면 제아무리 출신성분이 좋아도 희망하는 대학에 갈 수 없고 간부사업에서도 응당 배제된다. 이 때문에 이인모가 남한 감옥에 있은 수십 년간 북한당국은 그를 행불자로 여기고, 그 가족을 내세워주지도 않았고 대남공작원가족으로서의 대우도 제대로 해주지 않았다. 이에 대해서는 이인모의 행방과 그가 북송되기를 바란다는 사연이 남한 언론을 통해 밝혀진 이후, 그의 아내와 딸이 조선중앙TV와 이인모 송환을 촉구하는 성토장들에 나와서 "아버지를 가족이 있는 평양으로 보내 달라!"고 호소하던 초기의 초라한 모습들을 보면 확연히 알 수 있다. 후줄근한 시커먼 데트론 양복 차림에 부러진 다리부분을 반창고로 칭칭 감은 굵고 후진 검정플라스틱안경을 쓰고 TV 등에 등장했던 이인모 딸의 촌스럽던 모습과 '참, 고단하게도 살았구나……' 란 말이 절로 흘러나오게 하던 이인모 아내의 폭삭 겉늙었던 모습이 지금도 눈에 선하다. 오죽했으면 이인모가 판문점에서 아내와 상봉하는 광경이 TV로 생중계된 다음날 저녁에 우리 어머니가 이런 말을 했겠는가.

"밖에 나가니, 다들 모여 앉아서 '어째, 34년이나 쥐까지 잡아 먹으면서 감옥살이를 했다는 이인모보다도 그 아내가 더 늙어 보인다' 고들 말하던데, 사람 눈은 다 똑같은가 보더라."

그랬던 이인모의 아내와 딸이, 당과 수령에 대한 신념과 의리를 지켜 전향하지 않았을 뿐 아니라 남조선괴뢰와 끝까지 싸워 수령의 품으로 다시 돌아온 이인모 덕택에 하루가 다르게 촌티를 벗더니 1년도 안돼서 신수가 훤한 귀부인이 되었다.

그런 이인모 가족의 변천을 부러워한 것은 다른 사람도 아닌 바로 대남공작원가족들이었다. 그 시기 대외봉사사업소에서 일하던 내 아내가 어느 날 TV에 방영되는 이인모와 그 가족의 행복한 모습을 지켜보더니 이렇게 말하는 것이었다.

"우리 직장에도 남조선에 파견된 대남공작원의 딸이 있는데, 이인모 얘기만 나오면 풀이 푹 죽어 있어서 처음에는 아버지 생각나서 그런가 보다 했는데 그게 아닙디다.

이인모가 돌아온 뒤로, 원래부터 몸이 약했던 엄마가 밥도 제대로 먹지 못하고 '너 아버지도 빨리 죽든지 돌아오든지 결단이 났으면 좋겠다. 살아서 변절이라도 하는 날이면 우린 어떻게 하니?' 란 말만 외우면서 드러누워 있기 때문에, 자기도 이인모 말만 나오면 속이 상한다고 합디다.

그 말을 들으니 당에서 특별히 보살피고 뭐고 하는 게 다 개나발 부는 소리 같습디다. 내가 대남가족이 아닌 게 다행스럽고, 오히려 대남가족이 불쌍하다는 생각까지 듭디다."

아내의 말뜻을 마음에 담고 있었던 나는, 어느 날 노동당 평양시 위원회 조직부에 있는 오랜 지기를 만난 자리에서 그 사연을 이야기하게 되었고, 그로부터 다음과 같은 설명을 듣게 되었다.

"대남가족들이 이인모의 아내와 딸을 부러워하는 이유는 단 하나인데, 그것은 그 가족이 이제는 더 이상 이인모가 변절할 걱정도 행불이 될 걱정도 하지 않게 되었기 때문이다. 대남공작 나갔다가 변절한 자의 가족은 산간오지로 추방되거나 그로 인한 손실이 클 경우에는 아예 정치범수용소로 보내진다. 그리고 대남공작 나갔다가 행불된 자의 가족은 생사가 확인되기 전까지는 믿고 쓸 수가 없기 때문에 어떤 대우도 해줄 수가 없다. 그래서 우리 당의 간부사업방침에도 대남공작원에 한해서는 공작 도중에 과오 없이 죽었거나 돌아와서 은퇴했을 경우에만 그 가족을 당, 군, 정 요직에 발탁하도록 되어 있는데 그럴 경우에도 외교부문에만은 들어갈 수 없다.

대남공작원 자녀들이 대부분 교육부문이나 상업부문, 중간급

행정 일꾼 직에서 일하고 있는 것도 그 때문이다.

　대남가족들의 진솔한 소망은 남편이 공작사업 도중에 전사든 병사든 해서, 항시 피를 말리는 '변절할 수도 있다'는 걱정에서 빨리 벗어나는 것이다. 사실 남편을 거의 만날 수 없는 대남공작원 아내들인 경우에는, 남편이 남조선에도 처자를 두고 활동하고 있다는 사실을 알고 있다. 그래서 인간적으로 볼 때에도 그들에게는 남편에 대한 정이 별로 없다. 당에서 대남가족, 대남가족하면서 특별대우를 해주고 있으니, 그런 자긍심으로 자식 하나 데리고 평생을 사는 거다."

　나는 그의 말을 듣고, 대남가족들의 처절한 비애를 진심으로 동정하게 되었다. 남편이 빨리 죽기를 기원해야 하는 그 기막힌 심정은 비단 평양에서 살고 있는 대남가족들만이 아닌, 전국의 모든 대남공작원가족의 한스런 소망이기도 할 것이다.

　북송된 이인모의 말년은 그렇게 순조롭지 못했던 것 같다. 언젠가 당중앙위원회 해당부서 일꾼이 이인모에 대해 말하는 것을 들었는데 그 내용은 이러했다.

　"국제사회에서 우리나라 인권문제를 거론하며 감옥까지 참관하겠다고 나오는 바람에 그 문제를 지도자동지께 보고 드렸더니 '이인모가 남조선에서 감옥살이를 많이 했으니 그에게 먼저 보여주고 조언을 들어보라'는 지시가 내려왔다. 그래서 이인모에게 감옥 몇 개를 보여줬더니, 그것을 보고 나서 하는 말이 '남조선에도 저런 감옥은 없다'는 것이었다. 그 말 때문에 우리만 '이인모를 제대로 관리 못했다'고 비판을 받았다."

　이인모의 모습은 점차 공개석상에서 사라졌다. 그것 때문에 북한 주민사회에서는 한때 다음과 같은 말들이 나돌았었다.

"이인모가 남조선에서 받은 고문의 후유증으로 대소변을 가리지 못해서 공개적인 장소에 못 나온다."

"지금 대남공작원들을 양성하고 있다."

그러나 당중앙위원회와 관계부문 일꾼들은 이인모의 모습이 점차 사라진 이유가 남조선에서의 생활을 아무 여과 없이 말했기 때문이라는 사실을 너나없이 잘 알고 있었다.

8장

김일성족속의 범죄야망의
산물들

지금에 와서 북한의 핵, 미사일이 김일성족속의 시대착오적인 대남적화 통일야망의 산물임을 부정하는 사람은 거의 없을 것이다. 김일성은 1955년 4월 원자 및 핵물리학연구소 설립을 지시하면서 다음과 같이 역설했다.

"전쟁 때, 미국 놈들이 원자탄을 쓰겠다고 위협하는 바람에 소련도 우리에 대한 군사원조를 소극적으로 했고, 많은 인민들이 남조선으로 나갔다. 미국이 원자탄을 가지고 있는 이상, 우리도 원자탄을 가져야 한다. 그렇게 하지 않으면 남조선에서 미군을 몰아내고 조국을 통일할 수 없다."

이에 따라 북한은 6.25전쟁의 화약내가 채 가시기도 전에, 오늘날 북한 핵 문제의 산실인 영변핵물리학연구기지 건설부터 시작했다. 김일성의 범죄야망을 그대로 이어받은 김정일은 후계자로 추대된 첫날부터 장장 37년이나 '핵, 중장거리미사일 보유국이 되는 것은 주체위업의 성패를 좌우하는 국사 중의 국사'라고 제창하면서 그 실현을 위해 필사적으로 광분해왔다.

김일성족속이 핵무기와 중장거리미사일 보유를 통해서 추구하고 있는 궁극적 목표는 주한미군철수에 따른 군사적 담보와 한미 공조해체에 따른 정치적 담보를 얻어낸 뒤, 북-미 평화협정을 체결해서 종당에는 미국 주도의 자유세계가 저들 족속의 대남무력적화 통일책동에 전혀 간섭하지 못하도록 만드는 것이다. 그럼에도 불구하고 아직까지도 한국 일각에는 북한의 핵과 중장거리미사일이 대남공격용이 아니고 대미방어용이라는 한심한 소리를 하는 사람들이 있다.

오늘날 한국은 물론 지구촌 어디에도 북한을 침공할 나라는 없으며 국제적 견지에서 볼 때 남과 북은 엄연한 두 주권국가이다. 그런데도 김일성족속은 왜 끊임없이 남한 내정에 간섭하면서 한미동맹 해체와 주한미군 철수를 끈질기게 주장하고, 빌어먹는 공산국가란 오명을 뒤집어쓰면서까지 핵무기와 중장거리미사일을 개발해 오고 있는가? 김일성족속이 미국이나 일본, 중국을 공격하기 위해 그것들을 개발했겠는가? 이 때문에 나는 평화적 핵 활동이니, 방어용이니 하면서 김일성족속의 기만선전에 동조하는 인간들을 볼 때마다 심한 분노를 느낀다.

오늘날 김일성족속에게 있어서 핵과 중장거리미사일은 비상식적이고 비정상적인 공산왕조체제를 계속 유지하기 위한 유일한 생존수단, 폭력수단이 되었다. 김일성족속은 정상국가건설에 실패한 독재자들로서 현재 그들의 유일한 생존방식도 반대한민국, 반미투쟁뿐이고 유일한 협상수단 역시 조악하기 짝이 없는 핵-중장거리미사일뿐이다.

조악이란 단어가 나온 김에 관련 일화 하나를 서술하려고 한다. 1995년 봄경, 평양역 방향의 당중앙위원회 2호 접수구 근처에 사는 북한 미사일개발실무 책임일꾼인 황○○와 창광거리 식당에서 우연히 마주친 적이 있었는데, 그가 술김에 다음과 같은 소리를 해서 좌중을 웃겼다.

"지금 중국이 우리가 로켓 시험발사를 할 때마다 심히 신경을 쓰는데, 그것은 우리가 개발하는 로켓을 믿지 못해서이지요. 우리는 분명 동해 해상으로 시험발사를 하지만, 그들은 그것이 중국 북경에 떨어질 수도 있다고 우려하고 있어요. 하긴 우리가 줄칼로 쓸고 뼈뼈로 연마해서 시험발사 로켓을 만들고 있는 사실을 안다면 주변의 어느 나라라도 그런 우려를 가질 수 있을 겁니다."

핵–중장거리미사일이 김일성족속의 유일한 생존수단·폭력수단이고 유일한 협상수단이란 말은 북한공산 왕조체제가 존속하는 한 한반도 평화와 안전을 염원하는 유관국들과 국제사회의 노력은 쉽게 실현될 수 없다는 뜻이다. 아울러 김정은이 김일성–김정일 선대의 야망과 유산에서 한 치도 벗어날 수 없다는 뜻이기도 하다.

그래서 아래에 내가 당중앙위원회 자료연구실 부실장 직책에서 사업할 당시에 공개 또는 비공개로 접했던, 김일성족속 범죄야망의 단면을 보여주는 핵–미사일관련 사료 몇 가지를 이야기한다.

"우리는 핵무기를 개발할 의사도 능력도 없습니다"

북한정권은 1950년대 말부터 평북도 영변지구에서 극비리에 핵개발 프로그램을 시작하였다. 그러나 김일성족속과 극소수 관련

자들, 그리고 핵연구집단을 제외한 북한주민들은 1992년 북한 핵사찰 문제가 국제사회 핫이슈로 급부상할 때까지도 그런 사실을 전혀 모르고 있었다. 이로 인해 북한의 절대다수 주민들은, 1970년 말~1980년대에 평양을 무수히 드나들었던 일본 언론계와 정계 인사들이 김일성에게 핵개발 의혹을 제기할 때마다 그가 한 다음의 말을 곧이곧대로 믿고 있었다.

"먹지도 못하는 핵무기를 만들어서는 뭘 하겠습니까? 지금 핵무기를 가지고 있는 나라들도 그것을 처리하지 못해서 야단들인데……. 우리는 핵무기를 개발할 의사도 능력도 없습니다."

김일성족속의 핵무기 개발프로그램이 워낙에 극비 프로젝트로 진행되어 온 관계로 나 역시 당중앙위원회에 들어가서야 관련 김일성 교시와 김정일 지시, 비공개사료들을 단편적으로나마 접할 수 있었다.

"노동당이 평화통일 목소리를 높일수록 전쟁준비에 박차를 가하라"

위의 말은 김일성이 7.4공동성명이 공포된 다음 해인 1973년 9월경에 한 교시이다. 당시 김일성은 자강도와 평북도 등지를 일일이 답사하면서 장차 신설될 군수공장들의 위치를 직접 잡아주었는데, 그때 동행했던 관련 간부들에게 7.4공동성명에 따른 안일, 해이한 현상들을 경고하면서 이런 내용으로 훈계했다.

"군수부문에 평화란 있을 수 없습니다. 때문에 동무들은 평화

통일에 대해 사소한 환상도 가져서는 안 됩니다. 동무들은 우리 당이 대외적으로 평화통일 목소리를 높일수록 그것을 전쟁준비를 다그치라는 신호로 받아들이고 더욱 박차를 가해야 합니다. 우리가 누구 때문에 인민들을 배불리 먹이지도 못하면서 군수공장건설과 군수생산에 모든 힘을 쏟아 붓고 있습니까? 바로 미국 놈들 때문입니다. 미국 놈들이 남조선에 둥지를 틀고 있는 한, 우리는 한시도 발편잠을 잘 수 없습니다. 하루빨리 핵개발능력도 갖추고 자립적 군수공업도 건설해서 반드시 우리 대에 조국을 통일하여 후대들에게 물려줘야 합니다."

그 당시 김일성은 1960년대 중반부터 건설되고 있던 만포시멘트공장(총, 포 무기 전문공장)도 현지 시찰했었는데, 그는 넓디넓은 노천에 지어진 공장을 두고 격분해하며 이렇게 말했다.

"이 공장을 보니 사대주의자들과 종파분자들이 군수분야에 끼친 후과가 얼마나 심각한가를 금방 알 수 있겠습니다. 그놈들은 우리 당이 '전후에 건설하는 군수공장들은 모두 지하에 넣을 것이란 방침'을 내렸음에도 불구하고 여러 중요 군수공장들을 이같이 노천에 지어놓았습니다. 꼭 빤츠 벗고 방귀를 끼는 격입니다. 지금부터라도 공장의 중요 생산 공정들을 하나하나 지하에 넣도록 해야 합니다."

그 시기에 김일성이 직접 현지를 답사하면서 터를 잡아줬던 군수공장들 중에는 8호제강소(특수강 생산 공장)와 1985년경 김일성이 제일 멋쟁이공장이라고 평가한 '1월 18일 공장(각종 엔진 생산 및 수리 공장)'도 있다.

"나쁜 놈들, 밥만 축내고 간다"

위의 말은 김일성이 1980년대 말에 한 것이다. 당시 김일성은 1960년대 초부터 조-소핵공동연구 협약에 따라 영변핵연구단지에 상주해 있던 구소련 과학자들이 모두 철수하게 되자, 그에 대한 분노를 참지 못해서 이런 욕을 퍼부었다.

"나쁜 놈들, 밥만 축내고 간다. 소련 놈들이 지금까지 우리를 제대로 도와준 것이 하나도 없다."

계속해서 김일성은 당시 그 자리에 배석했던 노동당 군수공업 담당비서 전병호를 직시하면서 다음이 같이 훈계했다.

"소련 놈들이 5~60년대에 우리에게 군수물자와 부품들을 팔아먹으면서 그것을 담는 나무상자(박스)까지도 자작나무조각(부스러기)으로 만든 상자가 아니면 보관하기 어렵다면서 비싸게 팔아먹은 사실을 동무도 잘 알고 있지.

소나무조각이면 어떻고 잣나무조각이면 어떻고, 고작 부품이나 담는데 무슨 상관이 있었는가. 그런데도 소련 놈들은 저들 나라의 자작나무조각(부스러기)까지도 우리에게 팔아먹으려고 그런 수작질을 했다.

소련이건 중국이건 믿을 놈이 하나도 없다. 그놈들은 원래부터 우리가 핵무기를 가지는 것을 좋아하지 않았다. 그러니까 이제부터는 죽으나 사나 우리 자체의 힘, 우리의 과학과 기술로 핵무기개발능력을 가지는 수밖에 없다. 핵개발에 모든 힘을 집중해서 그 놈들 보란 듯이 몇 년 안에 꼭 결과물을 내놔야 한다."

김일성족속은 90년대에 들어와서는, 핵보유국 지위를 추구하는 저들 족속의 범죄야망을 구소련과 중국이 우려하고 경계한다 해서, 낙후하고 빈곤한 자국경제와 자국민생활을 살리기 위해 개혁개방과 자본주의 복귀의 길을 선택한 그 나라들을 제국주의에 굴복한 사회주의 배신자라고까지 비방했다. 김일성족속에게 소련과 중국이 어떤 나라인가. 소련은 1945년 8.15해방 직후 김일성을 북한의 공산지도자로 만들어준 국가이고, 중국은 6.25 때 압록강 변두리까지 쫓겨 갔던 김일성공산정권을 구원해준 국가가 아닌가. 한마디로 은혜를 모르는 그런 배은망덕한 족속이기에 김정일은 1997년 6월 충효는 물론 도덕과 양심까지 다 바쳐가며 저들 족속을 섬긴 북한주민들에 대해 "앞으로 1천만이 더 굶어죽더라도 당과 군대만 있으면 우리 식 사회주의를 지킬 수 있다"고 폭언을 했던 것이다.

여기에 김정일이 그 폭언을 내뱉던 1997년에 어느 북한주민이 일가족 모두를 굶겨 죽이고 북한을 탈출해서 김정일을 향해 쏟은 피맺힌 절규를 서술한다. 아래의 글은 한국의 어느 출판물에도 실렸었다.

이 글을 피와 눈물로 쓰게 하소서.

그리고 피와 눈물로 읽게 하소서.

불행과 고통 속에 살아오는 이 인민을 굽어보소서.

300만은 굶어 죽어가면서 아무 말도 하지 않았습니다.

수십만 아이들이 빌어먹으면서도 원망 한마디 하지 않았습니다.

그들은 지도자동지께 자기 도리를 다했습니다.

이제는 김정일-당신이 대답할 차례입니다.

내 평생소원이 풀리는 날

1991년 4월 초 김정일은 영변의 과학자, 기술자들이 핵개발에서 돌파구가 되는 연구 성과를 달성했다는 보고를 받고 노동당중앙위원회 군수공업 담당비서 전병호에게 이렇게 지시했다.

"드디어 핵무기를 개발할 수 있는 돌파구가 열렸습니다. 오늘은 내 평생소원이 풀리는 날입니다. 핵무기연구에 참가한 모든 과학자, 기술자, 종업원들에게 당중앙위원회 명의로 축하문을 보내고 국가수훈과 선물전달도 크게 조직하시오. 그래서 그들이 당과 수령의 크나큰 정치적 신임과 배려를 가슴 깊이 간직하고 핵무기개발에 더욱 박차를 가하도록 하시오."

그때 김정일의 지시에 따라 전병호가 직접 현지에 나가서 당중앙위원회 축하문 전달, 명함시계 수여, 훈장 및 메달 수훈, 선물전달식 행사들을 집행했는데, 그와 동행했던 군수공업부 일꾼이 돌아와서 했던 말이 지금도 생생하다.

"이번에 지도자동지의 배려로 영변연구기지의 거의 모든 집들에 천연색 텔레비전이 선물로 들어갔는데, 모두들 좋아서 난리도 아니었지요. 지방은 물론 평양까지도 전력공급이 잘 되지 않아서 TV를 제대로 보지 못하고 있는데, 거기는 오히려 우리공화국에서 유독 전기걱정을 모르는 곳인데도 TV보급율이 낮아서 지금까지 그곳 사람들의 제일 큰 소원이 TV를 선물로 받는 거라고 했습니다. 그런데 이번에 그 소원을 풀게 된 거지요."

김일성은 그때 달성했다는 핵개발 성과를 숨기기 위해 1992년 2월 20일 제6차 북남고위급회담 시에 다음과 같이 너스레를 떨었다.

"우리에게 핵무기가 없는 것은 물론이고 그것을 만들 필요도 없습니다. 우리는 주변의 큰 나라들과 핵 대결을 할 생각이 없으며, 더욱이 동족을 말살시키는 핵무기를 개발한다는 것은 도저히 상상도 할 수 없습니다."

그럼에도 불구하고 1992년 중반부터 미국과 국제사회의 북핵 특별사찰 압력이 본격적으로 대두되었다.

"연막전술, 저팔개 외교로 핵도 사수하고 실리도 챙겨라"

연막전술은 김정일이 1993년 초에 내놓은 대미협상전술이다.

당시 김정일은 북한 핵개발에 대한 국제사회의 우려와 핵 관련 국제기구들의 사찰압력, 아울러 북핵 문제해결을 위한 북-미 협상이 제기되자 핵 동결압력을 피해가면서도 최대한의 실리를 챙길 목적으로 외교부 강석주 대미협상팀에 이런 방침을 내렸다.

"외부세계가 우리 내부를 알지 못하도록 해야 합니다. 그러자면 핵무기가 있는 것 같기도 하고, 없는 것 같기도 하게 연막을 쳐서 미국과 국제사회를 계속 혼란시켜야 합니다. 그래야만 미국과의 회담에서 주도권을 쥐고 우리의 요구를 끝까지 관철시킬 수 있지 않겠습니까."

김정일의 방침에 따라 강석주 대미협상팀은 1993년 북-미 회담 시에 끊임없이 연막전술을 구사해서 그해 6월 김일성족속의 이해관계에 부합하는 북-미 공동성명을 이끌어냈다. 김정일은 그 공동성명에 대해 당중앙위원회 일꾼들에게 이렇게 자랑을 했다.

"이번 조미공동성명은 총 한방 쏘지 않고 미국을 굴복시켜서, 우리를 상대로 핵무기를 포함한 어떤 무력도 사용하지 않는다는 군사적 담보와 우리의 자주권을 존중하고 내정에 간섭하지 않는다는 정치적 담보를 얻어낸, 지난 조국해방전쟁 승리(6.25)와 맞먹는 제2의 조국해방전쟁 승리입니다."

북한정권은 부시행정부 때에도 미국을 상대로 농축우라늄 핵프로그램이 있다, 없다 식의 말 바꾸기를 계속 시도했었는데 그것은 바로 미국의 관심을 최대한 유발시켜 회담에서 주도권을 쥐기 위한 김일성족속의 연막전술에서 기인된 것이었다.

김정일은 1994년 초, 미국 클린턴행정부와의 협상에 임하는 강석주 일행에게 또다시 '저팔개 외교'라는 협상방침을 주면서 다음과 같이 역설했다.

"중국 서유기에 나오는 저팔개가 솔직한 척, 어리석은 척, 억울한 척, 미련한 척하면서 어딜 가나 얻어먹을 것은 다 얻어먹은 것처럼 해야 합니다. 다시 말해서 저팔개 식 외교를 해서 미국 놈들로부터 핵도 지키고 받아낼 것도 다 받아내야 된다는 말입니다."

김정일의 지시에 따라 1994년 10월 강석주 일행은 미국의 특수사찰압력을 모면하기 위해 북한에 있지도 않은 강경파, 온건파를 들먹이면서 다음의 말로 클린턴행정부를 속여 넘기고 핵 프로그램을 사수하면서도 경수로 2기와 매해 중유 50만 톤을 제공받는 북-미 제네바협정을 이끌어냈다.

"미국이 계속 특수사찰을 요구하면 우리는 더 이상 회담에 나올 수 없습니다. 강경파들이 회담을 거부하고 전쟁을 하자고 나올 겁니다."

이상의 것들은 당시 북-미 회담 북한 측 단장이었던 강석주가 김정일의 지시를 받고 당중앙위원회 일꾼들 앞에서 한 '대미협상' 관련 강연내용들이다.

일본을 사정권에 넣으면 '금(金) 방석'에 앉혀주겠다

북한의 미사일 개발은 1981년 초부터 본격적으로 시작되었는데, 그 배경은 구소련이 더 이상 북한이 필요로 하는 로켓들을 넘겨주려 하지 않는 데로부터 촉발된 김일성족속의 불안과 다급함이었다. 이 때문에 김일성족속은, 우선 구소련에 전적으로 의존하고 있던 각종 단거리로켓부터 자체의 과학과 기술로 시급히 개발하지 않으면 안 될 위기에 직면하게 되었다. 김일성족속의 범죄적 미사일개발프로그램과 관련해서 아직까지도 가슴 아프게 생각되는 것은, 초기에 북한이 모방설계해서 만들어낸 미사일 시험탄의 주요 부품들이 모두 일본산과 한국산이었다는 사실이다.

단거리로켓 모방설계로부터 그 개발이 시작된 북한의 미사일들은 오늘날 김일성족속의 범죄야망에 따라 한국은 물론 일본도 사정권에 넣고 있으며, 최근에는 미국본토까지 넘보려 하고 있다. 김일성족속이 일본을 향해서도 툭하면 경거망동하지 말라느니, 일본도 결코 안전하지 않다느니 식의 협박성 폭언들을 거침없이 쏟아내고 있는 것은 바로 일본을 사정권에 넣고 있다는 배짱과 자신감에서 비롯된 것이라고 볼 수 있다.

남조선부품과 적개심

김정일은 1981년 1월 2일, 노동당 군수담당비서였던 연형묵과 국방과학부문 핵심과학자들을 당중앙위원회 집무실로 불러들여 "소련의 스커드로켓을 모방설계해 보라"는 과업을 주면서 동시에 그에 필요한 일체 관련부품들을 일본에서 수입해 만들라는 지시도 내렸다. 이에 따라 그해 2월경 관련부품들이 수입돼 들어왔다.

그런데 일본산이라고 들여온 것들 중에 한국산도 대량으로 포함되어 있었다. 이 때문에 김정일은 관련 일꾼들을 직접 불러들여 한국산 부품목록을 일일이 체크하면서 이같이 지시했다.

"남조선부품 수입경로와 관련자들을 일일이 조사하고 엄중히 검토하라. 그리고 남조선부품들은 소각하지 말고 로켓 연구에 참가하고 있는 모든 과학자, 기술자들에게 보내주어 다 보도록 하라. 그래서 그들이 남조선이 어느 정도 발전했는가 하는 것을 잘 알고, 적들을 따라잡고야 말겠다는 각오와 적개심을 가지고 로켓연구에 떨쳐나서도록 하라."

그때 김정일이 어찌나 시도 때도 없는 닦달질을 했든지, 제2자연과학원 공학연구소에서는 불과 3달 만에 모방로켓 시험탄을 만들어서 4월 말에 1차 시험발사까지 했다. 그러나 그들이 '남조선에 대한 적개심'을 불태우면서 모방 설계한 그 로켓은 1차 시험발사 때에는 아예 미동도 하지 않았고 2차 시험발사 때에는 30미터 정도 움칠하고는 주저앉았다. 그 로켓은 1982년 4월 3차 시험발사 때에야 성공했다.

중거리로켓과 금(金)방석

1984년 10월 25일, 그날 처음으로 북한 국방과학원(공식명칭 제2자연과학원)을 시찰한 김정일은 현지에서 책임일꾼 및 과학자 협의회를 열고 '국방과학을 더욱 발전시키는 데 대하여'라는 제목의 일장 연설을 했는데, 그 중에서 관련 내용만을 아래에 서술한다.

"세계추세를 놓고 볼 때, 지금 우리나라 국방과학 수준은 지평선에 있고 국방과학자들의 수준은 인민학교 정도에 머물러 있다. 하지만 최근 연간 단거리로켓 모방 설계를 연이어 성공시킴으로써 우리도 창작품을 내놓을 수 있다는 자신감을 가지게 되었을 것이다. 그래서 오늘 나는 동무들에게 모방에서 벗어나 창작단계로 들어가기 위한 중거리로켓 창작과제를 주려고 한다. 남조선을 해방하고 조국을 통일하기 위해서는 우리의 힘과 기술로 중거리로켓을 개발해서 일본 본토와 태평양상의 모든 미군 기지들을 우리의 타격권에 넣어야 한다. 그래야 우리가 조국통일 성전을 개시할 때, 일본과 미국이 즉각 개입하지 못하게 만들 수 있다. 중거리로켓을 개발해서 일본을 사정권에 넣으면, 내가 동무들을 금(金)방석에 앉혀주겠다."

그렇게 시작된 북한의 중거리미사일프로젝트는 그로부터 6년이 되어 오는 1989년 9월에야 시험발사탄이 제조되었다. 김정일은 1989년 10월 17일, '중거리미사일 시험발사탄'도 직접 보고 시험발사관련 의견도 청취하기 위해 그것을 전개해 놓은 국방과학원 전시장에 나왔었는데, 로켓의 어마어마한 크기를 보고는 놀라서 이렇게 말했다.

"대단하다. 원래 이렇게 큰가. 위엄이 있다. 그런데 왜 검정칠을 했는가? 다른 나라들은 무슨 색을 칠하는가? 검정색으로 칠해 놓으니 더 커 보인다. 이것을 시험발사하자면 대외에 공포해야 하는가? 수령님께 보고를 올려서 승인을 받겠다."

그러나 북한은 중거리미사일 시험발사를 몇 년 동안 하지 못했는데, 이유는 김일성의 다음과 같은 교시 때문이었다.

"지금 조일회담이 진행 중에 있는데, 그것을 발사하면 일본 놈들이 놀라지 않겠는가? 그리고 우리 과학자들이 처음 개발한 것인데 꼭 성공할 수 있다는 확신이 있는가? 만약 시험발사를 했다가 실패라도 하면 어떻게 하겠는가? 그러니 정세의 흐름을 봐가면서 만반의 준비를 갖추고 있다가 꼭 필요한 시기에 시험발사를 하는 것이 좋겠다."

당시 김일성은 국교수교 명목의 조일회담이 진행되는 상황에서, 어떻게 해서라도 일본을 기만하고 안심시켜서 막대한 배상금을 받아내려는 속셈과 만약 중거리로켓을 시험발사했다가 실패라도 한다면 일본으로부터의 배상금은커녕 오히려 국제사회에 비난거리만 제공할 수 있다는 타산 때문에 시험발사를 승인해 주지 않았다.

그러나 김일성이 말한 그 '꼭 필요한 시기'가 다가왔으니, 그는 1993년 6월 5일경부터 진행되는 북-미핵협상 전야에 "미국에 엄포를 줘서 회담에 유리한 환경을 조성해야 한다."고 역설하면서 중거리미사일 시험발사를 명령했다.

"이것만 개발하면 우리 국방과학자들이 더 이상 할 일이 없다"

이 말은 김정일이 1987년 4월 11일 국방과학원 현지에서 한 발언이다. 그날 김정일은 중거리로켓의 지상연동실험이 성공했다는 보고를 받자마자 오진우 등을 대동하고 나와서는 계속 전진을 운운하면서 소위 위성개발을 지시했다. 그때 김정일이 한 발언은 다음과 같다.

"우리도 이제는 위성을 개발할 때가 되었다. 위성만 개발하면 정말 무서울 것이 없게 된다. 미국 놈들도 꼼짝 못하게 만들 수 있다. 수령님 대에 조국을 통일하자면 미국본토를 때릴 수 있는 능력을 가져야 한다. 그래야 마음 놓고 조국통일 대사변(대남무력적화통일)을 주동적으로 맞이할 수 있다.

위성개발을 어렵게 생각하지 말라. 동무들이 지금까지 연구개발한 로켓들을 1, 2, 3 순서로 이어놓으면 그게 바로 위성이다. 위성만 개발하면 우리나라 국방과학자들이 더 이상 할 일이 없다. 그러니 죽으나 사나 이것을 개발해야 한다.”

이 글을 쓰면서 돌이켜 보니 김일성족속은, 핵과 관련해서도 단거리로켓과 관련해서도 중거리로켓과 관련해서도 위성과 관련해서도 포 무기자행자동화와 관련해서도 어김없이 ‘죽으나 사나’라는 사활적 용어를 써가면서 그 실현을 촉구해왔다. 그 정도로 김일성족속은 대남무력적화 통일야망이 실현되지 못하면, 저들 족속의 공산왕조체제가 존속할 수 없다는 것을 명백하게 알고 있었던 것이다.

북한은 1987년 5월부터 소위 ‘위성개발’에 들어갔는데 그때는 이미 북한의 경제위기가 국방과학원에까지 큰 타격을 주기 시작한 시기여서, 개발에 동원된 관련 과학자, 기술자들이 ‘자력갱생-간고분투’ 하느라고 정말로 고생을 많이 했다. 그 결과 김정일이 “지금까지 개발한 1, 2, 3을 이어놓으면 된다.”고 쉬이 말했던 위성개발은 그때로부터 꼭 10년이 지난 1997년 8월에야 시험발사를 하게 되었다.

“반미 국가와 단체, 분쟁지역에 다 뚫고 들어가서
무기를 팔라”

이 발언 내용은 김정일이 1982년 9월과 1993년 3월에 당중앙위원회 군수공업부 99호 관련 책임일꾼들에게 한 말이다.

1982년 9월 김정일은 이런 내용의 지시를 했다.

"군수공업부문에서 생산되는 무기들을 반미 국가와 반미 무장 단체들에 내다 팔아서 그들의 투쟁을 지원하며, 그로부터 벌어들이는 외화로 군수생산도 정상화하고 새로운 무기도 개발하고 우리에게 필요한 현대적 무기들도 사들여 와야 한다."

김정일은 1993년 3월에는 박성봉 등 99호 관계자들에게 다음과 같이 지시했다.

"반미 국가와 단체는 물론 종교분쟁, 지역분쟁이 벌어지는 모든 지역들에 다 뚫고 들어가서 무기를 팔아 외화를 벌어들이시오."

김일성족속의 무기밀매지령을 집행하는 전담부서는 당중앙위원회 군수공업부 99호실이다. 그리고 북한이 2007년 3월 제6차 6자회담에 나와서 "동결된 외화를 풀어주지 않으면 2.13합의 사항을 이행할 수 없다."고 생억지를 쓸 때 거론되었던 방콕델타아시아은행은 김일성족속의 무기밀매 입출금 창구의 하나였다.

몇 년 전에 나는 외부의 의뢰로, 동남아 어느 특정국가 경찰이 나포한 반군 선박에서 회수한 북한산 각종 휴대무기들을 찍은 사진을 분석해 준 일이 있었다. 그 나라는 동남아에서 별로 크지도 않고 아주 평화롭고 조용한 나라였다. 공산국가 북한이 그런 나라의 소규모 반군에까지도 불법으로 무기를 밀매했으니 국제사회로부터 점점 더 고립되는 것은 응당한 귀결이 아닌가.

9장

김일성의 말년 스토리
몇 가지

이 제목의 글을 준비하면서 나는, 당시 당중앙위원회 자료연구실 부실장 직책에서 공식적으로 전달받거나 접했던 김일성의 말년 언행들과 사료들을 곰곰이 되새겨보았다. 그런 와중에 직감적으로 든 생각은 이미 죽음의 신이 그의 곁에 와 있어서, 아니면 뿌린 대로 거두는 천기(天機)가 그를 지배해서 팔십 고령의 김일성을 매사에 서두르게 만들지 않았나 하는 것이었다. 그 정도로 김일성은 말년에 수십 년을 외면했거나 잊고 지낸 연고자들, 평생 잊지 못하는 연고자들의 흔적을 서둘러 찾아다니면서 회고했고, 자신이 세운 공산왕조에 대한 깊은 불안을 나타내는 이례적 훈계도 여러 번 했었다.

김일성이 "생각할 때마다 분이 풀리지 않는다"며 욕을 해온 최용건에 대해 회고록에 좋게 쓰고, "요즘 들어 김책과 안길(김일성의 빨치산전우) 등 빨치산전우들이 더 그리워진다"는 말을 자주 외운 것도 말년의 일이다. 그 중 대표적 사료들을 이야기한다.

무정은 종파가 아니다

아래에 노동당 당 역사연구소가 1994년 10월에 정리한 관련 사료의 내용을 기술한다.

김일성은 1994년 3월 ○일 평양 만수대언덕에 있는 조선혁명박물관을 수십 년 만에 참관했다. 그날 김일성은 "조국해방전쟁관부터 가보자"며 앞장서서 그곳으로 갔다. 마치 누군가를 찾는 듯이, 전시관 벽면에 주런이 걸려 있는 6.25전쟁 관련 인물들의 사진을 하나하나 유심히 살펴보며 나가던 김일성은 마지막 사진에서 걸음을 멈추고 동행한 당 역사연구소 일꾼을 향해 대뜸 이렇게 물었다.

"무정이 어디에 있는가? 왜 여기에 무정의 사진이 없는가?"

그 물음에 해당 일꾼이 서둘러 대답했다.

"무정은 종파분자로 책벌을 받은 사람이기 때문에 이곳에 사진을 올릴 수 없었습니다."

그러자 김일성은 "무슨 소리를 하느냐? 무정은 종파가 아니야."라고 말하면서 다음과 같이 교시했다.

"며칠 전 꿈에서 무정을 봤다. 그래선지 요새 그가 너무 생각나고 보고 싶어져서 오늘 여기를 찾아왔다. 내가 무정을 처음 만난 것은 1946년 1월 초였다. 그때 그는 중국공산당 지도자들이 극구 만류했는데도, 해방된 조국에 나가서 김장군을 받들어 조국건설에 이바지해야겠다며 귀국길에 올랐다.

나는 무정이 가족과 함께 조국으로 오고 있다는 연락을 받고 우리 집 곁에 그의 살림집을 마련해 놨다. 그리고 무정이 평양에 도착하는 날 김정숙을 보내서 이사하는 것을 도와주게 했다. 그날 나는 퇴근하자마자 무정의 집을 방문했다. 그는 귀국하면서 부인과 어린 두 자녀를 데리고 왔다. 그때 그가 자기부인을 소개하며 이름이 리정숙이라고 해서 그 말을 들은 내가, 우리 집사람의 이름도 정숙인데 원래 정숙이란 이름을 가진 여자들이 똑똑한 것 같다는 농담을 해서 서로 웃었던 기억이 난다.

무정은 인민군 창건과 우리나라 포병무력건설에서 큰 공적을 세웠다. 그는 조국해방전쟁 시기에 독단주의, 관료주의 과오를 범하기는 했지만 종파행위는 하지 않았다. 무정은 종파가 아니다.

무정은 젊어서부터 고생을 많이 해서인지 귀국할 때에도 건강상태가 좋지 않았다. 내가 조국해방전쟁 1단계를 총화하면서 그를 해임한 것은, 물론 과오도 있었지만 그보다는 휴식을 줘서 치료를 받도록 하기 위한데 더 큰 목적이 있었다. 그래서 나는 그가 정확한 진단도 받아보고 조용한 곳에서 치료도 받게 하기 위해 그들 부부를 중국에 들여보냈는데, 거기서 그는 말기위암진단을 받았다. 무정은 이왕 죽을 바에는 조국에 가서 치료받다가 김장군 곁에서 죽겠다면서 부인과 함께 귀국길에 올라 압록강을 건너서 조국에 들어서자마자 사망했다. 그래서 내가 운구에 필요한 사람들을 보내서 그를 평양까지 옮겨다가 장례를 치러줬다.

그런데 사람들이 그 역사를 잘 알지도 못하면서 무정을 종파로 몰아간 것 같다.

요즘 들어 옛날 동지들 생각이 많이 나는데, 그 중에서도 김책과 무정이 제일 생각난다. 무정의 처가 사망했다는 소식은 몇 년 전에 조직비서(김정일)를 통해서 들었다. 그 자식들이 평양 어딘가에서 살고 있겠는데, 잘 돌봐주도록 하라……."

위의 내용이 비록 김일성중심으로 정리된 사료이긴 하지만, 무정의 일생을 단편적으로나마 엿볼 수 있는 사료도 될 수 있기에 기술했다.

사실 북한주민들은 김무정이라고 하면 누군지 모른다. 그저, 무정이라고 불러야만 알아듣는다. 그래서 나는 이 글에서 그의 성을 쓰지 않으려고 한다.

무정에게는 두 자녀가 있는데, 모두 나와 거의 같은 시기에 김일성종합대학을 다녔다. 무정의 아들 이름은 김원덕이다. 나는 그를 종합대학 경제학부 정치경제학과에서 공부할 때 알게 되었다. 그는 유난히도 머리가 커서 어딜 가나 눈에 띄었다. 그는 성격이 진중하고 꼼꼼하고 차분해서 소문 없이 공부를 잘했다. 종합대학 졸업 후 그는 군 분야 비공개출판사 기자로 배치되었는데, 내가 정치망명할 때에는 그곳의 부장 직책에서 일했다. 무정의 딸은 종합대학 화학부를 졸업하고 오랫동안 평양학생소년궁전 교원으로 일했었다.

김원덕은 1970년대 초에 평양방직공장 여공과 결혼한 뒤 어머니를 모시고 만수대예술극장 근처의 단독주택에서 80년대 말까지 살았다. 그에게도 역시 아들 하나 딸 하나 있었는데 아들 이름은 김은덕이고 딸 이름은 김은혜였다. 그가 자식들의 이름을 그렇게 붙인 것을 보면, 김일성족속이 저들을 어떻게 대했든 간에 그 나름대로는 부친 무정과 김일성의 관계에 대한 의리만은 깊이 간직하고 있었던 것 같다.

1993년 말경 평양거리에서 우연히 김원덕을 만났었는데, 그때 그 묵직한 사람이 눈물을 내비치며 내게 했던 말이 지금도 잊혀지지 않는다.

"아들이 작년에 군대에 입대하여 특수기갑부대에서 복무하다가 영양실조에 걸려 지금 집에 와 있는데, 뭐라도 먹일 게 있어야 영양보충을 시켜주지……."

나는 김원덕과의 깊은 인연으로 인해서 1960년대 중반부터 무정의 개인사를 잘 알고 있었다. 한국에 와서 찾아보니 김무정이란 이름만 있을 뿐 그 가정사에 대한 자료는 전혀 없어서 아는 바를 그대로 적어본다.

무정은 16세 되던 해에 서울에 공부하러 간다면서 집을 뛰쳐나갔는데, 그때 이미 조혼으로 낳은 딸이 있었다. 그 딸은 1990년대 초까지도 함경북도 종성에서 살고 있었는데, 김원덕은 그 누이가 걸음마도 떼기 전에 아버지와 헤어진 뒤로는 한 번도 그 얼굴을 보지 못했다면서 늘 측은해했다.

무정은 1930년대 연안에서, 당시 중국공산당 핵심간부 중 한 사람의 누이동생과 또 결혼해서 아들 하나를 낳았다. 무정과 그 시기를 함께 했던 중국 연고자들은 그 중국공산당 핵심간부가 주덕이라고들 말했지만, 김원덕은 그에 대해 한 번도 말한 적이 없었다. 그 배다른 형님이, 직책이 뭐였는지는 모르겠지만 북-중 관계가 아주 나빴던 60년대 중반에 중국정부를 거쳐서 공식적으로 북한정부에 이복동생들을 중국으로 데려가겠다고 통보해 오는 바람에, 한때 무정의 자녀는 노동당과 보위부의 곱지 않은 눈초리와 감시를 받으며 사느라고 마음고생을 어지간히 했었다.

그 문제 때문에 김원덕은 노동당에 입당하는 것도, 북-중 관계가 풀린 뒤인 1975년경 김정일에게까지 제의서가 올라가서 그로부터 다음과 같은 지시를 받고서야 겨우 노동당에 입당하게 되었다.

"검토해 보고 아직까지 사상동향에 별 문제가 없으면 입당시키시오."

무정의 셋째 아내이고 김원덕의 어머니인 리정숙은 중국공산당 본거지였던 연안에서 활동한 몇 안 되는 조선족 여성들 중 한 사람이었다. 키가 크고 피부가 희고 고와서 조선족 미인이라고도 불리었던 리정숙은 모택동의 처 강청과 같은 문공단에서 활동했었다. 한때 리정숙은 김일성의 배려로 항일빨치산 출신 할머니들인 김명화, 김철호, 장철구, 왕옥환 등과 함께 평양만수대예술극장 근처의 단독주택단지에서 살았지만, 1989년 김정일의 지시에 따라 선교구역에 새로 지어진 아파트로 이주해서 살았다.

무정의 아내 리정숙은 1991년경 유달리 추웠던 겨울날에 사망했다. 그때 문상 갔던 사람에게서 듣자니 "육류 한 점도 없이 조문객들을 맞고 있더라." 해서, 그날 밤으로 돼지고기 2~3킬로와 술 몇 병을 구해서 보내줬었다. 리정숙은 평양시 용성구역 마람 방향의 어느 야산에 외로이 있던 무정의 묘소에 함께 안장되었다.

김일성이 1994년 3월 "무정은 종파가 아니다."라는 교시를 해서 무정이 사후에도 계속 쓰고 있었던 종파분자 혐의를 벗겨주고 명예회복을 시켜줬음에도 불구하고, 그 자녀들의 신분에는 별 변화가 없었다. 무정의 명예회복 이후 그의 아들딸이 특별히 받은 것이 있다면 당 역사연구소 유자녀담당부서를 통해 하사된 '김정일 선물 양복지' 2벌이 고작이었다. 그리고 내가 1997년 대한민국에 정치망명할 때까지도, 북-중 두 나라에서 격동의 시대를 두드러지게 살아온 전설의 포(砲) 장군 무정은 '신미리 열사능'에도 가지 못하고 종전 그대로 평양 용성구역 마람 방향의 이름 모를 야산에 아내와 함께 묻혀 있었다.

나름 스케일이 큰 독재자였던 김일성에게는 무정이 말년에 가까이 다가갈수록 필연코 되짚게 되는 미안스럽고 아픈 인연이었을 수 있었지만, 세습독재자 김정일에게 있어서 무정은 김일성족속에 봉사한 수많은 가병(家兵)들 중 한 사람이었을 뿐이다.

현무광은 일제 때 평천리 병기수리소 기술자였다

김일성은 급사하기 70여 일 전인 1994년 4월 27일, 생애 마지막으로 평안남도 강동군에 위치한 제2경제위원회 정무원을 현지시찰했다. 김일성은 그날 제2경제위원회 사적관을 참관하면서 오랜 기간 군수부문에서 일한 일꾼들에 대해 깊은 감회를 가지고 회고했으며, 제2경제 정무원 당 및 행정 일꾼 협의회 때에는 군수생산을 깊이 우려하는 훈계도 많이 했다. 그 몇 가지를 여기에 적는다.

노동당 당 역사연구소에서 정리한 1994년 4월 27일 김일성의 현무광 회고교시 내용은 다음과 같다.

8.15해방 직후 나는 미군의 남조선진주로 인해 급변하는 정세에 대처해서, '미군이 남조선에 자리를 잡기 전에 빨리 몰아내기 위해서는 병기생산기지부터 꾸려야겠다.'고 결심하고 당도 창건하기 전인 1945년 10월 1일 일본 놈들이 파괴하고 달아난 평양 평천리의 일본군 병기수리소부터 찾아갔었다.

그때 현지에 도착하니 그곳에서 일했던 노동자들은 다 달아나고 텅 빈 공장에 웬 젊은 양복쟁이 한 사람만이 남아 있었다. 그래서 그를 불러서 물었다.

"당신은 누군데, 다른 사람은 다 달아났는데도 혼자 여기에 있는가?"

내 물음에 그는 이렇게 대답했다.

"나는 여기서 기술자로 일하던 사람입니다. 조선인으로서는 유일한 기술자였습니다. 그래서 여기 노동자들이 친일파로 몰려서 잡혀갈까 봐 다들 달아날 때 나도 달아났습니다. 그런데 일본 놈들이 미처 가져가지 못한 기계들을 이번에는 소련군대가 떼어가려 한다는 소문을 듣고 내라도 공장을 지켜야겠다는 생각이 들어서 되돌아왔습니다."

나는 그 말을 듣고 탄복해서 "오늘부터 당신이 이 공장 책임자이다."고 말해줬는데 그 사람이 바로 현무광이었다.

현무광은 그때 참 일을 많이 했다. 일본 놈들이 미처 가져가지 못하고 남포앞바다에 버리고 달아난 기계들을 일일이 건져내서 공장을 복구했고, 비록 소련에서 핵심부품을 들여다가 조립하긴 했지만 첫 기관단총도 만들어냈다. 나는 현무광이 처음 조립한 기관단총 6정으로 1948년 12월 12일에 시험 사격을 하고 강건과 안길

등에게 한 정씩 선물로 주었다. 내가 12월 12일을 군수공업절로 정한 것도, 군수부문 노동계급이 자체 조립한 첫 기관단총을 시험 사격했던 그날을 잊지 않도록 하기 위해서였다.

현무광은 1950년 초에는 일부 핵심부품을 제외한 박격포 부품들까지도 자체로 생산해서 박격포를 조립해냈다. 그리고 조국해방전쟁(6.25)의 일시적 후퇴가 시작된 1950년 10월에는 내 명령을 받고 핵심노동자들과 함께 이미 적구(敵區)가 되어 버린 평안남도 성천군 군자리의 어느 낡은 갱도에 숨어 들어가서 기관단총 150정을 조립해 적후부대들에 보내줬다. 현무광은 일시적 후퇴가 끝난 뒤에는, 전쟁 전 기간 내각의 군수부서를 책임지고 전선에 필요한 군수물자를 제때에 보장하기 위해 참으로 고생을 많이 했었다. 전후에도 현무광은 노동당 중공업부장으로서 우리당의 자립적 국방공업건설노선과 당의 군사제일주의 방침을 관철하기 위해 많은 일을 했다.

현무광이 해방 직후에 지키고 키워낸 평천리 병기수리소가 지금의 강계26호 종합공장이다. 이 공장은 우리나라 군수공업의 산 역사이고 모든 군수공장들의 모체이다. 크고 작은 많은 군수공장들이 여기서 분가해 나갔다.

그래서 현무광을 떼어놓고는 우리나라 군수공업 역사를 생각할 수 없다고 해도 과언이 아닐 것이다. 내가 현무광을 잊지 못하는 것은 이 때문이다.

사실 당중앙위원회의 많은 일꾼들은, 김일성이 1994년 4월 27일 현무광에 대해서 한 회고교시를 전달받기 전까지는 그의 경력과 업적에 대해 거의가 전혀 알지 못했었다. 나도 마찬가지였다. 그 정도로 현무광은 오랫동안 당중앙위원회에서 아주 조용하게 처신하며 사업한 책임간부였다.

현무광은 김일성족속에게 평생 충정을 바친 경력과 그림자처럼 조용한 성품 때문에 1992년 3월 80세 고령으로 사망하기 전까지도 당중앙위원회 검열위원회 위원장 직책에 있었다. 북한 당중앙위원회 검열위원회 위원장 직책은 비록 실권도 할 일도 별로 없는 직책이지만 당중앙위원회 부장들보다도 높은 급의 대우를 받는 자리로서, 오랫동안 김일성족속에게 충성해온 책임일꾼들만이 노후에 김일성족속의 배려로 갈 수 있는 자리이다.

현무광은 1992년 3월에 사망했다. 하지만 김일성족속이 어떤 연고의 사람을 제일 중요한 요직에 등용해 썼는가, 어떤 성품의 사람이 공산왕조체제의 최고기득권에서 장수했는가, 북한의 3대 세습지도자 김정은에게는 현무광 같은 측근이 있는가 등을 분석해볼 수도 있기에 그 당시 내가 공식적으로 전달받았던 김일성의 현무광 회고교시 내용을 상세히 적어봤다.

전병호는 나와 김정숙이 키운 사람

노동당 당 역사연구소가 정리한 1994년 4월 27일 김일성이 생애 마지막으로 제2경제위원회를 시찰할 당시에 한 전병호 관련 회고교시 내용은 다음과 같다.

1945년 9월 말 나는, 안길에게 "우리혁명의 핵심들을 호위해야 하니 평안도 보안부에 나가서 중학교를 졸업한 똑똑한 젊은이들을 선발하여 경위분대를 꾸리라."는 과업을 주었다. 그래서 안길이 안주중학교를 졸업하고 평안도 보안부에 들어가 있던 10대 6명을 뽑아왔는데 그 중 한 사람이 전병호였다.

우리는 강상호를 책임자로 해서 그들로 우리나라 첫 경위분대를 조직했다. 전병호는 그 중에서 가장 키가 작고 나이도 제일 어렸지만 그때 벌써 장가를 갔는데, 그걸 숨기고 경위분대에 들어왔다. 그 사실이 1946년 5월경 전병호의 아버지가 떡 함지를 머리에 인 며느리를 앞세우고 나타나는 바람에 들통이 났다.

그래서 그를 불러다가 사연을 물어봤다.

"왜 장가간 사실을 숨겼느냐?"

"사실대로 말하면 경위대에 받아주지 않을 것 같아서 그랬습니다."

전병호는 그 대답을 하면서 코까지 훌쩍거리며 서럽게 울었는데, 그 모습이 꼭 어린애 같아서 모두가 크게 웃었다.

김정숙은 전병호를 볼 때마다 키가 유달리 작은 것이 안쓰러웠는지 늘 밥깡치(누룽지)를 곱게 빚어놨다가는 "키가 크려면 뭐든지 많이 먹어야 한다"면서 그의 손에 쥐어줬다. 그때는 그게 최고의 간식이었다.

전병호는 1946년 초가을, 소련에 공부하러 가는 우리나라 첫 유학생들이 떠나기에 앞서서 강습을 받기 위해 대열지어 노래 부르면서 정부청사 앞으로 지나다니는 모습을 보고는 그것이 부러웠는지 김정숙을 찾아가서 자기도 유학을 가고 싶다고 했다. 그래서 김정숙이 유학을 가서 무엇을 배우고 싶은가라고 물었더니 "농사 짓는 법을 배우고 싶습니다"고 대답했다는 것이다. 그 말을 들은 나는 그를 불러서 이렇게 말해줬다.

"농사는 우리 조선 사람들이 더 잘 짓는다. 유학을 보내주겠으니 가서 쇳물 녹이는 법을 배워오라. 그래서 장차 우리 손으로 대포도 포탄도 만들어 내야 한다."

나는 그해 가을에 그를 소련 우랄공대에 유학을 보냈다. 김정숙은 전병호가 소련으로 떠날 때, 유학생활에 필요한 것들을 직접 챙겨줬다. 전병호는 1952년에 유학을 마치고 돌아왔는데 나는 직접 그를 강계에 있는 군수공장 포탄직장 공정기사로 배치했다. 그는 거기서 내 기대를 잊지 않고 전쟁승리를 위해 참 많은 일을 했다.

특히 전병호는 1953년 초에 내가 "한번만이라도 포탄을 마음껏 쏴봤으면 죽어도 한이 없겠다."는 전선용사들의 편지를 받고 온밤 차를 달려 찾아가서 포탄 생산을 두 배로 늘일 수 없겠는가라고 호소했을 때, 공장의 지배인도 소련고문들도 다 할 수 없다고 반대했지만 한성룡과 함께 노동자들을 선동해서 포탄을 두 배가 아니라 3.5배 이상 생산해서 전선에 보내줬다.

돌이켜 보면 전병호처럼 나와 김정숙이 직접 키운 사람들은 기대를 저버린 적이 없었다. 조직비서(김정일)도 김정숙이 키운 사람이라고 그를 각별히 챙기는 것 같다. 언젠가 조직비서에게 "전병호는 술을 좀 하는가?"고 물은 적이 있는데 "술은 입에 대지도 못합니다. 그런데 줄담배를 피워서 걱정입니다."라고 말하는 것을 들고 그가 전병호를 잘 챙기고 있는 것 같아서 마음을 놨다.

돌이켜 보면 김일성은 오래전부터 전병호를 입에 올릴 때마다 늘 '나와 김정숙이 키운 사람'이라고 나름 애정을 가지고 말해왔었다. 그러나 그 아들 김정일은 전병호를 들먹일 때마다 항상 '내가 어릴 때 우리 집에서 보초를 서던 사람'이라고 하대하듯 말해왔다. 손때 묻혀 가면서 인적자산을 키운 시조독재자와 불로소득으로 그것들을 세습받은 독재자 간의 차이를 새삼 느끼게 하는 사례가 아닐 수 없다.

전병호도 역시 2014년 7월에 사망했다. 그럼에도 불구하고 내가 김일성의 1994년 4월 27일 전병호 회고교시 내용을 여기에 서술한 이유 역시, 북한공산왕조의 3대 세습지도자 김정은에게도 김일성과 전병호, 김정일과 전병호의 것과 같은 인맥이 있는가 하는 것을 고찰하는 것도 그 체제 앞날을 예측하는데 큰 도움이 될 수 있기 때문이다. 왜냐하면 북한과 같은 비상식적이고 비정상적인 공산왕조를 지탱하자면 손때를 묻혀가며 직접 키운 측근들을 많이 거느리고 있어야 하기 때문이다. 그런 의미에서 볼 때, 김일성에게는 사람 복이 있었는데 김정은에게는 그 복이 별로 보이지 않는다.

군수공장이 다 멎어도 탄 공장만은 돌려야 한다

김일성은 1994년 4월 27일 제2경제위원회 사적관을 참관한 뒤, 오후에 군수생산실태를 요해하고 대책하기 위한 책임일꾼 협의회를 조직했었다. 오전 내내 군수부문의 충신들을 회고하면서 한껏 들떠 있었던 김일성의 기분이 그 협의회에서 급격히 가라앉았다.

사실 김일성은 그때까지만 해도, 인민경제와 인민생활은 어려움을 겪고 있어도 1970년대 중반에 이미 제국주의봉쇄 등 앞날을 예견해서 분리-투자-관리해 오고 있는 군수부문만은 어느 정도 가동되고 있는 줄로 알고 있었던 것 같다.

그런데 협의회에서 제기된 것은, 거의 모든 군수공장이 이미 80년대 말부터 10~12%선에서 겨우 가동되고 있으며 특히 김일성이 "하늘이 무너지는 한이 있어도 하루 24시간 정상 가동시키라"고 시종 훈계해온 탄 공장들조차도 1991년부터는 하루 1교대도 겨우 돌리고 있으니 시급한 대책이 필요하다는 것이었다.

김일성의 충격과 불안은 이만저만이 아니었다. 하지만 군수경제가 그 지경이 된 사유를 일일이 들어보니 핵심원료 수입의 급격한 감소, 제반 생산설비의 심각한 노후, 극심한 전력난, 군수공장 노동자들에 대한 식량배급 미지급 등 모두가 특정 관계기관이나 일개 책임일꾼을 비판하고 비틀어 짜서 해결될 문제들이 전혀 아니었다. 하여 협의회가 끝나갈 즈음에는 김일성의 불안과 노여움이 거의 하소연으로 바뀌었다. 그때 그가 쏟아낸 교시의 내용은 이랬다.

"우리는 지금까지 인민들을 배불리 먹이지도 못하고 인민경제 발전에 지장을 받으면서도 사회주의전취물을 수호하고 조국통일 임무를 완수해야 했기에 자립적 군수공업건설에 나라의 인적, 물적, 재정적 자원을 아끼지 않고 최우선적으로 돌려왔다. 그렇게 해서 이제는 일단 유사시 전체 인민을 무장시킬 수 있는 총도 충분히 장만해 놨고, 고사무기를 포함한 각종 포 무기들도 충분히 보유하게 되었고 탱크와 군함, 잠수함까지도 마음먹은 대로 생산할 수 있게 되었다.

그렇지만 그 모든 것들은 탄이 없으면 아무 소용이 없게 된다. 그래서 나는 군수부문을 현지 지도할 때마다 탄 공장만은 한 번도 빼놓지 않고 찾아가서 '전시에 탄알이 없으면 총이 부지깽이만도 못하게 된다. 부지깽이로는 적을 때리기라도 할 수 있지만 총은 그렇게도 하지 못한다. 그러니까 탄 공장만은 하루 3교대로 쉼 없이 돌려야 한다.'고 늘 간곡하게 당부하고는 했다. 언젠가 조직비서(김정일)가 현대전쟁은 알(탄알, 포알 등을 이르는 말)전쟁이고, 탄전쟁이라고 한 것도 그 때문이다. 탄 생산을 정상화하지 못하면 조국통일은 고사하고 사회주의제도도 지켜 낼 수 없게 된다.

때문에 지금부터는 탄 생산 정상화가 곧 전쟁준비이다. 전쟁준비에 대해 동무들이 힘들게 생각하고 있는 것 같은데, 그거 별것 아니다. 동서해안선과 군사분계선 일대에 갱도를 많이 뚫어놓고 그 안에 총과 탄알과 강냉이떡(옥수수)이라도 많이 쌓아둬서, 적들이 폭격과 포격을 할 때에는 갱도에 들어가서 노래를 부르며 휴식하다가 적들이 상륙할 때에는 나와서 싸우고 해서 우리 영토에 발을 붙이지 못하게 만들면 그게 바로 전쟁준비이다. 그렇게만 하면 우리는 얼마든지 이길 수 있다. 그러니까 군수공장이 다 멈춰서더라도 탄 공장만은 어떻게든 만부하로 돌려야 한다."

불과 5년 전인 1990년 가을에 열렸던 '전국 군수공업부문 열성자대회'에서 김일성은 전쟁준비에 대해 이같이 역설했었다.

"관련 포 무기들을 자행자동화해서 일단 유사시 남진하는 인민군유생역량을 적들의 공습으로부터 보호할 수 있게 되어야 전쟁준비를 완성했다고 말할 수 있다. 그러니 죽으나 사나 그것을 빨리 실현시켜라.”

하지만 1994년 4월 27일에 한 김일성의 전쟁준비 주문은 1990년의 그것과는 너무나도 상반되는 것이었다. 북한군과 군수부문에 한해서는 공개-비공개 회의, 현지시찰 때마다 늘 “나는 평생을 맞받아나가는 전술로 싸워서 이겼다. 그렇기 때문에 조국통일 대사변도 주동적으로 맞이해야 한다.”고 호언했던 김일성의 입에서 처음으로 ‘우리영토에 발을 못 붙이게 하면 그게 전쟁준비’라는 아주 퇴색적인 교시가 나왔기 때문이다.

김일성은 그때 처음으로 조국통일 성전은 고사하고, 도리어 그 자신이 대대손손을 꿈꾸며 세운 공산세습왕조의 존립까지도 장담할 수 없게 될 수 있다는 살 떨리는 위구심을 느꼈던 것 같다.

그러나 김일성족속만 몰랐을 뿐, 이미 1990년대 초중반부터 북한 주민사회에서는 언젠가 김일성이 한 “상점에 칫솔과 치약도 없다는 데, 그래 가지고서는 전쟁을 못한다.”는 교시를 빗대고 “식량배급도 못줘서 굶어 죽게 생긴 판국에 전쟁은 무슨 놈의 전쟁……지금 전쟁 나면 우린 무조건 진다.”는 패배주의 정서가 만연하기 시작했다. 동시에 김일성족속에 대한 불신과 증오가 핵심계층만이 거주할 수 있는 평양시 중심구역에서까지 생겨나기 시작했는데 그와 관련된 당시 사건 하나를 여기에 서술한다.

1994년 5월 평양시 중심구역 주민들이 당국의 ‘모내기 총동원’ 지령에 따라 아침마다 주변 농촌으로 노력동원 나갈 때, 평양 역포구역 방향에서 김일성족속의 간담을 써늘하게 만드는 초비상 사건이 발생했다.

낮과 밤의 기온 차가 워낙 큰 봄날 이른 아침에, 중심구역의 노력동원인력을 주변 농촌으로 실어 나르던 어느 대형버스의(먼지 위에 이슬이 뽀얗게 서린) 뒷면 유리창 전면에 누군가가 "김일성 죽어라!"라는 글귀를 굵직하게 써놨던 때문이다. 그 글귀는 해가 중천에 뜬 뒤에야 글씨를 쓴 부위에만 유달리 깨끗했기 때문에 발견되었는데 그 보고를 받은 김정일은 그 해가 다 가도록 당, 국가보위부, 사회안전부에 범인을 색출하라고 닦달질했지만 종래 잡아내지 못했다.

그런 속에서 김일성의 급사일인 1994년 7월 8일이 다가오고 있었다.

김일성이 생애 마지막으로 제2경제위원회에 준 탄공장만부하교시는 그가 사망한 후 김일성유훈교시가 되었지만, 어느 탄공장도 그것을 제대로 관철하지 못했다. 결과 1990년대에 군복무를 했던 북한군 절대다수가 10년 이상이나 되는 복무기간에 실탄사격훈련을 한 번도 못해 보고 제대되었고, 그런 사태는 2000년대 초까지도 계속되었다고 한다.

김일성이 마지막으로 본 인민의 모습

1994년 7월 6일 당중앙위원회 일꾼들에게, 김일성이 며칠 전에 했다는 교시가 전달되었는데, 그 내용은 다음과 같았다.

"어제 북남고위급회담을 준비하다가 머리를 좀 식히려고 차를 타고 향산군 일대를 한 바퀴 쭉 돌아봤는데, 사는 형편들이 말이 아닌 것 같았다. 학생들은 언제 교복을 공급받았는지 보이는 애들마다 다 낡아빠지고 작아진 헌 교복들을 입고 있었고, 신발을 신지 못한 애들도 태반이었다. 어딜 둘러봐도 웃음소리, 노랫소리 하나 없고 지치고 기운 빠진 모습들뿐이었다.

공사를 끝내고 부대로 돌아가는 군인들의 모습은 더 눈이 감겼다. 군모를 쓴 사람과 안 쓴 사람, 윗도리만 입고 아랫도리는 벗은 사람, 아랫도리는 입었는데 윗도리가 없는 사람, 다 꿰진 속옷만 입고 있는 사람, 낡은 신발이라도 신은 사람이 있는가 하면 아예 맨발인 사람……. 그런 형색의 군인들이 길게 늘어져서 삽자루를 질질 끌며 기운 없이 걸어가는데, 꼭 거지 떼 같았다. 그래서 그날 저녁 급히 사람을 보내 요해해 보니, 지금 군인들에게까지 식량공급이 제대로 되지 않아서 그들에게 통 강냉이를 삶아서 먹이고 있다는 것이었다. 나는 산에서 항일빨치산 투쟁을 할 때에도 대원들에게 통 강냉이를 먹인 적이 없었다. 어떻게 해서든지 강낭쌀(옥수수쌀)로 만들어서 강냉이밥이라도 먹였다.

지금 지방 인민들은 식량배급도 제대로 받지 못하고 있다고 한다. 나는 이미 오래전에 쌀은 곧 사회주의라는 구호를 제시했는데, 인민들에게 식량배급도 제대로 주지 못하면 사회주의를 지탱할 수 없게 된다.”

이것이 김일성이 생전에 마지막으로 북한의 당, 군, 정 책임일꾼들에게 한 넋두리였다. 그리고 김일성 급사 후 불과 2~3년 사이에 북한주민 300만 이상이 굶어 죽었고 수십만이 살길을 찾아서 탈북의 길에 올랐다.

아울러 공산세습왕조 → 북한은 국제사회에서 ‘핵을 보유한 빌어먹는 공산국가'로 낙인찍혔다. 김일성이 1990년대 중후반의 아비규환 나라꼴을 보지 않고 죽은 것이 어쩌면 그에게만은 복이었을지도 모르겠다.

10장

김일성 급사 후
약 1년간의 김정일

1994년 7월 8일 김일성급사 후 그 1주기가 될 때까지 김정일은 단 3차례 공개석상에 나타났었다. 인민들은 그가 졸지에 김일성을 잃은 슬픔과 허탈감이 하도 커서 밤낮 그 곁을 지키느라 나타나지 않은 줄로만 꼭 알고 있었는데 실은 그게 아니었다. 김정일은 당중앙위원회 집무실에 틀고 앉아서 북한 전역에서 시시각각 발생하는 김일성애도 관련 긍부정(올바른 것과 그렇지 못한 것)자료들, 김일성추모경쟁 관련 긍부정자료들, 외신보도자료들을 주야에 관계없이 즉시즉시 보고받고 관련 대책을 수립하면서 긴장한 나날들을 보내고 있었다.

1994년 7월 20일, 평양 김일성광장에서 진행된 김일성추도대회 때, 모든 연설자들이 한 사람같이 토로한 '김일성은 곧 김정일이며, 김정일이 있는 곳에 김일성이 살아 있으며, 김일성은 김정일을 통해 영생하고 있다!'는 문구는 그달 14일에 김정일 자신이 직접 고안해서 당중앙위원회 일꾼들에게 하달한 것이었다.

아울러 김정일은 평양시민들의 심야 애도 및 추모 분위기를 자기 눈으로 직접 확인하기 위해 암행어사처럼 수시로 만수대 김일성동상과 평양의 구석구석을 순시했다. 김정일이 1994년 9월의 어느 야밤삼경에 만수대 김일성동상 주변을 돌아보다가 김책공업종합대학 학생들이 동상에 증정할 꽃바구니를 들고 순번을 기다리던 와중에 비가 쏟아지자 웃옷들을 벗어서 그것을 정히 덮고 있는 광경을 목격하고는 "김책공대 학생들의 모습에 감동해서 온밤 잠을 이루지 못했다"고 전체 인민에게 공고한 것도 그때 일이다.

성정이 쪼잔하고 감정기복이 심한 김정일은 그 시기에 주민사회의 감성을 자극하기 위한 언행도 많이 했고, 더불어 죽은 김일성을 욕보이는 언행도 많이 했다. 워낙에 비상시국과도 같은 김일성 국상기간이여서 김정일의 그러한 언행들은 하루도 빠짐없이 당중앙위원회 일꾼들에게 즉시즉시 전달되었었는데, 그 중의 일부를 아래에 소개한다.

김일성의 금고이야기

1994년 7월 16일, 김정일 '말씀'이 당중앙위원회를 시작으로 모든 중앙기관 일꾼들에 전달되었는데, 그 내용은 이러했다.

어제 주석궁에 가서 김일성의 유품들을 정리했다. 유품들 중에는 김일성이 오랫동안 사용하던 낡은 금고도 있었는데 열어보니 그 속에는 김일성과 김책이 함께 찍은 색이 바랜 흑색사진 한 장만이 보관되어 있었다. 그것을 보면서 눈물이 쏟아지는 걸 겨우 참았다. 김일성은 김책을 회고할 때마다, 늘 내게 이렇게 말했다.

"생사를 함께 할 수 있는 동지 두 사람만 있으면 국가 하나쯤

세우는 건 아무것도 아니다. 그런 면에서 볼 때 내게는 사람 복이 있지만, 조직비서에게는 사람 복이 없는 것 같다."

김일성은 우리 당과 국가의 창시자이고 최고영도자임에도 불구하고 지금까지 얼마나 청렴결백하게 살아왔는지, 금고에는 금덩어리나 돈 같은 것이 전혀 없었다. 다른 나라 지도자들은 자손들에게 재물이라도 남기기 위해 금과 돈을 잔뜩 모아놓고 죽는다는데, 김일성은 전혀 그렇게 하지 않았다.

김일성은 항일빨치산 시절에는 한 홉의 미숫가루라도 대원들과 나눠먹고 풍찬노숙을 같이 했다. 그리고 해방 후에는 인민이 조밥을 먹을 때에는 우리도 조밥을 먹어야 한다며 늘 잡곡밥을 먹었으며, 인민이 이밥을 먹을 때에도 빨치산 때 산에서 먹던 언 감자떡이 생각난다며 늘 소박하고 검소하게 먹었다. 인민이 김일성을 잃은 충격과 슬픔에서 벗어나지 못하고 날이 갈수록 더 그리워하고 있는 것은 김일성이 생애 마지막 순간까지 오로지 조국과 인민만을 생각하면서 자신을 전혀 돌보지 않았고, 평생 검소하게 살아왔기 때문이다. 동무들은 김일성의 품성과 덕성을 세월이 갈수록 더욱더 가슴 깊이 새기고 그의 유훈을 받들어 주체위업을 끝까지 완수해 나가야 한다.

그러나 기득권으로부터 출발해서 전체 주민사회의 감성을 자극하려던 김정일의 의도는 크게 빗나갔다. 김일성 금고이야기를 전달받은 기득권부터가 암암리에 이구동성으로 다음과 같이 비난했기 때문이다.

"아니, 온 나라가 수령님의 것이었는데…… 수령님께서 금덩어리와 돈을 모아둬선 뭘 하겠는가?"

그런 분위기를 감지한 김정일은 김일성 금고이야기를 전체 인민에게는 물론 전 세계에까지 선전하려던 계획을 즉각 중지시켰다. 김정일은 북한 주민사회가 밤낮으로 김일성을 애도하고 추모하는 근저에는 노동당이 주도하는 그 분위기에 적극적으로 동참하지 않으면 생존권은 물론 생명권까지도 침해당할 수 있다는 깊은 공포심이 더 크게 자리 잡고 있음을 나날이 분명하게 알게 되었다.

김정일이 1997년에 "앞으로 1천만이 더 굶어 죽더라도 당과 군대만 있으면 우리 식 사회주의를 지킬 수 있다."고 서슴없이 폭언한 것도 그때의 주민정서에 대한 보복심리가 일정부분 작용했으리라 생각된다.

내게서 어떤 변화도 기대하지 말라

1994년 8월 14일 김정일의 아래와 같은 '말씀'이 당중앙위원회 일꾼들에게 전달되었다.

"지금 우리의 주변국들은 물론이고 서방에서까지도 나를 두고 김일성을 답습할 것인가, 개혁개방 정책노선을 공표할 것인가, 총비서나 국가주석의 자리에는 언제 오르겠는가, 사상이 노란색인가 아니면 빨간색인가 등에 대해 굉장히 관심들이 많다고 한다. 이와 관련해서 내가 오늘 동무들에게 명백하게 선포할 것이 있다.

조선민주주의인민공화국 국가주석은 어제도, 오늘도, 내일도 오직 김일성 한 사람뿐이다. 김일성은 사회주의조선의 시조이고,

공화국의 영원한 국가주석이다. 그리고 나는 뼛속까지 빨간색이다. 나는 김일성이 백두산에서부터 개척해온 주체위업을 끝까지 고수하고 완수해 나갈 것이다. 그러니까 내게서 어떤 변화도 기대하지 말라.

동무들은 나의 이 의지를 대내외에 분명하게 알려줘야 한다."

하지만 김정일이 그렇게 '공포' 했음에도 불구하고, 북한의 기득권과 엘리트계층에서는 비록 반신반의이기는 하지만 그에 대해 다소 기대를 가지고 있었다.

'김일성보다 30년 후에 출생했으니, 그보다는 진취적이고 개혁적인 측면이 있겠지. 아무렴 지금처럼이야 나가겠는가……'

하지만 김정일은 "어떤 변화도 기대하지 말라!"고 공언한 그대로, 김일성을 훨씬 능가해서 더더욱 시대착오적 핵보유국을 추구하고 자국민 수백만을 아사시키고 온갖 국제범죄를 감행하는 등 비상식적이고 비정상적인 국가운영의 길로 나아갔다.

지금도 북한 주민사회에는 김정일에 대한 반대급부로 김일성시대를 되뇌는 사람들이 많다고 한다. 김정일시대가 얼마나 지옥같았으면 국가와 인민을 김정일에게 통째로 세습한 만고의 공산도적인 김일성을 지금까지도 되뇌고 있겠는가.

그리고 김정일이 오죽이나 큰 불행과 고통을 인민들에게 들썩우다가 죽었으면 그 아들 김정은까지도 권좌를 세습해준 애비 김정일이 아닌, 할애비 김일성 흉내를 내면서 나다니고 있겠는가.

슬픔을 혁명적 낙관으로 바꿔라

1994년 8월 말경, 김정일의 다음과 같은 지시가 당중앙위원회 일꾼들에게 전달되었다.

"지금 전국의 기관, 공장, 기업소들에서 한 달이 넘도록 김일성을 추모한다면서 일을 거의 하지 않고 있다고 한다. 사람들이 매일 아침 출근해서 오전에는 단위들에 마련된 김일성영정에 애도를 표한 뒤 김일성동상에 증정할 꽃다발이나 꽃바구니를 준비하고, 오후에는 단위별로 해당지역 김일성동상에 가서 그것들을 증정하고 묵도를 한 뒤에는 집으로 퇴근하는 게 하루 일과의 전부라고 한다. 그래서 어디에 가 봐도 일을 하는 사람들을 찾아보기 힘들다고 한다. 이것은 매우 위험한 현상이다. 이런 현상이 계속 지속되면 혁명하기 싫어하고 하루하루를 얼렁뚱땅 보내려는 안일하고 나태한 습관이 급속도로 사람들 속에 퍼져나갈 수 있다.

때문에 모든 당원들과 근로자들에게, 김일성을 잃은 슬픔을 혁명적 낙관주의로 이겨내고 노래도 부르고 춤도 추면서 보다 전투적으로 일하며 생활해야 김일성이 더 기뻐한다는 것을 잘 알려줘서 그들이 하루빨리 정상적인 일과로 돌아오도록 해야 한다."

김일성 급사 이후 북한의 분위기를 놓고 볼 때, 김정일의 지적은 정확한 것이었다. 초기에 북한주민들은 김일성이 갑자기 죽은 것에 대한 놀람과 충격 때문에 자의 반, 타의 반으로 그를 애도했지만 시간이 흐를수록 점점 '누가 더 김일성의 죽음을 슬퍼하는가?' 하는 불가항력적인 애도경쟁에 빨려들게 되었다. 그런데 주민사회를 그런 분위기로 몰아간 장본인은 다름 아닌 김정일이었는

바, 그는 1994년 7월 중순경 당중앙위원회와 국가보위부, 사회안전부에 이런 지시를 내렸던 것이다.

"김일성을 잃은 국상기간에 개개인의 사상동향과 움직임을 면밀히 감시해서, 이 기회에 적아(敵我)를 명백히 구분하고 대책하도록 하라."

김정일의 지시는 주민사회에까지 새어나갔는데, 이 때문에 주민들은 매일 출근해 모여 앉아서는 서로가 눈치를 보면서 슬피 우는 것 외에 아무것도 할 수가 없었다. 그들은 설사 할 일이 있어도 "김일성이 죽었는데 일이 손에 잡히는가?" 하는 비난과 그로 인한 사소한 불이익도 전혀 받고 싶지 않았기 때문에 의도적으로 회피했다. 게다가 그때에는 이미 심각한 전력난, 원료자재난 때문에 전국의 거의 모든 공장, 기업소가 생산을 중단하다시피 해서 크게 할 일도 없었다.

하여 북한 주민사회는 일은 전혀 하지 않고 애도만 하다가 퇴근하는 비정상적 일과에 익숙해져서 나날이 그런 분위기를 즐기고 계속 지속되기를 기대하는 방향으로 흘러갔다. 김정일에게 있어서 그러한 주민사회의 정서변화는, 막 첫걸음을 떼려는 제2대 공산왕조체제를 약화시키고 무기력하게 만들 수 있는 매우 위험천만한 일이 아닐 수 없었다. 때문에 김정일은 시급히 "노래도 부르고 춤도 추면서 전투적으로 일하고 생활해야 죽은 김일성이 더 기뻐한다."는 말도 안 되는 궤변을 내걸고 그 수습에 나서게 되었다.

김명화는 말년에 김일성께 심려만 끼쳤다

1994년 10월 김일성사망 100일 중앙추모회가 있은 며칠 뒤, 사업상 관계로 당 역사연구소를 찾았던 나는 뜻밖의 일을 목격하게 되었는데, 그것은 "평양에 거주하고 있는 항일투사 김명화의 유가족들을 모두 지방으로 조용히 이주 조치하라."는 김정일의 지시가 당 역사연구소 유자녀담당 부서에 내려온 것이다.

북한 주민사회에서 김명화는, 1933년 일제에게 남편을 잃고 그 원수를 갚으려 갓난애를 남의 집 토방에 몰래 두고 항일빨치산에 입대했으며 빨치산생활 전 기간 김정일의 모친 김정숙과는 언니, 동생하면서 가장 절친하게 지낸 사이였으며 그래서 김정일도 "명화 어머니"라고 호칭하는 인물로 널리 알려져 있었다. 그리고 그는 이미 1년 전에 사망한 고인이었고 그가 생전에 어떤 과오를 범했다는 얘기나 소문도 별로 없었다.

김정일이 그런 김명화의 유가족들을 김일성이 죽자마자 지방에 추방 조치했으니, 그 이유가 하도 궁금해서 관련 일꾼에게 물어봤다. 그는 내 물음에 대해 이런 이야기를 해줬다.

"1989년 초 김정일의 배려에 의해 김명화를 비롯한 여러 항일투사 할머니들이 창광거리의 현대적 고층아파트 살림집을 선물로 받았습니다. 그래서 다들 그곳으로 이사하게 되었는데, 김명화는 그 아파트로 가기 싫었던 것 같습니다. 그 때문에 그는 1990년 4월 13일, 김일성이 항일투사 할머니들을 접견했을 때 '고층아파트에 이사를 간 지 1년이 되어 오지만 지금도 정이 붙지 않는다' 는 얘기를 김일성에게 했습니다.

당시 김일성은 언제 이사했는가, 누가 그런 조치를 취했는가, 내가 준 단층집은 어떻게 되었는가, 왜 내게 미리 이야기하지 않았는가 하고 연방 채근을 했고, 그 과정에 그것이 김정일의 조치로 이뤄진 일이라는 사실을 알게 되었습니다.

그래서 김일성이 김정일에게 '그 늙은이들이 아파트에서 살려면 불편한 점이 많을 것이니, 다시 단층 단독주택을 마련해주라.'고 했고, 그에 대해 김정일은 김명화에게 '의견이 있으면 내게 말씀을 했어야지 왜 김일성에게 말해서 심려를 끼치는가?' 하며 매우 섭섭해했습니다. 물론 김명화는 이미 사망했지만 그때의 그 일 때문에 김정일이 이번 조치를 지시한 것 같습니다."

보통사람도 아니고 명색이 국가지도자라는 사람이 부친이 죽자마자 관련 인연을 그렇게 처리하다니…… 김정일의 인간 됨됨에 하도 기가 차서 말도 나오지 않았다. 하긴 김정일의 아들 김정은은 고모부 장성택을 처형하고 아무 죄 없는 장씨 족속들까지도 모조리 싸잡아서 정치범수용소에 수감했다고 하니, 그런 행실머리도 부전자전의 집안내력임이 분명하다.

"농업대회? 그거 걷어치워라!"

1994년 11월, 김정일이 당중앙위원회 농업담당비서에게 한 '말씀'이 당중앙위원회 일꾼들에게 내려왔는데, 그 내용은 다음과 같았다.

어제 내게 올라온 1995년 1월 전국농업대회 조직에 관한 제의서를 보고 "농업대회? 그런 거 이제는 걷어치워!" 하고 화를 냈다. 김일성이 직접 농업전선 사령관이 되겠다고 한 1977년부터 지금까지 해마다 1~2월 사이에 김일성을 모시고 농업대회를 했는데, 어찌 된 영문인지 명함시계, 텔레비전과 같은 선물을 수여하면서 성대하게 농업대회를 한 해일수록 농사가 더 안 되었다. 이것은 농업부문 일꾼들이 농업대회 때마다 선물을 많이 주면, 그 앞에서 눈물을 흘리면서 "김일성만세!"요 "김일성과 당의 은덕에 대풍으로 보답하겠소!"를 수도 없이 부르짖었지만 실제로는 일을 제대로 하지 않았다는 것을 말해 준다.

그래서 나는 몇 년 전부터 김일성에게 대풍을 이룩한 해에만 농업대회를 열어서 관련자들에게 선물도 수여하도록 하자고 제기해왔고 김일성도 이를 승낙했다. 보고에 의하면 올해에도 농사가 잘 안됐다고 하는데 그래서 농업대회를 열지 않으려고 한다.

내가 지금까지 인정하고 있는 사람은 오직 탁구여왕 박영순 밖에 없다. 박영순은 순전히 자기 힘과 노력으로 세계탁구여왕의 자리에 두 번씩이나 올라서 주체조선을 빛내고 김일성과 내게 기쁨을 주었다. 박영순 외에는 자신의 피나는 노력과 결과물로써 당과 수령께 기쁨과 만족을 준 사람이 별로 없다.

하지만 김정일은 1995년 초, 김일성이 살아있을 때에 비하면 턱 없이 초라한 규모이지만 결국 평양에서 전국농업대회를 열어야만 했다. 그 이유는 북한인구의 3분의 1을 차지하는 농업부문에서 다른 사람도 아닌 수령의 선물을 해마다 받아온 핵심들로부터 다음과 같은 험악한 불평불만들이 거침없이 흘러나와 전역의 협동농장들에 퍼져 나갔기 때문이다.

"해마다 농사가 잘 안 되고 있는 게 어찌 우리 탓인가? 비료도 영농자재도 전혀 공급해 주지 않고 있는 국가 탓이지!"

"김일성이 죽더니만, 이제는 농업대회도 안 한다!"

그러나 김일성이 70년대 중후반부터 시작했던 농업대회 연례 행사는 그가 급사한 이후, 한 해가 다르게 주민사회의 외면과 무관심 속에서 잊혀져 갔다. 그리고 그 이유는 두말할 것 없이, 김일성 때의 것과 같은 거창한 선물하사가 아예 없어졌기 때문이다.

"누가 그 여자 오빠야!"

이 말은 김정일이 1995년 4월 김일성훈장 및 2중 노력영웅칭호 수훈자이고 노동당의 '인민의 참된 봉사자' 슬로건의 주인공인 정춘실을 멸시하면서 내뱉은 욕지거리이다.

2008년 1월경에 나는 어느 특정인에게서 "정춘실이 북한을 탈출하여 태국 모처에서 미국으로 망명하려고 대기 중에 있다는 정보가 있던데, 이에 대해 어떻게 생각하는가?" 하는 질문을 받은 적이 있었다. 그때 나는 김정일의 그 욕설이 떠올라서 이런 생각을 했었다.

'정춘실이 탈북을 할 수도 있겠구나······.'

1994년 7월 8일 김일성 급사 직후에 정춘실은 김일성이 언젠가 자기를 당과 인민의 참된 딸, 충복이라고 칭한 것을 염두에 두고서 김정일에게 다음과 같은 충성편지를 올렸었다.

"30년 세월 현지지도 때마다 언제나 잊지 않고 찾아주고 가르침을 줘서 인민의 딸, 인민의 충복으로 키워준 김일성은 나의 진정한 아버지이고, 언제나 믿고 지지해준 김정일은 나의 진정한 오빠입니다. 비록 김일성아버지는 애석하게도 잃었지만, 김일성의 분신인 김정일오빠에게 김일성에게 바쳤던 몫까지 더 해서 충효를 바치겠습니다."

그때 김정일은 정춘실의 충성편지에 아래와 같이 친필답변을 한 뒤, 주민사상교양 차원에서 그 전문을 노동신문에 싣도록 지시했다.

"앞으로도 김일성의 딸, 인민의 충복답게 일을 더 잘하기 바랍니다."

김정일은 그해 12월 인민들의 식의주문제를 해결하기 위한 '정춘실운동 선구자대회'를 평양에서 개최해서 그를 또 한 번 한껏 치켜세웠다. 그래서인지 정춘실의 이후 행동은 당중앙위원회 일꾼들의 눈에도 위태위태한 오버로 비쳐지기 시작했다.

정춘실은 1995년 초까지도 김일성아버지를 추모한답시고, 전체 인민이 김정일의 '슬픔을 혁명적 낙관으로 극복하라'는 지시에 따라 이미 벗은 지 오랜 검정색 상복을 유독 혼자 입고서 흰 천 조각까지 머리에 달고 당중앙위원회 본 청사의 4킬로 남짓 되는 중심도로를 자주 오르내렸다.

참고로 평양 창광동에 위치한 당중앙위원회 본 청사에 들어가기 위해서는 만수대방향에 있는 1호 접수구와 평양역 방향에 있는 2호 접수구를 이용해야 한다. 때문에 만수대방향에 근접해 있는 당중앙위원회 관련부서를 방문하는 사람들은 1호 접수구를 이용하고 평양역 방향에 근접해 있는 당중앙위원회 관련부서를 방문하는 사람들은 2호 접수구를 이용한다. 하지만 북한에서는 김일성족속의 김경희를 제외한 어떤 여성도 중앙당 1호 접수구를 출입할 수 없는데, 이유는 수령의 집무실이 그 가까이에 있기 때문이다. 이 조치는 1980년대 중반에 김정일이 수립한 것이다. 그 시기의 어느 날, 차를 타고 당중앙위원회 본 청사 구내 중심도로를 지나가던 김정일은 여러 명의 여성들이 1호 접수구를 통과해 들어오면서 웃고 떠드는 모습을 보고는 그날로 다음과 같은 지시를 내렸다.

"오늘 내가 집무실로 출근하면서 보니, 여자들이 엄숙하고 공손한 태도를 취해야 할 중앙당 구내에서 경솔하게 웃고 떠들던데 정말 보기 싫었다. 다시는 여자들이 1호 접수구를 드나들지 못하도록 조치하라."

1995년 초에 김정일의 "전천군을, 자력갱생해서 식의주문제를 해결한 본보기로 만들라"는 지시를 관철하기 위해 필요한 물자들을 해결받으려고 수시로 당중앙위원회 본 청사를 방문해야 했던 정춘실은, 자연히 중앙당 일꾼들과 방문객들의 눈에 자주 띄게 되었다. 아울러 그의 철 지난 상복차림새는 당중앙위원회 일꾼들 속에서조차 위구심을 불러일으켰다.

'저렇게 하고 다니다가는 큰코를 다칠 수 있는데⋯⋯.'

아니나 다를까 얼마 안 있어서 이런 보고가 김정일에게 올라갔다.

"정춘실이 아직도 상복차림으로 지도자동지를 오빠, 오빠라고 부르면서 당중앙위원회 여러 부서들을 찾아다니고 있습니다."

그 보고를 받은 김정일은 불같이 역정을 내면서 고래고래 소리를 질렀다.

"누가 그 여자 오빠야! 난 그런 동생을 둔 적이 없어. 지금 그 여자가 여기저기 찾아다니면서 나를 빗대고 '이것을 해결해 달라', '저것도 해결해 달라'고 소란을 피우고 있다는데, 다시는 중앙당에 들어오지 못하도록 조치하고 당장 지방으로 내려 보내라!"

이후 정춘실의 모습은 당중앙위원회 구내에서 아예 사라졌다. 아울러 북한 주민사회를 통틀어서 유일하게 김일성을 아버지라고 부르고, 김정일을 오빠라고 부르면서 당중앙위원회 본 청사 구내에서까지 남다른 신분과 위세를 떨치던 정춘실의 위상도 뚝 떨어졌다. 독재자가 버리면 주변의 모든 사람들도 배가해서 무시하고 업신여기는 북한체제에서 그 후 정춘실은 분명 힘겹게 살았을 것이다. 이 사건은 김일성족속을 제외한 북한 전체주민은 직위고하에 관계없이 그 족속의 노복임을 분명하게 보여줬다. 공산세습왕조의 3대 지도자 김정은은 2013년 12월 12일 수족이 돼서 저들 족속을 받들어온 고모부 장성택까지도 처형했다.

장성택에 비하면, 아직까지 부고가 없는 정춘실이 오히려 다행스럽기까지 하다.

11장

정치망명의 길에
오르다

정치망명을 결심하다

1990년 초, 중국의 개혁개방과 구소련 및 동구권의 자본주의복 귀로 인해 물자교역을 기본으로 하던 사회주의시장이 졸지에 무너 짐에 따라, 그 시장덕택에 그나마 지탱되던 북한경제는 자유외화 가 없이는 아무것도 사들일 수 없는 전면적 위기 국면에 접어들었 다. 이에 따라 김정일은 긴급히 "이제부터는 당, 군, 정 등 모든 분 야에서 자체로 외화를 벌어서 직능을 수행하라"는 방침을 하달했 다.

김정일은 1993년 말에는 당중앙위원회 국제부, 주체사상연구 소, 자료연구실, 당 역사연구소를 담당했던 황장엽비서에게까지 '남조선과 대외에 주체사상을 선전하는데 필요한 외화를 자체로 벌어서 충당하라' 는 지시를 내렸다. 당시 나는 당중앙위원회 주체 사상연구소 부과장 직책에 있었는데, 김정일의 지시를 받은 황장 엽비서는 즉시 나를 불러서 이 같은 과업을 주었다.

"김정일이 주체사상을 대외에 선전하는데 필요한 외화도 자체로 해결하라는데, 동무가 그 방안을 세워야겠다."

하여 나는, 거의 보름 동안이나 인민대학습당에서 관련서적들
도 찾아보고 해외생활을 오래한 엘리트들의 자문도 구하면서 심사
숙고한 끝에 국제재단을 세워놓고 사회발전기부금을 후원받는 형
식으로 필요한 외화를 벌어들이는 방안을 착안해서 황장엽비서에
게 보고했다. 1994년 1월 황장엽비서는 내가 제출한 방안에 준해
서 김정일에게 다음과 같은 제의서(초안)를 올렸다.

"당중앙위원회 자료연구실 밑에 주체재단연구실을 신설하고,
이를 통해 해외에 주체사상도 널리 선전하고 필요한 외화도 자체
로 벌어서 충당하도록 하겠습니다."

김정일은 그 제의서(초안)를 즉각 비준해 줬다. 이후 황장엽비
서는 신설되는 주체재단연구실 사업을 내게 위임하고 본 기구를
자신에게 직속시켰다. 이렇게 돼서 나는 당중앙위원회 주체사상연
구소 부과장 직책에서 주체재단연구실 사업을 맡아보게 되었다.
하지만 나는 당초부터 김정일과 황장엽비서의 '주체사상을 대외
에 선전해서 외화를 벌어들인다' 는 발상과 의도를 믿지도 따를 생
각도 없었다. 주체사상에서 주체는 김일성수령 족속인 셈이라 그
런 주체사상을 듣고 지구촌의 어느 누가 기부금을 내놓겠는가. 그
러나 김정일의 친필지시를 받은 이상 어떤 방법으로든지 외화를
벌어야만 했다.

나는 1994년 1월부터 그해 11월까지 국제주체재단 설립과 운
영에 관한 구체적 방도와 계획을 세우는 한편, 앞날의 대외사업을
위해 국가안전보위부 등 독재기관 책임일꾼들과 사업하면서 해외
연고자와 동업자들을 물색했다. 그리고 그 과정에서 북한과의 교

역을 희망하던 쏜분(성함)이라는 라오스인 재력가를 만나게 되었다. 그는 프랑스에서 공부하고 유럽에서 20여 년 동안 실업활동을 한 사람으로서 공산국가 베트남의 개혁개방에도 깊이 관여했었다. 그 당시 쏜분의 야망은 북한과의 교역을 통해 지구촌에서 제일 폐쇄된 공산국가인 북한에도 개혁개방과 자유화바람을 불어넣겠다는 것이었다.

북한당국으로부터 한 푼의 외화도 지원받지 못하고 국제주체재단 사업을 시작한 나에게는 재단 설립을 위한 기초자금이 절실히 필요했고, 라오스인 재력가 쏜분에게는 폐쇄국가 북한의 개혁개방이라는 당찬 야심이 있었고…… 이 때문에 동상이몽의 우리 두 사람은 각자의 목표와 뜻을 실현하기 위해 재단 설립에 들어갔다.

나는 1994년 11월, 우선 라오스 땅에 '국제주체재단지부'를 설립해야겠다고 결심하고 동업자와 함께 첫 해외출장길에 올랐다. 그러나 그 일은 마르크스-레닌주의를 이데올로기로 하는 라오스인민혁명당의 반대로 성사되지 못했다. 그들은 '주체'라는 정체불명의 정치술어가 미심쩍다면서 라오스 경내에 관련 재단지부를 설립하는 것을 단호히 거부했다.

1995년 2월 4일 나는 '장차 설립될 국제주체재단 중국지사를 내오기 위한 사전 현지담사'를 구실로 두 번째 해외출장을 떠났다. 당시 북한은 급격한 경제파산과 수년째 계속되는 식량난으로 인해 최악의 위기상황에 들어서고 있었다. 전국의 거의 모든 공장이 심각한 전력난과 원료자재난 때문에 아예 가동을 멈췄으며, 도처에서 대량아사가 시작되고 있었다. 아울러 기득권 내에서까지도 "나

라가 이 지경인데, 우리도 중국처럼 개혁개방을 해야 하지 않겠는
가?" 하는 불안과 위구심이 흘러나오기 시작했다. 김정일은 기득
권 일각의 그러한 분위기를 보고받고 펄펄 뛰면서 당 조직들과 비
밀경찰에 다음과 같이 지시했다.

"개혁개방을 운운하는 것은 사회주의에 대한 배신입니다. 때문
에 당 조직들과 보위부는 '우국지사 연(然)' 하면서 뒤에서 개혁개
방을 들먹이는 불순한 자들을 철저히 색출해내야 합니다."

그런 살벌한 시기에 나는 무거운 마음을 안고 추위와 굶주림과
공포로 꽁꽁 얼어 버린 평양을 떠났다. 사실 그때 내가 중국출장을
떠나게 된 심중의 진짜 목적은 김일성족속이 그토록 경계하면서
헐뜯고 있는 '개혁개방 이후의 중국의 모습'을 내 눈으로 직접 보
기 위해서였다. 중국의 개혁개방 실상을 제대로 알아보려는 것은
김일성공산왕조에 대해 뿌리 깊은 불신과 증오를 가지고 있던 당
내 지기들과 동지들의 뜻이기도 했다.

중국에 도착한 나는 베이징에서부터 동북 즙안(지명이름)에 이
르기까지의 그 멀고도 긴 거리를 택시를 타고 여행했다. 그 당시
춘절(음력설)기간이었던 중국은, 음력설이 오는지 가는지도 모르
고 전체 인민이 먹을 것을 찾아 온 강산을 헤매는 북한과 달리 나
라 전체가 기름내를 풍기고 있었다. 이르는 곳마다 음식을 지지고
볶는 잔치마당이었고 만나는 사람마다 굶어 죽는 나라에서 온 내
게 "중국정부가 쌀을 사들이지 않아서 지금 썩어나고 있다."는 행
복한 푸념을 늘어났다. 나와 동행했던 중국공산당 지역 일꾼들은
개혁개방이 가져다준 풍요를 계속 내게 자랑했다.

"중국정부가 인민공사를 없애고 개인들에게 땅을 나눠주면서

이제부터 자체로 농사를 지어 그것으로 먹고 살라고 했을 때, 거의 모든 농민이 '인민공사 없이 어떻게 사나?' 하며 걱정들을 많이 했다. 그때에는 개혁개방이 뭔지를 전혀 몰랐기 때문에 그럴 수밖에 없었다. 그러나 지금 우리 중국은 개혁개방 덕에 해마다 대풍년이 들어서 13억 인구가 세세연연 벗어나지 못했던 배고픔에서 해방됐다. 이건 위대한 모택동도 해결하지 못했던 일이다. 개혁개방이 이렇게 좋은 줄 알았더라면, 처음부터 누구도 걱정하거나 반대하지 않았을 것이다."

나는 어딜 가나 마음껏 먹고 마시고 여유를 즐기는 중국의 평범한 인민들을 지켜보는 내내 북한에 대한 슬픔과 연민으로 가슴이 미어져 오는 것을 금할 수 없었다.

'우리 인민은 언제 가야 저 살인적인 굶주림에서 벗어날 수 있을까?'

여행을 마치고 평양행 국제열차에 오를 때, 내 머릿속에는 하나의 일념밖에 없었다.

'우리 인민의 살길은 오로지 개혁개방뿐이다!'

그리고 그때부터 개혁개방에 뜻을 둔 나와 노동당 내 동지들은 '조국의 개혁개방 실현'이라는 요원한 염원을 품고 멀고도 힘겨운 고행길에 들어섰다. 동지들은 외국출장이 잦았던 내게, 유리한 사업 환경을 이용해서 외부세계의 추세와 상황을 국내에 알리는 한편 한국 등 서방세계와 은밀한 연계를 맺고 북한문제 해결을 위한 국제적 분위기 조성을 타진해 보라고 간곡하게 권유했다. 그 후 나는 1995년 3월 스위스 제네바 주정부로부터 국제주체재단 관련법인 승인을 받은 뒤 1997년 정치망명직전까지 무려 19차례나 중국과 북한을 오가면서 구국을 위한 비밀사업 토대를 은밀히 닦아나 갔다.

그 과정인 1996년 11월 중순경, 귀국한 기회에 북한 내부사정을 알아보기 위해 당중앙위원회 조직지도부에서 사업하는 오랜 지기를 찾아갔던 나는 그로부터 '1995년~1996년 11월 초(현재) 아사자 통계자료'를 받아보게 되었다.

1995년, 노동당원 5만 명을 포함한 주민 50만 명 아사.

1996년 11월 상순 현재, 100만 명에 가까운 주민이 아사.

그것을 보는 순간 이루 형언할 수 없는 분노가 솟구쳐 올랐다. 그런 내게 그는 재차 당중앙위원회 조직지도부 통보과에 보고된 주민동향자료를 내밀었는데, 거기에 수록된 불평불만 내용들은 대략 이러했다.

"도처에서 인민들이 굶어 죽고 있는데, 지도자동지는 뭘 하고 있는가?"

"인민을 잘 살게 하기 위해 사회주의를 건설한다면서 식량배급 대책도 세우지 않고 있는데, 이게 무슨 사회주의인가?"

"우리 식 사회주의가 좋다고 선전하고 있는데, 사실은 일제시대만도 못하다. 그때에는 지금처럼 사람이 떼로 굶어 죽는 일은 없었다."

"소련군대가 우리나라를 해방시켜준 것부터가 잘못된 것이었다. 계속 일본의 식민지로 있었더라면 지금쯤 일본의 절반만큼은 발전하지 않았겠는가?"

"김정일이 최고사령관이 되고 나서부터 인민군대가 도적무리로 변질되었다. 굶어 죽는 판국에 군대까지 닥치는 대로 도적질해

가니 도저히 살 수가 없다."

"차라리 전쟁이라도 콱 일어나서 망할 것들은 빨리 망하고, 그래서 이 고생을 어서 끝냈으면 좋겠다."

내 표정을 말없이 지켜보던 지기는 "이 자료에 들어 있는 사람들은 김정일 지시로 이미 처형되거나 정치범수용소에 수감되었소." 하고 덧붙였다. 읽어 내려갈수록 어느 것 하나 틀린 대목이 없는데도, 아사지경에 내몰린 인민을 고통과 불행에서 구제할 대책은 세우지 않고 오히려 그 무고한 사람들을 처형하고 정치범수용소에 구금하다니…….

"김정일은 인간의 탈을 쓴 야수다. 그를 그대로 놔두면 우리 인민의 고통과 불행이 결코 사라질 수 없다!"

이것이 그때 나와 동지들이 두려움과 공포를 딛고 내린 결심이고 맹세였다. 지금도 나는 종종 깊은 새벽 꿈속에서 "김정일이 수백만 인민을 굶겨 죽이고 있는 것을 보면서도 누구 하나 나서지 않고 있는데, 우리라도 나서야 하지 않겠는가?" 하면서 서로서로 격려해주던 그분들을 만나고는 소스라쳐 깨곤 한다.

그리고는 타는 듯한 그리움을 안고 머나먼 북녘길을 한 걸음 또 한 걸음 더듬어 올라가면서 그들의 염원을 되새기고, 우리(황장엽선생과 나)의 정치망명사건에 연루되어 비명에 세상을 뜬 지기들의 명복도 기원하고는 한다.

나의 정치망명은 황장엽비서로 인해서 전혀 예기치 않게 찾아왔다.

1996년 2월 황장엽비서는 러시아 수도 모스크바에서 진행된 김정일 54회 생일기념 주체사상 국제토론회에 참석하기 위해 그

나라에 갔었다. 그때 그는 모스크바종합대학에서 특강을 하면서 "주체사상은 김일성과 김정일이 내놓은 것이 아니고, 내가 만든 것"이라는 취지의 발언을 했다고 한다. 황장엽비서의 발언은 그날로 러시아주재 북한대사관 요원들에 의해 김정일에게 직보되었고 그 시각부터 그를 대하는 김정일의 태도가 냉랭하게 돌변했다.

그해 6월 중순, 여느 때와는 달리 황장엽비서가 대외출장에서 돌아오는 나를 평양역의 플랫홈까지 마중을 나왔는데, 어쩐 일인지 그의 안색이 매우 침울하고 심각해 보였다. 우리는 중앙당 본부 당위원회 소속 창광안전부 비밀경찰의 도청을 피하기 위해 중앙당 밖에 있는 주체과학원 청사 정원에서 이야기를 나눴다. 황장엽비서는 심히 자책하는 목소리로 모스크바종합대학에서 있었던 특강 사건을 자초지종 설명하고 나서 내게 이런 부탁을 했다.

"아무래도 김정일이 나를 그냥 놔둘 것 같지 않아. 그러니 만약 무슨 일이 생기면 김정일에게 욕보기 전에 자살이라도 할 수 있게 독약을 구해 달라."

"자살이라니요? 무슨 말씀을 그렇게 하십니까?"

놀란 나는 대뜸 언성을 높였다. 하지만 김정일의 야비하고 잔악한 본성을 잘 알고 있는 황장엽비서는 마음을 진정시키질 못했다. 그 모습을 보고 있노라니 살 떨리는 불안감이 내 온몸을 휘감았다.

'김정일이 그 고유수법대로 한동안 황장엽비서의 주변을 들쑤시고 압력을 가하면서 그의 피를 말리다가 처리할 수도 있겠구나……'

시급한 대책이 필요했다. 나는 황장엽비서를 김정일의 손에 희생당하게 내버려 둘 수 없다고 결심하고 즉시 이 문제를 당내 여러 지기들과 은밀하게 의논했다. 그 과정에서 우리는 황장엽비서를 김정일의 마수에서 구원하려면 그를 외국에 정치망명시켜야 한다는 일치된 결론에 도달했다. 그때부터 나는 중국에 출장을 나올 때마다 한국의 지인들과 만나서 황장엽비서의 정치망명을 실현하기 위한 조건과 가능성을 힘닿는 데까지 주도면밀하게 살피고 타진했다. 그리고 그가 독약이라도 몸에 품고 있으면 다소나마 심적 불안과 초조감을 덜 수 있지 않겠는가 하는 마음에서 여기저기 탐문하여 어렵사리 독약도 마련했다.

1996년 8월, 중국출장을 마치고 평양으로 들어간 나는 그 독약을 몸에 품고 황장엽비서를 찾아갔다. 그때 그 만남에서 사회주의 철학자로서의 두뇌마저도 김일성족속에게 바쳐가며 헌신한 황장엽비서에게 다른 나라도 아닌 대한민국에로의 정치망명을 권고해야 했던 내 마음은 그 중압감으로 인해 참으로 천근만근 무거웠고 한편 너무나 슬펐다.

반년 이상 지속되고 있는 김정일의 싸늘하고 고압적인 압력에 시달릴 대로 시달리고 고민할 대로 고민한 황장엽비서의 얼굴은 몰라볼 정도로 수척해져 있었다. 그날 나는 황장엽비서를 만나자마자 그의 눈을 엄숙하게 직시하며 "오늘 이 시각부터 비서동지를 형님이라고 부르겠습니다."라고 무겁게 서두를 뗀 뒤, 내 마음도 굳게굳게 다듬질하면서 천천히 말을 이었다.

"형님은 주체철학을 창시하여 주체사상을 이론적으로 체계화하고 김일성부자의 이름으로 된 많은 글을 써준 비밀의 체현(體現)자입니다. 그리고 형님은 조선노동당중앙위원회 국제비서라는 가장 중요한 요직에서 오랫동안 일해 온 핵심간부입니다. 그렇지만 만일 형님이 자살을 할 경우에 가족들이 정말 무사할지는 누구도 장담할 수 없습니다. 오히려 공연히 반역자라는 누명이나 쓰게 될 수도 있습니다. 앞으로 남조선 주도로 우리 민족이 통일될 것은 틀림없습니다. 그러니까 스스로 목숨을 끊지 마시고 남조선에 나가서 그들과 손잡고 김정일을 반대하여 투쟁하시는 것이 옳을 듯합니다."

황장엽비서는 한동안 깊은 생각에 잠겨 있다가 마침내 결심이 선 듯 결연히 말했다.

"나도 그 생각을 안 해 본 건 아니지만, 네 말을 듣고 보니 남조선으로 나가야겠다는 결심이 서게 된다. 이왕 목숨을 버릴 바에는 남쪽 사람들과 연계를 맺고 김정일을 반대해서 싸우다가 죽는 것이 북한 동포들을 구원하는데 도움이 될 수 있다. 남조선에 가겠으니 남쪽과 연계를 가지는 문제는 동생이 책임지라. 나는 오래전부터 너를 내 동생으로 생각해 왔기 때문에 네게 향후 모든 문제를 전적으로 맡긴다."

그 후에 내가 황장엽비서의 정치망명을 성사시키기 위해 진행했던 비밀공작들은 현재까지도 진행형에 있는 많은 이유와 사정들 때문에 아직은 공개할 수가 없어서 생략하려고 한다.

사실 그때 나는 황장엽비서의 정치망명을 준비하면서 이 일이 성사되면, 사태전개 여부에 따라 어쩌면 나도 다시는 조국에 들어가지 못하고 해외에서 비밀사업을 해야만 하는 상황에 부닥치게 될 수도 있겠다고 판단하고 그 준비까지 은밀하게 진행했었다. 그러나 1997년 1월 10일 중국에 나와서 황장엽선생의 정치망명 준비를 최종적으로 점검하고 1월 20일 재차 평양에 들어간 나는 전혀 예기치 못했던 일에 부딪치게 되었다. 나를 만난 황장엽비서가 차돌 같은 표정을 짓고 이같이 선언해 나섰던 것이다.

"네가 같이 가지 않으면 남조선에 망명하지 않겠다. 거듭 말하지만 나는 김덕홍동생이 같이 가야만 남조선으로 가겠다."

나는 황장엽비서의 단호한 결심을 듣고 한동안 어안이 벙벙해서 말문을 열지 못했다.

"형님의 마음을 알았으니, 내게도 생각할 시간을 좀 주십시오."

이렇게 대답하고 그와 헤어진 나는, 이후 나흘간을 한숨도 자지 못하고 식음까지도 거의 전폐하면서 고민하고 또 고민했다. 그런 끝에 나는 '황장엽형님을 모시고 대한민국에 가야겠다'는 일생일대의 결심을 내리게 되었다. 그리고 이를 당내 지기들과 동지들에게 알렸다.

사실 그때 내가 황장엽비서의 정치망명에 동행해야겠다는 결심을 하게 된 데는 도저히 무시할 수 없는 감정적 동기도 하나 있었다. 대한민국 관계기관과 황장엽비서의 정치망명을 조율할 당시에 내가 만났던 한국 측 요원은 내 앞에서 마치 '항복'이라도 받아낸 것처럼 아주 심하게 거드름을 피우면서 황장엽비서의 정치망명에 대해 이렇게 비하했다.

"황비서가 한국 아니면 어디 다른 데 갈 데나 있나요."

그의 그런 작태에 심히 격분한 나는 "이 모든 일을 없었던 것으로 하자!"고 선언하고 그 자리를 박차고 나왔었다. 우리의 대화는 그가 내 옷자락을 부여잡고 수십 번을 깊이 사과한 후에야 다시 이어졌다. 그렇지만 그때 내 마음 한구석에서는 전혀 가벼이 여길 수 없는 근심과 걱정이 무겁게 차올랐었다.

'유약한 형님이 대한민국에 가서 저런 사람이라도 만나면 어쩌나……'

나는 그 일 때문에라도 "네가 같이 가지 않으면 남조선에 정치망명하지 않겠다."는 황장엽비서의 단호한 요구를 도저히 거절할 수가 없었다.

그때 한국의 관계기관과 협의한 황장엽비서의 정치망명 시기는 1997년 4월이었다. 황장엽비서가 그해 4월 인도에서 열릴 예정인 김일성생일 85돌 기념 국제주체사상연구 토론회에 참가하기로 되어 있었기 때문이다.

그러나 우리의 정치망명은 뜻하지 않게 앞당겨졌다.

1997년 2월 12일 정치망명 전야에

사람의 앞일은 참으로 쉬이 예단할 수 없다. 해를 넘겨가면서 그토록 치밀하게 준비해 오던 우리의 4월 망명계획은 전혀 예상치 못한 상황들로 인해서 불시에 앞당겨졌다.

1997년 1월 25일, 나는 다시 평양을 떠나 중국 베이징으로 나왔다. 그리고 그로부터 5일 뒤인 1월 30일 황장엽비서 역시 중국을 경유해서 일본 도쿄에서 진행되는 주체사상국제토론회에 참가하기 위해 베이징공항에 도착했다. 아울러 한국 관계기관 요원들도 중국으로 급히 날아왔다. 황장엽비서는 그때 그들을 처음 만났다. 우리는 북경의 모 아지트에서 마주앉았는데, 그들은 인사를 나누자마자 이런 소식을 전해줬다.

"황선생 일행의 망명계획을 한국 언론들이 알아챈 것 같습니다. 아무래도 이번 길에 망명을 해야 할 것 같습니다."

청천벽력이었다. 온몸이 일시에 얼어붙는 듯했다. 나는 대뜸 그들을 무섭게 몰아세웠다.

"그게 무슨 말이요? 우리 두 사람과 당신들만이 알고 있는 일인데, 어떻게 한국 언론에 새나갔소. 이런 사람들을 믿고……."

더 이상 말이 나오질 않았다. 나는 불신으로 인해 터질 것만 같은 마음을 겨우 추스르고 난 후, 황장엽비서를 돌아보며 단호하게 말했다.

"형님, 저 사람들 못 믿을 사람들입니다. 정치망명을 아예 취소하고 평양에 들어가서 자결합시다!"

황장엽비서의 꺼멓게 죽은 표정과 서릿발 풍기는 나의 말을 들은 한국 측 요원들은 당황해서 어쩔 줄을 몰라 하다가 자초지종 말문을 열었다.

"우리가 노출시킨 게 아닙니다. 황선생과 연계된 조선족 박○○여사가 언론에 누설한 것 같습니다."

순간 나는 뒤통수를 한 대 쳐 맞은 것처럼 정신이 아찔해졌다.

"형님, 우리의 망명계획을 박여사에게 내비쳤습니까?"

황장엽비서는 아무 말도 못하고 고개를 푹 숙였다. 박○○여사는 1995년 2월 중국 요녕대학 학장이 노동당중앙위원회 주체사상연구소 산하 주체과학원의 초청을 받고 평양에 올 때 데리고 왔던 30대 초반(당시)의 조선족 사업가였다. 그때 요녕대학 학장과 함께 황장엽비서를 만난 그녀는 헤어지기에 앞서, 느닷없이 이런 청을 들이댔다.

"이제부터 황선생님을 아버지로 모시겠는데, 받아주시겠습니까?"

황장엽비서의 승낙으로 그들 두 사람은 그 자리에서 양아버지와 양딸의 친분을 맺었다. 그 후 박○○여사는 황장엽비서와의 친분관계를 내세워 평양에 여러 번 왔었고, 동시에 실업활동을 한다면서 한국에도 자주 드나들었다. 그러던 1996년 말경 황장엽비서가 사업상 관계로 중국 심양에 출장을 간 일이 있었는데, 거기서 두 사람이 만나 이야기를 나누는 과정에 황장엽비서가 심중의 생각을 그에게 내비쳤던 것 같다. 잠시 후 안정을 되찾은 황장엽비서가 힘겹게 말문을 뗐다.

"당신들 말대로 상황이 그 정도로 위급하게 돌아간다면, 이번 길에 망명하겠소."

한국 관계기관 요원들이 작성해 온 일본에서의 망명계획안을 받아들인 황장엽비서는 다음날 일본으로 날아갔다. 하지만 그 계획은 무슨 낌새를 챈 것만 같은 일본경찰과 총련의 삼엄하고도 빈틈없는 경계와 경호로 인해 성사되지 못했다. 황장엽비서가 일본에 입국한 시각부터 한순간도 눈을 붙이지 못하고 중국에서의 수년간 사업을 하나하나 마무리하는 한편 일본 쪽 상황을 예의 주시하고 있던 나는 즉시 한국 측과 미리 작전했던 제2 망명 방안을 실현하기 위한 작전에 들어갔다.

1997년 2월 11일 황장엽비서가 일본에서의 공식일정을 마치고 다시 중국으로 들어왔다. 다음날 2월 12일 오전 7시에 나는 중국 주재 북한대사관 고위급 객실로 가서 "산책이나 좀 하시자"며 황장엽비서를 모시고 나왔다. 그리고 그 길로 내가 머물고 있던 베이징호텔에 들러서 한국 측에 망명관련 준비상황을 최종 확인하고 오전 10시 황장엽비서를 모시고 베이징주재 한국영사관으로 유유히 들어갔다.

나는 당일 오후 3시 한국영사관에서 베이징주재 국제주체재단 지사에 전화를 넣어 다음과 같이 또박또박 지시했다.

"나는 지금 대한민국에 정치망명하기 위해 한국영사관에 들어와 있다. 우리의 사업은 완전히 끝났다. 이제부터 위험한 상황이 전개될 수 있으니 각자가 스스로 조심하고 아울러 잠시도 지체하지 말고 빨리 철수하라."

1997년 2월 13일 아침 조선일보를 비롯한 한국의 모든 신문이, 마치 만반의 준비를 갖추고 우리의 정치망명 순간을 기다렸다는 듯이 일제히 대서특필로 관련기사들을 쏟아냈다. 신문들에는 내가 황장엽선생의 정치망명을 도모하기 위해 여러 달 전부터 연계했던 한국의 지인들과 주고받은 대화내용들, 관련 문서들, 심지어 황장엽형님이 그들에게 극비리에 보낸 쪽지서신(내가 전달해줌)까지도 거의 낱낱이 공개되어 있었다. 나와 황장엽형님에게는 생사가 걸린 문제에 처음부터 그들은 다른 목적으로 접근했던 게 아닐까 하는 심한 불신과 분노가 마음 깊은 곳에서부터 무거운 진통을 일으키며 머리끝까지 차올랐다.

그것으로써 나는 우리의 4월 정치망명계획이 불시로 앞당겨진 원인이 비단 황장엽선생의 수양딸인 조선족 박○○여사의 비밀누설에만 있은 것이 아니라, 우리가 깊이 존경하고 굳게 믿고 생사까지도 의지했던 한국 지인들의 사심에도 있었다는 것을 깨닫게 되었다. 그리고 이후 대한민국에 들어와서는 무슨 사건이요, 무슨 사태요 하면서 여야가 격렬하게 대치했던 한국의 정치정국이 우리의 망명을 앞당기는 데 결정적인 작용을 했다는 사실을 분명히 알게 되었다.

1997년 2월 13일 아침 한국의 신문보도세례와 함께 우리가 받은 것이 또 하나 있었으니, 그것은 바로 대한민국 김영삼 대통령이 황장엽형님과 내게 보낸 친서였다. 그 친서에는 다음과 같은 내용이 수록되어 있었다.

"북한문제가 해결될 때까지 대한민국 정부가 책임지고 황장엽과 김덕홍의 민간차원 대북사업을 지원하고 신변안전을 보장하며 황장엽에게는 장관급 대우를 김덕홍에게는 차관급 대우를 해주겠다."

김영삼 대통령이 대한민국 정부의 명의로 우리에게 약조했던 사안들은 국민의 정부와 참여정부를 거치면서 '신변안전약속' 만을 남겨놓고 모두 사라졌었다. 하지만 나는 노동당중앙위원회에서 사상담당 및 국제담당 비서였던 황장엽형님을 모시고 대한민국에 정치망명함으로써, 6.25이후 지속되어온 남과 북의 첨예한 체제경쟁에서 한국자유민주주의 체제의 위상과 승리를 온 세상에 증명하는데 크게 기여한 것에 대해 긍지와 자부심을 가지고 지금까지 살아오고 있다.

아울러 나는, 과정이야 어찌되었든 간에 우리의 정치망명을 실현시키기 위해 적극적인 노력을 아끼지 않았던 대한민국 정부와 이 사업에 직접 동원되었던 공무원, 의사, 경호원, 지인들에게 항상 깊은 감사의 마음을 가지고 있다.

나는 더욱이, 비록 동족국가이지만 분명한 적대국인 북한에서 정치망명한 우리를 진심으로 맞아주고 대한민국에서의 삶의 굽이 굽이 마다에서 따뜻한 관심과 격려를 보내주었던 대한민국 국민들에게 변함없는 깊은 감사의 마음을 안고 그에 보답하기 위해 지금까지 소신껏 한 줄기로만 살아오고 있다.

나는 진정, 한국에서의 주변상황이 어떻게 변해왔든 관계없이 단 한 번도 황장엽형님을 모시고 대한민국에 정치망명한 나의 선택을 비관하거나 후회해 본 적이 없다.

북녘에 두고 온 염원

1997년 2월 12일 새벽 5시, 황장엽형님을 모시러 베이징주재 북한대사관에 들어가기 2시간 전까지 나는 밤새워 중국에서의 수년간 사업흔적을 말끔히 소각하고 주변을 정리한 다음 홀로 책상 앞에 마주 앉았다. 그리고는 그해 1월 25일 평양을 떠날 때 깊숙이 품고 온 시 한 수를 꺼내들었다. 그것은 내가 황장엽형님을 모시고 정치망명할 결심을 내리면서 나의 동지들에게 맡긴 자작시 복사본이었다.

나는 몇 시간 후면 도래할 미지의 장정을 각오하며 심신을 가다듬는 차원에서 그 시를 눈같이 새하얀 종이 위에 정성껏 옮겨 써 나갔다.

뜨거운 마음 사랑의 숨결이 가득한 내 보금자리
큰 짐 두 어깨 걸머지고 먼 길을 떠나는
나그네의 수만 가지 생각 누를 길 없구나.

가장 사랑하는 사람, 가장 가까운 사람 뒤에 두고
어차피 한번은 가야 할 길이니
나그네의 굳어진 모진 마음 변함이 없구나.

백화만발의 화창한 봄날을 앞당기려는
나그네의 깊은 마음 알아준다면
먼 길 떠나는 이 나그네, 발걸음 가벼이 모든 일 끝내고
봄날의 나비같이 기어이 돌아올 것이니

부디 탓하지 말고 축복해 주시오……

(1997년 2월 12일 새벽 5시, 중국 북경에서)

정말 그랬다. 계급적 신분에 관계없이 각자가 능력에 따라 노력한 만큼 잘 살 수 있는 백화만발한 내 나라, 더 이상 조국인민들이 굶어 죽지 않는 개혁개방의 새 세상을 안아 오는 것, 그것이 북녘 동지들과 사랑하는 가족들에게 두고 온 나의 염원이었다. 대한민국에 망명한 초기 나는 한국의 언론계, 정계, 사회계, 학계 인사들을 만날 때마다 이런 질문을 무수히 받았었다.

"아무리 북한문제 해결이란 대의명분을 위해서라지만, 그래도 어떻게 가족친지들까지 죽음에 몰아넣으면서 정치망명을 할 수 있

었는가. 일반상식으로는 쉽게 이해할 수 없다."

나는 그 질문을 받을 때마다, 수년째 지속되고 있는 살인적 굶주림 때문에 매일 매 시각 생명권을 위협당하고 있는 북한주민들과 삶의 질을 놓고 치열하게 경쟁하는 대한민국 국민들 사이의 도무지 메울 수 없는 근본적 괴리를 뼈저리게 실감했다. 하늘과 땅 차이인 이 상반되는 북과 남의 현실이 환경의 동물인 나와 그들을 서로 도저히 이해할 수 없는 사이로 만들었다.

나라고 왜 피붙이처자식과 희로애락을 함께 한 친지동료들과 청춘시절을 깡그리 바쳐가며 헌신한 북녘에서의 삶이 소중하지 않겠는가? 내가 황장엽형님의 "네가 같이 가지 않으면 남조선에 망명하지 않겠다."는 단호한 결심을 듣고 며칠간이나 해 뜨고 달뜨는 것도 모르고 피를 말리고 뼈를 깎는 고통을 견디고 또 견딘 사연을 이 자유롭고 풍요로운 땅에서 살아오고 있는 이들이 어찌 헤아릴 수 있겠는가.

1997년 2월 우리가 중국 베이징주재 한국영사관으로 정치망명한 며칠 뒤, 영사관 사람들이 다음과 같은 소식을 전해줬다.

"최근 평양에서 나온 중국 조선족의 한 말에 의하면, 황장엽 망명 직후 평양 러시아대사관 근처의 해바라기포스터가 붙어 있는 중앙당아파트에 가서 황장엽이 살던 집에 올라가 보니 부인은 이미 자살하고 젊은 여자 한명은 쓰러져 있고, 어린 여자애는 방구석에서 혼자 울고 있더랍니다."

그러나 그들이 전해들은 소식은 황장엽의 가족상황이 아니라 나의 가족상황이었다. 우리가 정치망명할 당시 황장엽형님의 집은 평양시 보통강구역 서장동에 있는 중앙당 비서들의 독립사택단지에 있었고, 우리 집이 바로 평양주재 러시아대사관 근처의 해바라기포스터가 있는 중앙당아파트에 있었다. 그 소식을 들은 후부터 나는 한동안 불쑥불쑥 엄습하는 심장을 칼로 에이는 것 같은 심한 통증으로 가슴을 움켜쥐곤 했다.

나의 정치망명은 우리 가족에게 있어서 실로 마른하늘에 날벼락이었다. 나는 대외활동을 하는 전 기간, 내가 무슨 일을 하는지에 대해 가족들에게 일절 이야기하지 않았다. 아내와 다 큰 자식들은 나를 김일성족속과 노동당에 매우 충직한, 나무랄 데 없는 충신으로 알고 언제나 존경하고 아껴주었다. 그런 남편이, 그런 아버지가 어느 날 갑자기 남조선적국으로 망명했으니, 그 소중한 사람들이 받았을 충격과 고통을 어찌 다 헤아릴 수 있겠는가.

사실 나는 김정일이 무슨 짓을 하든, 인민만 굶겨 죽이지 않더라면 결코 가족을 멸문지화에 몰아넣는 이 길에 나서지 않았다. 김정일이 수백만 주민이 굶어 죽는 속에서도 8억9천만 달러나 들여 김일성시신궁전을 건설하지 않았더라면, 김정일이 국가경제를 파괴하면서까지 핵-미사일을 개발하지 않았더라면, 식량난으로 부모 잃은 아이들이 평양에까지 들어와서 유랑걸식하고 전역에 굶어 죽은 사람의 시체가 널려져 있다는 지기들의 말을 듣지 못했더라면, 평양-청진 간 열차에서 굶어 죽은 사람들을 동태두름(묶음) 내리듯 하던 섬뜩한 광경을 이 두 눈으로 직접 목격하지 않았더라면, 그랬다면 나는 황장엽형님이 아무리 "너 없이는 안 간다!"고 잡아끌어도 결코 이토록 큰 희생을 치러야 하는 정치망명의 길에 오르지 않았다.

대한민국 망명 후 나는 지금까지도 내 손녀와 같은 북녘어린이들의 울음소리가 천지의 진동으로 울려와서 하룻밤도 제대로 잠든 적이 없었다.

그러나 돌이켜 보면 내가 선택한 길은, 그 지옥의 땅에서 태어난 지각 있는 사람이라면 누구든지 또 언제든지 택할 길이었다. 단지 내가 좀 더 앞서 걸었을 뿐이라고 항상 생각하면서 나는 지금도 정치망명의 초심이 조금이나마 흐려질까 봐 늘 나를 경계하고 최선을 다 하려 하고 있다.

동지들 생각

북한에서의 나의 사회생활 경력은 지극히 간단하다.

1958년 조선인민경비대 입대
1961년 김일성종합대학 입학
1965년 김일성종합대학 교무부 지도교원
1981년 조선노동당중앙위원회 근무
1997년 2월. 대한민국 정치망명

위의 것이 전부이다. 그러나 나는 오늘의 나를 있게 해준 북한에서의 경력을 언제나 감사하게 생각하고 있다. 그 경력 덕에 나는 김일성족속과 그들이 세운 공산세습왕조의 범죄적 생리를 남달리 빨리 깨쳤고, 뜻을 같이 하고 생사를 함께 하는 동지도 얻게 되어 오늘도 그들의 염원을 온몸으로 느끼면서 백배, 천배의 용기를 가

다듬고 있다. 그리고 분명히 도래할 북한의 자유화와 인권해방, 자유민주주의 대한민국 주도의 한반도 통일이란 격동의 미래를 그려보고 있다.

북녘의 나의 동지들, 그들은 구국의 뜻과 의지는 드높고 자신들의 소망은 한없이 소박했던 지극히 평범한 사람들이었다. 나는 지금도 가끔, 다음의 말로 나를 설득하고 독려하던 그들의 진지한 모습을 그려보곤 한다.

"김정일 정권을 붕괴시키려면, 김일성족속의 정치적-정책적 원천인 황장엽비서를 반드시 망명시켜야 한다."

아울러 나보다 더 큰 우리를 위해 황장엽비서의 정치망명 동행을 결심한 내게 "당신은 할 수 있고, 또 해야 하며, 또 반드시 성취할 것"이라고 유언처럼 격려하면서 뜨겁게 배웅해 주던 그들의 바램과 의지를 심심(深深)이 되새기곤 한다.

북녘의 나의 동지들, 그들은 증오에 한해서도 사랑에 한해서도 분명한 명분을 지닌 이들이었다. 1997년 1월 중국으로 떠나오기 전날 밤, 우리는 창문에 두툼한 모포를 친 방안에서 촛불을 마주하고 북한 인민의 모든 불행과 고통의 화근인 김정일을 반드시 제거할 것을 맹세했었다. 우리는 한편 아래의 약속도 깊이 다졌었다.

"앞으로 김정일 정권을 붕괴시킨 후, 소리 소문 없이 조용히 숨어서 평범하게 살자."

그들은 지구촌에서 가장 폐쇄된 철통국가에서 살면서도 시대를 멀리 앞서나간 선각자들이었다. 그들은 그때 벌써 김일성족속을 제외한 모든 북한사람은 직위고하에 관계없이 다 그 족속의 노예이고 피해자이며, 따라서 얼마든지 용서할 수 있고 또 용서받을 수 있다는 정의로운 인간애를 지니고 있었다. 그리고 그때 벌써 김일성공산왕조 붕괴 후 기득권 대 비기득권 사이에 있을 수 있는 피비린 상쟁과 새로 수립될 정권의 부패를 진심으로 우려하고 경계했던 것이다.

그들 중의 여러 사람은 이미 우리의 정치망명 이후, 김정일에 의해 너무나도 애석하게 자유의 제단에 흩뿌려졌다. 내가 평양을 떠나 올 때 그들은 내게 다음과 같은 부탁을 했었다.

"뜻이 이루어지면, 내 자식들을 거두어 달라."

그들은 이미 우리의 정치망명으로 밀어닥칠 피할 수 없는 희생까지도 각오하고 있었다.

나는 종종 김일성공산왕조가 붕괴되고 만인이 평등하게 능력과 인격에 따라 출세도 하고 행복하게 살 수 있는 자유민주주의 국가재건을 그려볼 때마다 "김일성족속을 제외한 모든 주민은 살려야 한다."고 한 그들의 드넓은 아량과 뜻을 깊이 되새기곤 했다. 그러면 세상은 한 걸음 더 넓어지고, 그만큼 신심과 용기는 배가된다. 아울러 희생된 이들의 "뜻이 이루어지면, 내 자식을 거두어 달라."던 유언에서 기어코 살아서 해방된 북녘에 돌아가야만 하는 나만의 또 다른 이유를 가다듬는다.

이 글을 쓰면서 나는 대한민국 정치망명 후에 기록한 일기들을 들추다가 1999년 11월 8일 황장엽형님이 사단법인 탈북자동지회 임원들 앞에서 한 다음의 말씀을 찾아냈다.

"만일 나와 김덕홍이 정치망명하지 않았더라면 훗날 사람들이 '북한 노동당중앙위원회에는 악당들만 있었다.'고 말을 할 거야. 그러나 우리가 여기 왔기 때문에 우리의 망명을 지지해줬던 노동당 내의 동지들이 그런 말은 듣지 않게 되었어. 우리는 이것만으로도 족해."

형님은 우리의 정치망명 의의를 이 한마디에 여백 없이 진솔하게 담았다. 되새길수록 김일성족속과 북한체제에 관해서만은 언제나 급한 마음으로 야박하게만 살아온 나를 위로하고 다독여주는 말씀이 아닐 수 없다.

12장

지금에야 이해되는 황장엽, 그리고 그리움

조선(造船)한 사람이 폐선(廢船)해야 한다

황장엽형님이 1996년 6월에 "김정일이 나를 그냥 놔둘 것 같지 않다. 그러니 독약을 구해 달라. 여차하면 유서를 써놓고 자살하겠다."고 내게 심중을 밝힌 때로부터 그의 정치망명을 준비하는 전 과정에서의 나와 동지들의 확고한 결심은 "황장엽비서의 정치망명을 반드시 실현시켜야 한다."는 것이었다. 우리는 그 길만이 주체사상으로 설계된 김일성공산왕조체제라는 해적선을 가장 빨리 폐선(廢船)시키는 지름길이라고 확신했었다.

공개되어 있는 바와 같이 북한은 주체사상을 노동당의 지도사상, 모든 국가 활동의 지도적 지침, 유일한 실정법인 10대원칙의 이론적 근거로 하고 있다. 이 때문에 나는 정치망명 이후 북한은 어떤 나라인가,라고 물어올 때마다 이렇게 설명해주곤 했다.

"북한은 주체사상을 성서로 하고, 노동당을 사도집단으로 하고 10원칙을 10계명으로 하고 있는 거대한 사이비 공산국가입니다."

북한은 주체사상으로 설계되고 주체사상을 제도화한 김일성공산왕조국가이다.

황장엽형님은 1960년대 말~1970년대 초에 마르크스를 새로운 차원에서 발전시킨 주체사상을 만들었다. 그리고 김일성족속은 주체사상을 저들의 통치철학, 지도사상으로 선포했다. 아울러 황장엽형님은 1979년부터 1997년 망명 직전까지 노동당 주체사상 담당비서 직책에서 일하면서 김일성공산왕조의 유지와 공고화를 위한 사상-이론적 양식을 끊임없이 제공했었다. 특히 형님은 구소련과 동구권 사회주의나라들이 자본주의 복귀의 길에 들어섰을 때 주체사상을 이론적 기초로 해서 '사회주의건설의 역사적 교훈과 우리당의 총 노선'(1992년 1월 3일), '사회주의에 대한 훼방은 허용될 수 없다'(1993년 3월 1일), '사회주의는 과학이다'(1994년 10월 20일) 등 여러 편의 논문을 집필하여 김정일의 이름으로 공포하도록 함으로써 북한은 물론 남한주사파 내에서의 동요를 막고 공산왕조체제를 유지하도록 하는 데 큰 기여를 했다.

만약 북한에 주체사상이 없었더라면 김일성공산왕조는 중국이 개혁개방의 길로 나갈 때, 혹은 구소련과 동구권이 자본주의 복귀의 길에 들어설 때 그에 합류했거나 아니면 루마니아의 차우쉐스크 정권과 같은 말로를 맞았을 가능성이 매우 컸다고 나는 지금도 확신한다. 내가 "네가 함께 가지 않으면, 망명하지 않겠다."는 황장엽형님의 단호한 결심을 듣고 몇 날 밤을 새며 힘든 결정을 내린 것도, 동지들이 나를 그와 함께 정치망명의 길로 떠나보낸 것도 '조선(造船)한 자가 폐선(廢船)을 해야 한다.'는 대의명분 때문이었다.

그럼에도 불구하고 황장엽형님의 정치망명은, 구소련과 동구

권의 자본주의 복귀에 이어 한반도 북과 남의 체제경쟁에서 자유
민주주의의 승리를 국제사회에 입증한 20세기의 중대한 정치적 사
변이고, 자유민주주의에 기초한 한반도 통일실현의 돌파구를 마련
하는 중대한 계기가 되었음은 분명한 사실이다. 그리고 형님이 망
명 후 내놓은 대북관련 자료들이 한국정부가 지난 반세기 이상 축
적한 대북정보의 차원을 훨씬 뛰어넘는 한반도 문제해결의 귀중한
재보라는 것도 부정할 수 없는 사실이다.

하지만 나는 황장엽형님에 대해 생각할 때면 마음을 후비는 깊
은 아쉬움을 지울 수가 없다.

만약 형님이 정치망명 후 주체사상과 근원이 같은 인간중심철
학에 집착하지 말고 주체사상을 전면 부정(否定)-비판에 나섰더라
면, 더 나아가서 북한 2천3백만 동포를 김일성족속의 노예로 만들
고 그 땅을 인권 이전의 지옥으로 전락시킨 주체사상을 철폐시키
기 위한 투쟁의 길로 나갔더라면, 더 나아가서 주체사상으로 설계
된 북한의 사이비면모를 만천하에 폭로해서 김일성족속이 더 이상
주체사상이란 말을 입에 올리지 못하게 만들었더라면…… 하는 아
쉬움이 황장엽형님을 끝까지 책임지지 못한 자책과 더불어서 시간
이 갈수록 내 마음을 무겁게 누르고 있다.

정치망명 초기의 논쟁

황장엽형님과 나는 1997년 2월 12일 베이징주재 한국영사관에
정치망명한 후에도 등소평의 사망(그해 2월 19일)과 한 달 이상 지

속된 중국의 추모분위기, 중국과 북한의 동맹관계 때문에 2달여 동안이나 한국 땅을 밟지 못했다. 그래서 우리는 베이징주재 한국 영사관에서 38일, 그 후에는 필리핀에서 30일을 보낸 다음에야 1997년 4월 20일 대한민국에 들어설 수 있었다.

그 긴 시간들, 특히 마음만 먹으면 언제든지 우리를 김정일의 손에 넘길 수 있는 공산국가 중국에서의 피 말리는 나날들을 보내고 필리핀으로 갔을 때 황장엽형님과 나는 도래할 남한에서의 활동을 준비하는 차원에서 북한문제를 두고 많은 논쟁을 했었다.

그때 우리가 제일 극렬하게 논쟁했던 대표적 문제는 김일성에 대한 평가와 공산왕조붕괴 후 북한노동당 처리에 관한 문제였다. 우리의 이 논쟁은 대한민국 서울에 와서도 한동안 계속되었다.

김일성 비판에서의 입장 차

북한 독재자 김일성을 어떻게 평가할 것인가 하는 문제를 두고 황장엽형님과 나는 며칠간이나 논쟁을 했다. 그때 나의 주장은 북한문제 해결은, 그 체제의 원뿌리인 김일성에 대한 공정하고도 냉정한 비판으로부터 시작되어야 한다는 것이었다. 그리고 형님의 주장은, 김일성은 열심히 일했고 그에게 증오스러운 점이 있다면 자기 아들에게 권력을 넘겨준 것뿐이며 때문에 김일성을 비판할 수 없다는 것이었다.

나는 형님의 주장을 말도 안 되는 소리라고 완강하게 반대했다.

"형님, 김일성을 비판하지 않으려면 뭐 하러 망명을 했습니까. 우리가 누구 때문에 정치망명을 했습니까. 김일성이 수많은 정적들을 죽이고, 정치범수용소를 만들어놓고 3대 멸족 범죄행위를 감행한 피바다 위에 저런 야만적이고 범죄적인 국가를 세워놓지 않았습니까. 형님과 우리 가족도 그런 체제 때문에 멸문지화를 당하지 않았습니까. 그리고 김일성이 일을 많이 했다는 것은 또 무슨 말씀입니까. 김일성이 인민을 위해 일을 많이 했다면 왜 300만 이상이나 굶어 죽었겠습니까?'

형님은 나의 거센 항의에 말문이 막혔는지 나중에는 이런 얘기로 속내를 내비쳤다.

"김일성이 나를 키워줬는데 내가 그를 비판한다면 유교사상에 물 젖어 있는 중국 사람들이 나를 사람으로나 보겠나?"

그럴수록 나는 형님에게 숨 돌릴 틈을 주지 않았다.

"형님은 봉건주의자입니까? 아니면 사상이론가입니까? 그리고 우리가 북한 독재체제의 원뿌리인 김일성을 반대하는데 중국 사람들이 무슨 관계가 있습니까?"

황장엽형님은 그 말을 듣고서야 다소 정신을 차린 것 같았다. 며칠 후 형님은 내게 이렇게 말했다.

"네가 한 '형님이 봉건주의자인가?' 라는 말을 들으니 정신이 확 들더라. 고맙다."

그러나 대한민국에 입국한 이후에도 김일성 평가문제는 때때로 우리를 격렬한 논쟁으로 몰아갔었다.

북한체제 붕괴 후 노동당 처리에서의 입장 차

당시 이 문제에서 황장엽형님의 주장은 "김정일만 제거되면 노동당을 그대로 두고 정치를 해도 된다."는 것이었다. 그러나 나의 주장은 "김정일이 제거되면 김정일 독재통치의 정치적 무기인 노동당도 마땅히 해체돼야 하며 그래야만 북한을 자유민주주의국가로 건설할 수 있다."는 것이었다.

형님은 그때 "김정일만 제거되면 새로운 정당을 만들 거 없이 기존 노동당으로 북한을 중국식 개혁개방에로 이끌어야 한다."고 생각했던 것 같다. 그래서 그는 이후 대한민국에 들어와서도 북한의 개혁개방에 대한 질문을 받을 때마다 주저 없이 북한을 중국식으로 개혁, 개방해야 한다고 주장했다.

황장엽형님이 동족국가 자유민주주의 대한민국이라는 경이적인 국가건설모델을 뻔히 보면서도 중국식을 운운할 때마다 나는 진심으로 불안하고 걱정스러웠다. 이 때문에 나는 자주 그에게 진심으로 이런 간언을 했었다.

"형님, 자꾸만 북한을 중국식으로 개혁, 개방해야 한다고 하다가는 우리가 대한민국에서 쫓겨날 수도 있습니다."

돌이켜 보면 필리핀에서의 황장엽형님과 나의 근본적으로 상반되는 그 논쟁점들이 훗날 형님과 나의 결별을 미리 예고했던 것 같다.

음산한 해의 음산한 순간들

국민의 정부 대북햇볕정책이 본격 가동되기 시작한 1999년 12월에 임동원이 대한민국 국가정보원 원장으로 임명되어 왔다. 당시 황장엽형님과 나는 국가정보원 산하 통일정책연구소 이사장과 상임고문 직책에 있으면서 국정원 구내의 안가에서 살고 있었다.

그러던 그해 12월 27일 그날도 통일정책연구소에 출근했는데 본 연구소 고문이 나를 찾아와서 이같이 말하는 것이었다.

"김고문님이 임동원 신임 국정원장을 만나서 말 한마디라도 잘 못하는 날이면 우리 통일정책연구소가 아예 없어집니다. 그러니 언행에 각별히 신경을 써서 주의해주십시오."

나는 그때 '이 사람이 무슨 말을 하는가?' 하고 의아해하기는 했지만 그 뜻은 전혀 눈치를 채지 못했었다. 이어서 2000년 2월 3일 임동원 국가정보원장이 황장엽형님과 나를 면담했는데 그때까지도 그는 우리의 민간차원 대북사업을 비록 적극적이지는 않았지만 미온적으로나마 합의해줬다.

그리고 나서 2000년 6월 13일~15일 북한 평양에서 김대중 대통령과 김정일 사이의 남북정상회담이 진행되었다. 한국의 TV방송과 언론들은 연일 남북정상회담 관련 실무보도를 쏟아내는 한편 김정일의 언행을 놓고도 파격적이라느니, 식견 있는 지도자라느니 열을 올리고 있었다. 김대중 대통령과 김정일이 서로 손을 맞잡고 입이 터지게 웃는 모습과 그들 둘이 술잔을 높이 들고 원샷하는 장면이 TV로 생중계될 때에는 온 대한민국이 우리민족끼리-민족공조 신기루에 함몰되는 듯했다.

그런 상황에서도 황장엽형님은 인간중심철학에 관한 글을 집필하고 있었다. 어느 날 아침 형님을 만난 나는 그에게 간곡하게 건의했다.

"형님, 지금 쓰시는 글은 당분간 접어두시고 대한민국 국민들이 김정일에게 속아 넘어가지 않도록 이번 정상회담에 관한 비판글을 먼저 써야 할 것 같습니다."

내 의견을 받아들인 형님은 불과 며칠 내에 남북문제의 본질과 김정일 정권의 생리, 그리고 남북정상회담의 기만성을 폭로하는 '자유민주주의 승리를 위하여' 제목의 책자를 단숨에 집필해서 내놨다.

　아울러 나는 대한민국 국민들에게 남북정상회담관련 평양정권의 목소리까지 들려줘서, 모든 이들이 김정일과 북한에 대해 경각심을 가지도록 할 목적으로 망명 전 중국에서 사업할 때 세워놨던 비밀라인을 가동했다. 그들은 평양까지 들어가서 천신만고 끝에 노동당이 남북정상회담 관련 주민사상교양을 위해 대내에 한함으로 작성-배포한 강연제강 원본 '역사적인 평양상봉과 북남최고위급회담과 관련하여 제기된 반영'(제목)을 내게 보내줬다. 나는 "어렵게 구입한 것이니 마땅한 대가를 받아야 한다."는 주변의 권유를 "대의에도 대가가 있는가?"고 뿌리치고, 그것을 탈북자동지회 소식지 민족통일 편집장의 손에 들려서 당시 월간조선 편집장이었던 조갑제 선생에게 넘겨줬다. 그것은 월간조선 2000년 9월호에 전면 게재되어 대한민국 국민들에게 김정일의 못된 속내를 알리는 데 지대한 기여를 했다.

　이 모든 일이 진행되는 와중이었던 2000년 8월 9일 국가정보원 김○○차장이란 사람이 황장엽형님을 별도로 부른 일이 있었는데, 돌아온 형님의 표정은 굴욕과 분노에 차 있었다. 그 안색을 보고 "무슨 일이 있었는가?"고 물었더니 형님은 다음과 같은 얘기를 내게 전해주는 것이었다.

　"글쎄 국가정보원의 차장이란 작자가 내게 '김정일 국방위원장님이 한국정부 특사를 만난 자리에서 황장엽이 잘못을 뉘우치고 돌아오면 용서해 주겠으니 이 말을 황가에게 전달해주라'고 했는데, 황선생은 이에 대해서 어떻게 생각하는가 하고 느물거리면서 묻기에 내가 정신 나간 놈이라고 욕을 해줬어!"

그 말을 듣고 나는 즉시 우리를 관리하던 국정원 단장을 불러놓고 거세게 항의했다.

"대한민국 국가정보원이 김정일의 심부름이나 하는 곳입니까? 이 일은 그냥 넘어갈 수는 없으니 한국의 모든 언론들에 알리겠습니다."

우리, 특히 나와 대한민국 국가정보원 사이의 정치적 명분을 건 긴 싸움은 그때부터 시작되었다. 국가정보원은 우선 '북한을 자극해서 김대중 대통령의 대북햇볕정책에 부정적 영향을 줄 수 있다'는 이유로 황장엽형님의 '자유민주주의 승리를 위하여' 기고문을 실은 탈북자동지회 월간소식지 '민족통일' 발간부터 중지시켰다. 그리고 그해 11월 16일에는 형님과 나를 국가정보원 담당 차장의 방에 불러다놓고 국정원이 취했다는 다음과 같은 5개 항목의 활동제한조치를 일방적으로 통고했다.

1. 정치인들과 언론인들을 만나서는 안 된다.
2. 외부강연을 할 수 없다.
3. 책을 출판할 수 없다.
4. 탈북자동지회 소식지 민족통일을 내보내서는 안 된다.
5. 민간차원의 대북민주화사업을 중지해야 한다.

형님과 나는 즉석에서 국가정보원의 부당한 조치에 강력히 항의하고 다음날 그것을 한국 언론들에 공개했다. 그러자 국가정보원은 이에 대한 보복으로 한 발 더 나아가서 형님과 나를 통일정책연구소 이사장 직책과 상임고문 직책에서 해임하고 국가정보원의 특수신변관리로부터 일반관리로 넘긴다는 것을 언론에 공포하기에 이르렀다.

그 당시 국가정보원은 형님이 명예회장으로, 내가 회장으로 있던 사단법인 탈북자동지회에도 어떻게나 압력을 가했는지 늘 사람들로 북적이던 동지회사무실이 며칠 사이에 마치 폐업한 곳처럼 썰렁하고 한산해졌다. 국가정보원은 탈북자동지회를 그런 분위기에 몰아넣고 2000년 12월 19일에는 담당차장까지 직접 나서서 내게 대한민국 정보기관으로서는 도저히 할 수 없는 심히 비상식적인 압력을 넣었다.

"북한에서 김덕홍이 탈북자동지회 회장 자리에 앉아 있는 것을 달가워하지 않고 있다. 그러니 동지회를 살리겠으면 당장 회장직에서 사퇴하라. 그래야 예산을 줄 수 있다."

국가정보원이 우리에게 가한 부당한 활동제한조치와 압력은 한국의 언론계, 정계, 사회계로부터 거센 비난과 항의를 불러일으켰다. 당황한 국가정보원은 저들의 정치적 박해와 압력에 사사건건 의기투합해서 대항하는 형님과 나를 이간-분리하기 위한 작전을 세우고 형님에 대한 본격적인 설득과 회유에 들어갔다. 내가 제일 우려하던 최악의 상황이 다가오고 있었다. 나는 그때 국가정보원이 어떤 내용과 조건을 내걸고 형님을 회유했는지에 대해서는 지금까지도 구체적으로 알 길이 없다. 그러나 결국, 불과 며칠 만에 형님과 국가정보원 사이에서는 다음과 같은 모종의 합의가 이

뤄져서 내게 정식으로 통지되었다.

"황장엽선생만 국가정보원이 계속 특수 관리하고, 김덕홍은 사회에 배출한다."

동시에 형님까지 나서서 내게 아래의 제안을 건의했다.

"나는 약 1년간 더 국가정보원 안가에 머물면서 인간중심철학 관련 글을 완성해서 사상적 기초를 준비하겠으니, 너는 먼저 사회에 나가서 북한문제 해결을 위한 조직적 지반을 닦는 것이 어떻겠는가."

사실 나는 그 당시, 나를 둘러싼 국가정보원과 형님 사이의 심상치 않은 움직임을 어느 지인으로부터 즉시즉시 전해 듣고 있었다. 하지만 나는 북한 국가안전보위부에 비추어서 대한민국 국가정보원도 거짓과 허위를 조작하는 곳이라는 선입견과 고정관념이 있었기 때문에, 형님의 처사에 대해서는 쉬이 믿지도 또 믿을 수도 없었다. 그래서 나는 지금까지도 하늘이 무너지는 것 같았던 그때의 배신감과 좌절의 아픔을 잊지 못하고 있다.

그러나 나는 국가정보원 안가에서 나가지 않았다. 아니, 나갈 수가 없었다. 그리고 지금도 단언컨대, 내가 그때 국정원 안가에서 나가지 않은 것은 결코 목숨이 아까워서가 아니었다. 나는 내 목숨에 대한 미련을 황장엽 정치망명 동행을 결심할 때 이미 가족의 목숨과 함께 버렸다.

나는 진심으로, 정부권력차원의 압력과 회유가 앞으로 북한인민의 자유화와 인권해방 의지의 소중한 상징인 황장엽형님을 또 어떤 모습으로 바꿔놓을지…… 그것이 못내 걱정되고 또 걱정이 돼서 형님의 곁을 결코 쉬이 떠날 수가 없었다. 더 나아가서 나는,

이 문제가 자유민주주의 대한민국 주도 하에 북한의 개혁개방을 실현하고 한반도통일을 성취하고자 정치망명을 단행한 우리들의 대의에 관한 문제이고, 우리의 정치망명을 대하는 남북한 민족의 기대에 관한 문제였기 때문에 결코 황장엽형님과 헤어질 수가 없었다.

황장엽형님과 함께 김정일 독재정권을 붕괴시키고 함께 북녘으로 돌아가야 한다는 철석같은 의지와 마음이 없었더라면, 정말이지 나는 그때 쉬이 형님과 헤어져 미련 없이 한국 땅을 떠났을 것이다.

형님에 대한 평가는 오직 북한인민들만이 할 수 있습니다

황장엽형님은 1997년 대한민국 정치망명을 앞두고 내게 이 같은 부탁을 했었다.

"나는 내가 만든 인간중심철학을 내 마누라(아내)하고도 바꾸지 않아. 내 소원은 한국에 가서 이 철학을 내 이름으로 세상에 발표하는 거야. 동생이 이것만은 꼭 도와 달라."

그 부탁에 대해 나는 다음과 같이 대답을 드렸었다.

"형님의 철학도 수많은 철학 학파 중 하나인데, 다양한 철학이 존재하는 자유민주주의국가에서 형님 이름으로 책이야 못 내놓겠습니까? 그러니까 그런 걱정은 하지 마십시오."

형님은 대한민국에 온 뒤 '맑스주의와 인간중심철학' 1, 2, 3권을 포함해서 인간중심철학과 관련한 여러 권의 책을 펴냈다.

그런 와중에서 형님과 나는 2001년을 맞이했다. 돌이켜 보면 2001년은 미국방문 문제를 놓고 나와 형님 사이에, 그리고 우리와 대한민국 국가정보원 사이에 참으로 힘겹고 복잡한 고민과 싸움이 쉼 없이 이어졌던 한 해였다. 그해 우리는 6월 28일 미하원정책위원회 그리스토퍼 콕스 위원장의 미국방문 초청장을 시작으로 해서 6월 29일에는 미하원 국제관계위원회 헨리 J. 하이드 위원장과 미상원 외교위원회 제시 헬름스 위원장, 그리고 미국 디펜스포럼 수잔 솔티 회장의 방미초청장을 전달받았다.

대한민국 언론들은 우리가 방미초청장을 받은 사실과 우리의 미국방문을 저지시키기 위한 국민의 정부 국가정보원의 몰상식한 행위들을 거의 매일과 같이 게재했다.

그런 와중에 2001년 7월 2일 우리의 미국방문 문제와 관련해서 미상원 외교위원회 제시 헬름스 위원장의 보좌관들이 형님과 나를 면담하기 위해 우리가 거주하고 있던 국가정보원으로 찾아왔다. 그러나 그들은 국정원의 '황장엽, 김덕홍을 만나기 전에 먼저 외교부 승인부터 받아야 한다.'는 억지주장 때문에 종내 우리를 만나지 못하고 돌아섰다. 그날은 우리와 아주 인연이 깊었던 대한민국 오제도 변호사가 서거한 날이기도 했다. 우리가 저녁에 그분의 빈소를 찾았을 때, 황장엽형님은 참 많은 눈물을 흘렸다. 그 모습을 보고 있노라니 뭔지 모를 불안이 엄습해왔다.

그러던 중 2001년 7월 2일 국가정보원의 신건 원장이 면담을 구실로 밤 11시경에 나를 국정원 구내의 자택으로 불러냈다. 당시 그 좌석에는 국가정보원 담당국장과 담당과장도 참석했었다. 거기서 신건 원장은 술 냄새를 풀풀 풍기면서 아주 자신만만한 어조로, 아무 거리낌 없이 이런 말을 했다.

"당신들이 미국에 가는 것을 결심하는 것은 화약을 지고 불 속으로 들어가는 거나 같아요. 미국에는 몇 백 달러만 쥐어 주면 당신들을 암살해 줄 수 있는 사람들이 얼마든지 있어요. 그러니 심사숙고하는 게 좋을 거예요. 우리가 당신들이 미국을 방문하는 것을 아예 반대하는 건 아니에요. 미국에 가더라도 무조건 10월 이후에 비공개로 가야 해요. 다시 말하지만 미국에는 돈만 주면 당신들을 없애 버릴 수 있는 사람들이 얼마든지 있으니, 우리의 경고를 허투로 듣지 마시오."

그때로부터 14년이란 세월이 흘러갔지만, 그날 밤 신건 원장이 내게 했던 그 말들은 토시 하나 틀림없이 내 기억과 일기책 속에 기록되어 있다. 지금도 내 눈에는, 혈혈단신의 정치망명자를 야밤삼경에 홀로 불러다놓고 빙 둘러싸고 앉아서 "암살당할 수 있다."고 협박질하던 신건 원장의 작태가 훤히 보인다. 그때 내 앞에 앉아 있던 대한민국 국가정보원 신건 원장의 모습은 조폭두목과 거의 진배없었다.

그날의 공갈협박을 시작으로 황장엽형님과 나를 상대로 한 국가권력차원의 수단과 방법을 가리지 않은 회유와 압력이 날로 가중되기 시작했다. 하지만 나는 국민의 정부와 국가정보원의 압력과 회유 따위는 전혀 두렵지 않았다. 그저 자나 깨나 두렵고 걱정스러웠던 것은 황장엽형님의 심경변화였다. 형님에 대한 나의 걱정과 불안은 결코 근거가 없는 것이 아니었다. 형님은 국민의 정부 국가정보원이 자신의 방미저지에 사활을 걸고 있다는 것을 간파하고는 자신감을 얻었는지 언젠가부터 인간중심철학개인연구소 설립과 미국방문 문제를 가지고 국정원과 흥정하기 시작했다.

인간중심철학개인연구소와 미국방문을 두고 오락가락하던 형님의 심경변화는, 그 시기 그가 내게 보냈던 서한들에 고스란히 담겨져 있다.

2001년 7월 3일 서한 중에서

"적(국가정보원)들이 우리를 살해할 가능성이 현실적으로 존재하는 조건에서 두 가지 방법을 고려함이 필요.

① 미국으로 망명하였다가 야당집권 후 다시 돌아오는 방법(위험을 피하여 적을 폭로하는 방법).

② 지금 언론에 공개하고 투쟁하는 방법(공개적 투쟁방법).

지금은 상대방을 안심시키고 망명문제에 결론이 날 때까지 시간을 끄는 것이 유리할 것같이 생각됨."

2001년 7월 9일 서한 중에서

"적(국가정보원)과의 흥정이 어렵다는 것은 더 말할 필요가 없을 것이다. 그러나 인내심 있게 흥정을 해야 한다고 본다. 지금 정세는 매우 유리하게 전개되고 있다. 여기서 이해타산을 잘 하는 것이 중요하다.

적이 우리를 얼리기 위해서 속임수를 쓰는 것이 우려되지만 만일 ○○○회장이 우리를 위하여 집을 지어주기만 한다면 우리가 미국방문을 할 필요가 없다고 본다.

그 구실은 두 나라 간의 관계를 손상시키면서까지 미국에 갈 수 없다고 하면 될 것이다."

2001년 7월 21일, 한국일보에 실린 이종석의 '황장엽 방미 비판' 관련 기사에 대응해서 쓴 공개서한 중에서

"우리야말로 대의명분과 도덕적 의리를 생명보다 더 귀중히 여기는 사람들이다. 우리는 탁상공론하기 좋아하는 사람들이 우리를 비방하는 것을 탓하지 않는다. 말로써가 아니라 실천적으로 사선을 넘어 양심을 지킨 사람들은 반드시 우리의 입장, 우리의 심정을 이해할 수 있다고 확신하기 때문이다……. 만일 우리가 한미동맹을 더욱 공고히 하고 남북문제 해결에서 한미양국의 공조를 강화하는 목적을 위하여 이용당하게 된다면 그것은 우리의 커다란 영광으로 될 것이다."

2001년 8월 6일 서한 중에서

"지금 중대한 결심을 해야 할 전략적 기로에 서 있습니다. 지금 여당은 (김정일)답방에 운명을 걸고 있습니다. 이 때문에 우리의 미국방문을 저지시키는데 중요한 의의를 부여하고 있습니다. 미국을 방문한다고 하여 우리의 자립성(개인연구소 설립)을 보장받을 담보는 없습니다. 야당이 정권을 잡아도 마찬가지입니다. 우리의 자립적 기지가 꾸려지면 그때에는 미국도 모시러 올 것이고 야당도 마음을 놓고 우리를 내세울 것입니다.

상대방(국가정보원)에서 최소 50억만 얻을 수 있다면 미국방문을 뒤로 미는 것이 현명한 조치라고 생각합니다."

2001년 9월 18일 서한 중에서

"지금 복잡한 상황에서 우리 앞에 나선 가장 긴절한 과제는 빨리 자립적인 기지(개인연구소)를 꾸리는 것이다. 이 문제를 해결하기 전에 미국을 방문하여 큰 성과를 거두겠는가 하는 것도 의문시된다. 미국방문도 결국 우리의 정치적 자립을 보장하는데 이바지하여야 한다고 본다. 대국사람들의 원조에 기대를 거는 것은 자주적 원칙에 배치된다."

나는 형님의 개인철학연구소 설립에 대한 집착과 미국방문 문제를 두고 수도 없이 오락가락하는 언행들을 대할 때마다 아연함을 금할 수 없었다. 그래서 나는 조석으로 형님을 만나서 간곡하게 충고했다.

"형님이 인간중심철학에 대해 책까지 출판하는 것은 이 다양한 사회에서 별 문제가 없겠지만, 그러나 철학연구소를 세우는 문제는 심사숙고해야 합니다. 주체철학과 인간중심철학이 결국은 같은 철학이란 걸 누구보다도 그것을 만드신 형님이 잘 알고 있지 않습니까. 때문에 철학연구소 설립 문제는 이곳 자유민주주의 수호세력의 허락을 받아야 할 것입니다. 잘못하다가는 형님과 내가 대한민국에서 쫓겨날 수도 있습니다."

그러나 형님의 태도는 날이 갈수록 냉담해졌다. 2001년 12월 22일 형님은 국가정보원 신건원장과의 오찬석상에서 개인철학연구소 설립 문제를 논의한 뒤 그 다음날 내게 자신의 입장을 정리한 다음과 같은 서신을 보내왔다.

"나는 역사상 처음으로 인류의 운명개척의 끝없는 미래를 밝혀주는 철학을 창시하였습니다. 그런데 맑스주의에 물 젖은 사람들은 이 철학을 제대로 이해하지 못하고 있으며, 더구나 맑스주의도 모르는 자본주의나라 지식인들은 더 이해하지 못하고 있습니다. 앞으로 내가 활동할 수 있는 시간적 여유는 길게 잡아도 3~4년이라고 봅니다. 그런데 아직도 이 철학을 사람들에게 이해시키기 위한 기초사업이 끝나지 않았습니다. 우선 정치학 요강을 집필하여 이 철학과 정치를 결부시키는 문제를 해결하여야 합니다. 그리고 정치철학연구소 청사를 건설하고 후대교육 사업에 전념할 수 있는 기지를 마련하여야 합니다. 그러니 명년에 꼭 청사건설 문제를 해결하려고 합니다. 정치학 집필과 연구소 청사를 건설하기 전에는 대외활동을 할 자격이 없습니다. 이 문제와 관련해서 국정원 측과 초보적인 논의가 진행되고 있으나 물론 나는 전적으로 여기에 의존하고 있지 않습니다. 만일 미국에서 다시 초청하면 성명을 발표하고 미국방문을 보류하려고 합니다."

이 서한을 받은 나는, 형님을 향해 붙들고 있던 실낱같은 믿음마저 여지없이 부서지면서 그 자리에 털썩 주저앉았다. 즉시 형님을 불러낸 나는 준열하게 경고했다.

"형님이 북한을 저런 생지옥으로 만든 주체철학을 출판하다 못해 이제는 연구소까지 차려놓고 후대양성까지 하겠다는데 대해서는 여기 대한민국 자유민주주의 수호세력이 용납하지 않을 것입니다. 더욱이 형님이 일신의 집착과 야심을 대의명분이 걸린 방미문제와 흥정한데 대해서는 훗날 북한 동지들이 용서하지 않을 것입니다."

그러나 형님은 종내 2002년 1월 4일 국가정보원 담당 차장과의 면담에서 인간중심철학개인연구소 건설과 미국방문 포기 문제를 가지고 마지막 흥정을 벌렸다. 그리고 2002년 1월 12일에는 국가정보원의 '방미를 포기하는 대가로 철학연구소 건설을 지원한다.'는 건의를 받아들여 현금 2천만 원을 받고 북한문제 해결의 중요한 기회였던 미국방문을 포기했다. 2002년 1월 14일, 황장엽형님은 국가정보원이 조직한 미의회 전문위원들과의 면담에서 미국방문 문제와 관련해서 이 같은 입장표명을 했다.

"내가 미국방문을 하여 발표하려고 준비하였던 원고는 작년 9월 1일 월간조선에서 책(제목 '어둠의 편이 된 햇볕은 어둠을 밝힐 수 없다')으로 다 발표되었다. 나는 그 이상 이야기할 것이 없다. 그런 문제를 다시 되풀이하여 논증하기 위하여서라면 내가 미국까지 갈 필요가 없을 것이다."

형님이 미의회 전문위원들을 만나기로 되어 있던 2002년 1월 14일 새벽, 나는 가슴이 찢겨져 나가는 것 같은 마음을 안고 황장엽선생에게 다음과 같이 편지를 썼다.

"모든 것을 버리고 민족의 운명을 구원하고자 나섰던 형님을 농락하는 국정원 신건원장이 저주스럽고, 그 간교한 농락 앞에서 북한 동포들을 구원하고자 했던 지조와 양심을 깡그리 파는 형님이 원망스럽고 불쌍하기에 오늘 아침 미국사람들을 만나기에 앞서 형님이 지금의 악몽에서 벗어나 본연의 자세로 돌아오기를 바라는 한 가닥 희망을 기대하면서 몇 자 적습니다.

형님은 1997년 대한민국에로의 망명을 단행하여 북한 수령독재체제와 남한 자유민주주의체제 간의 첨예한 경쟁에서 자유민주주의승리의 불가피성을 세계에 논증하였습니다. 형님의 망명은 자유민주주의국가인 한국 주도로 북한민주화를 실현할 수 있는 전환점을 열어놓은 역사적 사변이었으며, 또 형님께서 노고를 다 바쳐 쓰신 북한 독재체제의 본질과 북한의 인권실상, 북한체제의 강점과 약점, 한반도 평화통일 전략과 방도들은 한국정부가 지난 50년간 축적한 대북정보의 차원을 훨씬 뛰어넘는 민족통일 위업의 귀중한 재보로 되고 있습니다.

그럼에도 불구하고 형님에 대한 역사적 평가는 오직 북한 동포들만이 할 수 있다는 사실을 아셔야 합니다. 형님이 가족과 친지들, 고락을 함께 해온 수많은 동지들을 희생시키며 민족의 운명을 위해 망명을 단행할 때의 초지대로 여생을 수령독재체제에서 신음하는 북한 동포들을 해방하기 위한 위업에 다 바칠 때 형님의 생은 옳게 평가될 수 있으며 후세에 길이 남을 것입니다.

형님의 미국방문이 이미 개인의 차원이 아닌 자유민주주의를 지향하는 남북한 모든 동포들의 근본 이익과 관련되는 문제라는 것을 그리도 모르시겠습니까. 형님은 북한 동포들을 위해서, 또 대한민국 국민들을 상대로 밝히신 약속을 지키기 위해서 꼭 미국방문을 하셔야 할 것입니다. 그것이 '개인의 생명보다 더 귀중한 가족의 생명, 가족의 생명보다 더 귀중한 민족의 생명, 민족의 생명보다도 더 귀중한 인류의 생명'을 주장해 오신 형님의 사상과 양심, 의지와 지조를 지키는 유일한 길입니다.

이것은 저만의 우려와 충고가 아닌 북한 동지들의 충고이고 요구라는 것을 부디 알아주시고 악몽에서 깨어나시기 바랍니다."

그리고 형님이 미국방문을 공식적으로 포기한 그해(2002년) 1월 28일 나는 미국 디펜스포럼 수잔 솔티 회장으로부터 다음과 같은 내용의 서신을 받았다.

"당신에게 보내는 이 편지는 황선생이 미국방문을 원치 않을 경우, 당신이 미국에 오는 문제에 대해 우리가 대단한 관심을 가지고 있다는 것을 확신시키기 위한 것입니다. 당신께서 북한에 관한 연설을 이 중요한 포럼에서 하게 된다면 우리는 영광으로 생각할 것입니다."

그때로부터 어느덧 13년이란 세월이 흘러갔다.

그리고 형님도 이미 파란 많은 생을 마감하고, 대한민국 정부의 배려로 대전 국립현충원에서 영면에 들어갔다.

황장엽형님이 그때 방미를 포기한 대가로 지었던 논현동의 개인연구소는 이미 흔적조차 없어진지 오래다.

나는 개인이 아니다

2000년 말부터 국가정보원은 황장엽과 나를 이간, 분리하기 위한 공작을 벌리면서 내 앞에서는 물론 내 주변사람들과 한국사회에까지 '김덕홍은 별 볼일 없는 사람'이라느니, '김덕홍은 황장엽과 함께 망명했기 때문에 특별보호대상이 됐지, 원래는 그냥 일반 탈북자와 같다'느니 하면서 끊임없이 나를 무시하는 언행들을 했다. 그들은 북한에서의 나의 본 직책이 당중앙위원회 자료연구실 부실장이라는 사실을 뻔히 알고 있으면서도, 내가 대외활동 때마다 사용했던 위장직책인 '조선여광무역연합총회사 총사장'으로만

소개하면서 나를 장사나 하던 사람이라고 비하했다. 그러나 그때마다 나는 그들에게 이렇게 말했다

"당신들이 아무리 나를 비하하고 무시해도, 나는 조금도 흔들리지 않는다. 나는 황장엽선생의 정치망명을 직접 계획하고 준비할 때, 이후 정치망명 동행을 결심할 때, 이미 개인이기를 포기했기 때문에 두려울 게 전혀 없다.

내가, 나 혼자만의 결단과 의지로 황장엽선생을 데리고 정치망명한 줄 아는가?

천만에! 나는 '황장엽을 대한민국에 망명시켜야 한다'는 노동당 내 지기들과 동지들의 합의된 뜻에 따라서, 그리고 '당신이 황장엽을 모시고 나가야겠다'는 간곡한 권고에 따라서 황장엽을 대동하고 대한민국에 온 사람이다. 이 때문에 나는 북한 지기들과 동지들이 언제나 나를 지켜보고 있다는 마음가짐으로 그분들의 뜻까지 헤아려서 한국에서의 모든 언행에 임해오고 있다. 그래서 나는 한국에 온 이래로 나를 개인이라고 생각한 적이 없다.

내가 개인일 수가 없는 또 다른 이유는 북한 당중앙위원회 모든 일꾼들, 기득권 및 엘리트계층이 '혼자서는 상점도 못 찾아가는 황장엽이 대한민국에 정치망명할 수 있는 것은 전적으로 김덕홍이 있었기 때문'이라는 사실을 잘 알고 있고, 그들 중 많은 이들이 희망을 가지고 나의 앞날을 지켜보고 있기 때문이다.

북한 노동당 역사에서 나처럼 노동당 사상담당 및 외교담당 비서를 데리고 정치망명해서 국내외적으로 김일성족속, 특히 김정일의 권위를 땅바닥에 떨어뜨린 사람은 지금까지도 없었거니와 앞으로도 없을 것이다. 그래서 김정일은 황장엽은 혁명의 배신자로 낙

인하고 나는 역도(逆徒)로 규정했으며, 황장엽은 잡아서 북한으로 끌어오고 김덕홍은 보는 즉시 처단하라고 명령을 내리고 있는 것이다.

이런 내가 어떻게 개인일 수가 있겠는가?"

그렇다. 내가 황장엽형님과 결별하고서도 굳건히 내 갈 길을 갈 수 있었던 것도, 참여정부를 상대로 4년에 이르는 여권발급 법적소송을 끝까지 벌릴 수 있었던 것도, 그 와중에서도 수십 수백 건에 달하는 대북문제자문 책자와 글들을 쉼 없이 집필해서 필요로 하는 국가, 단체, 개인에게 보내줄 수 있었던 것도, 나는 개인이 아니다! 하는 굳건한 의지와 자각이 있었기 때문에 가능했던 일들이다.

내가 만약 조금이라도 나를 일개인으로 생각했더라면, 지난 10년 정권 때 절해고도에 홀로 남겨진 것 같았던 그 외롭고 힘겨웠던 삶을 결코 헤쳐 나올 수 없었을 것이다.

나는 지금도, '나는 개인이 아니다!' 는 자각을 가지고 정치망명 초심에 내 심신을 한 줄기로 맞추어 살아가려고 힘껏 노력하고 있다.

스승 김종성선생의 충고

황장엽형님이 개인철학연구소 건설에 집착하면서 아침저녁으로 '기꺼이 미국을 방문하겠다', '방미문제를 고려해 보겠다', '모시러 오기 전에는 미국방문 안 한다' 고 두서없이 말을 바꾸던

2001년 10월 말경 나는 서울 상일여자고등학교 이사장 김종성선생의 부름을 받고 그의 집을 방문했다. 당시 선생은 90세를 넘긴 연세셨다. 지금은 고인이 된 김종성선생은 내가 대한민국 망명 후, 제일 존경하는 스승으로 모셨던 분이시다.

김종성선생은 평북도 박천출신이시다. 언젠가 선생은 내게 1945년 8.15 해방 직후 김일성을 찾아가서 만났던 이야기를 들려주셨다.

해방 전에 조선의 간디로 추앙받던 조만식선생을 따라 조선물산장려회의 어느 지부 사업을 맡아보면서 현대의학의 먼 지평선에서 온갖 질병에 시달려오고 있는 민족의 불행을 깊이 체험한 선생은 8.15 해방 직후 제약공장을 하나 설립할 꿈을 안고 평양으로 올라가셨다.

몇 날 며칠을 싸구려 여관방에서 쪽잠을 자면서 이리 뛰고 저리 뛰고 하던 중에 당시 북한의 산업상 김책을 만나게 된 선생은, 그의 안내로 김일성을 찾아 들어갔다. 넓디넓은 방 안에 밤색 양복을 입고 앉아서 제약공장 설립에 대한 선생의 설명을 들은 김일성은 벌떡 일어서서 책상 앞으로 다가가더니 종이에 몇 글자 빽빽 적은 뒤, 그것을 내주면서 호기 있게 말했다.

"참 좋은 생각이요. 이것만 가지고 가면 소련사람들이 해결해 줄 것이요."

김일성이 건네준 종이를 펼쳐서 보니 거기에는 다음과 같은 내용이 그의 사인과 함께 적혀 있었다.

"제약공장을 건설하려고 하니 소련군대가 사용하고 있는 건물을 하나 내주었으면 좋겠습니다."

그것을 받아든 선생은 하늘을 나는 기분으로 평양주둔 소련군사령부로 찾아갔다.

그런데 소련군사령부 정문에서 보초를 서던 새파랗게 젊은 코큰 보초병이 선생이 내미는 종잇장을 받자마자 들여다보려고도 하지 않고 거기에 침까지 탁 뱉고는 구겨서 버렸다. 선생이 하도 기가 막혀서 그것을 다시 주워들고 "김일성, 김일성"하고 연방 소리치자, 그 소련군 보초가 이번에는 총을 그에게 겨누고 방아쇠를 당기는 시늉까지 하면서 막무가내로 쫓아냈다.

그런 이야기를 들려주면서 김종성선생은 탄식에 젖은 혼잣말을 하셨다.

"그게 그때 김일성의 처지였는데, 독립국가는 무슨 놈의 독립국가……."

그 후 선생은 북한 전역에서 유산계급 재산몰수의 살벌한 계급투쟁이 벌어지자 김일성공산정권을 저주하고 또 저주하면서 야밤삼경에 가족들을 이끌고 남행길에 올랐다고 한다.

김종성선생은 반세기가 훨씬 더 지난 그 시절을 근년(近年)의 일처럼 생생하게 기억하면서 "공산당과는 절대로 한 하늘을 이고 살 수 없어. 그게 김일성을 1년 경험하고 얻은 진리야."라고 말씀했었다.

그날 선생은 늦가을의 마지막 잎들이 흐느적거리는 자택 정원에서 나를 맞았다. 찻잔을 사이에 두고 앉은 선생이 먼저 내게 물으셨다.

"요즘 신문들에 나오는 것을 보니까, 황장엽이 미국에 안 가겠다고 한다는데, 미국에 안 갈 바에는 왜 가족들을 죽이면서까지 망명을 했노?"

나는 그 물음에 얼른 대답을 하지 못했다. 아니, 너무 부끄럽고 송구해서 입이 열리질 않았다. 나의 고뇌와 안타까움을 헤아렸는지, 선생은 내 손을 찾아서 꼭 쥐고 말씀을 이었다.

"김덕홍선생, 내가 왜 당신을 불렀는지 아는가? 황장엽과 김정일은 사상이 꼭 같다는 걸 말해주려고 불렀어. 황장엽은 김정일과의 개인감정 때문에 망명했지, 북한문제를 해결하려고 온 사람이 아니야. 이걸 말해주려고 당신을 불렀어. 내 말을 새겨듣고 황장엽이 미국에 안 간다고 해도 김선생만은 꼭 가야만 해."

순간 나는 머리를 한 대 얻어맞은 것처럼 정신이 번쩍 들었다. 그리고는 내가 몇 년, 몇 달을 두고 고민하고 또 고민했던 문제의 본질을 순식간에 깨달았다.

'왜 나는 북한문제를 해결하기 위해 망명했음에도, 사사로운 감정에 젖어서 문제의 본질을 깨닫지 못했을까. 처음부터 그것을 알고 대처했더라면 일이 이 지경까지는 오지 않았을 텐데……'

괴롭고 쓰라린 후회가 마음을 후비고 또 후볐다.

그러나 때는 이미 너무 늦어 있었다. 결국 나는 "네가 같이 가지 않으면 정치망명 안 한다."는 황장엽비서의 굳건한 고집과 황장엽을 김정일 손에 죽게 내버려둘 수 없다는 당내 지기들의 의기투합, 그리고 조선(造船)한 사람이 폐선(廢船)도 해야 한다는 동지들의 신념과 그 위에 '유약한 글쟁이 형님이 남쪽에 나가서 혹 미미(微微)하게나마 무시와 멸시라도 당하면 어쩌나' 하는 내 소박한 인정까지 얹혀서 정치망명 동행을 결심하고 단행했던 그 초지를 지켜내지 못하고 황장엽형님과 결별하게 되었다.

2003년 여름 미국신문 월스트리트저널은 북한관련 기사에서 '주체사상이 김덕홍과 황장엽을 결별시켰다.' 라고 서술했다. 그렇다. 나는 주체사상 때문에 황장엽형님과 결별했다.

김종성선생은 2005년 2월 평생을 염원하고 그리워하던 북녘의 싱그러운 고향 박천과 그곳에 두고 온 살붙이 맏딸을 한 많은 품에 싸안고 별세하셨다. 나는 이 남한 땅에서 깊이 존경하고 의지했던 선생의 마지막 길을 바래드리지 못했다. 그러나 김종성선생이 마지막으로 내게 준 귀중한 가르치심은 지금도 기약 없는 멀고 먼 노상에 있는 나를 언제나 정치망명의 초심으로 이끌어주고 있다.

지금에야 이해되는 황장엽, 그리고 그리움

내가 황장엽선생의 정치망명을 준비하면서 의형제 관계를 맺고 형님으로 모셨던 그분은 정치망명자이기 이전에, 사회주의사상이론가이고 사회주의철학자였다.

2000년대 중반에 나는, 구소련 및 동구권사회주의 붕괴 당시 그곳에서 활동했던 외국기관의 심리학전문가를 만난 적이 있었는데, 그는 내게 다음과 같은 내용의 이야기를 해줬다.

"구소련과 동구권이 자본주의로 복귀할 때, 정치인들과는 달리 사회주의사상이론가들은 마지막까지 전향을 하지 않았습니다. 그들에게 사회주의사상은 곧 신념이었기 때문에, 그들은 옳고 그름에 관계없이 사상전향을 할 수가 없었습니다.

그러나 그들 중 많은 사람들은 사회주의사상의 어느 구석에도 공산지도자가 독재를 해도 된다는 말은 없었다면서, 특히 사회주의권 독재자들을 누구보다도 증오하고 거세게 항거했습니다. 사회주의권에 유독 정치범이 많았던 이유는 그 때문입니다."

당시 참여정부의 부당한 대우와 압력 때문에 매일 매 시각 초긴장상태에서 벗어나지 못하고 있던 나는, 그가 하는 말을 들으면서도 그 범주에 황장엽형님이 포함될 수 있다는 생각을 전혀 하지 못했었다. 그래서 김일성족속의 통치철학인 주체사상을 증오하는만큼, 인간중심철학에 집착하는 형님에 대해서도 늘 불만과 안타까움을 가지고 있었다. 그러나 형님이 사망한 뒤, 한 해 또 한 해 그 나이 대에 가까이 다가갈수록 그리할 수밖에 없었던 대한민국에서의 형님의 처절한 삶과 심정이 다소나마 이해가 되기 시작한다.

한국에 망명한 지 2년이 지나가던 1999년 여름, 나는 당시 약 1년간 형님에게서 인간중심철학을 강의받다가 다른 곳으로 간 30대 연구원(한국인)을 만난 기회에 이렇게 물었다.

"왜, 황장엽선생의 철학 강의를 받다가 도중에 그만뒀습니까?"

내 질문을 받은 그는 아주 담담하게, 그리고 진심으로 다음과 같이 말했다.

"황장엽선생님의 깊은 학식은 존경하지만, 그러나 그분의 사상은 도저히 실현될 수 없는 것입니다. 때문에 한국과 같은 자본주의 나라에서는 그걸 가지고는 어데 가서도 밥벌이를 못합니다."

정말로, 정치망명 초기에 형님에게서 인간중심철학 관련 강의를 받던 한국의 여러 젊은 철학자들이 대개가 2년을 넘기지 못하고 형님의 곁을 떠나갔다. 형님이 그런 분위기를 감지하지 못했을

리가 없었다. 그러니 사회주의사상이론가, 사회주의철학자로서 60
년대 말부터 나름 인류의 이상향을 그려보며 열정과 심혈을 깡그
리 바쳐 연구하고 완성해온 인간중심철학(북한에서는 주체사상이
라고 부름)에 대해 어찌 조바심이 나지 않았겠는가. 김일성족속이
빼앗아서 저들의 통치철학으로 삼았건, 형님이 김일성족속에게 바
쳤건 관계없이 인간중심철학은 형님의 분신이었다.

그리고 형님은, 인간이라면 거의 누구나 평생의 사상과 이념을
전향하기가 거의 쉽지 않은 76세에 대한민국에 정치망명을 했다.
아울러 소위 '사회주의 배신자들과 제국주의자들의 사면포위' 속
에 있는 김일성공산왕조의 권력중심→노동당중앙위원회에서 오랜
기간 사상 및 외교 담당비서로 사업한 노련하고 원숙한 형님은 이
미 6자회담이 어떻게 전개되든, 미국 등 국제사회가 북한 인권문
제를 어떻게 이슈화하든 북한체제의 붕괴는 요원한 일이라고 바라
봤던 것이다.

이와 같은 주객관적 이유들로 인해서 형님은 인간적으로도 유
약해질 수밖에 없었을 것이다. 게다가 나까지 북한문제와 국가정
보원의 부당한 압력에 한해서는 절대로 물러설 수 없는 절박함이
있었기에 형님의 마음을 이해하기보다는 사사건건 "이러면 안 됩
니다", "저러면 안 됩니다" 했으니 그분의 심경이 얼마나 부담스럽
고 외로웠겠는가. 물론 이제 다시 그때의 그 상황에로 되돌아간다
하더라도 나의 선택은 분명 달라지지 않을 것 같다. 하지만 형님의
고민과 불안만은 나눠지려고 힘껏 노력할 것이다.

그런 마음으로 되돌아보면 황장엽형님에게는, 76세에 노동당
중앙위원회 사상 및 외교 담당비서라는 현직을 버리고 대한민국에

정치망명한 것 자체가 어느 누구도 대신할 수 없는 김일성족속 반대투쟁이었고 사상전향이었다. 그리고 끝까지 김정일을 증오하고 반대한 것만으로도 형님은 북한 최고위층에서 망명한 노정객으로서의 소명을 다 하셨다. 그 외의 것은 다 부차적인 것이었다. 이런 명백한 이치를 형님이 정치망명할 당시의 나이 대에 들어서서야 알게 되었으니…….

2014년 9월 대한민국 정부 관계기관으로부터 명예회복을 통지받던 날 새벽에 나는 꿈속에서 황장엽형님을 만났다. 그리고 나는 분명 "너는 그 급한 성격이 문제야. 성질을 죽여야 병도 나을 수 있어……" 하는 형님 특유의 나직한 목소리를 들었다. 잠자리에서 벌떡 일어난 나는 창문을 열고 밝아오는 창천을 향해서 마음속으로 힘껏 소리쳤다.

"형님, 진심으로 미안하고 보고 싶습니다!"

그리고는 대한민국에 온 이래 처음으로 황장엽형님의 빈자리를 무겁게 느끼며 오열했다.

13장

여권발급을 위한
법정소송 4년

나는 대한민국 국민임을 자랑한다. 아울러 나는 대한민국의 자유, 인권, 행복추구, 권익존중의 자유민주주의 법치주의를 굳게 믿고 확신한다.

세상을 둘러보면 대한민국만큼 휴전상태의 분단국가에서 최단기간 내에 최고의 정신적, 물질적 성취를 이룩한 나라나 국민도 없는 것 같다. 8.15해방과 동시에 분단된 남쪽 땅에, 6.25 동족상잔의 피비린 전쟁을 강요당하고 모든 것이 파괴되었던 폐허 위에, 반만년의 빈궁과 낙후가 지배했던 이 땅에 남한동포들은 자신들의 피와 땀과 민주화투쟁으로 자유민주주의를 꽃피웠고 세계경제선진국 12위라는 경이적인 기적을 이루어냈다.

그런 위대하고 자랑스러운 대한민국이 대북햇볕–대북포용정책 10년 기간에 민족의 주적이고 한반도와 동북아 평화의 교란자이고 국제범죄의 괴수인 김일성족속의 기만적인 민족공조–우리민족끼리 책략에 휘말려서 건국이념과 안보에 위협을 조장하고 김정일의 후안무치한 경제갈취 행위에 편승했었다.

더욱 가슴 아픈 것은, 당시의 위정자들이 그러한 위험천만의 이적행위를 국민의 이름으로 행했다는 사실이다.

지금도 나는 그때의 위정자들에게 묻고 싶다.

6.25전쟁을 일으켜서 수백만 동족을 살육했고 대한항공 858기 폭파와 서해교전 등 수많은 동족테러사건을 일으켰고 수백 명의 한국국민을 납치했고 1천만 이산가족의 상봉마저도 체제 선전과 유지와 갈취행위에 악용한 김일성족속에게 과거청산 사죄도 요구하지 않고 오히려 김정일 답방 같은 것을 기대했던 것이 한국의 존엄과 국민의 자존심에 맞는 행위였는가?

북한경제를 핵·미사일 개발과 대남무력 적화통일을 위한 전쟁준비에 탕진하고서도 범죄야망을 버리지 않고 있는 김일성족속을 두둔해서 북한 핵은 대남용이 아닌 방어목적이라고 극구 선전하고 경제지원으로 그 정권을 되살려놓은 것이 대한민국의 국익에 맞는 행위였는가?

전시(戰時)도 아닌 평화 시기에 수백만 자국민을 굶겨 죽이고 자라나는 한 세대를 기형세대로 만들고 수많은 탈북여성들이 타국에서 인신매매의 타깃이 되도록 만든 독재자 김정일을 '식견 있는 지도자', '합리적인 지도자'라고 미화한 것이 대한민국 국민의 정의에 맞는 언행이었는가?

한반도 공산수령이 되려는 김일성족속의 범죄적인 민족공조-우리민족끼리 책략에 편승해서 한미동맹을 흔들어댔던 것이 과연 자유민주주의 대한민국의 국가비전에 맞는 처사였는가?

나는 정치망명의 길에 오를 때, 북녘의 사랑하는 사람들에게 타는 듯이 아프고 쓰린 마음을 담아서 다음과 같은 위로의 말을 남기고 떠나왔다.

"백화만발한 화창한 봄날을 앞당기려는 이 나그네의 마음을 알아준다면, 먼 길 떠나는 이 나그네는 발걸음 가볍게 끝내고 봄날의 나비같이 가벼이 돌아올 것입니다."

때문에 나는 대한민국에 온 첫날부터, 한순간도 정치망명자로서의 소명을 잊을 수가 없었으며, 아울러 북한문제와 관련해서는 잠시도 지체하거나 머뭇거릴 수가 없었다. 그러나 그때의 위정자들은 내가 김정일을 민족의 주적이라 규탄한다고 해서, 북한인권 실상과 북한정권의 국가범죄행위를 미국을 비롯한 국제사회에 널리 알리려고 한다 해서 수년간이나 나의 정치적 소신과 기본권을 가차 없이 모독하고 유린했으며 내 발걸음을 묶어 두려고 별의별 짓을 다 했다.

하지만 대한민국 국민의 당당한 일원인 나는 자유민주주의 대한민국의 법치주의에 대한 깊은 신뢰와 확신을 가지고, 참여정부를 상대로 정치적 자유와 기본권을 되찾기 위해 4년간이나 피를 말리는 법적 소송을 벌려서 끝끝내 승소했다.

나는 대한민국 대법원까지 가서 승소판결을 받고서야 이명박 정부가 들어서던 2008년 초에 여권을 발급받게 되었다. 아마도 대한민국에서 범법행위, 범죄행위가 전혀 없음에도 불구하고 4년간 서울고등법원을 두 차례나 오르내리면서 법정소송을 하고서도 해결되지 않아, 종당에는 대법원까지 가서야 국가로부터 여권을 발급받은 국민은 나 외에는 별로 있을 것 같지 않다.

그러나 나는, 그토록 소중하고도 값진 여권을 발급받은 그해부터, 절통하게도 해외여행이 불가능할 정도로 건강이 악화되기 시작했다. 참여정부 전 기간에 분통이 치밀고 억장이 터지는 일들을 하도 수시로 당해서, 그 정부 말기에는 청각까지도 급격하게 잃어 갔다. 기가 찬 일들을 수시로 당하게 되면 청각도 잃게 된다는 사실을 나는 그때에 알았다. 그 정도로 나는 북한정치망명자로서의 사명과 절박한 마음을 안고 여권발급을 위한 4년간의 법적소송에 정신적 육체적 진력을 거의 모두 소진했다.

원래 나는 김일성족속이 "수령을 배반하고 적국으로 달아나더니, 거기서도 버림받았다."고 야유하며 좋아하는 꼴만은 도저히 용납할 수가 없어서 대한민국 정부가 정치망명자인 내게 감행한 온갖 모욕, 직무유기, 부당한 압력 행위들에 대항해서 4년간이나 법적소송을 벌린 일에 대해서는 북한정권이 붕괴되는 날까지 밝히지 않으려고 했었다.

그러나 지금에 와서는 내가 국가를 상대로 벌린 법적소송에서 승소했다는 사실 역시, "권력이 법 위에 있을 수 없다!"는 자유민주주의 법치국가 대한민국의 참모습을 북한을 포함한 만천하에 보여줄 수 있는 좋은 사례가 될 수 있겠다고 판단했다.

아울러 정치망명자인 내게는 미국방문을 하지 못한 그 기막힌 사연이 언젠가는 북녘의 지기들과 동지들에게 꼭 알려져야 할 매우 중요한 사건이기에 4년간 법정소송 이야기를 이 글에 담기로 했다.

설령 이 몸이 다시 북한 땅을 밟지 못하게 되더라도, 내가 대한민국에서 행한 자랑스러운 일들만은 전해지기를 바라는 간절한 심정을 안고서……

북한을 자극할 수 있기 때문에 미국방문을
허용할 수 없다

국민의 정부가 2000년 6월 평양남북정상회담 이후에 북한독재자 김정일의 서울답방을 이제나저제나 학수고대하고 있던 2001년에 황장엽형님과 나는 미국의 의회 및 단체 인사들로부터 도합 6건의 미국방문 초청장을 전달받았다.

그해 우리에게 방미초청장을 보내준 분들은 크리스토퍼 콕스 미하원 정책위원회 위원장, 헨리 J. 하이드 미하원 국제관계위원회 위원장, 제시 헬름스 미상원 외교위원회 위원장, 그리고 수잔 솔티 미국 디펜스포럼 회장이었다. 그러나 우리는 그해에 미국방문은 고사하고 여권발급조차 신청하지 못했다.

국민의 정부의 '북한이 황, 김을 미국에 보내면 모든 남북대화를 중단하겠다고 하므로, 절대로 이들의 미국방문을 허용할 수 없다'는 내부방침에 따라 우리를 특별보호 관리하던 국가정보원은 수단과 방법을 가리지 않고 우리를 비난, 공갈, 회유했다.

국가정보원 원장이란 사람까지 나서서 아무 거리낌도 없이 "당신들이 미국에 가는 것을 결심하는 것은 화약을 지고 불 속으로 들어가는 것과 같다. 미국에는 몇 백 달러만 주면 당신들을 암살해 줄 수 있는 사람들이 얼마든지 있다."라고 협박을 할 정도였으니 그 시기 우리의 처지가 어떠했는가 하는 것은 더 설명하지 않아도 잘 알 수 있을 것이다. 결국 국가권력 차원에서 감행된 끈질긴 공갈과 회유 때문에 황장엽형님은 2002년 1월 "국가정보원이 개인철학연구소 건설을 지원해주는 조건으로 미국방문을 포기한다."고 물러서기에 이르렀다.

사실 나는 자유민주주의 대한민국에 와서, 그것도 한국 민주화의 주역이라 자처하는 국민의 정부에서, 그것도 한국과 동맹관계에 있는 미국방문 문제를 놓고 그토록 처절한 상황에 부닥치게 되리라고는 전혀 예상하지 못했다.

국가권력만 쥐면 못할 것 없다는 후진적 사고의 잔재가 분명히 남아 있은 탓인지, 국민의 정부에 이어 들어선 참여정부에서도 국가정보원은 내가 미국을 꼭 방문하겠다고 한다 해서 혈혈단신 정치망명자인 나를 고립시키고 우롱하고 탄압하는 행위를 서슴지 않고 감행했다.

참여정부가 갓 출범한 2003년 3월 초, 황장엽형님과 나는 또다시 미국 디펜스포럼이 보낸 방미초청장을 각자가 전달받게 되었다. 아울러 한국 언론과 사회일각에서도 큰 관심을 가지고 우리의 미국방문을 다시 거론하기 시작했다. 그런 와중에 2003년 6월 18일에는 미 국무부 켈리 아태담당 차관보가 한국정부의 신변안전보장각서 요구에 따라 다음과 같은 서신을 미국주재 한국대사관에 전달하였다.

"디펜스포럼(DFF) 등 미국 단체, 기관의 초청에 의한 미국방문 시 신변안전을 보장한다."

이런 상황에서 2003년 7월 18일 국가정보원은 우리에게는 아무런 예고도 없이 불시 언론에 다음과 같이 공개하였다.

"북한이탈주민 보호 및 정착지원에 관한 법률상 특별보호기간 (6년)이 1차로 만기된 데다가 황, 김을 장기간 특별보호하고 있는 것에 대해 국내외 일부 인권단체 및 언론들에서 통제, 구금, 인권

탄압 의혹을 제기해 황, 김을 사회에 배출하게 되었다. 사회에 배출된 만큼 황, 김은 원할 경우 필요한 절차를 밟아 방미문제를 스스로 결정할 수 있게 되었다."

국가정보원의 언론공개 후 나는 2003년 7월 21일 미국 미래학재단 허드슨연구소로부터도 미국방문 초청장을 전달받았다. 그에 따라 나는 2003년 7월 24일 서울시 종로구청 여권과에 여권발급신청서를 제출하였으며, 같은 날 그 당시 국가정보원 원장이었던 고영구와 담당국장이었던 유○○에게 본인의 여권발급과 미국방문 문제에 협조해 줄 것을 요청하는 진정서를 제출했다.

그러나 국가정보원 고영구원장은 같은 시기에 미국방문문제를 제기한 황장엽형님의 미국방문은 허락하면서도, 나의 진정에 대해서는 저들의 '황, 김은 원할 경우 방미문제를 스스로 해결할 수 있다'고 한 공고를 깨고 국정원 원장의 자리에서 물러가는 날까지도 묵묵부답으로 일관했다.

결국 나는 여권발급신청서를 제출한 때로부터 7개월이 훨씬 지난 2004년 3월에야 서울 종로구청 여권과로부터 아래의 통지를 받게 되었다.

"신원조사 미회보로 여권발급이 기각되었습니다."

나는, 분명 대한민국 주민등록증을 소지하고 이 땅에서 살고 있음에도 불구하고 없는 사람 취급을 하는 '신원조사 미회보' 통지를 받고 하도 황당해서 끝까지 가보자는 결기를 품고 2004년 6월 4일 다시 종로구청에 여권발급신청서를 제출했다. 하지만 그때에도 역시 한 달이 넘도록 아무런 답변도 받지 못했다.

"법치국가에서는 법밖에 믿을 게 없다!"

분노가 머리끝까지 치밀어 오른 나는 이렇게 단언하고 2004년 7월 20일 대한민국 외교통상부를 상대로 서울지방행정법원에 여권발급 관련소송을 제기했다. 그렇게 시작된 법적소송은 거의 4년간이나 서울지방행정법원과 서울고등법원을 오르내리면서 순간도 방심할 수 없는 긴장과 피를 말리고 진을 빼는 스트레스를 내게 들씌웠다.

　　당시 참여정부의 상식을 벗어난 처사에 대해 한국은 물론 외국의 많은 인사들조차도 내게 수없이 물어왔다.

　　"한국정부는 왜 황장엽은 미국에 보내면서, 아직까지도 당신의 미국방문에 대해서는 한사코 반대하고 있는가?"

　　이 문제에 한해서 내가 감히 내린 결론은, 황장엽형님은 미국방문을 제기하면서 거기 가서 할 발언들을 참여정부와 충분히 조율했기 때문이고 내게는 그런 일이 전혀 통하지 않았기 때문이라는 것이었다. 참여정부가 나의 미국방문을 한사코 반대하고 저지한 이유가, 나의 북한문제 관련 관점과 입장 그리고 미국방문 목적 때문이었다고 나는 지금도 확신하고 있다.

　　그래서 나는 거의 4년에 걸쳐서 진행된 여권발급 법적소송 준비서면들에서 시종일관 아래와 같이 밝혔었다.

　　"본인은 공산계급주의 독재국가인 북한에서 소시민성분으로 출생해서 철이 들면서부터 출신성분에 따른 온갖 계급적 불평등과 불이익을 당하는 과정에 김일성정치에 대해서 깊은 불신을 가지게 되었으며 그것을 하나하나 되씹으면서 성장했습니다.

　　본인은 1958년 사회안전부(지금의 인민보안성)에서 군복무를 하다가 계급적 성분에 입각해서 독재기관대열을 꾸릴 것에 대한 김일성의 특별지시에 의해 3년 만에 제대되었습니다. 하지만 본인은 남달리 성실하게 군복무를 한 경력이 정상 참작되어 1961년 김일성종합대학에 입학하게 되었으며, 1965년 본 대학을 수석졸업한 후에는 1981년 9월까지 대학교무부 지도교원으로 사업하였습니다. 그리고 김정일이 노동당중앙위원회에 주체사상연구소를 신설하고 '주체사상연구소에 한해서만은 본인실력을 위주로 연구소 일꾼들을 선발하라'는 지시를 내림에 따라 1981년 10월 당중앙위원회에 소환되어 노동당중앙위원회 주체사상연구소 부 과장 → 노동당중앙위원회 자료연구실 부실장 직책에서 정치망명하는 날까지 사업하였습니다.

그 과정에서 본인은 김일성-김정일의 범죄적 야망과 그들 정치의 반인민적-반민족적 본질을 더욱 명백히 알게 되었으며, 그로 인해서 초래될 심각한 민족적 재난을 깊이 고민하게 되었습니다. 특히 김정일이 공산왕조 유지를 위해 '3백만 이상이 굶어 죽고, 옹근 한 세대가 기형화되고, 수십만이 탈북의 길에 오른 최악의 국가적 재난'을 방치하면서까지 '김일성시신궁전'을 건축하고 핵무기를 개발하고 노동당 독재에 선군정치라는 군사파쇼독재까지 덧붙여 강행하면서 역사에 유례없는 인권유린행위를 감행하는 것을 보고는 북한체제를 붕괴시키지 않고서는 북한주민은 물론 온 민족이 결코 불행과 고통에서 벗어날 수 없다는 사실을 더더욱 깊이 자각하게 되었습니다. 본인이 노동당중앙위원회에서 부실장(부과장급)의 중책을 지니고 사업하다가, 온 가족과 일가친척이 멸문지화를 당할 것을 뻔히 알고도 뼈를 깎는 고민과 고통을 딛고 정치적 망명을 단행한 것은 바로 이런 정치적 신념과 의무감 때문이었습니다.

거듭 강조하지만 본인은 대한민국의 자유민주주의 기치 밑에 남한동포들과 힘을 합쳐서 북한 인권문제를 해결하고 북한자유화를 실현하며, 민족통일을 이룩하기 위해서 대한민국에 온 정치망명자입니다.

본인이 미국을 방문하려는 것은, 첫째로 소련공산국가 붕괴가 그곳 인권실상을 미국 등 국제사회에 널리 알리기 위한 구소련인권운동가들의 불굴의 활동으로부터 시작되었고, 그것이 결국 냉전종식이라는 세기적 사변을 이끌어낸 역사적 사실에 비춰 볼 때, 미국이야말로 북한정권의 인권유린 실태를 국제사회에 고발할 수 있는 가장 중요한 활동무대임을 확신하고 있기 때문이며, 둘째로 대한민국 참여정부하에서는 내가 정치적 사명감으로 간직하고 있는 민간차원의 북한인권 문제해결과 북한 자유화실현을 위한 어떠한 활동도 도저히 할 수 없기 때문입니다."

바로 위에 서술한 정치적 소신과 미국방문 목적 때문에 나는 국민의 정부와 참여정부로부터 10년간이나 혈혈단신의 정치망명자로서는 너무도 감내하기 힘든 정부차원의 외면, 무시, 비하, 조롱, 막말, 압력을 끊임없이 받았다.

권력의 피조물들

나는 자유민주주의 법치국가의 신성한 가치는 국가가 국민개

개인의 자유와 인권을 최대한 존중하고 철저히 수호해 주는 데 있다고 굳게 믿고 있다. 그러나 참여정부에서 국가정보원의 권력피조물들은 자신들의 직책을 배 속에서부터 타고난 자리처럼 여기면서 대한민국 국민의 일원인 나의 기본권과 권익을 서슴없이 침해했다.

그들은 "정부가 외면하는, 게다가 거의 연금 상태에 있는 정치망명자 한 사람쯤은 아무리 조롱하고 모독하고 협박해도 얼마든지 저들의 짓을 감출 수 있다."고 자신했던 것 같다.

하여 그들은 나의 대북관이 저들의 대북정책과 다르다고 해서, 내가 미국을 방문해 북한인권 실상을 국제사회에 알리겠다고 한다해서 나를 통일정책연구소 상임고문 직책에서 강제로 해임시켰다. 그리고 북한과 같은 일인독재국가에서나 가능한 아래의 협박성 발언을 거침없이 하면서 하루아침에 경찰보호로 신변을 이관시켰었다.

"국정원 내에서 살면서 특별보호를 받는 것은 대통령 각하와 같이 있는 것과 꼭 같으므로 당신은 여기에 있을 수 없다."

아울러 그들은 지구촌에서 제일 테러위협이 높은 팔레스타인의 야세르 아라파트도 마음대로 드나들던 미국에, 나만은 테러위험이 있기 때문에 미국정부로부터 개인 신변안전보호각서를 받아와야만 보낼 수 있다고 줄기차게 생억지를 썼다. 그 권력의 피조물들로부터 받아온 우롱과 수모, 협박들 중 나를 제일 아프게 하고 좌절의 막바지에까지 몰아갔던 몇 가지 사례를 여기에 적는다.

2003년 7월 28일, 국가정보원의 모국장이 나를 방문했다. 그 날은 국가정보원이 황장엽선생과 나를 경찰일반보호로 이관한다고 발표하면서 '본인들이 원할 경우 방미문제를 스스로 결정할 수 있게 됐다.'고 공포하고 내가 또 미국 허드슨연구소로부터 별도의 방미초청장을 받고 여권발급을 신청한 지 며칠 정도 지난 뒤였다. 그는 나와 마주앉자마자 이런 질문들을 우롱 반, 협박 반의 어조로 연방 해댔다.

"경찰일반관리로 넘겨진 다음 곧장 미국을 방문하면 이상하지 않겠어요."

"아무래도 황장엽선생이 먼저 미국에 갔다 온 다음에 당신이 가야 하지 않겠어요."

"미국에 가서 무슨 말을 하려고 하는 거요."

그의 말이 하도 상식을 벗어나는 언행이어서 나는 "언제 미국에 가든, 미국에 가서 무슨 말을 하든 그것은 내 자유 권한입니다."라고 말해주고는 더 이상 상대를 하지 않았다. 그러나 그때 내 마음속에서는 국가정보원이 결코 나를 순순히 미국에 보내지 않을 것이며, 수단과 방법을 다해서 나를 괴롭힐 것이란 불안과 분노가 한 가슴 미어지게 차올랐다.

그 권력피조물들이 나중에는 나를 죄인취급까지 하면서 거친 반말을 마구 해댔다. 2004년 2월 음력설 전야에 국가정보원 담당 국장이란 사람이 경찰일반보호를 받고 있는 내 처소(안가)에 찾아 왔다. 나는 그를 전혀 대면하고 싶지 않았지만, 여권발급 현황에 대해 알아야겠기에 맞아들이고는 정중히 물었다.

"내가 신청한 여권발급문제는 어떻게 되어가고 있습니까?"

당시 나는 여권을 신청한 지 반년 이상이나 지났지만 그 결과에 대해 아무런 답변도 듣지 못한 상태에 있었다. 그런데 내 물음을 들은 그는 다짜고짜 귀찮다는 표정으로 돌변하면서 호통을 쳤다.

"그건 알아서 뭐해! 보류야 보류!"

나는, 나보다도 한참이나 어린 사람이 권력을 등에 업고 반말을 탕탕 해대는 것을 보고 도저히 참을 수 없어서 호되게 꾸짖었다.

"당신은 아무 사람에게나 범죄자 대하듯이 반말을 하는가! 당신의 현 직책이 어머니 배 속에서 타고난 건 줄 아는가!"

그의 작태를 통해서 나는, 한국의 민주화운동을 주도했다고 자처하는 참여정부 권력피조물들의 도덕적 자질을 거듭 실감하면서 암담한 심정을 금할 수가 없었다.

나에 대한 국가정보원의 공갈과 압력은 대한민국의 신성한 법정에까지 미칠 지경에 이르렀으니, 2004년 12월 초 국정원 담당처장이란 사람은 서울지방행정법원의 판결을 며칠 앞두고 동석식사에 나를 불러내서는 기고만장해서 이같이 협박했다.

"내가 피고 측(외교통상부)에 이번 재판에서 이길 수 있도록 변론을 아주 잘 써주었을 뿐 아니라, 서울지방행정법원 담당판사와도 당신의 소송을 기각시키기로 합의했어요. 그러니까 돈만 낭비하는 짓은 하지 말고 이제라도 소송을 취하하는 게 좋을 것입니다."

사실 정치망명자인 나에게 있어서 그때 대한민국 국가정보원 담당처장이 한 말보다 더 심각한 정치적, 인격적 타격은 없었다. 그럼에도 불구하고 나는 법치국가인 대한민국 법정을 깊이 신뢰하고 굳게 믿고 있었다. 당시 본 법정에 제기한 내 주장은 단 한 가지였다.

"미국을 방문하겠으니 여권을 발급해 달라. 기타 대한민국 정부가 걱정하는 신변안전문제는 출국 시에 해당되는 사안이므로 여권을 발급받은 후, 초청자 측에 제기해서 해당한 답변을 받아다 주겠다."

그러나 나는 국가정보원 담당처장의 호언대로 그해 12월 15일 서울지방행정법원으로부터 여권발급소송각하 판결을 받았다. 결국 참여정부의 국가정보원은 서울지방행정법원에까지 영향력을 행사해서 단지 여권을 발급받게 해 달라는 나의 정당한 요구를 여지없이 무시하고 유린했다.

그때의 일을 생각하면 지금도 치가 떨리고 가슴이 저려온다.

국가정보원의 사악한 '개인 신변안전보장각서' 요구

지금도 말하기가 거북스런 일이지만, 참여정부 때 국가정보원은 사사건건 황장엽 방미사례를 주장하면서 나의 여권발급 요구를 원천적으로 외면하고 묵살했다. 즉 나도 황장엽처럼 미국정부로부터 '개인 신변안전보장각서'를 받아와야만 여권을 발급해 줄 수 있다는 것이 그들이 내게 강요한 여권발급 전제조건이었다.

내가 국가정보원으로부터 황장엽 방미사례를 처음 강요받은 것은 2004년 8월 9일이었다. 그 시기 나는 두 번씩이나 여권발급 신청을 거부당하고 외교통상부를 상대로 서울지방행정법원에 관련소송을 제기한 상태에 있었다. 그런 와중에 국가정보원 옥(성씨) 처장이라는 사람이 "점심식사나 같이 하자"며 나를 불러냈다. 그는 그 자리에서 황장엽 방미사례를 운운하며 이렇게 내게 통고했다

"황장엽 방미사례와 같이 김선생도 초청자 측과 협의하여 미국의 책임 있는 기관으로부터 신변안전보장각서를 받아와야만, 정부에서 여권도 발급해 줄 수 있고 미국 관계기관과 신변안전문제도 협의해서 미국에 보내줄 수 있으니 그리 알고 있으시오."

결국 나는 여권발급신청서를 처음 제출한 2003년 7월 24일로부터 만 13개월이나 지난 뒤에야 정부 관계당국으로부터 겨우 그 말 한마디를 얻어들을 수 있었다. 나는 그 내용을 통고받은 즉시 그것을 미국 초청자 측에 알렸다. 그리고 당일 미국 측으로부터 다음과 같은 답변을 받았다.

"개인에게 신변안전보장각서를 발급하는 문제는 미국 법에 없습니다. 김선생이 우선 여권을 발급받아야 한다고 생각합니다. 여권을 발급받아야 한국정부로부터 여행할 권리를 가지는 것으로 됩니다. 그러니 여권을 발급받고 비자를 받은 후에, 한국의 해당기관이 제기한 신변안전문제를 미국 관계기관과 협의해서 답변을 주겠습니다."

듣고 보니, 미국 측 답변이 상식적인 것이었다. 어느 나라 정부가 일개 민간인을 상대로, 그것도 여권조차 발급받지 못한 사람에게 신변안전보장각서를 써주겠는가? 결국 외국 정부로부터 개인 신변안전보장각서를 받아오는 문제도, 여권발급 문제도 참여정부에 달린 사안이므로 나는 미국 측의 답변을 국정원 담당요원을 통

해 옥처장에게 고스란히 전달했다. 그럼에도 불구하고 국가정보원은 외교통상부를 내세워서 서울행정법원과 서울고등법원에 준비서면을 제출할 때마다 계속적으로 이렇게 주장했다.

"신변안전 문제와 관련된 초청자 측과의 합의가 이루어져야 여권도 발급하고 미국도 갈 수 있다고 의견을 주었고, 본인도 당국의 입장에 대해 이해하며 수긍한다고 했음에도 불구하고 해당한 조치를 취하지 않고 있다."

국가정보원은 그런 식으로 사실을 호도하면서 법정소송 전 기간 내게 심각한 정치적 상실감과 참기 어려운 정신적 스트레스를 주었다. 이 때문에 나는 2006년 1월 26일 서울중앙지방법원에 다음과 같은 진정서를 제출했다.

"외교통상부와 국가정보원은 지금까지도 미국 해당기관의 신변안전약속이 있어야만 여권을 발급해 줄 수 있다고 계속 우겨대면서 본인의 정치활동의 자유와 여행의 자유를 엄중히 침해하는 인권유린행위를 서슴없이 감행하고 있습니다.

도대체 대한민국 국민이라면 누구나 응당 받을 권리가 있는 여권을 발급하는데 왜 방문국의 신변안전보장각서가 반드시 있어야만 합니까?

정치망명자로서의 본인의 신분이 설사 특별하다고 해도 우선 여권발급을 받고 비자를 받은 뒤에 방문국의 관계기관과 신변안전 관련 토의를 하는 것이 순서가 아닙니까?

그리고 외교통상부와 국가정보원은 여권을 발급해주지도 않으면서, 계속 본인에게 미국 해당기관의 신변안전약속을 받아와야 한다고 억지주장을 하고 있는데 자국민에 대한 해당국의 신변안전 약속 같은 것은 국가정부가 해야 할 사안이 아닙니까?

본인이 엄연하게 대한민국 국민이고 본인에게 대한민국이라는 조국이 있고 정부가 있는데 왜 정부는 일반국민과 본인을 차별 시하고 본인에게 계속 부당한 요구를 하면서 심각한 정신적 피해를 주고 있습니까?"

더욱 기막히고 황당한 것은 황장엽선생이 미국정부로부터 '개인 신변안전보장각서'를 받은 적이 없다는 사실이었다. 이 분노할 일을 나는 2차 서울행정법원 소송이 진행되던 2006년 6월 8일 국가정보원이 외교통상부를 통해 본 법정에 제출한 변론문건을 보고서야 알게 되었다. 그 변론문건에는 이같이 서술되어 있었다.

"황장엽은 2003년경 미국 방위포럼재단의 초청을 받으면서 2003년 6월 18일 미국무부 켈리 아태담당 차관보 명의의 'DFF 등 미국 단체, 기관의 초청에 의한 방미 시, 신변안전을 보장한다.'는 내용의 신변안전보장각서를 한국 정부 측에 발송하여 왔는 바, ……이에 따라 황장엽은 2003년 10월 27일부터 같은 해 11월 14일까지 미국을 방문하게 된 것입니다."

그들이 변론문에 게재한 2003년 6월 18일 미국무부 아태 담당 차관보 명의의 문서에는 눈을 씻고 찾아봐도 황장엽이란 이름이 없었다. 황장엽선생과 나는 2003년 3월 초에 2003년 2월 5일부로 발부된 미국 디펜스포럼(DFF)의 방미초청장을 각자가 동시에 전달받았었다. 그러니 누가 보더라도 본 문서에 황장엽이라는 특정인의 이름이 명기되어 있지 않은 이상, 아태담당 차관보 명의의 신변안전보장각서에는 나도 포함된다는 것이 불을 보듯 명백했다. 나는 내 눈조차도 믿을 수가 없어서 재판부에 미국무부 아태담당 차관보 명의의 문서를 보여줄 것을 제기했다. 그러나 그들은 본 문서가 3급 비밀이라고 곧장 우기면서 종내 보여주지 않았다.

나는 그 문서의 제반 내용을 2006년 10월 18일 서울행정법원 소송에서 패소하고 서울고등법원에 상고한 2007년 2월에야 담당 변호사였던 정인봉선생을 통해서 정확히 전해들을 수 있었다. 정인봉 변호사가 열람한 바에 의하면 그 관련문서에는 '(누구든지) 미국의 기관, 단체에 의한 방문 시 신변안전을 보장한다.' 는 범일반적인 내용만 있었다고 한다.

결국 참여정부는 내가 미국을 방문하는 것을 막기 위해 '미국 법에 준한, 범일반적인 신변안전보장문서' 까지도 '황장엽 신변안전보장각서' 로 둔갑시켜 놓고 거의 4년간이나 나의 대의명분과 인권을 처절하게 외면하고 유린해왔다. 국가정보원은 2005년 11월 23일 서울고등법원의 원고 승 판결이 나왔음에도 불구하고 그에 불복해서 2006년 1월 16일 외교통상부 여권과를 내세워 다음의 공문을 내게 보내왔다.

"신원관계 당국은 미국 초청자나 관계기관의 신변안전 대책이 강구될 때까지 한시적으로 여권발급을 보류하는 것이 좋겠다는 내용의 신원조사 결과가 외교통상부에 통보되어…… 귀하의 여권발급 신청서를 따로 붙임과 같이 반송합니다."

그러나 참여정부의 관계기관들이 공모 결탁해서 별의별 거짓말과 모략을 다 꾸며대고 갖은 고통과 모욕을 들씌웠어도, 저들이 행사할 수 있는 수단을 다 동원해 압력을 가했어도 나는 미국방문을 성사시키기 위한 4년간의 여권발급 법적소송에서 한 치도 물러서지 않았다.

국가정보원과 국가인권위원회의 공모결탁

2006년 6월 8일 국가정보원은 외교통상부를 통해 서울행정법원(2차 소송 당시)에 제출한 변론문건에서 이렇게 주장했다.

"2005.10. 국가인권위원회가 김씨의 진정 건에 대해 '김덕홍의 여권을 발급하되 신변안전대책 강구 시까지 여권을 인권위에서 보관한다.'는 중재안을 제시하였으나 김씨의 거부로 어려워졌다."

국가정보원은 위 문장의 '김덕홍의 여권을 발급하되……'라는 문구로 내게 여권을 발급하지 않고 있는 저들의 행위가 분명 법적으로 온당치 못한 것임을 인지하고 있으면서도, '여권을 인권위에서 보관한다.'는 문구로 또 다른 불법행위를 추구하고 있었다. 대한민국 헌법과 모든 법, 법령을 수호하는 첨병이 되어야 할 국가정보원의 불법, 무법적 권력남용이 어느 지경인지를 엿보게 하는 참담한 대목이 아닐 수 없었다. 대한민국 여권법에는 분명히 이렇게 명시되어 있다.

"여권을 타인에게 양도하거나, 여권의 기재사항을 임의로 변경하거나, 본인 이외의 사람이 이 여권을 사용할 때에는 관련법령에 따라 처벌을 받게 된다."

그런데도 국정원은 국가인권위원회를 끌어들여 '여권을 발급하되, 그것을 타인이 보관한다.'는 불법적인 중재안을 내놓도록 하고, 내가 그것을 수용하지 않았기 때문에 여권발급이 어려워졌다는 식의 파렴치한 궤변을 법정에서까지 공공연히 주장하고 있으니 이런 기막힐 노릇이 어디에 있겠는가.

당시 국가정보원이 주장한 국가인권위원회 중재안의 진상은 이러했다.

2005년 2월 15일, 나는 한국 어느 지인의 권고에 따라 국가인권위원회에 다음과 같은 내용의 신소청원을 제기했다.

"국가정보원과 맥락을 같이 하여 본인의 여권발급을 보류하면서, 정치망명자에게 북한주민의 인권을 외면하는 일환으로 고통을 주고 있는 외교통상부의 비인도적인 태도는 대한민국의 인권관련 법에는 물론이고, '누구나 자기의 나라를 떠날 권리가 있고, 자기의 나라로 돌아갈 권리가 있다.'고 규정한 세계 인권선언 제13조 2항에도 위배되는, 과거 구소련에서나 자행되었던 국가권력에 의한 인권침해 범죄행위라고 생각합니다.

국가인권위원회는 자유민주주의 법치국가의 준법정신에 준해서 본인의 여권문제가 시급히 해결되도록 최선을 다 해주시기 바랍니다."

이 신소청원과 관련해서 국가인권위원회는 2005년 10월 6일 인권위 조영황위원장과 인권침해조사국 국장 및 해당국 사무관, 국가정보원 관련 과장과 외교통상부 미주과장 및 여권담당 과장, 그리고 당사자인 내가 참가하는 조정회의를 조직했다.

여기서 조영황위원장은 먼저 "김덕홍에게 여권을 발급하지 않은 것은 국가정보원과 외교통상부의 직무유기행위"라고 전제한 뒤, 이 같은 중재안을 내놓았다.

1. 국가정보원과 외교통상부는 김덕홍의 여권을 발급한다.

   가, 발급된 여권은 국가인권위원회 위원장이 직접 보관한다.

   나, 김덕홍은 인권위가 여권을 보관하고 있는 기간, 복사본 여권을 가지고 미국초청자 측과 국가정보원이 요구하는 신변안전관련 대책을 취한다.

2. 김덕홍은 여권이 발급되는 즉시 국가인권위원회에 제소한 신소청원과 서울고등법원의 소송을 취하한다.

3. 국가정보원과 외교통상부는 토론된 문제의 집행 결과를 2005년 10월 13일까지 국가인권위원회에 통보한다.

그러나 나는 미국방문을 하지 못하는 한이 있더라도 위의 중재안을 받아들일 수가 없었는데 이유는 그것이 아래와 같은 불법적이고 악질적인 효과들을 노리고 있었기 때문이다.

여권을 발급해준 효과, 즉 내게 여권을 주지 않고서도 대한민국 정부가 김덕홍의 여권을 발급했다는 식으로 사회여론을 기만하기 위한 효과.

여권을 타인이 보관하면서 끝까지 미국방문을 저지하는 효과.

여권발급을 빌미로 서울고등법원 소송과 국가인권위원회 진정건을 취하하게 함으로써 국가기관(국가정보원, 외교통상부, 국가인권위원회)들 사이의 공모, 결탁 의혹에서 벗어나려는 효과.

하여 나는 그 중재안에 대한 거부의사를 조목조목 밝힌 서신을 인권위 조영황위원장에게 보냈다. 이에 다급해진 국가인권위원회는 2005년 11일 23일 다음과 같은 진정사항 처리결과를 내게 발송했다.

"우리 위원회가 조사 및 심의한 결과, 귀하께서 제기하신 진정은 국가인권위원회 법 제32조 제2항 5호(진정원인이 된 사실이 재판 진행 중인 경우)에 의하여 우리 위원회가 처리할 수 없는 사건에 해당됩니다. 따라서 귀하의 진정을 국가인권위원회 법에 의해 각하하기로 결정하였으므로 그 사실을 통지해 드립니다."

내가 신소청원을 제기하기 위해 처음 국가인권위원회를 찾아갔을 때에는 "인권위가 바로 이런 문제들을 해결해주는 곳입니다. 잘 오셨습니다."고 고무적으로 접수했던 그들이 종당에는 인권위 법을 운운하면서 그 문제에서 아예 발을 뺀 것이다. 나는 그 당시 국가정보원의 권모술수에 추종해서 불법적이고 악질적인 중재안을 내게 내밀었던 것에 대해 국가인권위원회의 관계자들도 분명 불편하고 부끄러운 감정을 느꼈을 것이라고 생각한다.

사실이 그러한데도 불구하고, 참여정부 국가정보원은 이후의 법정들에서 막무가내로 "김씨가 인권위원회의 중재안을 거부했기 때문에 여권발급이 어려워졌다."는 식으로 계속 사실을 왜곡하고 오도하면서 마음껏 직무유기와 권력남용, 불법행위를 했다.

그러나 당시 나는 그들을 탓할 생각이 없었다. 오히려 그들이 측은하기까지 했었다. 그리고 분명히 다가올 북한해방의 날에, 북한인민의 인권과 자유화 실현에 적은 힘이나마 보태려고 그토록 미국방문을 절박하게 갈구했던 한 정치망명자의 소신과 의지를 한사코 꺾으려 한 행위들에 대해 그들이 가질 죄책감을 내 한 많은 가슴으로 분명히 느끼고 있었다.

나는 끝까지 기다렸다

나는 2003년 7월부터 거의 5년간이나 미국방문 여권을 발급받기 위해 대한민국 대통령 이하 국회, 국가정보원, 경찰청, 외교통상부, 국가인권위원회, 법조계 인사들에게 수백 통의 서신과 진정서를 보냈었다. 그 서신과 진정서들에서 나는, 수년째 여권발급요구를 묵살하고 있는 정부 관계기관의 불법, 비인도적 행위들을 바로 잡아줄 것을 간곡히 청원했었다. 그러나 국민 개개인의 인권과 권익을 보장하기 위해 일한다는 그들 대다수는 답변조차 하지 않았다.

그나마 나의 진정에 답변을 보내준 대상도 몇 군데 있었는데, 그 중 하나가 참여정부의 청와대 비서실이었다. 그런데 그 내용이 참 가관이었다.

"민원내용을 검토하여 대통령비서실 관련이 아닌 경우, 해당부처에 이첩하여 처리하게 됩니다."

기가 막혔다. 참여정부의 해당부처가 관련문제를 해결해줬더라면 내가 왜 대통령에게까지 진정서를 보냈겠는가.

하지만 나는 대한민국 국회만은 기대했었다. 그래서 300명에 달하는 국회의원 모두에게 진정서를 보냈었다. 하지만 지금에 와서 생각해 보면 그게 제일로 미련하고 어리석은 처사였던 것 같다.

나는 지금도 그들에게 묻고 싶다.

내가 황장엽선생을 설득하고 대동해서 정치망명할 때, 한국정부는 분명히 '북한문제가 해결될 때까지 민간차원의 대북사업을 적극 지원한다.'고 밝혔었다. 나는 그 약속이 대한민국 대통령 개인이 아닌, 통일된 자유민주주의 한반도에서 살기를 염원하는 이

나라 국민의 약속이고 의지라고 지금도 믿고 있다. 그런데 북한문
제를 해결하고 대한민국의 자유민주주의 기치 밑에 한반도통일을
이룩하려는 것이 대한민국 헌법정신이고 이 나라 국민의 분명한
염원일진데, 왜 그 실현을 위해서 정치망명한 이 사람의 절규를 당
신들은 그토록 무시하고 외면했는가?

14장

나는 자유주의자이다

소중한 만남들

국민의 정부 말기인 2002년에 들어서면서부터 나는 미국, 일본, 영국, 독일, 스웨덴, 캐나다, 스위스, 호주 등 많은 나라의 정계, 사회계, 언론계 인사들을 수도 없이 만났었다. 그런데 그 중 절대다수의 만남은 국민의 정부와 참여정부의 감시와 제재 때문에 극비리에 이루어졌다.

정치망명자인 내게 큰 힘과 격려가 되었던 그 소중한 만남들을 가지면서 내가 깊이 감명한 것은, 일을 위해서라면 아무리 멀고 초라한 곳에라도 기꺼이 찾아가는 그분들의 사업에 임하는 헌신적이고 열정적인 자세였다. 정권차원의 감시와 제재가 아무리 극심해도 일하려는 사람들, 꼭 일을 해야만 하는 사람들의 만남의 공간은 얼마든지, 어디든지 있는 법이었다.

언젠가, 내 개인사무실에 여러 번 아주 조용히 다녀갔던 어느 NGO 관계자가 내게 은밀히 연락을 해왔었다.

"전 ○○○시장을 하셨던 분이 김선생을 조용히 만났으면 하는

데, 김선생의 의향은 어떤가요?"

나는 그에게 다음과 같은 답변을 보냈다.

"당신도 알다시피 나는 자유롭지 못한 처지에 있다. 그러니 그 분이 비공개 미팅을 바란다면 내가 있는 곳으로 와 주셨으면 좋겠다."

그런데 며칠 후 그로부터 온 대답이 나를 심히 실망시켰다.

"어찌 지체 높은 전 시장을 에어컨도 없는 김선생의 초라한 사무실로 안내할 수 있겠는가? 그분이 그렇게는 만나려고 하지 않을 것이다."

하지만 내가 만난 외국 분들은 하나같이 내 처지를 이해해주고, 서울 변두리의 7평 남짓한 내 사무실을 스스럼없이 방문해주었다. 그것도 국가가 파견한 경호원들의 감시의 눈초리를 피해가면서……. 그분들은 에어컨도 없는 비좁은 방안에서 더위를 무릅쓰고 여러 시간 동안 북한문제에 대한 나의 견해를 진지하게 경청해주었으며, 내가 처해 있는 답답한 상황을 진심으로 걱정하고 위로해주었다.

그분들 중에는 9.11테러 이후, 대테러전쟁 일선에서 활약했던 베테랑 외국기자들도 있었는데 그들은 한국정부의 부당한 처사로 미국방문은커녕 외부인들과의 접촉마저도 감시, 통제받고 있던 나를 깊이 동정해서 "김선생의 처지를 세상에 널리 알려야 한다."면서 2004년 8월 4일 서울 프레스센터에서의 국제기자회견까지 조직했었다. 당시 그들은 참여정부가 나를 기자회견장에 내보내지 않을 수도 있다는 것을 미리 예견하고 인터넷 메신저를 통한 화상기자회견까지 준비해줬었다. 그들의 예견대로 나는 그날 경찰의 저지로 안가에서 한 발자국도 나오지 못하고, 이미 그런 사태를 대비해서 미리 내 방에 몰래 설치해 뒀던 컴퓨터 화상설비를 통해 영상으로 기자회견을 해야만 했다.

그때까지만 해도 한국에 만연했던 권위주의, 체면주의, 허례허식이 전혀 없고 어떤 속박에도 구애됨이 없이 열정적으로 자신들이 하고자 하는 일에 임했던 그분들의 태도에서 나는 자유세계 인사들의 프로다운 일솜씨를 보았으며 그에 깊은 감명을 받았었다. 때문에 나는 공적으로는 물론이고 인간적으로도 그때 만났던 많은 분들을 깊이 존경하고 있다.

그 소중한 인연들 중에서, 아직은 공개할 수 없는 사연들도 많이 있으므로 극히 일부만 여기에 소개하려고 한다.

헬렌 루이스 헌터 여사와의 인연

내가 헬렌 루이스 헌터 여사를 처음 만난 날은 2002년 4월 20일이었다. 봄기운이 완연한 그날 오전에, 헌터 여사는 소리 소문 없이 너무나 조용히 어둡고 비좁은 나의 개인사무실을 방문했다.

당시 내가 알고 있던 헬렌 루이스 헌터 여사의 경력은 20여 년간 미국중앙정보국에서 근무했고, 미 해군소속 정보수집함 푸에블로호가 공해상에서 북한에 나포되던 1968년 1월 23일 CIA 당직장교였으며, 'CIA 북한보고서'의 저자라는 것이 전부였다. 그 첫만남에서 헌터 여사로부터 받은 인상은 그분이 아주 상냥하고 온유하고 기품 있는 분이라는 것이었다.

우리는 약 3시간 동안 대화를 나누었는데, 헌터 여사는 시종 온유한 미소를 띠고 나의 말을 주의 깊게 경청해 주었다.

헌터 여사는 떠나기에 앞서 내게, 자신의 저서 'CIA 북한보고서'를 주면서 이렇게 겸허히 부탁했다.

"김선생께서 한번 읽어보고 의견이 있으면 구체적으로 지적해 주시기 바랍니다."

내가 헌터 여사를 두 번째로 만난 것은 2003년 6월 9일이었다.

당시 제임스 릴리 전 주한 미대사 일행과 함께 역시 극비리에 나의 사무실을 방문한 헌터 여사는 내게 "김선생이 'CIA 북한보고서'에 대한 의견을 정성껏 구체적으로 세세히 잘 써 보내주어서 많은 참고가 되었습니다. 정말 감사합니다." 하고 거듭 답례를 했다.

헬렌 루이스 헌터 여사와의 두 번째 만남에서 내가 받은 느낌은, 그분이 범상치 않은 직업적 혜안과 자질을 갖춘 매우 소중한 분이라는 것이었다.

이후 헌터 여사는 멀리 미국에서 자신의 저서인 '김일성의 북한(kim Il-song's north korea)' 책자 앞머리에 간단하면서도 친근한 친필서한까지 곁들여서 내게 보내줬다.

참 흔치 않은 분이었다.

중국 격언에 '사람은 지기(知己)를 위해 죽는다.' 는 말이 있다.

헬렌 루이스 헌터 여사는 정치망명자인 내게 있어서 진정한 해외지기였던 분이다. 때문에 나는 헌터 여사와의 소중한 인연을 준 정치망명자로서의 내 인생에 진심으로 감사하고 있다.

스티븐 솔라즈 전 미하원 의원과의 인연

2003년 1월 11일, 나는 내 사무실에서 국제적으로도 아주 명망 높은 정객인 스티븐 솔라즈 전 미하원 의원과 역시 극비리에 상봉했다. 당시 솔라즈 전 의원에 대해 내가 알고 있는 것은, 그분이 미국 의회 9선 의원이며 북한독재자 김일성을 3번이나 만났으며 김대중 전 대통령이 예전에 망명생활을 마치고 미국에서 귀국할 때 동행했던 분이라는 것이었다.

솔라즈 전 의원은 당일 한국에 입국한 관계로 시차에서 오는 피로도 채 풀지 못한 상태에서 고맙게도 나의 사무실을 방문해줬다. 그때 솔라즈 전 의원과 나는 북한정권의 본질 관련 문제, 북한 핵 관련 문제, 김정일의 협상전술 관련 문제 등 많은 것들에 대해 이야기들을 주고받았었다.

솔라즈 전 의원이 내게 한 말들 중에서 지금까지도 기억에 생생히 남아 있는 것은 다음의 말씀이었다.

"김일성을 세 번 만나고 나니 '이 사회는 안 되겠구나……' 하는 결론이 나왔습니다."

그날 솔라즈 전 의원은 나와 작별하면서 친절하게 말씀했다.

"앞으로 북한이 해방돼서 김선생이 평양에 올라가게 되면, 내가 그곳에서 꼭 식사를 대접하겠습니다."

나는 2005년 6월 27일 두 번째로 솔라즈 전 의원과 상봉했다.

우리는 그때 미국이 북한 핵문제를 어떻게 풀어나가야 바람직

한가 하는 문제를 두고 2시간 이상 진지한 대화를 나눴었다.

그때도 솔라즈 전 의원은 나와 작별하면서 "앞으로 김선생이 북한에 올라가게 되면, 그곳에서 꼭 식사를 대접하겠다."는 말씀을 또 했다.

참으로 감사한 일이 아닐 수 없었다.

그분은 진심으로 북한문제가 하루빨리 해결되어 그곳 인민들이 김정일 독재체제에서 해방되기를 뜨겁게 염원하고 계셨다.

솔라즈 전 의원은 2010년 11월 29일에 별세했다. 미국 측 지인으로부터 솔라즈 전 의원의 부고를 전해들은 나는 다음과 같은 애도의 글을 그분의 영전에 보내드렸다.

"돌이켜 보면 스티븐 솔라즈 전 의원님과 저의 관계는 제가 평생 소중한 인연으로 간직해야 할 남다른 것이었습니다. 고인께서는 2003년 1월 11일과 2005년 6월 27일 머나먼 대한민국 서울에 오셔서 저를 두 번이나 만나주면서, 가진 것이라고는 북한자유해방 의지와 육신밖에 없는 제게 진심어린 인간적−동지적 연대를 표시해주었습니다. 저는 지금도 그때 고인께서 '북한이 해방돼서 김선생이 평양에 올라가면, 내가 그곳에서 꼭 식사 대접을 하겠다.'고 한 말씀을 마음속 깊이 간직하고 있습니다. 고인의 그 말씀은 저에게 있어서 과거에도 현재에도 미래에도 미국과의 귀중한 인연으로 기억될 것입니다. 저는 위대한 정치인이었고 정 깊은 인간이었으며, 평생토록 신뢰할 수 있는 지기이셨던 스티븐 솔라즈 전 의원님을 영원히 잊지 않고 존경할 것입니다."

제임스 릴리 전 주한 미국대사 일행과의 만남

2003년 6월 9일, 제임스 릴리 전 주한 미국대사 일행이 역시 극비리에 나의 사무실을 방문했다.

제임스 릴리 전 주한 미국대사, 미국 센츄리재단의 모튼 에이브로모위츠 선생, 미국 존스홉킨스 국제대학원 교수인 돈 오버도퍼 선생이 헬렌 루이스 헌터 여사와 함께 낮고 비좁은 사무실에 들어섰을 때, 나는 진심으로 미안한 마음이 들었었다.

그분들은 점심식사도 걸러 가면서 김정일 정권의 범죄적 생리와 북한을 둘러싼 주변국들의 이해관계에 관한 나의 견해를 묻고 진지하게 경청해 주었다.

그때 제임스 릴리 전 대사는 내게 이렇게 물었다.

"김선생은 어떤 주의주장을 가지고 있습니까?"

나는 그 물음에 서슴없이 대답했다.

"나는 자유주의를 신봉하고 자유주의를 주장하는 자유주의자입니다."

내가 본 제임스 릴리 전 주한 미국대사는 혜안의 눈매를 가진 주의 깊고 신중한 정치인이었다. 그런 분과 밤을 지새워 이야기를 나누면서 고견도 듣고 경험도 배우고 싶은 것이 그때의 내 심정이었다.

제임스 릴리 전 주한 미국대사도 2009년 11월 12일에 서거했다. 그분의 부고소식을 미국 측 지인으로부터 전달받은 나는 "2003년 6월 9일에 있은 고인과의 만남은 비록 반나절에 불과했지만 그것은 본인의 인생에서 매우 의의 있는 시간이었으며…… 본

인은 고인을 영원히 잊지 않고 그리워할 것입니다."라는 내용의
조문을 그분의 영정에 정히 보내드렸다.

민주주의면 됐지, 꼭 자유민주주의라고
말해야만 하는가?

내가 한국에 정치망명을 한 지 이제는 18년이 지나가고 있다.
그 기간 나는 이명박정부 초기까지 해마다 여러 정계인사들을 만
났고, 비중 있는 국회의원들이 주최하는 관련세미나에도 수십 번
이나 초대를 받았었다.

그 과정에서 내가 늘 아쉬움과 위구심을 느꼈던 점은, 그분들
대개가 자유민주주의란 말을 좀처럼 쓰지 않고 있는 것이었다.

한번은 한때 국회의장까지 했다는 분이 조직한 평화안보 세미
나에 초대받은 적이 있었는데, 그때 나는 시종 '자유'라는 단어는
빼놓고 그냥 민주주의란 말만 쓰면서 "한국의 민주주의가 이렇고
저렇고……" 역설하는 그를 보다 못해서 말이 끝나기가 바쁘게 이
런 질문을 했었다.

"당신들은 왜 민주주의란 말 앞에 '자유'라는 술어를 붙이는
것에 그렇게도 인색합니까? 공산독재국가인 북한도 민주주의란
말을 쓰고 국호를 민주주의인민공화국이라고 하고 있습니다. 민주주
의 간판 밑에서 김일성, 김정일이 얼마나 많은 사람들을 죽이고,
얼마나 야만적으로 북한 인민들의 인권을 유린하고 있는지 압니
까? 그래서 나는 그저 민주주의라고만 하면 거부감이 생기고 더

나아가서 증오심마저 듭니다. 북한주민들의 처지를 생각해서라도 정치인들만은 모호하게 그저 민주주의라 하지 말고 자유민주주의라고 분명하게 말해야 하지 않겠습니까?"

그런데 내 말에 대한 그분의 답변이 더 충격적이었다. 그분은 매우 불만족스럽고 불편한 표정으로 퉁명스럽게 말했다.

"민주주의면 됐지, 자유는 무슨 놈의 자유…… 아니 꼭 자유민주주의라고 말해야만 하는가?"

이것이 대한민국 수호세력 보수정치인이라고 자처하던 국회의원의 입에서 나온 말이었다. 나는 많은 정계인사들을 만나는 과정에서 별의별 말을 다 들었다.

"급변사태가 일어나서 북한정권이 무너지면 한반도가 복잡해져서 안 된다."

"한국에는 김정일처럼 카리스마 있는 인물이 없다."

"통일되면 북한난민이 한꺼번에 쓸려 내려올 수도 있겠는데 걱정부터 앞선다."

그럼에도 간혹 TV에 비쳐지는 그분들의 모습을 보고 있노라면, 그들만큼 한반도 통일을 염원하고 북한인권을 걱정하는 사람들도 드물었다. 그래서 나 같은 사람은 도통 어느 쪽이 그분들의 진심인지 알 재간이 없다.

그 때문에라도 나는 공석에 나갈 때마다 언제나, 분명히, 명백하게 내 견해와 입장을 밝히곤 했다.

"나는 자유주의를 신봉하고 지향하는 자유주의자입니다. 나는 자유민주주의 대한민국을 모델로, 대한민국 주도로 북한의 자유와 인권문제 해결을 위해 대한민국에 온 정치망명자입니다."

나는 진심으로 내가 자유주의자임을 감사하게, 자랑스럽게 여기고 있다.

그리고 2011년 말부터 대한민국 국회를 바라볼 때마다 다소나마 위안을 가지게 된 것은, 그때부터는 그 동네에서 북한지도자를 만나러 가겠다고 설쳐대는 인간들이 확 줄어든 것이다.

명예회복

나는 이명박정부가 들어서자마자 국민의 정부와 참여정부가 일방적으로 박탈한 나의 직책과 명예를 회복시켜줄 것을 간절히 요망했지만 실현되지 못했다. 이 때문에 나는 이명박정부의 국가정보원에 수도 없이 이렇게 요청했다.

"명예회복을 해줄 의향이 없으면 나를 안가에서 내보내 주십시오."

하지만 그들 역시 나와 무슨 척을 졌는지 묵묵부답으로 일관했다. 그런 상황들에서 오는 극심한 스트레스로 인해서 한때 내 건강상태는 걸어 다닐 수 없을 지경으로 악화되었다. 이 때문에 나는 더 늦기 전에 꼭 명예회복을 해야겠다는 결심을 더더욱 굳히게 되었다. 그리하여 2014년 7월 30일, 나는 대한민국 정부에 다음과 같은 진정서를 냈다.

"본인은 북한 노동당중앙위원회 자료연구실 부실장으로 사업하다가 황장엽선생과 함께 1997년 2월 12일 대한민국에 정치망명한 김덕홍입니다.

정치망명 직후 황장엽선생과 본인은 중국주재 한국대사관에서 대한민국 김영삼 대통령이 보낸, '북한문제가 해결될 때까지…… 황장엽은 장관급으로, 김덕홍은 차관급으로 대우한다.'는 내용의 친필서한을 직접 받았었습니다. 그 약속대로 당시 대한민국 정부는 안기부 산하에 황장엽을 이사장으로 본인을 상임고문으로 하는 통일정책연구소를 신설하고 정치망명자로서의 저희들의 대우와 활동을 지원했었습니다.

그러나 김대중 → 노무현 → 이명박정부 15년을 거쳐 온 지금의 본인 처지는 암담하기 그지없습니다. 김대중정부는 당시 우리의 방미문제가 제기되자 '황–김의 미국방문이 북한을 자극'한다면서 이에 대한 압력으로 2000년 11월 21일 황장엽과 본인을 통일정책연구소 이사장, 상임고문 직책에서 일방적으로 해임했으며, 특히 본인에게는 '미국에는 몇 백 달러만 주면 당신을 암살해줄 자들이 얼마든지 있다'고 위협–공갈했었습니다. 노무현정부는 김대중정부 때 일방적으로 해임 조치했다가 여론의 역풍으로 번복했던 황장엽선생의 통일정책연구소 이사장 직책과 본인의 통일정책연구소 상임고문 직책을 완전히 박탈했으며, 특히 본인에 한해서는 '안가에서 주는 밥이나 먹으면서 얌전히 있으라.'고 폭언하면서 더욱 외면, 무시했습니다. 본인은 노무현정부 때인 2004년 6월, 미국 허드슨연구소 초청을 받고 여권신청을 하였으나 '황장엽은 미국에 보내도, 김덕홍은 절대 보내면 안 된다.'는 정부지침 때문에 여권발급 법적소송을 4년간이나 벌렸습니다. 이명박정부에서도 본인은 명예회복을 기대했으나 역시 무관심과 외면을 당했습니다.

　북한 범죄정권을 반대해서 대한민국 주도의 북한 인권해방과 자유화를 염원하며 정치망명했던 본인은 김대중-노무현-이명박 정권 15년을 거치면서 정말로 노무현정부의 바람대로 안가에서 경호원들에 둘러싸여 주는 밥이나 먹는 초라한 신세가 되었습니다.

　이 때문에 본인은 수년째 절해고도에 홀로 있는 것 같은 불안감과 안가를 벗어나서 어디론가 사라지고 싶은 충동을 매일, 매 시각 느끼며 살아오고 있으며 현재 그 후유증으로 정신질환치료를 받고 있습니다.

　이제는 59세에 대한민국에 정치망명한 본인의 나이도 살날이 별로 없는 70세 중반을 넘어서고 있습니다. 본인이 정치망명자로서의 자부심과 보람을 가지고 여생을 마감할 수 있도록 도와주실 것을 탄원합니다. 본인은 정치망명 당시 김영삼정부가 '북한문제가 해결될 때까지'를 기한으로 약조하고 보장했던 지위와 대우를 회복해 줄 것을 바라고 있습니다. 정치망명자인 본인이, 십수 년이나 정부의 외면-무시-무관심 때문에 직책도 없이 살아오고 있다는 것은, 본인을 정치망명의 길로 떠나보낸 북녘 지인들의 바램과 가족들의 희생을 헛되게 하는 일이 아닐 수 없습니다.

　만약 이 문제를 해결해 줄 수 없다면, 국가경호를 거둬들이고 본인을 안가에서 내보내 주십시오. 정부의 외면을 받고 있는 정치망명자가 그 정부로부터 경호를 받고 있는 것 자체가 본인에게는 전혀 명분이 없는 일입니다. 본인의 절박한 심정을 헤아려서, 이 문제를 해결해주시기 바랍니다."

그리고 2014년 9월 나는 마침내 참여정부가 일방적으로 박탈했던 명예를 되찾게 되었다. 그날 명예회복 관련 인증서를 가지고 왔던 정부 관계기관 일꾼은 내게 "김선생은 대한민국에 매우 소중한 분입니다. 그러니 꼭 건강을 회복하셔야 합니다."라고 말해줬었다.

보청기를 끼고서도 잘 듣지 못하던 내 귀에 그분의 그 말만은 명확하고 또렷하게 전해졌다.

나는 앞으로 북한 땅을 다시 밟지 못하고 세상을 하직하는 한이 있더라도 대한민국 정부가 다시 회복시켜준 명예만은 가슴 깊이 안고 갈려고 한다.

그리고 그 명예를 안고 황장엽형님을 찾아갈 생각이다.

대한민국 정치망명 후 국가권력 차원의 이간, 분리 책동으로 어쩔 수 없이 결별했었지만 그곳에서는 절대로 형님의 손을 놓지 않고 그분을 지켜드리고 싶은 것이 내 간절한 마음이다.

15장

비운의 세습지도자 김정은

지구촌 공산권에 있어 본 적이 없는 공산세습왕조를 수립하고 그 시조가 된 김일성은 나름 자수성가한 공산독재자였다. 물론 김일성이 8.15해방 후 북한지도자가 될 수 있은 것은 구소련 스탈린과 소련공산당의 덕택이었다. 하지만 구소련이 김일성을 내세울 수 있었던 것은 전적으로 그가 소련에 대한 충성과 일개공산국가를 이끌 수 있는 자질을 증명해 보였기 때문이다.

　북한의 2대 세습독재자 김정일은 아버지 김일성 덕에 권좌에 오른 북한공산왕조의 최대 수혜자였다. 김일성은, 어릴 때부터 버르장머리 없고 안하무인에 유아독존적이고 쉽게 분노하고 무슨 일에나 즉흥적인 성정 때문에 만경대가문에서조차도 세습부적격자로 제쳐놨던 김정일을 직접 내정하고 추대해서 세습후계자로 내세웠다.

　김정일은 후계자로 추대된 후, 정상적으로 운영되던 국가경제와 조반석죽은 면했던 인민생활 등 나름 여유로웠던 국가살림살이를 수령족속신격화와 후계자통치체제 수립 및 공고화, 김일성족속 향락생활과 공산왕조영구화를 위한 핵-미사일개발 및 전쟁준비에 탕진해서 황폐화시켰다. 그 과정에서 김정일은 수백만을 굶겨 죽이고 수십만이 살길을 찾아 탈북의 길에 오르게 했고 자라나는 한 세대를 기형세대로 만들고 북한군을 거대한 영양실조집단—도적무리로 만들어서 온 북녘 땅을 인간생지옥으로 전락시켰다.

김정일은 나라를 그 꼴로 만들어놓고서는, 위기에 직면한 저들 체제를 도와달라고 병든 몸으로 1년 사이에 중국을 세 번씩이나 방문하고 러시아까지 찾아가면서 동분서주하다가 급사했다.

김정일 급사 후, 3대 세습지도자가 된 김정은은 어쩌면 김일성 공산왕조의 결말까지도 감당해야 할 비운의 지도자이다. 김정은이 선대인 김정일로부터 물려받은 것은 신격화될 수 없는 반쪽짜리 혈통, 복구가 불가능한 주민통제시스템, 급격히 이탈하고 있는 핵심계층, 죽은 김일성이 환생한다고 하더라도 회생시킬 수 없는 국가경제, 호미난방 격인 핵 및 중장거리미사일 등과 같은 저주받은 유산들뿐이다.

종종 한국 TV에 비쳐지는 김정은의 얼굴이 비록 웃고 있어도 유유자족해 보이지 않고 어색한 이유는 그 때문일 것이다.

신격화될 수 없는 김정은

비상식적이고 비정상적인 북한공산왕조가 3대까지 유지돼 오고 있는 것은 전적으로 김일성과 김정일을 신격화하고 그것을 정치적, 법률적, 제도적으로 담보해왔기 때문이다. 그 정도로 북한체제는 세습후계자가 신격화되어야만 존립이 가능한 심히 취약하고 후진적인 체제이다.

그 때문에 저 체제의 시조인 김일성은 1970년대 초, 김정일을 자신과 동격으로 신격화하기 위해 수령후계자징표라는 것까지 내놨는데, 그 내용은 이러했다.

김일성은 우선 만경대혈통 중에서도 김정숙혈통만이 수령후계자가 될 수 있다고 공언했다. 그 이유에 대해 김일성은 1972년 4월 만경대가문 어른들과 당, 군, 정 최측근들 앞에서 다음과 같이 역설했다.

"김정숙혈통만이 백두산에서 시작된 주체혁명위업을 대를 이어 끝까지 완수할 수 있습니다."

노회한 김일성은 대내외적 이목에 비춰서, 만경대혈통에 항일빨치산출신이고 정실부인이었던 김정숙혈통이란 명분까지 덧붙여야만 김정일을 신격화할 수 있다고 판단했던 것이다.

김일성은 또 수령혈통 중에서도 국내에서 인민과 생사고락을 같이 하면서 성장하고 공부한 자, 외부세계에 물들지 않은 자만이 수령후계자가 될 수 있다고 공언했다. 이와 관련해서 김일성은, 김정일 후계자 초기에 다음과 같이 역설했다.

"아무리 수령의 자손이라고 해도 국내에서 인민과 생사고락을 같이하면서 공부하지 않은 자는 조선을 잘 알 수 없을 뿐 아니라 뜻을 같이 하고 생사를 함께 할 혁명동지도 얻을 수 없기 때문에 수령후계자가 될 수 없다."

"제국주의자들의 포위 속에서 주체위업을 개척해야 하는 조선혁명의 특수성 때문에 외부세계의 사상과 문물을 접한 수령혈통 역시 자유세계의 유혹에 쉬이 넘어갈 수 있기 때문에 수령후계자가 될 수 없다."

김일성은 수령후계자의 마지막 징표로, 장기간 수령의 곁에서 그의 사업을 보좌하면서 당과 인민이 인정하고 높이 칭송할 만한 업적을 세운 수령혈통만이 후계자가 될 수 있다고 공언했다.

1960년대 말에 이미 북한의 무소불위 공산독재자가 된 김일성은 권력세습야망을 꿈꾸면서, 김정일에 꼭 맞게 재단한 수령후계자징표를 내놓고 그것으로 북한 주민사회를 집요하게 세뇌해서 김정일을 자신과 동격으로 신격화했다.

그러나 시조 김일성이 내놓은 수령후계자징표는 오늘날 부메랑이 돼서 돌아왔는데, 이유는 김정은이 그 징표의 어느 것 하나도 제대로 갖추지 못했기 때문이다.

우선 혈통으로 볼 때 김정은은, 김정일이 주민사회에 정실부인으로 소개한 적이 없는 내연녀의 소생이다. 게다가 그녀는 재일교포출신으로서 북한주민성분제도에 의하면 독재기관의 감시와 사상개조 속에서만 살아야 하는 동요계층에 속한다. 이 때문에 김정일은 김일성이 죽는 날까지도 그에게 김정은과 그 모친의 존재에 대해 일절 알리지 않았다. 그것을 보면 수령후계자 시절에, "옥에는 티가 있어도 참된 공산주의자의 인격에는 절대로 티가 있을 수 없다!"고 시종 역설하면서 김일성-김정숙과 자신을 정치적으로 뿐 아니라 도덕적으로도 신격화해온 김정일에게도 일말의 부끄러움은 있었던 모양이다.

그러나 이제는 많은 북한주민이 김정은의 모친이 재일교포출신 무용배우였고 김정일이 죽는 날까지도 공개하지 못한 내연녀였다는 사실을 알게 되었다. 때문에 북한 기득권과 주민사회가 김일성과 그의 정실부인이었던 김정숙을 기억하고 있는 이상 김정은은 신격화될 수 없다.

그래서 나는 2010년경 주변에서 김정은 후계자 설에 대해 물어 올 때마다 이같이 말해주곤 했었다.

"정치적, 법적, 제도적으로 신격화되어 있는 김정일을 향해서도 저 놈, 빨리 죽어라! 하고 저주하고 있는 것이 지금의 북한상황이다. 그런 북한 주민사회가 김정일 내연녀 소생일 뿐 아니라, 20살이 넘도록 존재 자체도 알려지지 않았던 김정은을 김일성이나 김정일처럼 신격화할 수 있겠는가? 신격화될 수 없는 세습지도자는 비상식적이고 비정상적인 저 체제를 도저히 유지해 나갈 수 없다."

김정은은 경력 때문에라도 쉬이 신격화될 수 없는 바, 지금까지 한국 등 자유세계가 이삭줍기하다시피 수집한 그의 경력은 다음과 같다.

알 수 없는 기간에 프랑스에 거주
1998년 8월 스위스 배른의 공립중학교 편입
2000년 말 유학을 중단.
알 수 없는 기간에 김일성종합대학 학사 과정
알 수 없는 기간에 김일성군사종합대학 박사 과정
알 수 없는 기간에 북한군의 어느 탱크 부대에서 복무

정보에 의하면 김정은의 경력은 북한주민들조차도 제대로 알지 못하고 있다 한다. 그의 경력을 그렇게 만든 장본인은 김정일이다. 김정일은 김정은 등 내연녀의 소생들에게 유년기부터 또래 아이들과 어울려 자라면서 사회성을 키울 수 있는 기회를 아예 주지 않았다. 하여 그들은 울타리 안에서 엄선된 유모, 교사, 관리인들만 상대하면서 유년기를 보냈으며 중학과정도 외국에서 외톨이로 보냈다.

이 때문에 김정은은, 중-대학교 동창생들을 후계자신격화 및 후계체제구축의 개국공신으로 삼았던 부친 김정일과는 달리 그를 신격화하고 받들어줄 친구관계, 친우관계, 동창관계, 동료관계 같은 사회관계를 전혀 형성할 기회가 없었다. 젊은 측근이라고는 김여정이라고 하는 누이동생밖에 보이지 않고 거의가 아버지뻘들 뿐인 김정은을 북한 주민사회가 무슨 연고로 신격화할 수 있겠는가.

김정은이 신격화될 수 없는 또 다른 이유는, 북한 주민사회가 김정은과 그의 정치에 대해 관심이 없는 것이다. 지금 북한 국토의 85%를 차지하는 산간지역 주민 절대다수는 김정은의 얼굴을 잘 모르고 있다 한다. 이런 비정상적인 상황이 발생하게 된 원인은 취약한 TV보급율과 심각한 전력난 때문이기도 하지만, 보다 중요하게는 이미 1980년대 말부터 필사적으로 자생능력을 키워온 그곳 주민들이 더 이상 김일성족속을 믿지도 기대도 하지 않고 있는 데 있다.

이런 사태는 김일성 때에는 상상조차 할 수 없었던 일이다. 김일성시대에 북한은, 적대계층(20%)을 제외한 전반적 주민사회가 김일성을 존경하고 신뢰했었다. 김일성이 소련을 등에 업든 중국을 등에 업든 나라를 해방시켰다고 해서 존경했고, 소위 6.25전쟁 때 유엔군을 거느린 미국을 이겼다고 해서 존경했고, 모든 사유재산을 국유화해서 전체 인민을 골고루 잘 살게 만들었다고 해서 존경했다. 김일성이 신격화될 수 있은 것도, 그가 김정일을 세습후계자로 내세우고 자신과 동격으로 신격화할 수 있었던 것도 김일성에 대한 주민사회의 존경과 신뢰가 있었기 때문에 가능한 일이었다.

그러나 김일성 사후, 북한 주민사회의 전반적 사상동향과 정서는 급격히 변화했다. 1990년대부터 수백만 아사, 수십만 탈북, 자라나는 옹근 한 세대 기형화라는 전대미문의 불행과 고통을 겪으면서 그 탈출구로 외부세계 방송 출판물들을 암암리에 끊임없이 접해온 북한 주민사회는 김일성이 김정일에게 권력을 세습한 것이 공산운동에서는 도저히 있을 수 없는 치욕스런 죄악이었고 김일성 족속이 저들의 권력세습-유지-영구화를 위해 개혁개방을 하지 않고 있다는 사실들을 급격히 깨치게 되었다. 이 때문에 북한에서는 엘리트계층과 대학생들은 물론 일반주민들까지도 애비 덕택에 하루아침에 지도자가 된 녀석이 인민을 위한다면 얼마나 위하겠는가 하면서 김정은을 전혀 기대하지 않고 있을 뿐 아니라 오히려 비웃고 있다 한다.

몇 년 전 한국의 어느 출판물에 외국출장 나왔던 북한 중앙기관 일꾼이 했다는 다음과 같은 말이 게재된 적이 있었다.

"지금 우리나라(북한)는 무정부 상태다. 더 이상 위엄 있는 정부도, 그에 복종하려는 사람도 없다."

이 말은 북한의 이와 같은 상황을 빗대어 한 말일 것이다.

오늘날 북한에서 전개되고 있는 모든 상황들은 비록 김일성족속이라 해도, 이제는 더 이상 북한에 김일성과 같은 신격화된 수령이 나오지도 나올 수도 없다는 것과 김정은 체제가 어떤 변수로든 약한 면을 보이는 순간 김일성공산왕조는 순식간에 무정부상태에 들어갈 수 있다는 메시지이기도 하다.

하긴 김정은 신격화 불가능 사태가 얼마나 불안하고 위협적이었으면 김정은이 고모부 장성택을 '김정은을 우러러 박수도 제대로 치지 않았다.'는 죄목까지 첨부해서 처형했겠는가. 이것은 결국 김정은 신격화의 주역이 되어야 할 장성택 급도 그 불가능한 일에서 손을 뗐다는 뜻이 아니겠는가.

김정은이 최근 3년6개월 사이에 인민무력부장을 6번이나 교체한 것 역시 그가 도저히 신격화될 수 없는 데서 비롯된 다급하고 불안정한 사태를 반증하는 사례가 된다.

권력을 완전히 장악하지 못한 김정은

현재 북한 노동당에서의 김정은의 직책은 조선노동당 제1비서, 당중앙위원회 정치국 상무위원, 당중앙 군사위원회 위원장이다. 즉, 김정은은 아직까지도 노동당중앙위원회 조직비서 겸 조직부장 자리에는 오르지 못했다. 그렇다고 해서 북한 노동당의 조직비서 편제나 조직부장 편제가 없어졌다는 보도도 없다. 하긴 그 편제들이 없어진다는 것은 노동당이 없어지고 북한체제가 없어지는 것이나 마찬가지이니, 북한체제가 유지되고 있는 한 그것들이 없어지는 일은 결코 발생하지 않을 것이다.

대한민국의 대북전문가들은 노동당 조직비서 겸 조직부장 직책도 결국은 노동당 제1비서 밑에 있지 않겠는가 하면서 그 직책을 별것 아닌 것으로도 볼 수 있겠지만, 김일성공산왕조에서 노동당 조직비서 겸 조직부장 직책은 신격화된 공산수령의 권능을 대행하는 막강한 것이다.

북한 노동당 조직비서 겸 조직부장은 노동당과 북한 온 사회를 조직적으로 장악-지도-검열-통제하는 권능과 모든 기득권에 대한 간부(인사)사업 및 상벌 권능을 행사한다. 김일성이, 김정일을 후계자로 공식추대하기 직전에 그를 노동당 조직비서 겸 조직부장 자리에 앉히고, 김정일이 죽는 날까지도 그 직책을 놓지 않은 이유는 그 때문이다.

그런데 북한은 지금 김정일이 급사한 지 4년이 되어 오는 현재까지도, 김정일 시대에서도 숨긴 적이 없는 노동당 조직비서 겸 조직부장의 이름을 전혀 밝히지 않고 있다.

이 같은 사실은 현재 노동당 조직비서 겸 조직부장의 자리에 김정은과 김정은 체제를 섭정하는 김일성족속의 또 다른 실세가 앉아 있다는 것을 의미하는 동시에 김정은이 노동당 조직비서 겸 조직부장 직책을 겸임하지 못하고 있는 이상 그가 북한체제를 완벽하게 장악했다고 볼 수 없음을 의미한다.

주민통제시스템을 회복할 길이 없는 김정은

김정은 체제의 강약과 존망은 전적으로 주민통제시스템을 복구하느냐 못하느냐에 달려 있다. 그리고 주민통제시스템 복구 여부는 경제회생을 통한 주민생활안정 여부에 정비례한다. 이 때문에 김정은 정권은, 김정일 사망 직후인 2012년 1월에 경제회생을 위한 새로운 경제관리 조치라는 것부터 내놓았는데, 당시 자유아시아방송이 북한 내부소식통을 인용해서 보도한 그 내용물은 대략 다음과 같았다.

국가가 따로 계획을 정해주지 않고 공장, 기업소가 독자적으로 생산하고 생산물의 가격과 판매방법도 자체로 정한다.
생산설비, 원료자재, 전력도 국가가 아닌 관련 공장, 탄광, 발전소들이 자율거래를 통해 스스로 구입한다.
농업부문에서는 국가생산계획에 관계없이 전체수확량에서 70%는 당국이, 나머지 30%는 농민이 가진다.
당년 11월 1일부터는 국가식량배급을 중단한다.

그러나 이 새로운 경제관리 조치는 이미 김일성과 김정일이 오래전부터 주동적으로든 피동적으로든 시도해왔던 것들이다. 김일성과 김정일은 1980년대 말, 급격한 경제침체를 수습하기 위해 모든 공장-기업소가 실현가능한 생산계획을 세우고 생산물의 가격과 판매방법을 자체로 정하며, 원료와 자재와 전력도 스스로 해결할 것을 지시했었다. 그러나 이미 북한경제가 서로 거래할 수 없을 정도로 거의 동시에 침체되었기 때문에 그 지시는 현실성이 전혀 없는 지상공문으로 잊혀져갔다.
그리고 이미 90년대 초부터 북한농민들은 당국이 승인하든 말든 관계없이 생존에 필요한 농산물을 스스로 취해왔으며, 새로운 경제관리 조치에 있다는 '당년 11월 1일부터 국가식량배급 중단' 이라는 것도 평양시 중심구역을 제외한 북한 전역에서는 이미 1990년대 초중반부터 식량배급이 완전히 중단되었다.

결국 김정은 정권의 새로운 경제관리 조치는 주민통제시스템 복구를 노린 일시적 회유책에 불가한 것이었다.

경제를 회생시킬 길이 없는 김정은

김정은 정권은 저들의 전략적 딜레마의 하나인 '핵보유와 경제 회생 동시 추구'를 실현하기 위해, 김정일이 급사한 다음 해 8월에 장성택을 공산중국과의 경제협력 및 합작투자유치라는 궂은일에 내세웠었다.

그 당시 한국 언론들은, 중국을 방문한 장성택이 중국 관계자들도 크게 당황해할 정도로 '내놔라!' 식의 거침없는 배포를 과시했다고 보도하면서 그를 김정은 정권의 실세, 북한정권의 2인자라고 극구 선전했었다. 그러나 장성택의 배포는 그의 것이 아닌, 공산중국의 대한반도전략을 나름 훤히 꿰뚫고 있는 김일성족속의 배포였다. 장성택은 그것을 착각해서 자신을 과신하고 내세우다가 2013년 12월 12일에 처형되었다.

장성택이 그때의 중국방문을 통해 중국지도부로부터 얻어낸 것은 이런 외교적 말치레뿐이었다.

"다시 만나게 돼 기쁘다. 홍수피해로 중대손실을 입은 북한인민에게 진심어린 위문을 보낸다.

새로운 협력방안을 찾아서 경제지대개발을 추진해 나가길 기대한다.”

결국 김정은 정권은 중국까지도 극구 반대하는 핵보유야망 때문에 더 이상 중국의 경제지원과 경제협력을 기대할 수 없게 되었다.

하긴 김정일이 병든 몸을 이끌고 1년 사이에 세 번씩이나 중국을 방문하고서도 성사시키지 못한 것을, 그의 핵보유야망을 그대로 세습한 김정은이 무슨 수로 성사시킬 수 있겠는가?

핵, 미사일 때문에 종당에는 붕괴에 직면하게 될 김정은

돌이켜 보면, 김일성공산왕조가 오늘의 지경에 이르게 된 것은 범죄적 핵-미사일 보유국 야망 때문이라고 해도 과언이 아니다.

김일성의 후계자로 추대된 첫날부터 ‘총은 배신을 모르는 혁명동지’라는 말도 안 되는 궤변을 즐겨 썼던 폭력만능주의자 김정일은 핵, 중장거리미사일만이 비상식적이고 비정상적인 저들 체제를 유지-영구화시켜줄 수 있는 최후의 수단이라고 확신하고 말년까지 핵, 중장거리미사일 보유와 중국으로부터의 경제지원을 동시 추구하려고 급히 돌아치다가 과로로 급사했다.

2011년경까지 나와 연계를 맺고 대북관련 사업을 했던 외부의 어떤 분은 내게 다음과 같은 말을 해준 적이 있었다.

“미국은 특정범죄국가를 타켓으로 정하면 스스로 범죄행위를 포기하도록 하는 방안, 국제적 제재와 압력과 여론으로 범죄행위를 저지시키는 방안, 대화와 협상으로 범죄행위를 포기시키는 방안, 군사행동으로 범죄행위를 종식시키는 방안 등 수십 가지 옵션을 테이블 위에 올려놓고 전략의 그물을 넓게 편다. 때문에 특정범죄국가는 처음에는 저들이 그물 속에 들어가 있다는 사실을 전혀 느끼지도 눈치를 채지도 못하고, 오히려 미국이 굴복했다고 오판하면서 나날이 기승을 부린다.

그러나 그리할수록 그 그물은 더더욱 그들의 운신의 폭을 옥죄며 좁혀온다. 특정범죄국가가 미국과 자유세계가 저들을 대항해서 쳐놓은 그물을 눈치 챘을 때에는 이미 빠져나올 수 없는 코너에 몰려서 결국에는 스스로 고사하는 운명을 맞이하게 될 수도 있다.

북한정권이 핵, 미사일 보유와 관련기술의 이전 그리고 무기밀매 범죄행위 등과 같은 국제범죄행위들을 포기하지 않는다면 그런 운명을 맞게 될 것은 틀림없는 사실이다."

김일성의 손자이며 김정일의 아들인 김정은은 한국과 미국 등 자유세계의 대화노력과 인내를 오판하고 지난 2012년 4월, 김일성 100돌 기념 생일선물로 장거리미사일을 시험 발사했다. 아마도 죽은 조상의 생일선물로 대량살상무기인 장거리미사일을 발사한 예는 과거에도 지금에도 미래에도 북한의 김일성족속밖에 없으리라고 생각된다.

김정일에 이어 지금도, 국제사회가 극구 반대하면서 압력을 행사하고 있는 위험천만한 핵-미사일보유야망을 계속 추구하고 있는 김일성공산왕조는 그 3대인 김정은 시대에 와서 붕괴의 운명을 맞이할 수밖에 없다. 그렇게 놓고 볼 때, 김정은에게 있어서 선대가 물려준 핵–중장거리미사일은 분명 저주받은 유산일 가능성 크다.

로드먼이 첫 해외파트너, 외국의 벗이 된 김정은

인간사회에는 직급에 따라 격이라는 것이 있기 마련이고 그 격에 비등하게 사적 혹은 공적 파트너도 정해지는 법이다. 그런 의미에서 볼 때 김정은의 격은 미국의 전 프로농구선수 데니스 로드먼급이며, 그에 따라 김정은이 지도자가 된 이후 처음 만난 외교사절, 외국의 벗 또한 로드먼이 되었다.

그래선지 김정은은 국가지도자가 된 지 이제는 4년에 접어들고 있지만, 아직까지 한번도 정상급의 외교적 만남과 대외활동을 하지 못한 상태에 있다. 하긴 어느 나라 정상이 첫 공식외교활동을 코와 입술에 피어싱을 꿰찬 주정뱅이형상과의 만남으로 시작한 김정은을 쉬이 만나려 하겠는가.

과거 김일성은 개인 또는 국가 관계에서의 첫 만남의 의미와 중대성을 잘 알고 있었기 때문에, 김정일을 후계자로 공식 추대한 후 그의 외교무대 데뷔에 깊은 관심을 가지고 심사숙고해서, 첫 외교적 인맥을 중국의 등소평과 그가 이끄는 중국공산당 지도부와 맺도록 조치했었다.

김정일 사후의 북한지도부가, 김정은이 로드먼과 공개적으로 요란스레 만나도록 그냥 놔뒀다는 것은 김일성족속과 그 공산왕조체제가 3대를 맞아서 그만큼 약화되었다는 것을 의미하는 것이기도 하다.

하지만 김정은은 국가정상으로서의 대외활동을 해 보고 싶은 마음만은 간절한 것 같다. 그래서 작년엔가 뜬금없이 부인 이설주와 함께 평양에서 차로 달려도 30분 거리밖에 안 되는 남포근처의 어느 비행장에 전용기를 타고 가서 레드카펫을 밟으며 의장대사열까지 한 것 아닐까.

'나는 김일성이나 김정일과는 달리 얼마든지 비행기를 타고 외국방문을 할 수 있다. 나도 다른 나라 정상들처럼 대외활동을 하고 싶으니, 내게 좀 관심을 돌려 달라.' 하는 의미에서…….

그러나 김정은은, 로드먼이 그의 첫 외교파트너, 외국의 벗이라는 이미지에서 쉽게 벗어나지 못할 것이다. 그래서 예로부터 첫만남이 중요하다고들 말해오고 있는 것이 아니겠는가.

김일성 환생 이미지로 북한을 이끌어야 하는 불우한 김정은

김정일의 유언집행인이었던 김경희는 김정은이 김일성이나 김정일처럼 신격화될 수 없다는 현실적 판단 하에 처음부터 그를 김일성환생이미지로 만들어서 3대 세습지도자로 공식 데뷔시켰다.

김경희는 이를 통해, 우선 북한 주민사회에 다소나마 남아 있는 김일성에 대한 향수와 그의 신적 카리스마를 시각적으로 극대화해서 김정은의 신격화 부재를 만회하려 했던 것 같다. 아울러 그는 저들 족속의 기준으로는 정상적 국가운영이었다고 판단되는 김일성시대의 통치시스템을 복원해서 3대 세습체제를 시급히 정착시키려고 획책했던 것 같다.

20대 김정은이 40대 후반기 김일성의 머리모양과 목소리와 옷차림새까지도 그대로 모방하고, 김정일과는 달리 세습지도자로 공포되자마자 부인 이설주를 공개하고, 김일성시대 때처럼 당과 국가의 주요 회의들을 규약과 법에 준해서 정례화하고 있는 것 등등.

그러나 김정은이 아무리 완벽하게 김일성을 재현해 내도 결코 김일성이 될 수 없으며, 김일성족속이 아무리 갈망해도 김일성시대는 다시 돌아오지 않는다. 그 이유는 김일성시대와 김정은시대의 대내외적 환경이 근본적으로 다르기 때문이다.

국가경제와 주민생활 측면에서 볼 때 김일성시대에는 사회주의계획경제가 존재했었고, 식량배급제가 정상적으로 시행되어 주민생활이 비교적 안정되어 있었다.

대외적 측면에서 볼 때 김일성시대에는 소련 및 동구권사회주의와의 연대성이 존재해 있었기 때문에 정치적 지지와 경제적 원조를 받을 수 있었고, 제3세계 국가들을 지원할 능력도 있었기 때문에 유엔 등 국제기구들에서 그 나라들을 거수기로 동원할 수도 있었다. 그리고 제일 중요한 것은 1980년대 말까지는 김일성족속의 핵보유국 야망이 폭로되지 않았었다. 이 때문에 김일성시대의 북한은 무슨 짓을 하던 지금처럼 국제사회에서 고립될 일이 없었다.

주민지지도의 측면에서 볼 때에도 김일성시대에는 전반적으로 주민사회가 김일성을 존경하고 신뢰했으며 사회주의승리를 확신했으며 노동당정책에 관심을 가지고 있었다.

그런데 김정은의 상황은 어떠한가. 인민경제와 주민생활을 회생시킬 수 있는 비전도 능력도 없고, 핵-중장거리미사일보유 야망으로 자초한 국제적 고립과 압력에서 벗어날 길도 전혀 없다. 게다가 오늘의 북한 주민사회는 어느 날 불쑥 나타나서 당-국가-군대의 최고영도자가 된 김정은을 애송이취급하면서 조롱하고 사회주의란 술어조차도 외면하고 있다. 김정은이 내놓는 정책들에 대해 수명이 1일짜리 정책이라고 조롱하면서 추호의 기대도 걸지 않는다.

북한 주민사회가 김정은이 김일성환생이미지를 풍기면 풍길수록 그에 대해 더더욱 환멸을 느끼고 비하하고 비웃는 것도 그 때문이다.

아마도 김정은을 필두로 한 김일성족속은 김일성환생 배역과 김일성시대에로의 회귀로도 저들 왕조를 지켜낼 수 없게 된다면, '핵무기를 보유한 농경사회'로 되돌아가서라도 김일성공산왕조의 유지-영구화를 추구하려 들 것이 분명하다.

그러나 역사란 수레바퀴는 한순간도 시간을 역행해서 거꾸로 간 적이 없다.

북한의 김일성공산왕조는 오늘날까지 저지른 온갖 천인공노할 범죄행위들로 인해서 분명 김정은 대에 그 종말을 맞이하게 될 것이라고 나는 확신한다.